봄은 오지 않을 것이다

봄은 오지 않을 것이다 1

김성종

차 례

동양계 여인……………7
스타 테러리스트………… 32
르 빵쉐르의 학살………… 74
살인부대 ………… 94
밀고자…………133
자칼의 행방…………174
페라곳 별장…………193
개선문 작전…………228
도주…………254
더러운 거래…………266
추방…………289
앵커리지 공항…………327
미국 대사…………338

동양계 여인

파리, 1975년 6월 27일 밤.

독일 시인 라이너 마리아 릴케는 1900년대 초 파리의 툴리에가 뒷골목 풍경에 대해 그의 산문소설 '말테의 수기'에서 이렇게 묘사하고 있다.

─사람들은 정말 살기 위해서 이 도시로 모여드는데, 내게는 그것이 도리어 죽기 위한 것으로 생각된다. ……거리 사방에서는 냄새가 진동하고 있었다. 내가 식별할 수 있는 것은 요오드포름과 감자튀김 기름과 공포의 냄새였다. 그리고 눈에 띄는 것은 음산한 건물들이었다. ……중요한 것은 살아 있다는 것이다. 그것이 무엇보다도 중요한 것이다. 창문을 열어놓은 채로 잠을 자지 않으면 안 되는 것이 나에게는 견딜 수 없는 일이다. 전차는 벨을 울리면서 나의 작은 방을 미친 듯

지나간다. 자동차는 내가 자고 있는 위를 달려간다. 어디선가 문이 큰 소리를 내면서 닫힌다. 어디선가 창유리가 깨어져 떨어진다. ……누군가 계단을 올라오고 있다. 끊임없이 올라오고 있다.―

그로부터 70년이나 지난 1975년인데도 그 거리의 풍경은 별로 변하지 않은 것 같다고 잔 에란트 반장은 생각했다. 그는 DST(프랑스 첩보국) 국제테러특수수사반 제2부의 반장으로 부하 네 명과 함께 증인을 앞세우고 지금 누군가를 체포하기 위해 그 거리에 막 들어선 참이었다.

거리는 무더웠고, 길가의 카페 테라스는 많은 손님들로 혼잡을 이루고 있었다. 열어젖힌 창들을 통해 텔레비전 소리가 시끄럽게 흘러나오고 있었다. 그와 함께 국적이 다른 사람들이 쏟아내는 알아들을 수 없는 말소리들이 서로 뒤엉켜 좁은 거리는 몹시 소란스러웠다.

이윽고 9번지의 낡아빠진 건물 앞에 이르자 그는 주위를 한번 둘러본 다음 앞장서서 안으로 들어가 계단을 올라갔다. 그 뒤를 은퇴를 앞두고 있는 베테랑 수사관인 레이몽 도우와 잔 드나티니, 그리고 증인인 무카르벨이 따라갔다. 무카르벨의 두 손목에는 수갑이 채워져 있었다. 나머지 두 수사관은 만일의 사태에 대비해서 건물의 출입구에 대기했다.

그들이 찾는 아파트는 3층의 맨 오른쪽 구석에 있었는데 문에는 '산체스/사라사르'라는 동거하는 두 여자의 성이 적힌 문패가 붙어 있었다. 안에서는 기타에 맞춰 누군가가 멕시코 노래를 부르고 있었는데, 그것은 감미로운 여성의 목소리였다. 에란트가 돌아보자 무카르벨이 맞는다는 듯 고개를 끄덕였다. 두 명의 부하와 무카르벨이 문 옆으로 갈라서자 에란트는 초인종을 눌렀다. 노랫소리가 멎더니 이윽고 문이 열렸다.

"경찰에서 왔습니다."

DST라고 하면 알아듣지 못하기 때문에 그들은 으레 경찰을 판다.

안에는 사내 두 명과 여자 한 명이 있었다.

"누가 카를로스지?"

에란트가 묻자 그들은 실실 웃기만 했다. 에란트는 사진을 꺼내 사내들의 얼굴과 대조해 보았다. 사진의 주인공은 살이 찌고 눈이 길게 찢어진 데다 앞머리가 약간 벗겨져 있었다. 앞에 앉아 있는 두 사내 가운데 사진 속의 얼굴과 닮은 자는 없었다.

"이 사람 어디 있죠?"

에란트가 사진을 흔들어 보이자 그들은 또 웃기만 했다. 그 때 어디선가 젊은 여자의 웃음소리가 들려왔다. 웃음소리는 방 안에서 흘러나오고 있었다. 그제야 그는 닫혀 있는 방문을 발견하고 그쪽으로 다가가 문을 거칠게 열어젖혔다. 그의 눈에 처음 들어온 것은 미친 듯 출렁거리는 여자의 젖가슴이었다.

여자는 문이 열린 줄도 모른 채 사내를 올라타고 앉아 괴성을 지르면서 엉덩방아를 찧고 있었다. 에란트는 그 장면이 너무도 황홀해 보였기 때문에 잠시 얼빠진 표정으로 남녀의 성행위를 쳐다보고 있었다. 한참 달아오르고 있는 분위기를 깬다는 것이 좀 미안한 생각이 들기도 했다. 탱탱한 젖가슴과 가는 허리, 그 아래로 항아리처럼 둥글게 부풀어 오른 엉덩이의 요동치는 모습에 눈을 떼지 못하면서 그는 현란한 기분까지 느끼고 있었다. 그와 함께 여자를 품에 안아 본지가 한 참이나 되었다는 것을 깨닫고는 자기도 모르게 한숨을 내쉬었다.

그가 신호를 보내기 전에 여자 밑에 누워 있는 사내가 먼저 에란트를 발견하고 고개를 들었다. 사내는 여자를 밀어 버리고 얼른 상체를 일으켰다. 그 바람에 여자는 하마터면 침대 밑으로 굴러 떨어질 뻔했다.

"뭐야?"

사내는 몸을 가리려고도 하지 않은 채 불쾌한 표정으로 물었다. 목소리가 거칠면서 위엄이 있었다.

"경찰에서 왔습니다."

찢어진 두 눈이 재빨리 수사관의 아래위를 살폈다. 그리고 그의 손에 무기가 들려 있지 않은 것을 보고 다소 안도하는 것 같은 표정이었다.

에란트는 사내가 사진의 주인공과 동일 인물이라고 생각했다. 시커먼 털이 가슴에서부터 사타구니까지 온통 뒤덮여 있었고, 사타구니 사이에 달려 있는 성기는 풀이 죽었는데도 불구하고 꽤나 크고 묵직해 보였다. 에란트는 순간 초조감과 함께 갈증을 느꼈다.

"무슨 일입니까?"

사내가 비로소 팬티를 입으면서 물었다. 그의 프랑스어는 아주 유창했다.

"당신, 카를로스 맞죠?"

"카를로스? 아닌데요."

"거짓말하지 마! 다 알고 왔으니까."

에란트는 시트로 몸을 가리고 앉아 있는 여인을 힐끗 쳐다보았다. 마침 여인이 오른손을 들어 흑발을 쓸어 넘기고 있었는데, 드러난 얼굴은 조금 전의 괴성을 지르면서 몸부림치던 여인의 모습과는 전혀 딴 판으로 아주 앳되어 보였다. 그리고 그것은 백인이 아닌 동양인의 얼굴이었다. 이건 의외인데 하고 그는 생각했다. 하지만 그녀는 그가 상대해야 할 인물이 아니었다.

"잘못 짚었어요, 형사 아저씨. 나는 카를로스가 아니라 산체스예요."

사내는 바지를 입고 있었다.

"그래? 그럼 이리 나와서 이 사람을 만나 봐요. 카를로스의 친구가 와 있으니까."

거실로 나온 사내는 손에 수갑을 찬 채 건장한 사내들 사이에 서 있는 무카르벨을 보고는 멈칫했다.

"무카르벨, 이 사람 카를로스 맞지?"

에란트의 질문에 그는 마지못해 고개를 끄덕였다. 순간 카를로스의 얼굴이 험하게 일그러졌다.

"이 배신자!"

그의 입에서 야수가 으르렁거리는 것 같은 소리가 흘러나오자 무카르벨은 당황했다.

"카를로스, 사실은 그게 아니고 난 어디까지나……."

"개 같은 놈!"

카를로스는 분노로 몸을 떨면서 오른쪽으로 이동했다.

"움직이지 마! 할 이야기가 있으면 경찰서에 가서 이야기해. 다 들어줄 테니까. 수갑 채워!"

에란트가 턱짓을 하자 드나티니가 다가와 그에게 수갑을 채우려고 했다.

"왜 이러는 거야? 이유가 뭐야?"

카를로스는 완강히 저항했다.

"가 보면 알아. 경찰에 가서 이야기하자고."

"수갑은 싫어요. 갈 테니까 제발 수갑은 채우지 말아요. 창피하니까."

드나티니는 에란트를 쳐다보았다. 에란트 반장은 고개를 저었고, 드나티니가 다시 수갑을 채우려고 하자 카를로스는 그의 손을 거칠게 뿌리쳤다.

"잠깐 기다려요. 오줌 좀 누고 올 테니까."

수사관들이 제지할 틈도 없이 그는 화장실로 재빨리 들어가 버렸다.

잠시 후 화장실에서 나온 그의 손에는 체코제 38구경 자동소총이 들려 있었다. 그것을 본 수사관들은 얼어붙은 표정으로 멀거니 그를 쳐다보기만 했다. 그들이 행동을 취하기에는 시간이 너무 짧았다. 카를로스는 조금도 머뭇거리거나 상대방을 위협하거나 하지도 않았다. 그는 가까운 거리에서 방아쇠를 당겼다. 첫 발이 에란트의 목을 관통했다. 연이어 그는 두 발을 더 발사했다. 레이몽 도우와 드나티니 수사관이 나뒹구는 것을 보고 그는 총구를 무카르벨 쪽으로 향했다. 무카르벨의 얼굴이 처참하게 일그러졌다.

"이러지 마! 난 널 도우려고 온 거야! 제발……."

카를로스는 웃으면서 총을 쏘았다. 무카르벨이 가슴을 움켜쥐면서 뒷걸음치다가 쓰러지자 그는 뒤따라가 그의 머리에다 대고 다시 한 발을 쏘았다.

그의 행동은 단호하면서도 민첩했다. 상대에게 조금의 틈새도 허용치 않는 신속한 결단력과 전광석화 같은 행동에 네 명이나 되는 사내들은 손 한 번 쓰지도 못한 채 어이없게 당하고 말았다.

카를로스는 시체를 뛰어넘어 복도로 나갔다. 계단에 경찰이 배치되어 있을 것으로 생각한 그는 계단을 버리고 뒤쪽 발코니로 빠져나갔다. 거기서 안뜰 쪽으로 나 있는 발판으로 뛰어내린 다음 절뚝거리며 어둠 속으로 사라져 버렸다. 웃통도 벗은 채.

건물 입구에서 대기하고 있던 수사관들이 총소리를 듣고 뛰어 올라 갔을 때는 모든 것이 끝나 있었다. 바닥에 쓰러져 있는 사내들 가운데 세 명은 이미 숨이 끊어져 있었고, 에란트만이 아직 숨이 붙은 채 신음소리를 내고 있었다.

대테러 전문 수사요원들이 용의자를 찾아가면서 무기도 휴대하지 않았고, 상대방을 피라미 정도로 알고 방심했다는 것은 크나큰 실책이었다. 먼저 용의자가 은신하고 있는 장소 주위를 포위한 다음 무기를 들고 쳐들어갔어야 했었다. 하지만 그들은 그와 같은 가장 기초적인 조처도 취하지 않은 채 무턱대고 그 곳에 찾아갔던 것이다.

그 날 저녁 에란트와 그의 부하들은 한 파티에서 술을 마시면서 즐거운 시간을 보내고 있었다. 본부로부터 연락이 온 것은 8시가 지나서였다. 무카르벨이 입을 열었으니 그가 안내하는 곳에 가서 카를로스라는 용의자 한 명을 연행해 오라는 지시였다. 에란트는 조금 난감했다. 파티에 무기를 가지고온 사람은 아무도 없었을 뿐 아니라 한참 기분 좋게 즐기고 있는 부하들을 불러내 일하러 간다는 것이 별로 내키지가 않았던 것이다. 그리고 무기를 가져가려면 본부까지 가서 가져와야 했다. 귀찮고 짜증까지 나서 결국 그는 무기 없이 파티 장소에서 바로 현장으로 가기로 하고 부하들을 밖으로 불러 냈다. 조금 있자 증인인 무카르벨을 태운 차가 도착했고, 에란트는 부하들과 함께 그 차를 타고 툴리에가로 향했다.

카를로스라는 인물이 처음으로 언급된 것은 무카르벨을 통해서였다. 무카르벨이 수사망에 걸려든 것은 1974년 9월 15일에 발생한 간이 백화점 폭파사건 때문이었다. 그 백화점은 밤놀이족속들의 집합장소로 유명한 생 제르망 데 프레가에 있었는데, 사람들이 한창 붐비는 초저녁 시간대에 한 사내가 혼자 태연히 걸어 들어가 수류탄 한 개를 던지고 나서 도망쳤다. 두 사람이 현장에서 즉사하고 약 20명이 부상당했는데, 순식간에 일어난 일이라 아무도 범인을 보지 못했다.

DST는 파편더미 속에서 수류탄의 기폭장치 조각을 발견하고 그 출처를 추적해 들어갔는데, 그 결과 그것은 미국제 M26형 수류탄에 장치하는 것으로 드러났다. 광범위한 수사 끝에 무카르벨이 수사망에 걸려들었는데, 그는 레바논의 트리폴리 출신으로 60년대에 파리에서 미술을 공부하다가 좌익 정치운동에 참가하여 나중에 팔레스타인 과격파로 기울어진 인물이었다. 하지만 수사기관에 처음 체포되었을 때만 해도 별 볼일 없는 아랍인 건달 정도로 대수롭지 않게 취급되었고, 그래서 그와 관계된 인물들도 특별히 수사기관의 주목을 받지는 못했다. 그런 인물들 가운데 한 명이 바로 카를로스였다.

대테러특수수사반이 카를로스라는 이름을 처음 접하게 된 것은 무카르벨 덕분이었다. 그의 소지품 가운데 사진이 한 장 들어 있었는데 거기에는 무카르벨과 함께 젊고 땅땅하게 살이 찐 사내 하나가 찍혀 있었다. 무심코 넘길 수사관들이 아니었다. 누구냐고 묻자 그는 처음 만나서 사진을 찍었는데 이름은 잘 기억이 나지 않는다고 잡아뗐다. 수사관들은 으름장을 놓기도 하고 구슬리기도 하다가 추방형식으로 석방할 테니 이름을 대라고 요구했다. 마침내 틀림없이 석방시키겠다는 언질을 받고나서야 무카르벨은 카를로스라는 이름을 알려주었다. 카를로스의 풀네임은 카를로스 마르티네스 트레스로, 페루 출신의 경제학자라고 제법 자세하게 말해 주었던 것이다. 덧붙여 말하기를 지금은 학자 생활을 당분간 접고 세계를 여행 중이며, 파리에는 앞으로 한 달 정도 머물 것이라고 했다. 따라서 그를 만나 봐야 괜히 헛수고만 하게 될 거라고 말했다.

DST요원들은 그의 말을 믿고 싶은 분위기였지만 일단 낯선 인물이 등장한 만큼 형식적으로나마 한 번 만나보기로 했다. 이렇게 해서 무기도 없이 무카르벨을 앞세우고 그를 만나러 갔던 것이다.

카를로스가 도망친 후 그가 은신하고 있던 아파트에서는 다량의 치명적인 무기들이 발견되었다. 자동권총 2정, 자동소총 2정, 탄약 33연, 수류탄 28개, 다이너마이트 15개, 플라스틱 폭약 13파운드, 수제폭탄 3개 등으로 한 지역 전체를 날려 버릴 만한 무기들이었다.

에란트는 다행히 목숨을 건졌다. 총알이 목을 관통했지만 치명상을 입지 않았기 때문에 기적적으로 살아날 수가 있었던 것이다. 그는 병상에 누워서도 자신의 어리석음을 탓하면서 분루를 삼켰다. 정년퇴직을 앞두고 있던 레이몽 도우와 한 달 후면 아기를 갖게 될 드나티니를 생각하면 가슴이 찢어지는 것 같았다. 결국 그는 의사의 만류에도 불구하고 더 이상 병상에 누워 있지 못하고 1주일 만에 병원을 나와 곧장 수사본부로 향했다. 목에 깁스를 한 채 나타난 그를 보고 DST요원들은 하나같이 놀라움을 금치 못했다. 그러나 그의 단호한 태도를 보고는 아무도 나서서 그를 제지하려고 하지 않았다.

"카를로스는 페루 출신의 경제학자가 아닙니다. 카를로스 마르티네스 트레스라는 풀 네임도 모두 거짓말입니다."

이것은 그의 부하가 그에게 들려준 첫 번째 보고였다. 그의 보고가 계속되는 동안 에란트는 자신의 어리석음과 수치심으로 얼굴이 붉으락푸르락해지면서 어쩔 줄을 몰라 했다.

"아파트에서는 다량의 무기가 발견되었고…… 이스라엘측 정보에 의하면 놈은 여러 개의 가명을 사용하고 있는 1급 국제테러리스트라고 합니다. 모사드측 말에 의하면 얼마 전에 유럽 테러조직의 리더로 급부상된 인물이라고 합니다. 놈에 대해서 이런 메모를 받았습니다."

에란트는 메모지를 받아 들고 거기에 급하게 휘갈겨 쓴 글을 읽어보았다.

―극히 위험함. 주저하지 않고 무기를 사용함. 클레멘트.―

메모 끝에는 클레멘트의 사인이 적혀 있었다. 클레멘트는 물론 가명이었다. 그는 유럽에서 활동하고 있는 이스라엘 첩보부 모사드의 책임자로 에란트도 알고 있는 자였다. 하지만 그에 대해서는 불쾌한 기억밖에 생각나는 게 없었다.

"이 자를 어디서 만났지?"

"어제 카페에서 우연히 만났습니다."

"우연히 만난 게 아닐 거야. 그건 그렇고 그래서?"

"툴리에가 사건은 불행한 비극이라고 하면서, 이 메모를 반장님께 전해 드리라고 했습니다. 시간을 내서 한 번 만나 뵈었으면 했습니다. 카를로스에 대해서 많은 정보를 확보하고 있는 것 같았습니다. 마음에 안 드시더라도 한 번 만나보시는 게 좋을 것 같습니다."

에란트의 얼굴이 고통스러운 듯 잔뜩 일그러지고 있었다.

"왜 우리가 놈에 대해서 이렇게 모르고 있었지? 우리나라 안에서 날뛰고 있는 1급 테러리스트인데 말이야. 이스라엘 놈들은 잘 알고 있는 데 왜 우리는 까맣게 모르고 있었지? 몰라도 어느 정도라야지."

"모사드 놈들은 여간해서 정보를 안 내놓지 않습니까."

"하긴 그래."

에란트는 중얼거렸다. 부하의 말은 맞는 말이었다. 모사드 놈들은 한 번 손아귀에 움켜쥔 정보는 절대 내놓는 법이 없다. 더 이상 소용이 없어지면 그제야 쓰레기 정보를 흘린다. 하지만 그렇다고 해서 그들을 나무랄 것도 못된다. 왜냐하면 그들이 정보를 공유하지 않고 독자적으로 행동하는 데에는 그럴 만한 이유가 있기 때문이다.

유럽 여러 나라들은 가능한 한 아랍 테러리스트들을 건드리려고 하지 않는다. 그들을 잘못 건드리면 여기저기서 테러가 발생할 것이고, 그렇게 되면 정말 골치 아파지기 때문이다. 그래서 그들은 아랍 테러리스트들의 목표가 되는 것을 피하기 위해 중범이 아닌 이상 웬만한 범법행위 정도는 눈감아 주던가 관대하게 처벌해 오고 있다. 팔레스타인 문제는 팔레스타인과 이스라엘 사이의 문제이지 그들의 문제가 아니란 것이 유럽인들의 생각이었다. 그런데 바로 그런 점이 이스라엘 정보요원들의 반감을 사고 있었다. 그들이 애써 정보를 주면 유럽인들은 마지못해 받기는 하지만 돌아서면 바로 그것을 구겨서 쓰레기통에 던져 버린다. 이스라엘측 정보 제공으로 테러분자를 색출한다해도 무겁게 처벌하지 않고 기껏해야 국외로 추방하는 것이 고작이다. 그것을 보고 이스라엘 요원들은 분통을 터뜨렸고, 더 이상 유럽인들에게 정보를 제공한다는 것이 얼마나 어리석은 짓인가를 알게 되었다.

한편 아랍 테러리스트들은 유럽이 다른 곳에 비해 안전하다는 것을 알고는 유럽으로 다투어 잠입했고, 그러다 보니 유럽은 테러리스트들이 우글거리는 소굴처럼 되어 버렸다.

먹잇감이 있는 곳에 사냥꾼이 찾아드는 것은 이상할 것이 하나도 없다. 이스라엘 비밀기관 요원들은 먹잇감을 찾아 유럽으로 조용히 잠입했다. 말이 비밀기관 요원들이지 사실은 살인부대라고 할 수 있었다.

그들은 유럽의 각국 정부가 아랍 테러리스트들을 잡아 줄 것이라고는 조금도 기대하지 않았기 때문에 테러리스트들을 현지에서 직접 처단하기 위해 유럽으로 건너온 것이었다. 거기에는 체포하여 재판에 회부한다는 법적인 처벌절차 같은 것은 일체 생략된 채 무조건 상대방을 죽이고 본다는 원칙만이 있을 뿐이었다. 다른 나라에서 살인행위를 저지른다는 것은 분명히 불법행위이지만 이스라엘 살인부대는 그런 것은 조금도 개의치 않았다. 그들은 유럽을 배회하면서 아랍 테러리스트들과 그들에 동조하는 자들을 찾아내어 가차 없이 살해하곤 했다. 조금이라도 이스라엘에 테러를 가할 의심이 있으면 앞뒤 가리지 않고 죽여 버렸다. 그 바람에 억울하게 살해되는 사람들도 적지 않았다. 어떻든 그것은 사전에 미리 적을 박멸함으로써 이스라엘을 테러의 위험으로부터 지켜야 한다는 국가방위 차원에서 비롯된 자위수단이었다. 이스라엘은 고립되어 있었고, 유일한 후원자인 미국도 이스라엘을 돕는 데는 한계가 있었다. 결국 이스라엘 사람들의 마음속에는 언제부터인가

"아무도 우리를 도와주지 않는다. 우리 국가는 우리 손으로 지켜야 한다."

라는 생각이 생존철학으로 굳게 자리 잡고 있었다.

이스라엘 살인부대가 유럽을 돌아다니고 있는 것을 유럽 각국의 수사기관들이 모를 리가 없었다. 그러나 이스라엘 살인부대의 솜씨가 워낙 민첩하고 정교하기 때문에 혐의점을 찾는 것이 여간 어렵지가 않았다. 살인부대는 뒤처리가 깨끗해서 단서를 일절 남기지 않았다. 살해되었을 가능성이 큰데도 불구하고 시신을 찾지 못해 결국 실종으로 처리되는 경우도 상당수 있었다.

에란트가 유럽의 이스라엘 살인부대 지휘자라고 생각하고 있는 클레멘트에 대해 불쾌한 감정을 품고 있는 것은 앞에 말한 바와 같은 그들의 불법적인 살인행각 때문이었다. 남의 나라에서 이곳저곳을 멋대로 휘젓고 다니면서 무자비하게 사람들을 처단하는 그들의 행태를 생각하면 화가 부글부글 끓어오르곤 했다. 그리고 그런 감정이 오래 지속되다 보니 그는 자기도 모르는 사이에 반유태주의에 동조하고 있었다.

여러 명이 한꺼번에 살해당하는 학살사건이 발생하거나 하면 수사기관의 시선은 으레 클레멘트에게 쏠린다. 그리고 결국 그를 추궁하게 된다. 에란트 역시 그런 일로 그를 만나보곤 했다. 하지만 그 때마다 불쾌감을 안고 돌아서곤 했다. 클레멘트는 장딸막한 키에 살이 찌고 머리가 벗겨진, 겉으로 보기에는 흉물스럽게 생긴 중늙은이였다. 거기다 휘어진 매부리코 위에 도수 높은 안경까지 걸치고 있어서, 전당포나 지키고 있으면 어울릴 것 같은 그런 인물이었다. 그런 인물이 살인부대를 지휘하고 있다니, 그를 볼 때마다 도무지 믿어지지가 않았다. 혐의점을 추궁하면 그는 히죽히죽 웃으면서 부인하는 것이었다. 증거를 보고 싶다고 하면서 이리저리 말꼬리를 돌릴 때는 마치 놀림을 당하고 있는 기분이었다.

　사람들은 DST요원 두 명과 아랍인 한 명 등 세 명이 단 한 명의 테러리스트에게 한꺼번에 어이없게 살해당하고 대테러특수수사반장까지 부상당한 그 사건을 툴리에가의 비극이라고 불렀다. 그와 함께 프랑스 정보기관의 무능을 질타하면서 그것을 수치스럽기 짝이 없는 사건이라고 말했다. 당연히 그 수치스러움을 씻기 위해 전수사기관이 총동원되어 카를로스를 뒤쫓기 시작했지만 그 날 밤 웃통을 벗어부친 채 도주한 그의 행방은 오리무중이었다. 카를로스라는 이름은 하룻밤 사이에 전 세계 수사기관들이 주목하는 가장 유명한 이름이 되고 말았다. 시간이 흐르면서 그가 관계했거나 지휘했던 테러사건들이 하나 둘씩 밝혀지기 시작했고, 또한 새로운 테러 이력들이 쌓여 가면서 그는 더욱 유명해졌고, 그러는 동안 일반 사람들 사이에서는 그 이름은 어느 새 공포의 대명사로 각인되어 갔다. 거기에다 나중에는 일종의 신비감까지 덧칠해져 카를로스의 유명세를 더욱 증폭시켰다.

　처음 가장 손쉬운 방법으로, 수사의 초점은 현장에 함께 있었던 네 사람에게 집중되었다. 에란트는 아픈 몸을 이끌고 그들을 심문하는데 직접 참가했지만 그들로부터 수사에 도움이 될 만한 증언은 들을 수가 없었다. 강도 높은 조사에도 불구하고 그들의 답변은 한결 같았다. 즉 잘 모르겠다는 것이었다.

　두 명의 사내는 한 명은 남미의 콜롬비아 인이었고 다른 한 명은 아프리카 북서부의 알제리 출신이었다. 둘 다 서른 안팎의 젊은이들로 체포되었을 때 모두 마약에 취해 있었다. 두 여자 역시 마약에 취해 환각상태에 있기는 마찬가지였다. 그녀들 가운데 블론드 머리의 늘씬한 미녀는 스물일곱 살로 베네수엘라 출신이었고, 그림을 공부하고 있는 유학생이었다. 문패에 적혀 있는 두 개의 이름 가운데 산체스가 바로 그녀였다.

방 안에서 카를로스와 황홀한 섹스를 즐기고 있었던 동양계 아가씨는 처음에는 일본 여자나 중국계 여자쯤으로 생각되었었다. 그러나 그 같은 짐작은 빗나갔고, 엉뚱하게도 그녀는 한국인으로 밝혀졌다.

"어? 이건 좀 뜻밖인데……."

그녀의 신분이 밝혀졌을 때 에란트와 그의 동료들은 하나 같이 이해하기 힘들다는 표정들이었다.

"한국이 어디 있지?"

거의가 세계지도를 한참 동안 보고나서야 꼬레라는 나라의 위치를 알 수가 있었다. 남북이 분단되어 있고 군사독재로 악명이 높은 후진국이라는 말은 들어봤는데 지구의 어느 구석에 붙어 있는지는 모르고 있었다.

문패에 적혀 있는 사라사르는 그녀의 가명이었고, 본명은 채수지(蔡秀芝)였다. 나이는 25세. 파리에 있는 미술학교 에꼴 데 보자르에서 미술을 공부하고 있는 유학생이었다.

네 사람은 마약을 복용했기 때문에 다른 혐의점이 없더라도 얼마든지 구속 상태에서 조사할 수가 있었다. 수사관들은 그들의 약점을 가지고 위협하기도 하고 회유하기도 했다. 하지만 카를로스를 뒤쫓는데 도움이 될 만한 진술은 좀처럼 나오지가 않았다. 약속이나 한 듯 그들은 카를로스에 대해서는 잘 모른다고만 대답했다. 네 명 모두 테러에 관련된 전과 같은 것은 없었다.
 네 명은 한 명씩 따로 분리되어 조사를 받았는데, 채수지는 에란트의 직접 심문을 받았다.
 에란트는 특별히 그녀에게 흥미를 느끼고 있었다. 그는 동양계 미녀를 좋아했다. 몸집이 크고 시건방지기 짝이 없는 서양 여자들보다는 조그맣고 고분고분한 동양계 여자들이 훨씬 마음에 들었다. 그가 동양계 여자를 좋아하게 된 것은 1950년대 초 베트남에서 프랑스군으로 복무하면서부터였다. 전선에서 프랑스군은 베트남군과 치열한 전투를 벌이고 있었지만 그는 후방에서 헌병으로 복무하면서 손쉽게 베트남 여인들과 접촉할 수 있었다. 지금 생각하면 나이 어린 베트남 아가씨들을 마음대로 농락할 수 있었던 그 때가 그 자신에게는 가장 좋은 시절이었던 것 같았다. 한 아가씨는 그의 자식을 낳기까지 했는데, 그는 귀국 후 그들과 일절 연락을 끊어 버렸다. 무책임하고 비양심적인 행위인줄 알면서도 그는 그렇게 행동했고, 어쩌다 그들을 생각하면 마음이 좀 거북해지곤 했다. 그리고 그뿐이었다. 비겁하게도 그는 8년에 걸친 베트남군과의 지루한 전쟁이 낳은 후유증 정도로 속편하게 생각하는데 익숙해져 있었다. 그와 함께 만일 디엔비엔푸에서 프랑스군이 참담하게 패하지만 않았어도 지금쯤은 베트남에서 하인들을 부리며 호사스러운 생활을 하고 있을 것이라고 꿈을 꾸기도 했다.
 채수지는 가무잡잡한 베트남 아가씨들과는 달리 피부가 유난히 희었다. 그리고 검은 머리에 덮여 있는 얼굴은 조그맣고 앳돼 보였다. 너무 앳돼 보여 10대 소녀 같았다. 그 얼굴에서 그는 출렁이는 젖가슴과 기성을 지르며 엉덩방아를 찧던 그 황홀한 표정의 여인의 얼굴을 읽어보려고 했지만 도무지 같은 사람의 모습이라고 생각되지가 않았다. 섹스 장면을 들킨 것을 부끄러워하거나 그런 것 같지도 않았다. 이렇게 달라 보일 수가 있을까. 그는 마치 수수께끼의 여인을 보고 있는 것 같은 생각이 들었다. 이 한국 아가씨는 어떻게 해서 그 테러리스트의 섹스 상대가 되었을까. 단순히 섹스만을 위해 만나는 사이일까, 아니면 같은 테러조직의 일원일까. 바보처럼 멍하니 앉아 있는 그 백치미를 보고 있자니 쉽게 판단을 내릴 수가 없었다.

"카를로스하고는 애인 관계인가?"

"아뇨."

"그럼 어떤 관계지?"

"그냥 친구 사이에요."

그녀는 머뭇거리거나 하지 않고 금방, 그리고 짧게 대답했다. 그렇게 말하는 모습이 별로 생각해 보지도 않고 말하는 것 같았다. 아담한 몸매인데도 육감적인 매력을 발산하고 있었다. 동양계 아가씨들한테서는 보기 힘든 풍만한 몸뚱이를 가지고 있었다. 이런 애를 안고 밤새도록 한 번 뒹굴어 봤으면 좋겠다고 그는 생각했다.

"그럼 뱃속의 아기는 누구 아기지?"

그녀는 무슨 말인지 잘 못 알아들은 것 같았다.

"임신 중이던데…… 아버지가 누구야?"

그녀가 임신 중이라는 사실은 그녀의 몸을 진찰하는 과정에서 발견된 사실이었다. 그녀의 혈액에서는 코카인 성분이 검출되었다.

"그게 무슨 말씀인가요?"

그녀가 정색을 하고 물었다. 놀라고 있는 것이 분명했다.

"몰라서 묻는 거야?"

그녀는 얼어붙은 표정으로 그를 쳐다보았다. 유난히 까맣고 투명한 눈이었다.

"이런 제기랄, 의사가 당신, 임신했다고 그랬단 말이야. 그것도 몰랐나?"

그녀는 무겁게 고개를 끄덕였다. 정말 그걸 모르고 있었던 것 같았다.

"몇 개월인지 알고 싶지 않나?"

"말씀해 주세요."

"2개월이래. 아버지가 누구야?"

그녀는 멈칫하다가 다시 고개를 저었다.

"아버지가 누군지 모른단 말이야? 말도 안 돼!"

에란트는 그녀가 거짓말을 하고 있는 것인지, 아니면 정말로 아기 아버지에 대해서 모르고 있는 것인지 아직은 종잡을 수가 없었다.

"죄송합니다."

"나한테 죄송할 건 없어. 아기 아버지가 누군지 모를 정도로 남자관계가 복잡하나?"

그녀는 시선을 밑으로 떨어뜨린 채 손을 만지작거렸다. 그는 그녀에게 더 심한 모욕감을 안겨 주고 싶었다. 어이없게 죽어 간 부하들을 생각하면 욕설이라도 퍼부으면서 발로 밟아 주고 싶은 심정이었다.

"당신 창녀 아니야? 혹시 이놈 저놈한테 돈 좀 받고 몸 판 거 아니야?"

그녀는 고개를 처들더니 그를 똑바로 응시했다. 두 눈에 물기가 번져 있었다.

"아니에요!"

"그럼 왜 모르는 거야?"

"생각해 봐야 해요."

"여러 남자들하고 관계를 했기 때문에 아기 아버지가 누군지 생각해 보지 않으면 잘 모르겠다 이건가?"

긍정도 부정도 하지 않는 것은 긍정한다는 뜻이다. 그런데 그녀가 당돌하게도 이렇게 말했다.

"마음대로 생각하세요."

그녀는 손으로 눈물을 닦았다. 에란트는 그녀를 노려보다가 손수건을 꺼내 그녀에게 내밀었다.

"깨끗하니까 써요."

"감사합니다."

깍듯이 예의를 지킬 때는 에란트도 당황하곤 했다. 이런 아가씨가 테러조직과 관계가 있을 것이라고는 도저히 생각되지 않는다. 하지만 많은 경험을 통해 알아낸 것은 사람은 겉모습만 보고는 섣불리 판단할 수가 없다는 것이다. 백치미 같은 이 가면 뒤에 숨겨져 있는 비밀을 밝혀내야만 하는 것이다.

"당신이 살고 있는 그 아파트에서 엄청나게 많은 무기가 발견됐어. 그건 테러에 사용하기 위해 숨겨 둔 게 분명해. 그 무기는 어디서 났지?"

"전 그런 무기가 집 안에 있는지 몰랐어요."

"그 아파트는 당신 거야! 모른다는 게 말이 돼? 거짓말도 적당히 해야지 무조건 모른다고 잡아떼면 어떡해? 뜨거운 맛을 봐야 알겠어?"

에란트의 목소리에서는 쇳소리가 났다. 그는 목에 붕대를 감고 있었기 때문에 고개를 마음대로 움직일 수가 없었다.

어디선가, 아주 가까운 곳에서 여자의 비명소리가 들려왔다. 고통에 못 이겨 울부짖는 소리였다. 그 소리에 수지의 표정이 금방 파랗게 질리고 있었다. 그러나 그녀의 대답은 전혀 바뀌지 않았다.

"정말 몰랐어요. 정말이에요."

"카를로스가 테러리스트라는 건 알고 있었겠지?"

"몰랐어요. 그런 사람인줄 몰랐어요."

"동거생활까지 했으면서 그 사람 정체도 몰랐다는 게 말이 되는 소리야?"

"정말 몰랐어요."

그녀는 호소하듯이 그를 쳐다보았다.

에란트는 손가락으로 그녀를 찌를 듯이 하면서 증오에 찬 목소리로 말했다.

"내 동료들이 그 놈 총에 맞아 죽는 걸 봤지? 나도 총알이 1센티만 오른쪽으로 목에 박혔으면 그 자리에서 즉사 했을 거야. 그 놈은 무서운 살인자야. 눈 하나 까닥하지 않고 파리 죽이듯이 사람들을 죽이는 놈이야. 그런 놈을 보호해 주는 건 죄악이야."

그녀는 두려운 듯 어깨를 움츠렸다.

"자기 동료도 쏴 죽이는 걸 봤지? 그 놈은 조금이라도 의심이 가거나 자기한테 불리하면 동지나 애인까지도 즉시 죽이는 놈이야. 그 놈하고 함께 더 살았으면 당신도 살해됐을 거야."

그 말에 그녀는 더욱 오그라드는 것 같았다. 잠시 후 그녀는 믿어지지 않는다는 듯 고개를 흔들었다.

"믿을 수가 없어요. 그 사람이 그런 사람이라니……"

"그 놈이 체포되는 건 시간문제야. 국경은 봉쇄됐고, 설사 국경을 넘었다해도 유럽의 전 수사기관이 놈을 찾고 있기 때문에 조만간 붙잡히게 돼 있어. 문제는 그 때까지 놈이 몇 사람이나 더 살해할지, 그게 걱정이란 말이야. 궁지에 몰리면 놈은 닥치는 대로 사람들을 죽일 거야. 미친개처럼 말이야. 그걸 저지하지 않으면 안 돼."

에란트는 그녀를 설득시키려고 무진 애를 써 보았지만, 그녀는 잠시 수긍하는 척하다가도 결정적인 순간에 가서 그를 실망시키곤 했다.

"수지, 잘 생각해서 결정해. 당신은 마약 복용으로 교도소에 가야 해. 최근 법이 개정돼서 마약사범에 대해서는 중형을 내리고 있어. 당신은 전과가 있기 때문에 최소한 3년 이상은 썩어야 할 거야. 그런 다음에는 당신네 나라로 추방될 거야. 이건 정해진 코스야. 각오하고 있겠지?"

그녀는 받아들일 수 없다는 듯 고개를 세게 흔들다가 이렇게 말했다.

"변호사를 불러 주세요."

"변호사?"

에란트는 어이없어 하다가 담배를 꺼내 불을 붙였다.

"변호사 있어 봐야 소용없어. 이번에는 변명의 여지가 없기 때문에 아무리 변호를 잘해도 3년 이하는 안 돼. 변호사 선임하려면 돈이 많이 들 텐데 그만한 돈이 있나? 가난한 유학생이 무슨 돈이 있어서 변호사를 부르겠다는 거지?"

"최고의 변호사를 불러 주세요."

그녀는 갑자기 태도를 바꾸어 아주 당돌하게, 그리고 거침없이 말했다.

"누굴 놀리는 거야?"

에란트는 그녀를 노려보았다.

"놀리는 게 아니에요. 약자의 권리를 말씀드린 거예요."

그는 한 방 얻어맞은 기분이었다. 그녀는 피의자의 권리라고 하지 않고 약자의 권리라고 말했다. 맞는 말이긴 하지만 듣기에 따라서는 아주 맹랑한 말이다. 요 계집애가 보통이 아닌데. 만만하게 보았다가는 큰 코 다치겠는데.

"담배 한 대 빌려도 될까요?"

도발적으로 나온다고 생각하면서 그는 담배를 내밀었다. 내친김에 라이터 불까지 부쳐 주자 그녀는 기분 좋게 한 모금 빨고 나서 연기를 허공에다 길게 내뿜었다.

"최고의 변호사를 고용하려면 돈이 아주 많이 들 텐데. 약자가 그 돈은 어디서 나지? 카를로스가 대주나? 테러조직에 돈이 많다는 건 알고 있지만 말이야."

"집에서 대줄 거예요."

"집에서?"

한국이라면 극동의 가난한 후진국이다. 그런 나라에서 이 방탕한 딸을 위해서 과연 어느 부모가 그 비싼 변호사 비를 대줄 수 있을까. 그는 깔보는 듯한 눈으로 그녀를 쳐다보았다. 그녀는 담배 한 대를 맛있게 피우고 나서 어느 새 얌전한 모습으로 돌아가 있었다.

"아버지가 부자인가?"

"사업하다가 망했다고 하는데 잘 모르겠어요. 하지만 변호사 비용은 대줄 수 있을 거예요."

에란트는 어리둥절했다. 그 때 부하인 앙리가 가까이 다가와 그의 귀에 대고 속삭였다.

"저 아가씨, 망명자의 딸입니다."

"그래?"

에란트는 좀 놀라는 것 같았다.

"상당한 거물입니다."

"어떤 사람이야? 자세히 말해 봐."

"이름은 채문기라고 합니다. 한국에서 굴지의 대기업을 운영했는데, 반정부 활동에 가담한 혐의로 수배를 받자 파리로 도망쳐 왔습니다. 그 바람에 사업은 완전히 망했지만 만일에 대비해서 외국으로 빼돌린 돈이 꽤 있는 것 같습니다."

"파리에 살고 있나?"

"네, 주소는 파리로 되어 있지만 일정치가 않습니다. 한국 기관원들의 테러를 우려해서 잠복생활을 하고 있는 것으로 알고 있습니다. 한 번 테러를 당하고 나서부터는 여간 조심 하는 게 아닙니다."
"어떻게 당했는데?"
"납치 미수로 끝난 사건이었습니다."
당시 앙리는 망명자들을 관리하는 경찰 부서에서 일하고 있었다. 그래서 채문기 납치 미수사건에 대해서 어느 정도 소상히 알고 있었다.

스타 테러리스트

　자신에 대한 비밀정보기관의 미행을 눈치챈 채문기는 지인으로부터 수일 내에 체포될 것이라는 귀띔을 받고는 즉시 일본을 거쳐 프랑스로 도망쳤다. 보고를 받은 대통령은 그의 배신에 분노가 치밀었고, 즉시 정보기관의 책임자에게 추상같은 명령을 내렸다. 놈을 즉시 잡아다가 대령시키라고.
　한국의 비밀정보기관 CIS는 안팎으로 원성을 사고 있는 악명 높은 기관이었다. 군 출신의 독재자 P는 권좌를 유지하기 위해 CIS를 십분 이용했고, 역대 CIS 책임자들은 국민보다는 오로지 P만을 위해 때와 장소를 가리지 않고 폭력을 행사했다. 인권유린이 극심했기 때문에 국민들에게 CIS는 공포의 대명사로 불릴 정도였다.
　그들의 위세는 대단해서 해외에도 기관원들을 상주시키고 프락치를 심어 놓는 등 그 영향력을 급속도로 확장시키고 있었다. 국내는 공포정치로 인해 모두가 침묵을 지키고 있었고, 국민들은 일종의 정신적 공황상태에 빠져 있었다. 저항은 아주 미미했고, 따라서 국민들을 잠재우는데 성공했다고 판단한 P는 헌법까지 멋대로 뜯어고쳐 영구 집권을 꾀했다. 그러나 저항은 엉뚱한 곳에서 일어났다. 해외교포들이 연일 집회를 열면서 P의 공포정치를 규탄하기 시작한 것이다. 그리고 그것은 외신을 타고 금방 전 세계로 퍼져 나갔다.

P의 이미지는 형편없이 구겨지고, 미국과 서방세계는 그에게 민주정치를 이행할 것을 촉구했다. 난처해진 P는 CIS 책임자를 불러 도대체 한 줌밖에 안 되는 해외교포들 하나 제대로 다루지 못하고 뭐 하고 있느냐고 질책했다.

즉시 CIS 내에 외국 거주 교포들을 상대로 하는 해외특수공작반이 구성되고, 천문학적인 예산이 배정되었다.

해외 공작반원들은 주로 미국과 유럽 및 일본에 침투, 이용할 수 있는 온갖 야비한 방법들을 동원하여 교포들을, 특히 반독재 투쟁에 참가하고 있는 사람들을 매수하기도 하고 회유하기도 하고, 그것도 여의치 않으면 협박과 폭력을 사용하여 그들의 저항운동을 저지하는데 온힘을 기울였다.

프랑스로 망명한 채문기는 처음에는 민주사회에 대한 이상을 품고 있거나 그런 사람은 전혀 아니었다. 그런 것보다는 돈과 권력을 얻는데 인생의 대부분을 보낸 사람이었다. 군사 쿠데타가 일어나자 그는 기회를 놓치지 않고 군부 세력에 빌붙어 주로 토목과 건설에 관계된 사업권을 따내어 순식간에 막대한 부를 축

적했다. 그는 들어오는 돈의 일부를, 그것도 입이 벌어질 정도로 많은 액수를 반드시 권력자들에게 골고루 나누어주었기 때문에 그의 사업은 부패의 고리를 타고 그야말로 땅 짚고 헤엄치기 식으로 아주 순조롭게 확장되어 갔다. 나중에는 석유화학과 전자분야에까지 사업을 넓혀 대기업을 여럿 거느린 어엿한 재벌이란 소리까지 듣게 되었고, 거기에 얹혀 전국구 국회의원까지 되었다.

그러나 이렇게 승승장구하던 그도 최고 권력자의 한마디에 하루아침에 쫓기는 신세가 되고 말았다.

그가 P의 노여움을 사게 된 것은 주위의 질시를 많이 받아 좋지 않은 소문만 그의 귀에 들어간 탓도 있었지만, 결정적인 이유는 쿠데타 음모에 관련되었기 때문이었다. 그것은 그 자신도 모르는 사이에 관련된 사건이었지만 그런 것은 고려되지 않고 어떻든 그는 쿠데타 주동자로 몰리게 되었던 것이다.

실제로 쿠데타를 모의했던 주동자는 염 모라는 젊은 장군이었다. 그는 채문기와 이종사촌간이었다. 채문기는 그를 키워 주면 언젠가는 이용가치가 있을 거라고 생각했기 때문에 그에게 정기적으로 상당한 액수의 돈을 송금해 주었고, 그 외에도 그의 요구가 있을 때면 한 번도 거절하지 않고, 오히려 요구액보다도 더 많은 돈을 보내 주곤 했다. 그런 그를 염장군은 최대한 이용했던 것이다. 그는 쿠데타 모의 사실만은 철저히 숨긴 채 그로부터 돈만 받아 챙겼다. 실제로 쿠데타를 모의하고 비밀을 유지하는 데는 많은 돈이 필요했다. 그래서 그는 믿을 수 있는 자금책으로 채문기를 선택했던 것이다.

염장군은 야심이 큰데다 정의감도 있는 젊은 군인이었다. 그는 P가 권력을 유지하기 위해 무자비하게 인권을 탄압하는 것에 분개했고, 국민들로부터 완전히 신임을 잃은 채 혐오의 대상이 되어 있다는 사실도 충분히 간파하고 있었다. 따라서 이 기회에 그를 제거하고 권력을 잡는다면 국민들의 전폭적인 지지를 받을 것으로 생각했다. 사실 그의 쿠데타 모의가 계획대로 성공했다면 그의 생각대로 그는 새 지도자로 급부상했을 것이다. 그러나 모의 도중에 배신자가 생겨 CIS에 정보가 유출되는 바람에 쿠데타 음모 세력은 모두 체포되었고, 염장군은 며칠 동안 살인적인 고문을 받은 끝에 채문기로부터 자금을 받아왔음을 자백했다.

즉시 채문기를 체포하라는 명령이 떨어졌지만 그는 이미 국외로 도주한 뒤였다.

염장군은 며칠 뒤 한강변에서 피살체로 발견되었다. 자신의 자가용 차 운전석에 앉은 채 죽어 있었는데, 관자놀이를 관통한 총알이 머리 뒤로 빠져나와 있었다. 그리고 조수석에서 그의 지문이 묻은 권총도 발견되었다.

경찰은 사인을 자살이라고 발표했다. 그러나 그것을 사실대로 받아들이는 사람을 별로 없었다.

채문기의 재산은 부정축재로 몰려 모두 압류되었고, 회사는 파산철차도 밟을 새 없이 하루아침에 모두 문을 닫고 말았다. 그러나 해외로 빼돌린 재산이 엄청나게 많았기 때문에 채문기는 망명 생활을 비교적 사치스럽게 보낼 수가 있었다.

하지만 그는 전과는 많이 달라져 있었다. 어느 사이에 그는 민주투사로 변해 있었다. 국내 자산이 모두 압류당하고, 염장군이 피살된 데다 주위의 지인들까지 계속 괴롭힘을 당하자 P에 대한 그의 분노는 극에 달하게 되었다. 마침내 그는 P를 향해 연일 독설을 퍼붓기 시작했고, 그것은 곧장 외신을 타고 P의 귀에 들어갔다. P는 노발대발했고, 마침내 CIS는 채문기를 납치할 계획을 세웠다.

채문기는 어느 새 유럽에 거주하는 교민들을 대표하는 민주투사로 부상해 있었다. 따라서 그에 대한 납치는 신중을 기해야만 했다. 하지만 CIS는 그렇지 못했다. 사전에 치밀한 계획도 세우지 않은 채 대강 일을 꾸민 다음 거리에서 그를 폭행하고 끌고 가려고 했다. 그는 발악을 하면서 반항했고, 마침 현장을 지나가던 현지 사복 경찰이 뛰어들어 그를 구해 주었다.

납치범들은 체포되었지만 자신들은 채권자들의 부탁을 받고 빚을 받아내기 위해 그를 데려가려고 했을 뿐이라고 하면서 자신들이 CIS 소속임을 한사코 부인했다. 프랑스 경찰은 충분히 심증은 갔지만 외교문제로 비화하는 것을 원치 않았기 때문에 그 사건을 모른 체하고 대강 덮어두었다.

그런 사건이 있고난 후 혼쭐이 난 채문기는 보안회사에 자신의 경호를 의뢰하는 한편 은신처를 여기저기 옮겨 다니며 숨어 지내고 있었다. 그렇다고 해서 P에 대한 비난을 중지한 것은 아니었다. 오히려 전보다 더, 거의 악에 받쳐 그를 비난했다. 일제하 한국의 독립 운동가들을 체포하는데 앞장섰던 일본 관동군 장교 출신의 민족 반역자, 과거 공산주의자였다가 표변하여 지금은 공산주의자를 때려잡는데 혈안이 되어 있는 변절자, 정적을 제거하는데 있어서 피도 눈물도 없는 잔인무도한 독재자, 한국의 민주화를 수십 년 후퇴시킨 공적1호······. 주로 이와 같은 표현들이 P에 대한 비난의 주류를 이루고 있었다.

 다음 날 프랑스 대테러특수수사반은 비밀리에 채문기를 그의 은신처로부터 수사본부로 호송했다. 프랑스 내에서의 그의 행적과 은신처는 언제나 망명자 전담 부서에 기록되고 있었기 때문에 그를 찾는 것은 어렵지가 않았다.
 그는 혐오스러울 정도로 무지막지하게 생긴데다 작은 키에 배까지 튀어나온 장딸막한 사내였다. 금테 안경을 끼고 있는 두 눈은 동자가 보이지 않을 정도로, 마치 점을 두 개 찍어 놓은 듯이 작았고, 훌렁 벗겨진 대머리는 땀으로 번들거리고 있었다. 프랑스 수사반원들은 이렇게 돼지보다 더 못생긴 자한테서 어떻게 저렇게 예쁜 딸이 태어날 수 있었을까 하고 의아해 했다.
 그는 구속되어 있는 딸을 보고는 당황해서 어쩔 줄을 몰라 했다. 더구나 그녀가 체포된 이유를 알고는 소스라치게 놀라기까지 했다. 하지만 이내 태도를 바꾸어 그럴 리가 없다고 하면서 당장 딸을 풀어 주지 않으면 변호사를 부르겠다고 큰 소리쳤다. 그것을 보고 침착한 에란트 반장의 얼굴이 벌겋게 달아올랐다. 그는 불편한 몸을 의지하고 있던 지팡이로 탁자를 후려쳤다.
 "당신 딸이 살고 있는 아파트에서 내 부하 두 명이 살해됐어! 그것도 내 눈앞에서 말이야!"
 문기는 움찔했다. 그러나 여기서 밀려서는 안 된다고 생각했는지 맞받아치고 나왔다.

"그게 내 딸하고 무슨 상관이 있다는 겁니까? 당신 부하들이 살해된 것은 안 된 일이지만 내 딸이 총을 쏜 것은 아니지 않습니까? 총을 쏜 살인자는 따로 있는데 왜 내 딸을 살인자 취급하는 겁니까?"

채문기는 프랑스에서 망명생활이 길어질 것에 대비, 그 동안 열심히 프랑스어를 공부한 탓에 이제는 프랑스인들과 맞상대할 수 있을 정도로 프랑스어를 제법 잘 구사하고 있었다.

"이것 봐요. 그 살인자는 당신 딸이 세 들어 있는 아파트에 숨어 있었어. 그 아파트에서는 그것 말고도 다량의 무기가 숨겨져 있었어. 그 놈하고 같은 일당이 아니고는 이건 불가능한 일이야. 분명히 말하건대 채수지는 카를로스 조직의 일원이야. 다시 말하면 살인 동조자란 말이야. 알겠어요?"

"내 딸이 그럴 리가 없어요. 파리새끼 한 마리 못 죽이는 내 딸이 그런 짓을 하다니, 그럴 리가 없어요. 카를로슨가 뭔가 그 놈한테 순진한 애가 이용당한 게 분명해요. 그 악당 놈이 우리 애를 이용한 거예요."

에란트는 보기만 해도 구역질이 나는 사내를 잡아먹을 듯이 노려보았다.

"당신은 프랑스 정부의 은혜를 입고 있다는 사실을 망각하고 있는 것 같은데…… 당신이 그것을 깨닫게 해 주는 방법은 얼마든지 있어요."

"아이구, 반장님, 그 은혜를 잊을 리가 있습니까? 귀국 정부의 배려로 제가 이렇게 무사히 망명생활을 하고 있는데, 어떻게 제가 그 은혜를 잊을 수가 있습니까? 정말이지 그 은혜는 한시도 잊지 않고 있습니다."

채문기는 조금 전과는 달리 금방 사색이 되어 말했다.

"우리 프랑스는 세계에서 가장 자유스러운 망명자들의 천국이지만……, 그래서 망명자들에게 관대하지만 만일 그들이 그 은혜를 모르고 날뛰면 그 때는 아주 냉정해진다는 것을 당신은 알아야 해요. 프랑스 정부는 비협조적이고 배은망덕한 망명자에 대해서는 가차 없이 추방해 버려요. 그러니까 당신도 추방될 수 있어요. 언제라도……."

채문기가 가장 두려워하고 있는 것을 그는 말하고 있었다. 그에게 있어서 추방이란 곧 죽음을 의미하는 것이었다. 채문기는 이마에 흐르는 땀을 손바닥으로 훔치면서 한없이 비굴한 표정으로 말했다.

"말씀 안 하셔도 잘 알고 있습니다. 프랑스 정부의 은혜는 죽을 때까지 잊지 않을 겁니다. 그리고 저는 부탁하실 일이 있으면 무엇이든지 협조해 드리겠습니다. 제 딸애가 철딱서니 없이 문제를 일으킨데 대해 애비로서 진심으로 사과드립니다. 용서해 주십시오."

"용서고 뭐고 그런 게 중요한 게 아니에요. 우리는 카를로스를 하루 빨리 잡아야 해요. 그 놈이 앞으로 무슨 짓을 할지 정확히 알 수는 없지만 아파트에서 발견된 다량의 무기로 봐서는 대규모 테러를 계획하고 있었던 게 분명해요. 그 테러에 얼마나 많은 사람들이 희생될지 알 수 없어요. 그래서 놈을 빨리 잡아야 한단 말입니다."

"잘 알겠습니다. 그 놈을 잡는데 도움이 된다면 적극 협조해 드리겠습니다."

"됐어요. 협조해 주리라 믿고 말씀드리는데, 당신이 당장 해줘야 할 일은 당신 딸을 설득시켜서 카를로스와 그 조직에 대한 정보를 알아내는 일입니다. 수지 양은 자기는 전혀 모르는 일이라고 잡아떼고 있는데, 그건 말도 안 되는 소리에요. 수지 양은 카를로스에게 은신처를 제공했고, 그의 무기도 숨겨 줬어요. 그리고 카를로스는 단지 수지 양 아파트에 손님으로서 신세를 지고 있었던 게 아니고 그의 연인으로서 성생활까지 하고 있었어요. 그 정도라면 카를로스에 대해 속속들이 알고 있을 거라는 게 우리의 판단입니다."

"잘 알겠습니다. 그 애를 설득시켜 보도록 하겠습니다."

"부모 입장에서도 사랑하는 딸을 살리고 싶다면 테러 조직에서 하루 빨리 발을 빼게 하는 게 좋을 겁니다. 그건 빠르면 빠를수록 좋습니다. 테러조직에 몸담고 있으면 언제 누구 손에 죽을지 모릅니다. 특히 카를로스는 잔인한 도살자입니다. 놈은 자기 동료인 무카르벨도 주저 없이 쏴 죽였어요. 놈이 수지 양을 죽이지 않을 거라는 보장이 없어요."

채문기의 얼굴에 공포의 빛이 나타났다. 그는 연신 이마의 땀을 훔치고 있었다.

"만일 그 애를 조직에서 빼내면 프랑스 경찰에서 보호해 줄 수 있겠습니까?"

"그야 물론이죠. 수지 양을 안전한 곳으로 피신시켜 보호해 줄 겁니다. 본인이 원한다면 한국이나 그 밖의 다른 나라로 보내 줄 수도 있습니다."

"한국은 안 됩니다."

"알겠습니다. 그럼 한국은 빼도록 하죠. 분명히 알아두셔야 할 것은 현재 수지 양을 구해서 보호할 수 있는 곳은 프랑스 정부, 더 구체적으로 말하면 우리밖에 없다는 사실입니다."

"잘 알겠습니다. 명심하겠습니다."

"툴리에가의 그 아파트는 당신이 얻어 준 건가요?"

"네, 그런 셈이지요. 그 애는 따로 수입이 있는 것도 아니기 때문에 학비며 방세, 그 밖에 생활비와 용돈은 모두 제가 대주고 있었습니다. 툴리에가에 살고 있는 줄은 몰랐습니다. 작년까지만 해도 개선문 근처에 살고 있었는데 언제 툴리에가 쪽으로 옮겼는지 모르겠습니다."

"딸이 살고 있는 아파트에 한 번도 안 가 봤다는 겁니까?"

"가 보고 싶었지만 그럴 수가 없었습니다. 잘 아시겠지만 저를 노리는 놈들이 제 딸을 감시하고 있을지도 모르기 때문에 함부로 찾아갈 수가 없었습니다. 딸애한테는 제 주소와 전화번호도 알려주지 않았습니다."

"그럼 어떻게 연락하죠?"

"급할 때는 제가 전화하거나 따로 접선장소를 통해 소식을 주고받곤 합니다."

"치밀하시군요."

"두 번 다시 납치당하고 싶지 않으니까요. 다음에 놈들은 저를 굳이 납치하지 않고 아예 죽이려 들 겁니다. 충분히 그렇게 하고도 남을 놈들이니까요."

"수지 양하고의 접선 장소는 어디입니까?"

"어떤 카페입니다. 그 카페 웨이터에게 메모를 남기든가 전화로 전할 말을 남기면 그 사람이 잘 전해 줍니다. 인도 출신 웨이터인데 아주 성실합니다. 물론 거기에 대한 답례는 해 주고 있습니다."

 "어디에 있는 카페입니까?"

 "그런 것까지 알고 싶으십니까?"

 "아뇨, 됐습니다. 딸한테 생활비는 어떻게 보냅니까?"

 "은행으로 매달 보내 주고 있습니다."

 "얼마씩 보냅니까?"

 "일정하진 않지만 대략 3천 프랑 정도 보내고 있습니다."

 "꽤 많은 돈이군요. 내 월급보다도 많은데요. 왜 그렇게 많은 돈을 보내 주는 겁니까? 학생한테는 너무 많은 액수라고 생각지 않습니까?"

 "좀 그렇긴 하지만, 그 애는 어릴 때부터 부족함이 없이 자랐기 때문에 다른 애들에 비해 씀씀이가 헤픈 편입니다. 더구나 조각을 전공하고 있기 때문에 재료비가 많이 든다고 해서 그런 줄 알고 보내 준 겁니다. 그 애를 믿고 별로 따지지 않고 달라는 대로 줬습니다."

 "재료비가 많이 든다는 것은 거짓말입니다. 학교에 알아보니까 수지 양은 1년 넘게 휴학 중이었습니다."

 "그게 정말입니까?"

 "정말입니다. 그걸 몰랐습니까?"

 "전혀 모르고 있었습니다. 학교에 잘 다니고 있는 줄만 알고 있었습니다."

"전화만 한 번 학교에 걸어 봐도 알 수 있는 일인데……."
"모두가 제 불찰입니다."
문기는 부끄러워하면서 머리를 조아렸다.
"우리가 판단하기에는 당신이 수지 양에게 꼬박꼬박 보내 주는 돈의 일부는 테러조직에 들어간 걸로 생각됩니다. 그 돈으로 카를로스는 호의호식하면서 안전하게 지낼 수 있었을 겁니다. 당신이 알고 있었던 모르고 있었던 간에 당신의 돈은 테러분자를 돕고 있었어요. 그것만으로도 당신은 프랑스에서 추방될 조건을 충분히 갖추고 있는 겁니다."
추방이라는 말이 나오자 채문기는 다시 사색이 되어 어쩔 줄을 몰라 했다.
"그, 그게 정말이라면 뭐라고 사죄의 말씀을 드려야 할지 모르겠습니다. 전 정말 그렇게 되리라고는 상상도 못했습니다. 순전히 딸애의 학비와 생활비라고 생각하고 돈을 보냈을 뿐인데, 그렇게까지 문제가 커질 것이라고는 전혀 생각지도 못했습니다. 제 생각에는 제 딸애가 그런 짓을 했을 거라고는……."
"됐어요!"
에란트는 지팡이로 탁자 끝을 두드렸다. 그리고 독수리 같은 눈으로 상대방을 쏘아보면서 단호한 목소리로 말했다.
"수지 양의 입을 열어 결정적인 정보를 알아내세요. 모든 걸 자백하도록 설득시켜요. 그렇지 않으면 수지 양은 감옥살이를 한 다음 프랑스에서 추방될 거요. 당신도 물론 추방될 겁니다."
놀라서 쳐다보는 문기를 방안에 남겨 두고 에란트는 출입구 쪽으로 절뚝절뚝 걸어갔다. 그리고 문을 열고 나가다 말고 돌아서서 물었다.

"수지 양이 임신하고 있는 사실을 알고 있나요?"

문기는 마치 몽둥이로 뒤통수를 한 대 얻어맞은 것 같았다. 그는 엉거주춤 몸을 일으키면서 얼빠진 표정으로 에란트를 바라보았다.

"임신 3개월인데, 모르고 있었나요?"

"모, 모르고 있었습니다."

그는 고개를 천천히 흔들었다.

"전혀 몰랐습니다."

"모르는 게 너무 많군요. 딸에 대해 관심을 좀 가져야겠습니다. 수지 양의 말로는 아기 아버지가 누구인지도 모른답니다."

문이 쾅 소리를 내면서 닫혔다.

채문기는 숨을 몰아쉬면서 멍하니 철문을 바라보고 있다가 무너지듯 의자위에 털썩 앉았다.

수지는 아버지를 만나고 싶지 않았다. 하지만 수사관들이 강제로 떠다미는 바람에 아버지가 기다리고 있는 방 안으로 들어가지 않을 수 없었다.

그녀는 아버지를 별로 좋아하지 않았다. 그 이유는 다른 무엇보다도 근원적인데 있었다. 태어나서는 안 될 생명을 그가 무책임하게도 이 세상에 만들어 놓았던 것이다. 그녀는 아버지가 바람 피워서 낳은, 부끄러운 자식이었다. 그래서 그녀는 아버지를 용서할 수가 없었던 것이다.

술과 여자를 몹시 좋아한 그녀의 아버지는 반반한 여자들을 보면 사족을 못 쓰고 달려들곤 했는데, 그중에는 여대생들도 상당수 있었다. 수지를 낳은 여자도 그와 관계한 여대생들 가운데 한 명이었다. 그녀는 수지를 낳자마자 문기한테서 많은 액수의 돈을 울궈낸 다음 딸을 버린 채 종적을 감추고 말았다. 그녀의 아버지는 하는 수없이 그녀를 집 안으로 데리고 들어간 뒤 자신의 호적에 정식으로 입적시켰다.

그에게는 본부인과의 사이에 세 아들이 있었는데, 모두가 버릇이 없고 거칠기 짝이 없어서 형제들 사이에 싸움이 그치질 않았다. 문기는 그런 아들들에 대해 별로 관심이 없었는데, 딸이 생기자 내색은 하지 않았지만 말할 수 없이 기뻐했다. 반면 그의 부인은 수지를 사람이 아닌 더럽고 재수 없는 동물쯤으로 여기고 몹시 싫어했다.

그녀는 병약하고 몹시 신경질적이었다. 히스테리가 심해서 그것이 한 번 발작하면 주위 사람들을 못살게 굴었다. 하지만 남편 앞에서만은 고분고분했다. 그의 성격이 난폭한 것을 알기 때문이었다. 그런데 그것이 오히려 그녀의 성격을 더 꼬이게 만들었다. 남편이 집에 없을 때면 그녀는 수지를 교묘하게 괴롭혔다. 사사건건 트집을 잡으면서 옭아매는 바람에 수지는 단 하루도 눈물을 흘리지 않는 날이 없었다.

그녀가 비쩍 마르기만 하면서 벙어리처럼 말도 하지 않은 채 방 안에만 틀어박혀 지내더니 어느 날 열에 떠서 헛소리를 지르기 시작하자 가족들은 그녀를 미쳤다고 하면서 정신병원에 입원시켜 버렸다. 그녀의 아버지도 그녀가 미친 줄만 알고 달리 손을 쓰려고 하지 않고 부인의 결정에 맡겼다.

나중에 문기가 찾아가자 담당 의사는 심한 스트레스로 인한 정신 불안과 공포감이 누적되어 생긴 분열증인데, 무슨 일이 있었느냐고 진지한 표정으로 물어 왔다.

"한동안 치료를 받으면 나아질 겁니다. 하지만 주변 환경을 편안하게 해 주지 않으면 더 악화될 수도 있습니다."

문기는 고개를 끄덕이면서 심각하게 듣고 있었지만 그 때까지도 사태의 심각성에 대해서는 미처 깨닫지 못하고 있었다. 수지가 중학교 3학년 때의 일이었다.

문기는 담당 의사에게 모든 문제를 자기하고만 상의해 줄 것을 부탁했다. 그런데 며칠 후 담당 의사가 놀라운 사실을 전해 왔다. 수지가 임신 3개월이라는 것이었다. 놀란 문기는 병원으로 딸을 찾아가 누구 짓이냐고 캐물었다. 너를 임신시킨 놈이 누군지 말해라. 그 놈 목을 잘라 버릴 테니까 말해라. 그러나 수지는 울기만 할 뿐 끝까지 입을 열지 않았다.

집으로 돌아온 그는 딸의 방으로 들어가 한참 동안 눈물을 삼키며 앉아 있었다. 딸의 방에 들어가 보기는 정말 오랜만인 것 같았다. 그는 회사 일이 너무 바쁜데다 출장도 잦고 정신없이 사람들을 만나러 다녀야 하기 때문에 집에 들어오지 않을 때가 많았고, 그러다 보니 집안사람들에 대해서는 신경을 쓸 겨를이 없었다.

그는 딸의 책상 앞에 한참 동안 눈물을 삼키며 앉아 있었다. 딸의 책상 앞에 앉아보기는 처음이었다. 딸에 대한 미안함과 안쓰러움, 그와 함께 회한까지 몰려와, 그로서는 실로 오랜만에 뜨거운 눈물을 흘린 것이다. 그러다가 그는 문득 그 동안 버림받

다시피 방치되어 온 어린 딸의 아픈 흔적들을 한 번 들여다보고 싶은 생각이 들었다. 그것은 수지가 아무에게도 보이고 싶지 않은 비밀일 수도 있었다. 그러나 그는 애비로서 그 비밀들을 한 번 보고 싶었다.

 모든 것들이 놀랍도록 정갈하게 정리되어 있었다. 이것저것 살펴보는 동안 그는 분명 무엇인가 밝힐 수 없는 아픈 비밀이 숨겨져 있을 거라는 확신이 들었다. 책상 서랍을 살펴보고 난 그는 책장으로 눈을 돌렸다. 책장에는 주로 미술과 문학 관계 책들이 꽂혀 있었다. 교과서는 맨 아래 칸에 보이기 싫은 듯 세워져 있었다.

 그 칸의 맨 오른쪽에 두툼한 책 한 권이 등을 안쪽으로 해서 꽂혀 있었다. 그것을 뽑아 보니 도스토예프스키의 '죄와 벌'이었다. 왜 이것만 따로 맨 아래 칸에 교과서들과 함께 꽂혀 있을까. 그것도 제호가 보이지 않게 말이다. 그것은 마치 숨겨 놓은 책 같았다. 페이지를 모두 훑어보았지만 이렇다 하게 이상한 점은 보이지 않았다. 미술과 문학 관계 책들이 꽂혀 있는 위쪽 칸을 살펴보았다. 거기에도 '죄와 벌'이라는 제호의 책이 보였다. 그러나 뽑아 보니 그것은 속이 없는 빈 케이스였다. 아래 칸에 있는 '죄와 벌'을 끼워 넣으면 딱 들어맞을 것 같았다. 그러나 그는 그것들이 따로 분리되어 꽂혀 있는 이유를 곧 알아낼 수 있었다.

 빈 케이스 안에는 책 대신 대학노트 절반 정도 크기의 작은 노트가 한 권 들어 있었다. 그것은 크기는 작지만 페이지수가 많은 꽤 두꺼운 노트였다. 그는 그것을 조심스럽게 펼쳐 보았다. 거기에는 일기가 적혀 있었는데 깨알 같이 작은 글씨로 정성들여 씌어져 있었다. 바로 거기에 그가 찾던 수지의 아픈 비밀들이 숨겨져 있었다.

  일기에는 그녀가 의붓어머니에게 당한 갖가지 고통스럽고 괴로운 일들이 낱낱이 적혀 있었다. 아버지에 대한 원망과 함께 그녀를 버리고 간 생모에 대한 그리움도 절절이 적혀 있었다. 그는 이를 악물기도 하고 눈물을 흘리기도 하면서 그 일기를 읽어 나갔다. 귀여운 딸이 이토록 괴로움을 당하고 있을 때 나는 도대체 뭘 하고 있었단 말인가. 왜 나는 이렇게 모르고 있었을까. 회한으로 가슴이 찢어지는 것 같은 고통을 느끼면서도 그는 일기장에서 눈을 뗄 수가 없었다.

  이윽고 그는 자신이 꼭 알고 싶어 했던 가장 중요한 비밀을 수지의 일기에서 찾을 수가 있었다. 그 사실을 안 순간 그는 눈이 뒤집히는 것 같았다. 수지를 임신시킨 자는 놀랍게도 그의 큰 아들이었다.

  일기에는 큰 아들이 수지를 어떻게 얼마나 농락했는지 비교적 자세하게 적혀 있었다. 큰 아들 유림은 현재 그의 회사 기획실에서 부장으로 근무하고 있었다. 언젠가는 회사를 물려주기 위해 경영수업을 시키고 있는 셈이었다. 유림은 작년에 결혼까지 해서 아들까지 하나 두고 있었다. 문기는 큰 아들을 따로 분가시키지 않고 한 집에서 살게 한 것이 크게 후회되었지만 이미 엎질러진 물이었다.

  일기 내용으로 볼 때 유림이 수지를 건드린 것은 단순히 우발적으로 한 번 그래 본 것이 아닌, 벌써 오래 전부터 상당 기간 동안 지속되어 온 일인 것 같았다. 다음과 같은 내용이 그것을 말해 주고 있었다.

―오늘도 개인 사무실로 악마를 찾아갔다. 오지 않으면 가만두지 않겠다고 해서 어쩔 수 없이 간 것이다. 그는 내 교복을 벗기고 나를 침대가 아닌 책상 위에 눕힌 다음 또 그 짓을 했다. 그가 한없이 밉지만 솔직히 말해 그것을 할 때 기분이 좋아지는 것은 어쩔 수가 없다. 이제는 그 큰 것이 안에 들어오면 아프지도 않고 오히려 쾌감을 느낀다. 오빠도 나쁘지만 나는 더욱 나쁘다. 새 언니가 이 사실을 알면 얼마나 실망할까. 집에서 나를 아껴 주는 사람은 새 언니뿐이다. 그런 언니를 실망시킬 수는 없다. 더 이상 악마를 만나서는 안 된다. 그렇지만 악마는 나를 가만두려고 하지 않는다. 그는 새 언니보다도 내가 더 좋다고 한다. 나를 사랑한단다. 이를 어쩌면 좋아. 미쳐버릴 것만 같다. 그와 함께 죽어 버릴까. 마음만 먹으면 그를 죽이는 것은 그렇게 어렵지 않을 것 같다.―

알고 보니 그의 큰 아들은 시내 중심가에다 몰래 개인 사무실을 마련해 두고 있었다. 사업상 특별히 필요해서 차린 것이 아니라 여가를 즐기기 위해 마련한 것이었다. 문기가 쳐들어가 보니 사무실치고는 눈이 휘둥그레질 정도로 호화롭게 꾸며져 있었다. 따로 칸막이한 방에는 더블베드까지 놓여 있었다. 홈바도 있었고, 선반 위에는 각종 양주가 가득 들어차 있었다. 이를테면 그곳은 유림이 여자들을 끌어들여 질펀하게 놀기 위해 꾸며 놓은 비밀 아지트 같은 곳이었다.

그 곳에서 문기는 큰 아들을 죽도록 두들겨 팼다. 회사에도 나오지 못하게 하고, 집에도 들어오지 못하게 했다. 비밀 아지트는 폐쇄시키고, 끝내는 용서를 비는 아들을 미국으로 쫓아 버렸다. 그렇게라도 하지 않으면 사태를 수습할 수가 없을 것 같았기 때문이다.

이제 남은 것은 수지를 어떻게 보호할 것인가 하는 문제였다. 수지를 그대로 집으로 데리고 들어갈 수는 없었다. 그것은 상황을 더욱 악화시킬 뿐이었다. 그는 수지를 못살게 학대한 부인에 대해서도 심하게 체벌을 가했다. 남편한테서 심한 욕설과 함께 무자비하게 폭행까지 당한 그의 부인은 견디다 못해 친정으로 피신까지 해야 했다.

문기는 생각 끝에 수지를 그의 노부모에게 맡겼다. 노부모는 남쪽의 따뜻한 해안가에서 살고 있었는데, 자식들의 도움으로 비교적 여유 있는 생활을 누리고 있었다.

수지는 남쪽의 조부모 댁으로 거처를 옮기면서 정상적인 사춘기 소녀의 모습으로 돌아갈 수가 있었다. 처음에는 형편없었던 학업 성적도 하루가 다르게 향상되어 갔다.

중학교를 졸업한 후 그녀는 그 지방에 있는 고등학교에 진학했다. 하지만 얼마쯤 다니다가 그만두고 말았다. 답답해서 견딜 수가 없었기 때문이다.

1년쯤 빈둥거리며 노는 동안 그녀는 자기가 다니던 학교의 미술교사와 한동안 사랑에 빠지기도 했다. 그는 마흔이 넘은 유부남으로, 자기는 프랑스 유학이 꿈이었는데 그 꿈을 펼쳐 보지도 못한 채 조그만 지방 학교에서 미술 선생으로 세월을 보내고 있다고 한숨을 지으며 말했다. 그 말을 듣고서야 그녀는 자기가 가야 할 곳이 어디인지 비로소 생각났다. 지금까지는 고통과 방황의 세월이었지만 이제부터는 그럴 수 없다고 그녀는 스스로에게 다짐했다.

프랑스로 미술 공부를 위해 유학을 가겠다는 그녀의 말을 듣고 그녀의 아버지는 처음에는 펄쩍 뛰었다. 너무 엉뚱하다고 생각되었기 때문이다. 그가 보기에 그녀는 너무 어린데다 이역만리 멀리 떨어져 있는 프랑스란 나라가 도무지 위험하게만 여겨졌던 것이다. 정 가겠다면 우리 회사 지사도 있고 친지들도 많은 미국으로 가거라. 하지만 아직은 너무 어리니까 적어도 한국에서 고등학교를 마친 뒤에나 가거라. 이렇게 말했지만 그녀는 미국은 싫다고 딱 잘라 말했다. 더구나 친지들 이야기가 나오자 몸서리를 치기까지 했다. 프랑스로 지금 당장 떠나지 않으면 무슨 짓을 할지 자신도 알 수가 없다고 말하는 데에는 문기도 두 손을 들지 않을 수가 없었다.

그는 수지를 위해 프랑스 유학생 출신의 여자 한 명을 비서로 채용했다. 그리고 그녀에게 유학 수속과 현지에서의 숙박 문제, 그리고 정착할 때까지의 보호 문제 등 사소한 것 까지 모두 맡아서 처리하도록 지시했다. 그렇게 해서 그녀와 함께 프랑스로 유학을 떠난 수지는 2년간의 집중적인 어학연수 코스를 거친 뒤 그 다음 해에 미술 대학에 입학할 수가 있었다. 그녀는 2년 동안 서양화를 공부하다가 로댕의 작품에 매료된 나머지 3년째부터는 조형 쪽으로 방향을 돌렸다.

남들에게는 거칠고 강인해 보이는 사내도 어린 딸 앞에서는 한없이 나약해 보인다. 문기는 방 안으로 들어서는 수지를 보고는 자리에서 벌떡 일어나 다가갔다. 그리고 딸을 와락 껴안고는 눈물부터 흘렸다.

"이게 어떻게 된 일이냐?"

그는 두 손으로 딸의 얼굴을 감싼 채 뚫어지게 들여다보다가 애처로운 듯이 말했다.

"많이 여위었구나."

"울지 마세요. 저 건강하니까 걱정하지 마세요."

그녀는 아버지와는 달리 눈물 한 방울 보이지 않았다. 목소리도 차갑게 가라앉아 있었다. 오랫동안 보지 못한 사이에 딸이 몰라보게 변해 버린 것 같아 그는 가슴이 아팠다. 이제 더 이상 귀여운 모습은 찾아볼 수가 없을 것 같았다.

"도대체 어떻게 된 일이냐?"

딸을 자리에 앉힌 다음 그녀를 마주보면서 그는 비로소 심각한 어조로 물었다.

"이건 아빠하고는 상관없는 일이니까 걱정하시지 말고 돌아가세요."

"그게 무슨 말이냐? 이번 사태가 얼마나 심각한지 알고나 있는 거냐?"

찬 물을 끼얹은 듯 잠시 무거운 침묵이 흘렀다. 그는 안타까운 눈으로 딸을 쳐다보았다.

"프랑스는 물론 유럽 전역을 뒤흔든 사건이야. 바로 그 사건에 네가 관련되어 있는데 나보고 상관하지 말라는 게 말이 되냐?"

"전 상관없는 일이에요. 그 사람들이 오해하고 있는 거예요. 좀 지나면 오해가 풀릴 거예요."

"내가 들어보니까 네 말대로 그렇게 간단치가 않은 사건이야. 먼저 넌 마약사범으로 재판을 받을 거야. 하지만 그게 중요한 게 아니야. 중요한 건 네가 이번 테러사건에 관련되어 있다는 거야. 네가 아무리 부인해도 경찰은 믿지를 않아. 카를로슨가 뭔가 그 놈하고 같은 일당이라고 보고 있어. 나한테까지 숨길 건 없으니까 이 애비한테 솔직히 말해 봐. 그 놈하고는 어떤 사이냐? 같은 일당인 게 사실이냐?"

"그렇지 않아요."

"그럼 뭐냐? 어쩌다가 그런 살인자를 집 안에 끌어들였냐? 집 안에서 무기까지 많이 발견되었다는데, 모른다고 잡아뗄 일이 아니잖니? 그 놈하고 어떤 사이냐?"

"그냥 단순히 사귀던 사람이에요. 무기가 집 안에 있는 줄은 몰랐어요."

"그 놈이 테러분자라는 것도 몰랐다는 거냐?"

"네, 몰랐어요."

그녀는 분명한 어조로 말했다.

"어느 나라 사람이냐?"

"남미 어디에요."

"남미 어디?"

"페루 출신이라고 했어요."

"원, 세상에……. 어쩌다가 페루 놈하고 다…….."
 딸에 대한 안쓰러움이 야속한 생각과 함께 배신감으로 변하고 있었다. 그것이 다시 미움으로 바뀌면서, 생각 같아서는 한 대 쥐어박고 싶은 것을 꾹 참았다.
"임신한 게 정말이냐?"
 그녀는 대답 대신 고개를 숙였다. 거기에 대해서는 할 말이 없는 듯했다.
"그 놈 자식이냐?"
 그녀는 별로 자신이 없는 듯한 태도로 조금 고개를 끄덕이다가 말았다.
"그 놈 자식이 틀림없어?"
 여전히 힘없이 끄덕인다.
"당장 떼어버려!"
 그녀는 멈칫했다가 시선을 밑으로 떨어뜨린다.
 문기는 끓어오르는 분노와 절망감으로 어쩔 바를 모르고 있다가 결국 하는 수 없다는 듯 한숨만 길게 내쉬었다.
"하라는 공부는 안 하고 도대체 어쩔 셈이냐? 아기는 지워야 한다! 알았지?"
 그녀는 대답 대신 고개만 끄덕였다.
"학교는 왜 휴학했지?"
"좀 쉬려구요."
"마약은 왜 하는 거냐? 네 몸을 망친다는 걸 모르냐?"
"안 할게요. 잘못했어요."
"이게 두 번째야. 전에도 안 하겠다고 약속했잖아. 마약 전과는 엄하게 처벌하고 있어. 변호사를 붙여 주겠지만 당장 석방되기는 글렀다. 일이 아주 복잡하게 됐어."
"죄송해요."
그는 손을 뻗어 딸의 두 손을 맞잡았다. 이제 딸을 설득시키려면 눈물로 호소하는 수밖에 없다고 생각했다.
"수지야, 내 말 잘 들어야 한다. 이건 너하고 나하고 생사가 걸린 문제야. 내 말대로 하면 우리는 안전하게 살아남을 수 있어."
그가 아주 심각하게 말하고 있는데도 불구하고 수지의 얼굴에는 별로 변화가 없었다. 그녀는 계속 무표정한 모습으로 앉아 있었다.
"내 말대로 하지 않으면 우리는 여기서 끝장을 볼 수밖에 없어. 이역만리 떨어져 있는 이 프랑스에서 말이다. 난 죽음까지 각오하고 있어."
떨리는 목소리와 함께 그의 눈에는 어느 새 눈물이 고이고 있었다. 죽음을 각오하고 있다는 아버지의 말에 수지의 표정이 조금 흔들리는 것 같았다.
"프랑스 경찰은 네가 끝까지 협조하지 않으면 너를 마약과 테러조직의 일당으로 보고 유죄판결을 받도록 기소할 계획으로 있어. 아무리 좋은 변호사를 붙여도 네가 유죄판결을 받을 가능성은 거의 확실해. 몇 년 동안 감옥살이를 하고나면 넌 추방될 거야. 그렇게 되면 두 번 다시 프랑스에 올 수 없어."
그는 딸의 표정을 살폈다. 그녀는 조금 전처럼 다시 무표정한 얼굴로 돌아가 있었다. 그의 말을 귀담아 듣고 있지 않는 것 같아 그는 초조감이 더 해 갔다.

"내 말 듣고 있는 거냐?"

"네, 듣고 있어요."

"그리고 내 문제인데…… 나도 이번 사건으로 추방될 위험에 처해 있어. 그들은 나를 한국으로 보낼 생각이야."

"아니, 왜요?"

비로소 그녀의 얼굴에 놀라는 빛이 나타났다. 그는 손수건을 꺼내 눈물을 닦았다.

"이건 코에 걸면 코걸이고 귀에 걸면 귀걸이지만 망명하고 있는 처지에 무슨 힘이 있어 항의하겠냐?"

"왜 아빠가 추방당해야 하는지 그 이유를 모르겠어요."

"너에게 보내 준 생활비의 일부가 테러조직에 흘러들어가 그들에게 도움을 주었다는 거야. 너한테 보내 준 생활비가 과도하게 많았던 것이 문제가 된 거야. 그 돈으로 너는 아파트를 얻어 생활하면서 카를로스 같은 테러분자를 먹여 살렸다고 보고 있는 거야. 카를로스는 네가 제공한 아파트에서 안전하게 은신해 있으면서 무기까지 숨겨 놓고 대규모의 테러를 준비하고 있었다는 것이 프랑스 경찰의 판단이야."

"말도 안 돼요! 경찰은 항상 그런 식으로 생각해요."

문기는 손을 들어 그녀를 제지했다.

"그들이 그렇게 생각하는 건 아주 당연해. 내가 경찰이라도 그렇게 생각할 수밖에 없어. 문제는 일부러 그랬던 모르고 그랬던 간에 내가 테러조직에 조금이나마 정기적으로 돈을 댔다는 거야. 내가 너한테 생활비와 학비 목적으로 돈을 보냈다해도 결과적으로 그것이 테러분자에게 도움이 됐다면 나는 책임을 면

할 수가 없다는 거야. 바로 그것만으로도 나는 프랑스에서 추방될 요건을 갖추고 있다는 거야."

"아니에요! 그건 억지에 지나지 않아요! 그런 협박에 넘어가서는 안 돼요!"

수지는 처음으로 분개해서 말했다.

"단순히 협박이라면 나도 경찰을 상대해서 싸울 수가 있지만 네가 저지른 실수와 내 입장을 생각하면 그렇게 할 수가 없어. 난 어디까지나 약자일 수밖에 없어. 그들이 하자는 대로 끌려 다닐 수밖에 없는 입장이야. 그들은 추방이라는 무기를 나한테 들이대고 있어. 그 앞에서 나는 도대체 꼼짝할 수가 없어. 내가 한국으로 추방되면 어떻게 되는 줄 넌 잘 알고 있을 거야. 그건 바로 사형집행이나 다름없어. 내가 한국에 도착하자마자 놈들은 나를 죽일 거다. 지금도 놈들은 파리에서 나를 죽이려고 혈안이 되어 있어."

처음으로 수지는 아버지의 나약한 모습을 보는 것 같았다. 그렇게 강인해 보이던 아버지였는데 지금은 죽음의 공포에 떨고 있는 초라한 노인에 지나지 않았다.

"추방되지 않을 거예요. 그럴 리가 없어요."

"넌 몰라. 너는 아무 것도 몰라. 네가 수사에 협조하지 않는 한 난 추방될 게 확실해. 한국으로 추방될 바에는 차라리 죽는 게 나아."

"그렇지 않을 거예요. 그들은 억지를 쓰고 있는 거예요."

"아니야. 그렇지 않아. 반장이 나한테 분명히 말했어. 당신 딸을 설득시켜 자백을 받아 내지 않으면 당신을 추방시킬 수밖에 없다고 분명히 못 박아 말했어. 그러니까 내 목숨은 네 손에 달려 있는 거나 마찬가지야."

그는 딸의 손을 꼭 움켜잡았다.

"수지야, 정신 똑바로 차리고 내 말 들어야 한다. 넌 지금 위험에 빠져 있어. 사방에 널려 있는 게 남자들인데 왜 하필이면 카를로스 같은 살인자하고 사귀고 있는 거냐? 그 놈은 자기 동료도 거침없이 죽이는 놈이야. 네 눈으로 똑똑히 봤지 않니. 그런 놈하고 가까이 지내다가는 너까지 언젠가는 살해당할지 몰라. 수사관들 말로는 그 놈은 아주 무시무시한 놈이래. 난 네가 그 놈 손에 죽도록 내버려둘 수 없어."

"아빠, 이러지 마세요."

수지는 아버지의 손에 잡혀 있던 손을 빼내면서 딱하다는 듯 그를 쳐다보았다.

"이 아빠가 죽는 꼴을 보고 싶냐?"

"왜 그런 말씀을 하세요. 아빠는 아무 상관이 없으니까 너무 걱정하지 마세요. 그들의 협박에 넘어가서는 안 돼요. 모르는 일이라고 좀 당당히 말씀하세요. 당당하지 않으면 그들은 잡아먹으려고 달려들 거예요. 아주 웃기는 자들이에요."

"그러다가 추방당하면 어떡하냐?"

"추방당하지 않아요."

"모르는 소리 하지 마! 그렇게 말해도 못 알아듣냐? 난 지금까지 온 정성을 다 해 너를 돌봐 왔다. 오로지 너 하나 잘 되기만을 바라면서. 그런데 이게 뭐냐? 아무리 철이 없다고, 최소한의 도리도 못하고 있으니, 어떻게 이럴 수가 있냐?"

"죄송해요."

"여러 말할 거 없다. 너와 내가 살아날 수 있는 길은 네가 경찰 수사에 협조하는 것밖에 없어. 네가 카를로스에 대해 알고 있는 모든 정보를 경찰에 솔직히 털어놓는 거야. 그 밖에 테러 조직에 관한 것도 모두 이야기해야 한다. 그렇게만 해 주면 너를 재판에 넘기지 않고 즉시 석방시키겠다고 했어. 경찰에서는 크게 봐주는 거야. 눈 딱 감고 알고 있는 것 모두 이야기해 줘라. 이 애비의 마지막 간청이다. 할 수 있겠지?"

그러나 수지는 고개를 천천히 가로저었다.

"전 그 사람에 대해 할 말이 없어요."

"왜 할 말이 없다는 거냐?"

"아는 게 없으니까요."

냉담한 반응에 문기는 가슴이 무너지는 것 같았다.

"함께 살았으면서 아는 게 없다는 게 말이 되냐? 경찰이 그 말을 믿을 거 같아?"

"안 믿어도 할 수 없어요. 그 사람에 대해 아는 것이라고는 정말이지 이름하고 나이 같은 것…… 그런 것밖에 없어요. 테러조직이니 뭐니 그런 말은 처음 듣는 이야기에요."

"그자가 테러분자라는 것도 모르고 있었다는 거냐?"

"네, 몰랐어요. 사고가 난 뒤에야 알았어요."

"아무 것도 모르는 사람하고 너는 동거생활까지 하고 있었다는 거냐?"

그녀는 잠시 난처한 표정을 짓고 있다가 말했다.

"믿지 않으시겠지만 전 그 사람의 다른 점들에 대해서는 조금도 관심이 없었어요. 그냥 남자 친구로 서로 부담 없이 지냈을 뿐이에요. 그 사람도 자기 자신이 무슨 일을 하는지 이야기하지도 않았어요. 파리가 좋아서 눌러앉은 부잣집 아들 정도로 생각했어요."

문기는 원망스러운 눈으로 딸을 쳐다보았다. 갑자기 그녀가 낯선 사람처럼 느껴졌다. 그가 전혀 모르고 있었던 딸의 다른 모습이 비로소 보였기 때문일까. 그녀가 말하는 표정이나 태도로 보아서는 거짓말하고 있는 것 같지는 않았다. 이 애가 나한테 거짓말한 적이 있었던가? 그는 곰곰이 생각해 보았다. 생각해 보니 그런 적이 없었던 것 같았다. 거짓말하지 않은 대신 그녀는 대답하기 곤란한 질문에 대해서는 아예 입을 다물어 버리곤 했었다.

하지만 그는 중요한 사실을 간과하고 있었다. 그가 오랫동안 만나지 못하는 사이, 그리고 그녀 혼자서 프랑스에서 수년간 지내는 사이 그녀가 내적으로 많이 변했다는 사실을…….

"다른 사람한테는 몰라도 나한테 거짓말해서는 안 돼. 다시 말하지만 이건 우리 생사가 걸린 문제야."

"거짓말한 게 아니에요. 전 정말 더 이상 자백할 게 없어요. 경찰에 사실대로 다 말했기 때문에 더 이상 할 말이 없어요. 그러니까 수사관들에게 제 결백을 말씀해 주세요. 실력 있는 변호사라면 제 혐의를 벗겨 줄 수 있을 거예요."

문기는 고개를 흔들었다.

"네가 원망스럽구나. 이렇게 원망스러울 수가 없다."

"죄송해요, 아빠. 도와드리지 못해 죄송해요."

"이를 어쩌지? 어떻게 하면 좋지?"

그는 절망적인 표정으로 비틀거리며 일어나더니 딸 쪽으로 돌아가 그녀의 어깨에 두 손을 얹었다.

"혹시 고문당하지는 않았니?"

"육체적으로 고문 같은 것은 없었지만 정신적인 고문은 견디기 힘들었어요. 잠을 안 재우고, 물었던 것을 또 묻고, 사소한 것들까지 확대 해석해서 추궁하고…… 아무튼 못살게 굴어요. 하지만 아무리 그래도 소용없을 거예요. 모르는 것을 안다고 거짓말할 수는 없잖아요. 프랑스 경찰은 지금 헛수고 하고 있어요. 난 절대 지지 않을 거예요."

"사실 너를 고문하고 싶어도 임신 중이기 때문에 못하고 있을 거다. 그건 그렇고…… 아기를 낳아서는 절대 안 된다. 알았지?"

"네, 알았어요."

그녀는 생각보다는 아주 쉽게 대답했다. 하지만 그녀는 딴 마음을 먹고 있었다.

문기는 다시 한 번 마지막으로 그녀를 설득시키려고 애써 보았지만 소용이 없었다. 그녀는 똑같은 답변만을 되풀이했고, 결국 그는 두 손을 들고 말았다. 그녀는 정말 카를로스에 대해, 그리고 그를 중심으로 한 테러조직에 대해 하나도 알고 있는 것이 없는 것 같았다.

"할 수 없다. 네 말이 정말이라면 이제 남은 방법은 한 가지밖에 없다. 실력 있는 변호사를 내세워 프랑스 경찰과 검찰을 상대로 싸우는 수밖에 없다. 그렇게 해서 너를 석방시킬 수 있으면 다행이고, 그게 안 되면 형량이라도 줄이는 수밖에 없다."

"고맙습니다, 아빠. 그리고 죄송합니다."

그녀는 아주 정중한 말투로 말했다. 그러자 그는 괴로운 표정으로 중얼거렸다.

"나는 어떻게 될지 모르겠다."

"만일 추방시키려고 하면 법적으로 대응하세요. 가만 계시면 안 돼요."

"글쎄, 잘 될런지 모르겠다. 만일 내가 추방당하면 누가 널 돌보지?"

그 말이 끝나기 무섭게 수지는 발딱 일어나 아버지의 품으로 뛰어들었다. 그리고 와락 울음을 터뜨렸다.

그러나 그렇게 감정을 못 이겨 울음을 터뜨린 그녀였지만 그녀는 내면적으로 이미 단단히 무장이 되어 있었다.

뱃속의 아기만 해도 그녀는 지울 생각이 전혀 없었다. 앞으로 어떻게 될런지는 잘 모르겠지만 지금으로서는 아기를 떼고 싶은 마음이 조금치도 없었다. 그런 생각은 아예 하지도 않고 있었다. 그보다는 자신이 임신했다는 사실이 한없이 신기하게만 느껴졌다. 그것은 신비감으로 바뀌면서 오히려 목숨을 걸고서라도 아기를 보호해야 한다는 모성 본능이 발동하고 있었다.

자신이 임신 중이라는 사실을 정확히 안 것은 경찰에 체포되어 정밀 신체검사를 받고나서였다. 그 전에는 매달 나오던 것이 나오지 않아 혹시 임신했을지도 모른다고 막연하게 생각하고 있었던 것이다.

그녀가 임신한 것은 이번이 처음은 아니었다. 하지만 중학생 때 배 다른 오빠한테 강제로 당해서 임신한 것은 그녀에게 상처만 안겨 줬을 뿐이었다. 그 후 시골의 바닷가에서 빈둥거리며 놀고 있을 때 미술 교사와 관계해서 두 번째로 아기를 가진 적이 있었다. 프랑스로 유학 오기 전에 아기를 지우긴 했지만 그 때부터 임신에 대한 공포감으로 무척 조심을 했다.

그녀 주위에는 항상 사내들이 있었다. 앳된 용모에다 매혹적인 미모 때문에 사내들은 너나없이 그녀와 사랑을 나누고 싶어 했다. 그것은 뿌리치기 어려운 유혹이었기 때문에 그녀는 프랑스에 유학 온 뒤에도 여러 나라의 사내들과 데이트를 즐겼다. 그러나 임신하지 않도록 몹시 조심했기 때문에 그렇게 남자관계가 많았으면서도 한 번도 아기를 가진 적이 없었다.

그런데 이번에 아기를 갖게 된 것은 순전히 그녀가 부주의했기 때문이었다. 마약에 취한 상태에서 완전히 경계심이 풀린 채 이 남자 저 남자와 연속적으로 관계를 맺었기 때문에 원치 않은 임신을 하게 되었던 것이다. 그러나 임신 사실을 확인한 뒤에도 그 전처럼 임신에 대한 공포감 같은 것은 생기지 않았다. 오히려 신기한 느낌과 함께 시간이 흐를수록 모성의 기쁨에 사로잡히는 시간이 많아지는 것이었다. 그녀는 어느 새 뱃속의 아기를 사랑하고 있었다. 아기 아빠가 누구인지는 아직 정확히 알 수 없지만, 그런 것이야 어떻든 그녀는 아기와 절대 떨어질 수 없는 강한 모성을 느끼고 있었다. 그와 함께 프랑스 여자들처럼 아빠가 없어도 혼자서 얼마든지 아기를 키울 수 있는 자신감 같은 것도 느끼고 있었다.

그의 연인은 처음에는 죽은 미셀 무카르벨이었다. 레바논 출신인 그는 신뢰감이 가는 점잖은 사내였다. 그는 베이루트와 프랑스에서 대학을 다니고 박사학위까지 받았는데 전공분야는 오리엔트 미술사였다.

고대 이집트와 메소포타미아, 페르샤와 바빌로니아 미술에 대한 그의 연구는 탁월해서, 가만히 듣고 있으면 그 해박함에 혀를 내두를 정도였다. 여기저기 박물관과 대학에서 그를 초빙하려고 손짓했지만 그는 가지 않고 지하로 잠복, 팔레스타인 테러 조직에 가담했다.

그는 조직적인 사내였다. 프랑스에서 암약하고 있는 '검은 9월단'의 최고 책임자로부터 그가 부여받은 임무는 조직의 회계 장부를 기입하고, 본부의 지령을 카를로스에게 전달하고, 특히 다혈질적인 카를로스를 감시하는 일이었다. 카를로스를 감시하지 않을 수 없는 것은 워낙 성격이 과격해서 무슨 실수를 저지를지 알 수 없기 때문이었다. 더구나 그는 팔레스타인의 굴욕을 겪은 일이 없는 비아랍인으로, 아랍인 테러리스트만큼 팔레스타인인의 대의에 헌신적이지 못했다. 그래서 그는 작전의 최고 책임자, 즉 살인자로만 남게 되었고, 무카르벨은 그를 감시하면서 주로 사무적인 관리를 맡게 되었던 것이다.

무카르벨은 수지의 아파트에 자주 찾아왔다. 찾아와서는 몇 시간씩 놀다 가기도 하고 동료들과 회의를 하기도 했는데, 가끔씩 수지의 침대에서 자고 갈 때도 있었다. 그러던 어느 날 그는 친구를 한 명 데리고 왔는데, 그가 바로 카를로스였다. 무카르벨은 그녀에게 그녀의 아파트에서 당분간 카를로스를 재워 줄 수 없겠느냐고 물었고, 수지는 그 요청을 흔쾌히 받아들였다.

카를로스가 거물이며, 현재 모종의 큰일을 위해 파리에 잠복중이라는 것은 첫 눈에 알아볼 수가 있었다. 좌파 혁명과 팔레스타인 해방을 위해서 그녀는 잠자리뿐만 아니라 그 이상도 제공할 준비가 되어 있었다. 무카르벨의 요청은 그가 워낙 점잖아서 그런 식으로 말한 것이지 사실은 명령이나 다름없었다.

그 때 그녀는 이미 좌파 혁명전선에 깊이 가담해 있었다. 마르크스―레닌주의에 의한 세계혁명을 꿈꾸는 좌파전선은 이스라엘을 최대의 적으로 여기는 팔레스타인 테러조직과 깊이 연계되어 있었다. 그녀는 직접 파괴공작이나 암살 같은 테러에 앞장선 것은 아니었지만 측면에서, 이를테면 연락이나 보호, 무기 은닉, 은신처 제공 같은 일들을 곧잘 해내고 있었다. 겉으로 보기보다는 그녀는 용감하고 대담한 데가 있었다.

남자관계에 있어서도 대범한 데가 있어서 사상적으로 통하는 동지라면 누구든 연인이 될 수 있었다. 그녀는 동지들의 연인이 될 수 있다는 사실을 자랑스럽게 생각했고, 그래서 비교적 자유스럽게 이 남자 저 남자와 관계를 가질 수가 있었다. 무카르벨이 그녀의 아파트를 카를로스의 은신처로 삼게 된 것도 그와 같은 그녀의 남자관계와 이성관을 잘 알고 있었기 때문이었다. 그것은 즉 카를로스와 동거생활을 해도 좋다는 뜻이었다.

카를로스에 대해서 아버지에게는 페루 출신이라고 거짓말을 했지만 사실은 그는 베네수엘라의 카라카스 출신이었다. 그는 매우 정력적인 사내로 거의 하루도 빠지지 않고 그녀에게 성관계를 요구했는데, 그 기세가 워낙 강렬하고 충격적이었기 때문에 그녀는 마치 가랑잎처럼 거기에 휩쓸려 들어갔다. 거기에는 그녀가 지금까지 맛보지 못한 새로운 세계가 있었다.

카를로스와 새로운 관계를 맺고 있으면서도 그녀는 무카르벨과도 계속해서 잠자리를 같이 하곤 했다. 그러다 보니 하루에 두 사내와 연속적으로 섹스를 즐길 때도 있었다. 그리고 그런 자리에는 항상 유행병처럼 번진 마약이 양념처럼 따라다녔다.

쾌락은 또 다른 쾌락을 쫓기 마련이어서 그들은 마침내 혼숙까지도 서슴지 않게 되었다. 건장한 두 사내 사이에 누워 그룹 섹스를 즐길 때면 그녀는 자신이야말로 이 세상에서 가장 행복한 여자처럼 생각되곤 했다.

그러던 어느 날 무카르벨이 갑자기 경찰에 체포되었는데, 카를로스는 그가 절대 자백하지 않을 것이라고 하면서 안심하고 그녀의 아파트에 계속해서 머물러 있다가 경찰의 급습을 받았던 것이다.

좌파 그룹과 연계된 각 테러단체들은 거의가 점조직으로 되어 있었기 때문에 최고 지휘 책임자가 아니고는 그 전체적인 조직 체계를 파악할 수가 없었다. 다양한 조직들이 뒤얽혀 있었기 때문에 어떤 일을 수행하는데 있어서 혼란스러운 면도 있었으나 분명한 것은 대의(大義)를 위해서 모두가 움직이고 있었다는 사실이다. 서로간에 정보를 교환하고 자금과 무기까지 지원하고 있는 이들 테러단체들을 한데 묶어 표현한다면 콤플렉스보다 더 적절한 표현이 없을 것 같다.

그들에게 은신처 정도를 제공해 주고, 무기를 숨겨 주기도 하고, 때때로 간단한 연락이나 취해 주는 정도의 일을 해 주고 있는 수지로서는 이들 콤플렉스에 대해 겨우 한 귀퉁이 정도 알고 있을 뿐 전체적인 네트워크에 대해서는 아직 모르고 있었다. 좀 더 연륜 쌓여, 그만큼 경험이 풍부해지고, 그와 함께 그녀의 중요성이 높아진다면 콤플렉스의 핵심에 접근할 수 있겠지만 지금은 아니었다.

어떻든 무카르벨이 죽고 난 뒤, 구속 상태가 장기화되면서 그녀는 뱃속의 아기에 대해 보다 진지하게 생각하게 되었다. 그것은 아기를 없앨 것인가, 아니면 낳을 것인가 하는 문제가 아니라 아기 아버지가 누구인가 하는 문제였다.

그녀가 생각하기에 아기 아버지는 무카르벨과 카를로스, 그 두 사람 중 한 명인 것 같았다. 왜냐하면 경찰에 체포되기 전 두세 달 동안은 주로 그 두 사람하고만 집중적으로 섹스를 했기 때문이었다. 그런데 만일 죽은 무카르벨이 아기 아빠라면 어떻게 되는 것인가? 그녀는 그 생각에 곤혹스러움을 느끼지 않을 수 없었다.

카를로스의 표현을 빌린다면 무카르벨은 은신처에까지 경찰을 데리고 온 배신자였다. 카를로스는 그런 그를 보고
"이 배신자!"
라고 소리쳤었다.

이어서 개 같은 놈이라고 욕을 퍼붓기도 했다. 그리고 화장실에서 권총을 가지고 나와 사정을 말하려는 무카르벨을 잔인하게 쏘아 죽였던 것이다. 첫 발에 그가 쓰러지자 그것도 성에 차지 않아 가까이 쫓아가 머리에다 대고 한 발을 더 쏘기까지 했던 것이다. 그의 말대로 무카르벨이 만일 배신자라면 그녀는 배신자의 아기를 잉태하고 있는 셈이다. 그녀는 바로 그 점이 너무

싫었다.

좌파 혁명전선과 테러조직에서는 배신자라는 말을 제일 혐오했다. 그래서 배신은 곧 죽음을 의미하는 말로 받아들이고 있었다. 그녀가 수사기관의 강도 높은 조사와 갖은 협박, 그리고 아버지의 추방 가능성에도 불구하고 끝까지 비밀을 지킨 것은 바로 자신이 배신자로 낙인찍힐까 두려웠기 때문이었다.

무카르벨이 정말 배신했을까? 그는 사살되기 전에 카를로스에게 무엇인가 할 말이 있었던 것 같았다. 카를로스가 욕설을 퍼붓자 그는 몹시 당황해 하면서 애걸하듯 이렇게 말했었다.

"카를로스, 사실은 그게 아니고 난 어디까지나……."

하지만 카를로스는 듣지 않고 무기를 가지러 화장실로 뛰어들었던 것이다.

잠시 후 세 명의 수사관을 쓰러뜨린 총구가 자신하게 향하자 무카르벨은 처참하게 일그러진 표정으로

"이러지 마! 난 널 도우려고 온 거야! 제발……."

하고 사정하기까지 했었다.

그는 무슨 말을 하려고 했던 것일까? 무슨 피치 못할 사정이 있었던 게 아닐까? 그녀가 보기에 무카르벨은 결코 배신할 사람이 아니었다.

무카르벨은 부유한 집안 출신이었다. 그의 부친은 베이루트에서 호텔업과 석유사업으로 큰돈을 번, 레바논에서 손꼽히는 부호였다. 비록 지금은 레바논 내전으로 베이루트에 있는 그의 호텔들이 모두 파괴되었지만, 그래도 그의 자산은 계속 불어나고 있었다.

만일 무카르벨이 부친의 사업을 도왔다면 지금쯤 부유하고 앞길이 보장되어 있는 패기만만한 젊은 사업가로서, 유럽과 미국을 오가면서 상류사회의 호사스러움과 쾌락을 즐기고 있었을 것이다. 그러나 그는 그런 것을 뿌리치고 좌파 혁명과 팔레스타인 해방이라는 대의를 위해 목숨을 건 위험한 길을 선택했던 것이다. 그가 카를로스의 손에 죽었을 때 그의 나이는 이제 겨우 서른 살이었다.

어떻든 무카르벨에 대한 평가는 더 두고 봐야 할 것 같았다. 수지는 무카르벨의 죽음에 대해 어떤 말들이 오가고 있는지 그것이 몹시 궁금했다. 그러나 구금상태에 있으니 누가 일부러 말해 주기 전에는 알 도리가 없었다. 따라서 무카르벨에 대한 그녀의 생각은 더 이상 진전될 수가 없었다. 또한 그의 죽음을 슬퍼할 기분도 나지 않았다. 다른 누구도 아닌 카를로스의 손에 죽었으니, 그것을 어떻게 받아들여야 할지 그저 혼란스럽기만 했다.

하지만 사정이야 어떻든 그녀는 현실을 외면할 수가 없었다. 그녀 앞에는 이제 카를로스만이 존재하고 있었다. 무카르벨이 죽고 나자 카를로스의 모습은 더 커 보였고, 바위처럼 그녀 앞을 가로막고 있었다. 만일 그가 아기의 아버지라면 어떻게 할 것인가? 그녀는 생각만 해도 가슴이 벅차오르는 것을 느꼈다. 너무 벅차서 숨이 막힐 것만 같았다.

그는 무엇보다도 성적으로 매력이 넘치는 사내였다. 그의 성적 매력은 워낙 뛰어나, 그의 주위에는 항상 미녀들이 진을 치고 있었다. 그와 한 번이라도 잠자리를 같이 한 여자들은 그를 결코 못 잊어 했고, 어떻게든 그와의 관계를 지속하려고 기를 썼다.

영리한 그는 그 점을 잘 이용하여 여자들을 수족처럼 부려먹을 수가 있었다.

여자들은 그에게 사랑을 바쳤고, 그의 정체도 모른 채 은신처를 제공하기도 했다. 그래서 그는 미녀들의 아파트를 이곳저곳 옮겨 다니면서 얼마든지 은신처로 이용할 수가 있었다. 여자들의 아파트는 은신처로서는 안성맞춤이었다. 그는 그 곳에 안전하게 숨을 수가 있었고, 여자들을 마음대로 농락하면서 육체적 쾌락도 얻을 수가 있었다. 그리고 그 가운데 똑똑하고 좌파적 기질이 있는 믿을 만한 여자는 포섭하여 연락책으로 쓰기도 했다.

그는 애초부터 누구를 사랑한다거나 하는 그런 것과는 거리가 먼 인간이었다. 좌파 혁명을 위한 과감한 행동만이 그가 추구하는 가치이자 목적이었기 때문에 여자를 사랑한다거나 하는 따위는 우스꽝스럽고 거추장스러운, 한가한 작자들한테나 어울리는 소꿉장난 정도로 생각되었다.

숱한 남자들을 겪어본 수지가 볼 때 카를로스는 성적인 면에서 최고의 수컷이었다.

그는 지칠 줄 모르는 정력과 테크닉, 그리고 강력한 무기로 그녀를 마음대로 농락했고, 그 때마다 그녀는 정신을 못 차리고 혼절하다시피 했다. 많은 남자들과 관계해 보았지만 지금까지 카를로스만큼 그녀를 만족시켜 준 남자는 없었다. 남자들은 숫자만 많았을 뿐 진정으로 그녀에게 섹스의 기쁨을 안겨 준 사내는 카를로스 외에는 없었다. 섹스를 즐길 때의 그는 완전히 동물적이고 탐욕적이면서 음란했다. 그런 그를, 그녀는 적어도 그와 사랑을 나눌 때만은 미치도록 좋아했다.

하지만 폭풍 같은 격정이 한 번 휩쓸고 지나가면 그 뒤에 남는 것은 가슴이 텅 비어 버린 것 같은 공허감이었다. 그와 함께 자신이 그에게 철저히 짓밟히고 유린당했다는 생각이 들어 한편으로는 괴롭기까지 했다.

그에 비해 무카르벨은 카를로스만큼 정력이 넘쳐나거나 기교가 뛰어나거나 하지는 않았지만 그와 관계하고 나면 몽환적인 기쁨이 매우 오랫동안 여운이 되어 남아 있었기 때문에 허망한 생각 같은 것은 들지 않았다. 그리고 그는 신뢰감이 가는 남자였다. 반면 카를로스는 왠지 불안정해 보이고 자만에 빠져 있는 것처럼 보였다. 그러나 어떻든 그가 남긴 인상은 너무 강렬해서, 그녀는 마치 카를로스라는 나무가 자신의 몸속에 너무 깊이 뿌리를 내리고 있어서 자신의 힘으로는 도저히 어찌 해 볼 수 없을 것 같이 생각되곤 했다.

여자들을 현혹시키는 성적 매력 외에도 카를로스한테는 그 누구도 흉내 낼 수 없는, 최고의 암살자만이 지닐 수 있는 담대함과 동물적인 잔인함이 있었다. 그것이 남성적인 매력으로 나타나 그를 두려워하는 사람들조차 그에게 매료되곤 했다.

겉으로 볼 때 그는 비교적 훌륭한 풍채에다 교양까지 갖추고 있었고, 수개국의 언어를 자유롭게 구사할 수 있는 실력도 있었기 때문에 수사망에 드러나기 전까지는 국제 신사처럼 자유롭게 세계를 누비고 다닐 수가 있었다. 그러나 겉으로 포장된 모습과는 달리 그는 쿠바, 소련, 아랍 등 여러 테러 훈련소에서 고도의 암살 훈련을 받은 최고의 킬러였다. 대담하고 두려움을 모르는 태도와 신속하고 빈틈이 없는 범행은 아무도 흉내 낼 수 없는 그만의 장점이었다. 순간을 다투는 과감한 살인 행각, 모든 문명사회의 관습을 무시하는 태도, 화려한 여성 편력 등이 알려지면서, 그는 암살자로서 어느 새 세계라는 큰 무대에 혜성처럼 등장한 스타가 되어 있었다.

하지만 그의 중요성은 단순히 악명 높은 살인자라는데 있지 않았다. 그보다는 그 악명을 훨씬 초월한 곳에 있었다.

시간이 흐르면서 베일에 가려져 있던 그의 모습이 드러났을 때 그는 국제 테러리즘의 상징적인 존재가 되어 있었고, 그 위상을 통해 그는 자본주의 사회구조를 단호하게 파괴할 결의에 차 있는 이른바 혁명가들의 세계적 조직이 존재하고 있다는 사실을 일반 대중에게 분명하게 제시해 주었던 것이다. 많은 테러조직들, 이를테면 바더 마인호프, 일본의 적군파, 팔레스타인 게릴라 조직들이 대부분 카를로스를 통하여 서로 커넥션을 이루면서 하나로 뭉쳐져 있다는 사실은 실로 놀라운 일이었고, 그것은 그의 중요성을 말해 주는 것이기도 했다. 여기서 카를로스 콤플렉스라는 말이 자연스럽게 생겨난다.

그와 같은 인물의 아기를 갖다니, 수지는 생각만 해도 가슴이 벅차오를 수밖에 없었다. 여기서 그를 사랑하고 있는가 하는 것은 고려의 대상이 될 수 없었다. 그가 그녀를 사랑하고 있는지 또는 그렇지 않은지 하는 것도 문제가 될 수 없었다. 적어도 그들의 세계에서는 사랑이라는 미묘하고 감상적인 말장난은 존재하지 않았다. 따라서 그의 아기를 가졌다고 해서 그에게 알릴 필요도 없었고, 나중에 아기를 낳겠다고 말해야 할 이유도 없었다. 아기를 낳고 싶으면 낳는 것이고, 그 아기를 혼자 기르고 싶으면 그렇게 하면 되는 것이다.

정말 나는 카를로스의 아기를 가졌을까? 그녀는 반신반의하면서도 아기를 가질 바에는 무카르벨보다는 유명한 카를로스의 아기를 가지고 싶다고 생각했다.

르 빵쉐르의 학살

파리 북쪽, 1975년 7월 19일 밤 11시 8분.
안개비라고 할까. 안개 속으로 비가 축축이 내리고 있었다. 짙은 안개 때문인지 움직이는 모든 것들이 몹시 느려 보였다. 가끔씩 지나치는 차들과 사람들의 형체가 어둠과 안개 속에서 뚜렷한 윤곽도 없이 비현실적인 모습으로 드러났다가 사라지곤 했다. 바람 한 점 없이 비와 안개만이 흐르고 있는 매우 조용한 밤이었다.
그 레스토랑은 단층 건물이었다. 오래 된 건물 외벽은 온통 담쟁이 넝쿨로 뒤덮여 있었다. 그 건물 앞에서 오른쪽으로 조금 떨어진 곳에 가로등이 하나 누런빛을 흘리며 서 있었다. 그것은 마치 생명이 있지만 늙고 병든 가로등처럼 보였다. 등 주위로는 날벌레들이 어지럽게 날아다니고 있었다.

그 가로등 밑에 아까부터 한 사내가 우산도 없이 비를 맞으며 서 있었다. 머리에 중절모를 깊이 눌러쓰고 코트를 걸친 사내는 계속해서 줄담배를 피워 대고 있었다.

그 곳은 파리 북쪽 교외로 생드니를 조금 벗어난 한적한 도로변이었다.

'Le Penseur'(생각하는 사람)라는 이름의 그 레스토랑은 교외의 한적한 곳에 자리 잡고 있었지만 매우 오래 된데다 음식 맛이 좋기로 소문이 나 미식가들이 즐겨 찾는 곳이었다. 특히 주말에는 미리 예약을 하지 않으면 앉을 자리가 없을 정도로 인기가 있었다.

식당은 정확히 밤 12시에 문을 닫았다가 다음 날 오전 11시에 다시 문을 연다. 밤 11시경부터는 술 취한 손님들 몇 명을 빼고는 식당은 한산해진다.

그 날 밤에도 홀에는 댓 명쯤 되는 손님들이 술에 취해 떠들어 대고 있었다.

"미국 놈들은 정말 촌스러워. 돈밖에 모르는 더러운 속물새끼들이야."

그들은 입을 모아 미국을 욕하고 있었다.

"베트남에서 미국이 패배했다는 것은 미국의 종말을 의미하는 거야."

"미국의 종말을 위해!"

그들은 잔을 부딪치면서 미국의 패배를 축하했다.

프랑스가 베트남 식민지에서 쫓겨나자 그 자리를 대신하여 차지한 것이 미국이었다. 거기에 대해 프랑스인들은 미국이 프랑스를 힘으로 밀어내고 베트남을 차지했다고 보았고, 그 때문에 자존심이 상할 대로 상해진 프랑스인들은 미국을 극도로 싫어하게 되었다.

"이제 프랑스 차례야. 우리가 다시 베트남을 접수해야 해."

"바보 같은 소리! 식민지 시대는 끝났다구!"

"난 사이공 최후의 날을 잊을 수가 없어. 시내로 달려오는 탱크 위에는 검은 복장 차림의 베트콩이 서 있었고 그 위에서는 붉은 깃발이 펄럭이고 있었어. 난 그 사진을 벽에 걸어 두고 있어. 정말 역사적인 사진이야."

홀 안쪽에는 별실이 하나 있었다. 출입문이 굳게 닫혀져 있는 그 별실에도 손님들이 아직 남아 있었다. 모두 다섯 명이었는데 장방형의 테이블을 사이에 두고 서로 마주보고 앉아 있었다. 벌써 식사를 마친 그들은 와인으로 입술을 축이면서 심각한 얼굴로 이야기를 계속하고 있었다. 그들 중 한 명은 중년의 여자였다. 그들은 금방 일어날 것 같지 않았다. 홀에 있는 손님들처럼 취해 있지도 않았고, 아주 조용하고 심각한 분위기 속에서 이야기를 나누고 있었다.

병든 가로등 밑에 서서 연방 줄담배를 피우고 있는 사내는 왼쪽 겨드랑이 밑에 꽂아 두고 있는 권총을 뽑아 허리춤에다 찔러 넣었다. 그 편이 위기상황에서 보다 쉽게 뽑아 쓸 수가 있기 때문이었다.

짙은 안개를 뚫고 자전거를 탄 여자가 나타난 것은 11시 15분경이었다. 사내는 순간 경계하면서 권총에 손이 갔지만 상대가 젊은 여자인 것을 알고는 경계를 누그러뜨렸다. 여자가 가로등 앞을 그냥 지나쳤을 때 사내는 손바닥만한 좌석 위에서 좌우로 흔들리는 풍만한 엉덩이를 보고는 침을 꿀꺽 삼켰다. 그리고 자기도 모르게 휘파람을 불었다. 그러자 여자가 방향을 틀어 되돌아왔다.

이윽고 가로등 앞에 이르자 그녀는 자전거를 세우고 노란 비옷에 달려 있는 모자를 뒤로 젖혀 넘겼다. 눈부신 금발과 함께 남자를 녹여 버릴 것 같은 미소가 나타났다. 책가방으로 보이는 조그만 배낭을 지고 있었고, 깊이 파인 빨간색 티셔츠 사이로는 부풀어 오른 젖가슴이 들여다보였다. 짧은 핫팬츠 밖으로 드러난 허연 허벅지는 그녀의 젊음이 얼마나 건강하고 도발적인가를 말해 주고 있었다. 사내는 그녀가 근방에 있는 파리8대학 학생일 거라고 생각했다.

"안녕하세요?"

여자의 싱그러운 목소리에 사내는 지루한 기다림에서 깨어났다. 턱 주변이 시커먼 털로 뒤덮인 사내가 싱긋하고 웃었을 때 밖으로 드러난 치열이 유난히 하얘 보였다.

"저기…… 담배 한 대 빌릴 수 있을까요?"

사내는 담뱃갑을 꺼내 내밀었다. 생각 같아서는 그녀의 젖가슴 사이에다 그것을 쑤셔 넣고 싶었다. 여자는 담배를 한 개비 꺼내 입으로 가져가면서 그를 지그시 쳐다보았다.

"불도 좀 부탁해요."

사내는 그녀의 희고 긴 목과 그 아래로 금방이라도 밀려나올 것 같은 젖가슴으로부터 시선을 떼지 못한 채 라이터를 꺼내 앞으로 내밀었다.

"대학생이오?"

그녀는 머리를 끄덕이면서 그가 내민 라이터 불에 담배를 갖다 댔다.

"멋진 식당에 초대하고 싶은데 시간 좀 내줄 수 있어요?"

데이트 신청에 그녀는 활짝 웃었다.

"난 거리의 여자가 아니에요."

"하지만 여대생도 돈은 필요할 것 같은데?"

"누구나 돈이야 필요하죠. 하지만 제 초대장은 싸구려가 아니에요."

"얼마면 초대장을 살 수 있지?"

"초대장은 모두 팔렸어요. 하지만 암표는 남아 있어요."

"얼마짜리지?"

여대생은 웃으면서 담배연기를 내뿜었다.

"아주 비싸요."

사내는 순간 어리둥절했다. 그리고 아차 했을 때는 이미 늦어 있었다. 총구가 자신의 얼굴을 겨누고 있는 것을 보고는 꼼짝도 할 수가 없었다.

"왜, 왜 이러는 거야?"

"당신을 초대하려고……."

여대생은 담배를 꼬나문 채 웃으면서 방아쇠를 당겼다. 총신이 긴 소음 권총에서 슉! 하는 소리가 났다. 이마 한 중간에 구멍이 뚫리면서 사내는 뒤로 벌렁 나자빠졌다. 넘어지면서 가로등에 한 번 세게 부딪치는 바람에 가로등 불빛이 흔들렸다.

안개 속에서, 정확히 말해 사내가 서 있던 가로등 뒤쪽에서 검은 그림자 두 개가 재빨리 뛰쳐나왔다. 시커먼 차림의 남자들이었다. 그들은 쓰러져 있는 사내를 끌고 안개 속으로 사라져 버렸다. 잘 훈련이 된 듯 매우 익숙한 움직임이었다. 뒤이어 세 대의 차가 헤드라이트도 켜지 않은 채 조용히 나타났다. 세 대 모두 검은 색으로, 한 대는 독일산 아우디 승용차였고, 다른 한 대도 거리에 많이 굴러다니는 시트로엥 마크가 부착된 승용차였다. 나머지 한 대는 르노사 제품으로 9인승 소형 승합차였다.

세 대의 차에서 쏟아져 나온 사람들은 모두 아홉 명이었다. 그들은 모두 총을 들고 있었는데, 무기 중에는 기관단총도 세 개나 있었다. 그들 중 몇 명은 시커먼 복면을 머리 위로 뒤집어쓰고 있었다.

가로등 밑에서 사내를 해치웠던 여대생처럼 보이는 여자도 자전거를 재빨리 승합차에 실은 다음 복면으로 얼굴을 가렸다. 뒤이어 시체를 끌고 사라졌던 두 명이 나타나 일행과 합류했다. 운전석에 남아 있는 세 명을 합치면 모두 15명이나 되었다.

복면을 하지 않은 네 명이 출입구 앞에 대기했다. 그들은 담배를 나눠 피우면서 취객처럼 혀 꼬부라진 소리로 이야기하기 시작했다. 누가 보더라도 식당 안에서 한 잔 걸치고 나온 손님들 같았다.

이윽고 복면으로 얼굴을 가린 여덟 명은 식당 안으로 들어갔다. 괴한들은 매우 조용하면서도 민첩하게 움직였다.

식당 안에는 댓 명쯤 되는 손님들과 종업원들이 있었다. 주인은 바 안쪽에 앉아 오늘 하루 매상을 계산하는데 정신을 빼앗기고 있었다. 손님들은 모두 술에 취해 있었고, 종업원들은 그릇을 치우고 실내를 정리하느라고 바쁘게 움직이고 있었다.
"모두 조용히 해!"
맨 앞에서 여자가 날카로운 목소리로 소리쳤다. 그녀는 손가락을 세워 입에다 갖다 대면서 권총으로 사람들을 위협했다.
"저건 뭐야? 어린 계집애잖아? 재수 없게 계집애가 다 장난을 치네."
손님들 가운데 한 명이 혀 꼬부라진 소리로 말했다. 그는 몸을 일으키더니 주인 남자를 향해 이렇게 말했다.
"어이, 주인장, 이 치들 돈이 필요한 모양인데 돈 좀 집어주고 쫓아 버려! 계집애가 총 들고 설치는 꼴 못 봐 주겠어."
가까이 다가선 여자는 큰소리치는 사내의 어깨에다 대고 서슴없이 방아쇠를 당겼다. 슉! 하는 소리와 함께 사내의 몸뚱이가 의자와 함께 뒤로 나뒹굴었다.
"모두 바닥에 엎드려! 떠들면 죽인다!"
테이블에 앉아 있던 손님들과 종업원들은 그녀의 명령에 일제히 바닥에 엎드렸다.
"사렘은 어디 있죠?"
스탠드바 안쪽에 엉거주춤 서 있는 콧수염의 사내에게 키가 큰 복면의 괴한이 바싹 다가서면서 물었다. 총구는 그의 가슴을 겨누고 있었다. 식당 주인은 그에게 말을 건 남자의 목소리가 귀에 익다고 생각하면서 반백의 머리를 뒤로 쓸어 넘겼다.
"저 방에 있나?"
괴한이 턱으로 별실 쪽을 가리키자 주인 사내는 고개를 끄덕거렸다.

"모두 몇 명이지?"

주인 사내는 다른 사람들이 볼까 봐 경계하면서 재빨리 다섯 손가락을 펴 보였다.

"잠금장치는?"

"고장 났어요."

"아직 고치지 않은 모양이군."

별실의 문을 안에서 잠그는 장치가 고장 난 것은 그들의 짓이었다. 그들은 주인이 모르게 사전에 그 곳을 여러 번 답사했고, 별실의 문이 잠기지 않도록 몰래 손을 써 두었던 것이다.

주인 사내는 자신이 뭔가 심상치 않은 사건에 말려든 것을 뒤늦게 깨달았지만 이미 엎질러진 물이었다. 그는 두 달쯤 전부터 누군가로부터 협박을 받아왔었다. 그것은 아주 치사하면서도 그에게 치명적인 해가 될 수 있는 협박이었다. 두 달 전쯤 그는 자기를 거리의 악사라고 소개한 정체불명의 사나이로부터 다음과 같은 전화를 받았었다.

"샤페 씨, 당신의 협조가 필요해서 전화를 걸었습니다. 아주 간단한 건데 좀 도와주셔야겠습니다. 협조해 주시면 충분히 사례하겠습니다."

목소리는 점잖고 무거웠다.

"무슨 일입니까?"

그는 대수롭지 않게 대꾸했다.

"그 식당에 출입하는 손님들 가운데 사렘 씨라고 있죠?"

사렘이라는 말에 그는 순간적으로 긴장했다.

"그런 사람은 잘 모릅니다."

"당신 집에 매상을 많이 올려 주는 사람인데 모른다는 게 말이 돼 나요? 그 사람 일행이 오면 항상 별실을 내준다는 것도 알고 있어요."

"난 잘 모릅니다. 도대체 용건이 뭡니까?"

"그 사람에 대한 정보, 그와 함께 회의에 참석하는 사람들에 관한 정보도 필요해요."

"전화를 잘못 걸었나 봅니다."

샤페는 전화를 냉정하게 끊어 버렸다. 그러나 잠시 후 다시 전화가 걸려 왔다. 이번에는 목소리가 사뭇 달라져 있었다.

"우리는 당신에 관한 좋지 않은 자료들을 많이 가지고 있어요. 당신이 정기적으로 사창가에 드나들고 있는 것이 그 하나지. 부인한테 얹혀살고 있는 처지에 무슨 돈으로 그렇게 뻔질나게 사창가에 드나드는 거죠?"

"무, 무슨 소리하는 거요?"

"내 말 잘 들어요. 부정하고 싶겠지만 당신에 관한 자료들을 보면 그럴 수가 없을 거요. 확인하고 싶으면 얼마든지 확인해 봐요. 화장실 안에 걸려 있는 로댕 작품 '르 팡쉐르'를 살펴보면 그 자료들이 있을 거요. 먼저 그걸 보고나서 이야기합시다. 생각이 달라질 테니까."

이번에는 상대방이 먼저 전화를 끊었다. 그는 즉시 화장실로 가 보았다.

화장실 안에는 로댕의 '르 팡쉐르(생각하는 사람)'를 찍은 컬러사진이 하나 걸려 있었다. 문을 잠근 다음 그것을 찬찬히 살펴보았지만 이상한 점은 발견되지 않았다. 그는 액자 뒤를 노려보았다. 액자 뒤에는 아무 것도 없었다.

　망설이다가 그는 액자를 떼어냈다. 그것을 엎어놓고 여러 개의 고리들을 밀어낸 다음 두꺼운 판지를 드러내자 사진 몇 장이 눈에 띄었다. 그것들을 집어서 들여다본 그는 금방 새파랗게 질린 표정이 되었다.

　그것들은 모두 그가 창녀들과 벌거벗고 뒹구는 모습을 찍은 사진들이었는데, 너무 적나라해서 그 자신의 얼굴이 화끈거릴 정도였다. 그중에는 그가 두 명의 창녀들을 상대로 해괴한 짓을 하고 있는 장면을 찍은 사진도 있었다. 그는 숨이 막히는 것 같았다. 어떻게 이런 사진들이 찍혔을까 하고 생각하는 것은 아무 의미도 없는 일이었다. 그는 부들부들 떨리는 손으로 사진들을 갈가리 찢어발겼다. 무엇보다도 먼저 아내의 무서운 얼굴이 떠올랐다.

　그는 명색이 식당 사장일 뿐 실제 주인은 그의 아내였다. 그가 지금의 아내와 재혼을 한 것은 3년 전이었다. 그의 전 부인이 다른 남자와 눈이 맞아 그를 버리고 떠나 버렸기 때문에 그는 10년 가까이 고독과 가난 속에서 홀아비 생활을 해야 했었다. 그런 생활이 지금의 아내와 결혼함으로써 하루아침에 완전히 바뀌게 되었던 것이다. 그는 비록 명색뿐이지만 유명한 식당의 사장으로서 풍족한 생활을 누릴 수가 있었고, 하루하루가 마냥 즐겁기만 했다. 그의 아내는 그에게 식당 운영을 맡기고는 거의 나오는 일이 없었다. 아버지가 갑자기 세상을 떠나는 바람에 식당을 떠안게 된 그녀는 남편 샤페가 식당 일을 맡으면서 매상이 더 오르자 그를 완전히 신임하고 그에게 모든 것을 맡기다시피 했다. 그런 아내를 속이고 그는 매상의 일부를 빼돌리고 사창가까지 드나들기 시작했던 것이다.

아내는 두 번 다시 쳐다보고 싶지 않을 정도로 못생긴데다 키도 작고 임산부처럼 배까지 튀어나와 도저히 잠자리를 같이 할 마음이 나지 않았다. 하지만 그는 풍족한 생활에 대한 대가로 마지못해 그녀를 기쁘게 해 주곤 했다. 그녀는 몸이 그런데도 불구하고 꽤나 색을 밝히는 편이라 결혼 초기에는 거의 밤마다 곤욕을 치르지 않을 수 없었다. 하지만 시간이 흐르면서 슬슬 이 핑계 저 핑계를 대면서 잠자리를 멀리하는 바람에 지금은 한 달에 한두 번 정도만 곤욕을 치르면 되었고, 그녀 쪽에서도 이제는 그 정도에 만족하고 있는 듯했다. 아내를 멀리 하는 대신 그는 사창가에 출입하기 시작했다. 사창가에 가면 여자들을 입맛대로 고를 수가 있었고, 아내한테서는 도저히 맛볼 수 없는 쾌락을 실컷 맛볼 수가 있었다.

그런데 그 모든 것이 한꺼번에 들통 날 위험에 처한 것이다. 만일 창녀들과 놀아난 사진이 아내 손에 들어가는 날에는 그는 그 즉시 집에서 쫓겨날 것이 뻔했다. 그는 누구보다도 아내를 두려워했다. 그녀는 불같은 성격에 매우 냉혹한 데가 있어서 한 번 밉보이거나 실수를 하면 절대 용서하는 법이 없었다. 남편이기 때문에 그녀는 더욱 그를 용서하지 않을 것이라고 그는 생각했다. 십중팔구 동전 한 푼주지 않고 그를 내쫓을 것이고, 팬티 바람으로 쫓겨난 그는 그 때부터 거리에서 노숙하는 신세로 전락하고 말 것이다.

거리의 악사로부터 다시 전화가 걸려 왔을 때 그는 더 이상 생각해 보지 않고 협조하겠다고 말했다.

"고맙소. 우리한테 협조하면 당신은 절대로 안전할 거요. 우리는 약속을 지킬 거니까 당신도 약속을 지키도록 하시오. 당신이 협조하는 대가로 돈을 송금해 줄 테니까 당신 은행 계좌번호를 알려 주시오."

"그런 건 필요치 않습니다."

"아니, 받아야 해요. 우리는 무슨 일이든 공짜로 하는 법이 없어요. 수고해 주는데 대한 대가는 반드시 지불하는 것을 원칙으로 하고 있어요."

"도대체 당신들 정체가 뭡니까? 마피아입니까?"

"알려고 하지 마시오. 시키는 대로만 하면 아무 일 없을 거요."

"아무튼 돈은 받지 않을 겁니다."

"3만 프랑을 보내 주겠소."

푼돈 정도로 생각했던 그는 귀가 번쩍 뜨였다. 그런데 상대방의 다음 말이 그를 더욱 놀라게 했다.

"그건 선금으로 보내는 거요. 일이 성공적으로 끝나면 똑같은 액수를 또 보내 줄 겁니다."

그렇다면 모두 해서 6만 프랑이나 된다는 말인가? 그는 입이 딱 벌어졌다. 그는 세상에 태어나서 지금까지 그만한 액수의 돈을 만져 본 적이 없었다.

그는 결국 자신의 은행 계좌번호를 상대방에게 알려주었다. 거리의 악사는 앞으로 해야 할 일들에 대해 구체적으로 몇 가지 지시를 내린 다음 그의 암호명까지 지어주고 나서 전화를 끊었다. 그의 암호명은 마로니에였다.

샤페는 아무리 생각해도 상대방의 정체를 알 수가 없었다. 마피아 같으면 그런 정보를 알아내려고 그렇게 많은 돈을 주지는 않을 것이라는 생각이 들었다. 마피아는 돈 한 푼 들이지 않고 순전히 폭력으로 정보를 탈취할 놈들이다. 그렇다면 마피아와는 다른, 정치적인 목적을 위해 행동하는 모종의 비밀조직 같은 게 아닐까. 거기까지 생각이 미쳤지만 더 이상은 생각해 낼 수가 없었다. 어떻든 자신이 어떤 굉장한 사건에 말려든 것 같은 생각이 들긴 했지만 약점이 잡힌 그의 입장에서는 어떻게 해 볼 도리가 없었다.

다음 날 샤페는 일부러 은행에 들러 입금 여부를 알아보았다. 정확히 3만 프랑이 입금되어 있었다. 그 날 밤 영업이 끝나고 한 시간쯤 지났을 때 문에서 노크소리가 들려왔다. 혼자 식당에 남아 대기하고 있던 그는 잠자코 문을 열어 주었다. 문 앞에는 두 남자가 서 있었다. 그들은 짙은 선글라스로 눈을 가리고 있었는데, 벙어리처럼 단 한마디도 하지 않았다. 샤페는 지시받은 대로 그들을 별실로 안내했다. 방 안으로 들어간 그들은 손짓으로 샤페를 나가게 한 다음 문을 걸어 잠갔다. 그리고 한 시간쯤 지나 두 사람은 밖으로 나오더니 역시 아무 말 없이 사라졌다. 단단히 지시를 받았기 때문에 샤페는 그들이 별실 안에서 무슨 짓을 했는지 알려고 하지 않았다. 다만 짐작으로 도청장치를 했을 거라고만 생각했다.

"만일 사렘한테 우리 이야기를 하면 당신은 목이 잘릴 거요."

이것은 거리의 악사가 그에게 한 말들 가운데 가장 무서운 말이었다. 창녀들과 섹스하는 장면들을 적나라하게 찍은 것을 보면 무서운 조직임에는 틀림없는 것 같았다.

자연히 그의 관심은 사렘 쪽으로 기울어졌다. 사렘이 무엇 때문에 정체불명의 조직으로부터 감시당하고 있는지 알고 싶었고, 또 알아야 한다고 생각했다. 하지만 사렘 역시 만만한 상대가 아니어서, 좀처럼 자신의 정체를 보여주려고 하지를 않았다.

사렘이 그의 식당에 처음 나타난 것은 1년쯤 전이었다. 그는 옷차림이 사치스럽고 풍채도 좋아 보이는데다 돈 씀씀이가 여느 손님들보다는 커서 돈 많은 사업가쯤으로 생각되었다.

그는 르 빵쉐르에 나타날 때는 언제나 그의 비서가 미리 예약해둔 별실을 이용하곤 했다. 그리고 혼자가 아니라 항상 대여섯 명 정도가 모여앉아 심각한 표정으로 이야기를 나누곤 했다. 여느 손님들처럼 술에 취해 떠드는 법이 없었고, 누가 엿들을까 봐 몹시 경계하면서 낮은 목소리로 이야기를 했기 때문에 그들이 도대체 그렇게 만나 무슨 이야기를 나누는지 도무지 알 수가 없었다. 언젠가 샤페가 궁금해 하는 것 같은 눈치를 보이자 사렘은 웃으면서 사업 이야기를 하는 것이라고 했다. 하지만 샤페가 보기에 지나칠 정도로 민감하게 경계심을 보이는 것으로 보아 어쩐지 사업 이야기를 하는 것 같지는 않았다.

그들은 한 달에 한두 번 정도 만나서 저녁식사를 하면서 서너 시간 정도 보내다가 돌아가곤 했는데, 사렘이 그들 가운데 주동 인물인 듯했다. 모이는 날짜는 일정하지 않았고, 참석하는 사람들도 사렘과 잿빛 머리의 중년 여인을 제외하면 그 때마다 달랐다. 그런데 모이는 사람들 대부분이 아랍계로 보였다. 많은 사람들을 접하고 있는 샤페는 상대방을 척 보기만 해도 그가 어디 출신인지 대강은 알아맞혔다. 사렘만 해도 사우디아라비아 출신 사업가일 것이라고 짐작했었는데, 어느 날 본인에게 직접 대놓고 자기 생각을 이야기했더니 사렘은 관찰력이 대단하다고 하면서 그렇다고 인정한 적이 있었다.

　샤페는 그들에게서 여느 손님들과는 다른 정을 느끼고 있었다. 그 이유를 그는 자신의 몸속에 흐르고 있는 아랍계의 피 때문일 거라고 생각했다. 그의 어머니는 프랑스 니스 출신인데 요르단 출신 남자를 만나 결혼도 하지 않고 그를 낳았던 것이다. 프랑스에서 태어난 그는 어릴 때 아버지를 몇 번 본 기억이 있고, 그 후로는 지금까지 만나보지 못했다. 그의 어머니 말로는 아버지는 이미 죽었을 거라고 했지만 그는 항상 마약에 취해 있는 그녀의 말을 믿을 수가 없었다. 그의 어머니는 뭇 남자들과 결혼과 이혼을 거듭하다가 어느 날 뒷골목 쓰레기더미에서 피살체로 발견되었다.

　언젠가 샤페가 사렘에게 보다 친근감을 보여주기 위해 자신의 출신성분을 이야기해 주자 그는 샤페를 껴안으면서 우리는 동지라고 말했다. 그리고 일행에게 그의 말을 들려주면서 함께 잘 해 보자고 했는데, 거기에는 무엇인가 암시하는 것 같은 의미가 있는 듯했다. 그런지 얼마 후 사렘은 엄숙한 표정으로, 동지로서 하는 말인데 르 빵쉐르에서의 자기들의 모임이 절대 외부에 알려져서는 안 된다고 말했다. 그래서 그는 철저히 비밀을 지켜 줄 테니 안심하고 별실을 이용하라고 말해 주었다. 그 밖에 힘닿는 데까지 협조할 테니 부탁할 일이 있으면 얼마든지 부탁하라는 말까지 덧붙였다. 그런데 그와 같은 약속이 자기 때문에 물거품이 되어 버리고만 것이다.

아무튼 사렘 일당의 모임은 그때그때 낱낱이 거리의 악사에게 보고되었고, 그 때마다 거리의 악사는 이것저것 꼬치꼬치 캐묻곤 했었다.

자기에게 말을 건 키 큰 복면 사내의 목소리를 듣고 샤페는 금방 귀에 익은 목소리라고 생각하면서 그를 뚫어지게 쳐다보았다. 틀림없이 그 작자, 야비한 방법으로 자신을 꼼짝없이 옭아맨 바로 그 거리의 악사일 거라고 짐작이 갔지만 복면을 하고 있어서 얼굴을 알아볼 수는 없었다.

여대생처럼 보이는 여자가 맨 먼저 별실 문을 박차면서 안으로 뛰어들었다.

뒤이어 괴한들이 덮치듯 쏟아져 들어갔다. 회의를 거의 마치고 떠날 채비를 하던 사렘 일행은 아연실색해서 그 자리에 얼어붙고 말았다.

여자가 들고 있는 체코제 소음권총이 불을 뿜었다. 이어서 기관단총 소리가 천둥치듯 실내를 울렸다. 순식간에 세 명이 발작을 일으킨 듯 튕겨 일어났다가 바닥에 나뒹굴었다. 총에 맞지 않은 사람은 사렘과 잿빛 머리의 여인이었다.

"두 명 다 끌고 가!"

여자가 지시하자 두 명의 괴한이 사렘에게 달려들어 거칠게 일으켜 세웠다.

"일어나!"

사렘은 반항은커녕 온몸을 사시나무 떨 듯 떨어대면서 밖으로 질질 끌려 나갔다. 그러나 중년 여인은 달랐다. 악을 쓰면서 끌려가지 않으려고 버둥거렸다.

"차라리 날 죽여! 죽이라고, 이놈들아!"

"됐어. 놔둬!"

여대생처럼 보이는 여자가 남자들을 물러나게 했다. 괴한들이 중년 여인을 놓아두고 뒤로 물러서자 젊은 여자는 시간 낭비하기 싫다는 듯 즉시 중년 여인의 이마에다 대고 방아쇠를 당겼다. 여인은 뒤쪽 벽에 가서 세게 부딪쳤다가 아래로 힘없이 미끄러져 내렸다. 조금도 머뭇거리거나 하지 않는 그 무자비한 살인에 괴한들까지 멈칫하는 것 같았다. 그러나 작전을 지휘하는 것은 그들이 아닌 그 젊은 여자였다.

밖으로 끌려 나간 사렘은 승합차에 처박혔다. 괴한들은 그의 팔을 뒤로 꺾어 손목에 수갑을 채웠다.

"당신들 누구야? 왜 이러는 거야?"

가까스로 정신을 차린 그가 항의했지만 아무도 대꾸하는 사람이 없었다. 그는 완전히 묵살당한 채 입에 재갈이 물리고 머리 위로는 보자기가 씌워졌다. 차는 이미 어디론가 달리고 있었다. 불과 수분밖에 걸리지 않은 전광석화 같은 습격에 그는 마치 꿈을 꾸고 있는 것 같은 기분이 들었다.

조금 후 갈림길에 이르자 승합차는 잠시 멈춰 섰고, 젊은 여자가 밖으로 뛰어내렸다. 괴한 한 명이 자전거를 내려 주자 그녀는 그것을 몰고 안개 속으로 사라졌다. 승합차를 따르던 두 대의 승용차도 각기 방향을 달리해서 달려가 버렸다. 승합차는 다시 안개를 헤치며 달리기 시작했다.

한편 레스토랑 주인 샤페는 정신을 못 차리고 한동안 멀거니 별실 앞에 서 있었다. 겁에 질려 있던 사람들은 비로소 하나 둘씩 별실 쪽으로 몰려와 안을 들여다보았다. 널브러진 시체들과 사방으로 튄 핏자국, 어지럽게 흩어져 있는 파편조각들로 사건 현장은 참혹하기 이를 데 없었다. 이마에 구멍이 뚫린 여인은 벽에 비스듬히 기대앉은 채 두 눈을 부릅뜨고 있었다.

"경찰에 신고해야 하지 않습니까? 앰뷸런스도 불러야겠습니다. 손님이 피를 많이 흘리고 있습니다."

그제야 식당 주인은 어깨에 총을 맞은 주정뱅이 손님이 생각났다. 하지만 워낙 참혹한 현장을 보고 있는 만큼 어깨에 총을 맞은 정도는 아무렇지도 않게 생각되었다. 그가 고개를 끄덕이자 종업원은 재빨리 전화기가 있는 곳으로 달려갔다. 그러나 이내 돌아와 이렇게 말했다.

"전화가 불통입니다. 전화선을 끊어 놓은 모양이에요."

"개새끼들!"

샤페는 비로소 화가 치밀었다. 손님이 네 명이나 사살당하고 다른 한 명은 납치까지 당했으니, 르 빵쉐르는 이제 망했다는 생각이 들었다. 아내의 분노에 떠는 모습을 생각하자 샤페는 소름이 돋았다.

"경찰에 가서 직접 신고하고 올 테니까 실내 정리나 하고 있어. 현장은 건드리면 안 돼."

앰뷸런스를 부를 수 없게 되자 어깨에 총을 맞은 주정뱅이는 병원에 가기 위해 일행의 부축을 받고 벌써 밖으로 나가고 있었다. 그의 신음소리가 꽤나 시끄러웠다.
"짜식, 엄살깨나 떠는군."
 샤페는 그들이 출발하고 난 뒤 5분쯤 지나 식당 뒤쪽에 나 있는 마당으로 나갔다. 거기에는 그의 차인 코발트색 독일제 아우디 승용차가 세워져 있었다. 차에 올라 시동을 걸면서 앞으로 전개될 사태를 생각하자 그는 그 길로 멀리 도망쳐 버리고 싶은 마음이 불쑥 일었다.
 생각을 정리하기 위해 그는 천천히 차를 몰았다. 경찰에 굳이 이렇게 허둥지둥 달려가 신고할 필요는 없을 것 같다는 생각이 들었다. 경찰에 신고하면 그 때부터 골치 아픈 일들이 생길게 뻔했다. 무엇보다 거리의 악사에게 정보를 건네준 사실이 드러날까 봐 걱정이 되었다.
 안개는 더욱 짙어져 있었다. 불과 1미터 앞도 보이지 않을 정도로 안개는 어둠과 함께 두꺼운 층을 이루고 있었다. 거기다 비까지 내리고 있어서 어차피 속력을 낼 수도 없었다.
 출발한지 10분쯤 지났을 때였다. 갑자기 번쩍하는 섬광과 함께 엄청난 폭발음이 어둠을 뒤흔들었다. 샤페는 자신의 승용차와 함께 공중으로 날아올랐다가 산산조각이 되어 사방으로 흩어졌다. 불길이 주위를 대낮같이 밝히고 있는 동안 두 번째 폭발이 일어났고, 불길은 더욱 맹렬한 기세로 타올랐다. 얼마 후 불길이 잦아들기 시작했을 때 불빛 사이로, 지나가던 차들이 멀찍이 떨어져 멈춰서 있는 것이 보였다. 차에서 조심스럽게 하나 둘씩 빠져나온 사람들은 겁먹은 표정으로 화염에 휩싸인 자동차의 갈가리 찢긴 모습을 구경하기 시작했다. 그들 사이에는 자전거에 비스듬히 걸터앉아 있는 여대생처럼 보이는 여자도 있었다. 그녀는 멀리 떨어진 곳에서 원격조정 버튼을 누르자마자 폭발한 폭탄의 위력에 내심 놀라면서, 뼈대만 남은 자동차 곁을 지나 안개 속으로 엉덩이를 실룩이면서 사라져 갔다.

살인 부대

사렘은 찌그러지고 부어오른 눈 사이로, 맞은편에 앉아 파이프 담배를 피우고 있는 늙은 사내를 바라보았다. 매부리코에 얼마 남지 않은 반백의 곱슬머리가 아무렇게나 뒤엉켜 있고 얼굴이 온통 주름살로 덮여 있는 사내는 마치 자기 집 거실에 느긋하게 앉아 있는 것 같은 모습을 하고 있었다. 어디서 본 것 같은 놈이라고 생각하고 있는데 매부리코가 말을 걸어왔다.

"사렘, 내가 누군지 알겠지?"

귀담아듣지 않으면 알아듣기 어려운, 웅얼거리는 소리였다.

"너희들은 나를 늙은 하이에나라고 부른다면서?"

그 말에 사렘은 비로소 상대방이 누구인지 생각났다. '아, 바로 그 놈이구나.' 이런 거물이 나를 직접 심문할 정도라면 단단히 벼르고 있음이 틀림없다. 순간 소름끼치는 공포가 엄습했지만 그는 그것을 쫓기라도 하듯 찌그러진 눈 사이로 상대방을 노려보았다.

매부리코의 사나이는 유럽에서 활동하고 있는 이스라엘 정보조직의 특별공작반을 지휘하고 있는 인물이었다. 좀 더 자세히 말하면 이스라엘 정보기관인 모사드의 특별공작부서의 유럽 책임자로, 아랍 및 좌파 테러리스트들에게는 이스라엘 살인부대인 '카에사리아' (신의 분노)의 지휘자로 알려져 있었다. 그는 베일에 싸인 공포의 대상으로, 그에 관한 것은 거의 알려져 있지 않았고, 다만 클레멘트라는 암호명을 사용하고 있다는 것 정도가 그의 개인적인 신상의 전부였다.

그의 적들에게는 그는 당연히 제거 대상 제1호였다. 모두가 그의 목숨을 노리고 있었지만, 그는 용케 피해 다녔고, 오히려 그를 노리는 쪽이 당하기 일쑤였다. 이스라엘을 반대하고 이스라엘에 해를 끼치는 자들에 대해서는 추호의 용서도 없이 잔인하게 살해했기 때문에 그를 일컬어 살인부대의 지휘자라고 부르는 것은 그다지 지나친 말이 아니었다.

"클레멘트군요."

사렘은 찢어진 눈두덩에서 흘러내리는 피가 눈으로 들어가는 것을 막으려고 눈을 찡그리며 말했다.

"알아보는군."

"사진에서 신물나게 봤죠."

클레멘트는 고개를 끄덕이면서 파이프를 빨았다. 돗수 높은 안경에 가려진 두 눈은 흐릿해 보였다.

"담배 피우겠나?"

"아뇨. 끊었습니다."

사렘은 의심스러운 눈초리로 상대방을 살폈다. 이렇게 꾀죄죄하고 볼품없는 늙은이가 그 무서운 카에사리아를 지휘하고 있는 놈이라니, 도무지 믿어지지가 않았다.

불빛이 비치지 않는 어두운 구석 쪽에서 쥐들이 찍찍거리며 돌아다니고 있는 것이 보였다. 지하실에서는 눅눅한 습기와 함께 곰팡이 냄새가 났다. 러닝셔츠 차림의 두 사내가 탁자 양쪽에 버티고 있었는데, 그들의 완강한 체격과 근육으로 뭉쳐진 울퉁불퉁한 팔뚝, 그리고 해머처럼 생긴 주먹이 그에게는 상당히 위협적으로 느껴졌다. 앞으로 이들의 손에서 벗어날 길은 영영 없는 것일까. 거기에 생각이 미치자 그는 모든 것을 얼른 불어 버리고 밖으로 뛰쳐나가고 싶은 충동을 강하게 느꼈다. 그러나 그것은 단지 충동적인 생각일 뿐이었다. 그는 자신이 절대 불지 않을 것이라는 것을 스스로 잘 알고 있었다. 도대체 여기가 어디쯤일까? 자동차가 굴러가는 소리, 무거운 것으로 땅을 다지는 것 같은 쿵쿵거리는 소리, 쇠들이 서로 마찰을 일으키면서 내는 소리……. 온갖 시끄러운 소리들이 들려오고 있었다. 그 소리들로 보아 어쩌면 공장지대 안에 갇혀 있는지도 모른다는 생각이 들었다.

"사렘, 잘 들어. 난 너를 오래 전부터 관찰해 왔어. 진작 죽여 버릴 수 있었지만 그보다는 너를 한 번 만나서 이야기를 듣고 싶었어. 너하고 라면 왠지 이야기가 통할 것 같았어. 우리는 나이도 비슷하고 말이야. 몇 살이지?"

"쉰다섯입니다."

"나보다 한 살이 적군."

"저보다 훨씬 더 많은 줄 알았습니다."

"나이에 비해서 많이 늙어 보이지. 젊을 때 고생을 많이 해서 진이 다 빠져 버렸어."

두 사람 사이에 느닷없이 여유 있는 대화가 오가는 것 같았지만 사실은 긴장감을 감추기 위해 일부러 뜸을 들이는 수작에 불과했다.

"난 너한테 신사 대접을 해 주고 싶어. 너도 그렇게 해 주기를 바라겠지?"

"그런 어리석은 기대는 하지 않습니다. 당신들이 어떤 사람들인지 잘 알고 있으니까요."

클레멘트는 파이프를 뻑뻑 빨았다.

"호의를 무시하는군. 네가 어떻게 생각하든 난 신사적으로 이야기하고 싶어. 폭력은 쓰기 싫으니까 말이야."

그 말에 사렘은 코웃음 쳤다.

"당신은 보통 거짓말쟁이가 아니군요. 내 눈 앞에서 우리 동지들을 넷이나 쏴 죽여 놓고 폭력을 싫어한다고 하다니 그게 말이 됩니까?"

우리에 갇힌 맹수가 으르렁거리는 것 같은 기세로 사렘은 분노에 차서 말했다.

"내 부하들이 좀 과했다는 것은 인정해. 하지만 너희들도 얼마 전에 툴리에가에서 똑같은 짓을 저지르지 않았나? 그런 것은 일일이 헤아릴 수 없을 정도 아닌가?"

"난 그런 것은 잘 모르고, 툴리에가의 비극은 미치광이의 짓이에요."

"카를로스가 미치광이라고?"

"우리는 놈을 그렇게 보고 있어요. 놈은 제 멋대로 날뛰고 있어요. 그래서 피해가 막심하고, 오해도 많이 사고 있어요."

"그럼 왜 그 놈을 제지하지 않는 거지?"

"그러기에는 놈은 너무 커 버렸어요. 놈은 누구의 명령도 들으려고 하지 않고 거의 독자적으로 하고 있어요."

사렘은 자신이 너무 깊이까지 들어갔다고 생각했는지 얼른 입을 다물었다.

매부리코는 파이프를 재떨이에다 대고 두드렸다. 이놈이 카를로스에 대한 질문이 있을 줄 알고 미리 선수를 치는구나 하고 그는 생각했다.

"사렘, 우리는 지금 전쟁을 하고 있어. 드러내 놓고 하는 대규모 전쟁은 아니지만 지하에서 은밀한 전쟁을 하고 있어. 따라서 폭력은 어느 정도 인정할 수밖에 없어. 하지만 포로에 대한 대우는 폭력적이어서는 안 된다는 게 내 생각이야."

"꽤 인도적이시군요. 어디 한 번 두고 봅시다."

사렘은 빈정거리듯 말했다.

"하지만 생각하는 것과 현실은 달라. 상대방이 내 말을 이해하고 받아들이면 신사적으로 나갈 수 있지만, 그렇게 되지 않을 경우 난 감당할 수가 없어. 그래서 결국 전문가의 손에 넘어가게 되는데, 잘 알겠지만 전문가들은 나하고는 완전히 달라. 그들은 고문 자체를 즐기는 친구들이니까. 그들 손에 넘어가면 결국 양자택일할 수밖에 없어. 고문당한 끝에 비참하게 죽든가, 아니면 자백하든가 둘 중의 하나야. 다른 선택은 있을 수가 없어. 그들은 자백을 하지 않으면 상대가 죽을 때까지 계속해서 고문을 하거든."

"고문 따위로 날 협박할 생각은 하지 말아요. 도대체 내가 고문당해야 할 이유가 뭡니까? 왜 우리 동지들을 죽이고 나를 납치해 온 겁니까? 이유가 뭡니까?"

"그렇게 시침을 떼고 시간을 끌면 고통스러운 시간만 길어지는 거야."

매부리코는 담배쌈지를 꺼내더니 파이프에다 새 담배를 눌러 담았다. 성냥불을 붙이면서 파이프를 빨아 대자 향기로운 냄새가 주위에 퍼지기 시작했다.

"검은 9월단이 요즘 너무 빈번하게 움직이고 있어. 모임도 잦고 통화도 늘고 있어. 자질구레한 테러를 삼가는 것을 보면 뭔가 큰 것을 노리고 있을게 분명해. 난 그걸 알고 싶어. 놈들이 뭘 노리고 있는지 그걸 알고 싶단 말이야. 당신을 데리고 온 건 그것 때문이야."

"검은 9월단이라구요? 난 거기에 대해서는 잘 모릅니다. 뭔가 잘못 알고 있는 것 같은데, 나하고는 전혀 상관이 없습니다. 괜히 헛수고를 하신 것 같습니다."

"내 판단은 정확해. 당신이 검은 9월단의 핵심 인물이라는 것은 공공연한 비밀이야. 잡아뗄 걸 잡아떼야지 무턱대고 부인하면 통할 것 같나? 바보 같은 친구 같으니!"

"난 검은 9월단 같은 과격파를 싫어합니다. 폭력으로 문제를 해결하려는 그런 조직은 없어져야 합니다. 대화를 통해서 문제를 해결해야 한다는 것이 우리들의 생각입니다. 그래서 하는 말인데…… 우린 검은 9월단하고는 적대관계에 있습니다. 요즘은 그자들이 온건파까지 제거하려고 하기 때문에 우린 그자들을 피해 다니고 있을 정도입니다."

"흥, 아주 그럴듯한 말이군. 그렇다면 이건 뭔지 한 번 설명해 보시지."

매부리코는 옆에 버티고 있는 건장한 요원에게 상자를 가져오라고 지시했다. 그 요원은 잠자코 구석 쪽으로 가더니 조그만 나무상자 하나를 들고 와서 탁자 위에다 거칠게 내려놓았다. 상자 안에는 권총 네 자루와 수류탄 두 개, 그리고 칼이 세 자루 들어있었다. 매부리코는 칼 하나를 집어 들더니 버튼을 눌렀다. 그러자 날카로운 칼날이 튀어나왔다. 칼을 만지작거리자 불빛에 반사되어 날이 번쩍번쩍 빛났다.

"이걸로 충분히 목을 자르고도 남겠지?"

클레멘트는 상자를 사렘 앞으로 밀었다.

"잘 보라구. 이 무기들은 사살된 당신 부하들 몸에서 찾아낸 거야. 당신들은 무장하고 있었어. 누구를 죽이려고 무기를 가지고 있었지?"

사렘은 몹시 당황하는 것 같았다. 그러나 이내 표정을 바꾸어 변명했다.

"이건 호신용으로 가지고 다닌 겁니다. 언제 누구한테 공격을 당할지 모르니까요."

"계속 거짓말을 하시는군. 그렇게 자신이 있나? 뭘 믿고 그렇게 거짓말을 하는 거지?"

"거짓말이 아닙니다."

사렘은 상자 속에서 재빨리 수류탄을 하나 집어 들더니 자리를 차고 일어났다.

"꼼짝 마! 움직이면 함께 죽는 거야!"

그는 수류탄의 안전핀을 뽑아들었다. 그리고 뒤로 주춤주춤 물러났다.

"난 얼마든지 죽을 각오가 돼 있어! 하지만 혼자 죽지는 않을 거야! 네 놈하고 함께 죽는 게 내 소원이야!"

살기등등한 표정에는 죽음을 각오한 비장한 결의가 드러나 있었다. 금방이라도 수류탄을 던질 것 같았지만 매부리코의 사나이는 태연히 파이프만 빨아 대고 있었다.

"대단한 각오시군."

그가 코웃음 치자 두 명의 요원이 갑자기 사렘을 덮쳤다. 동시에 수류탄이 공중으로 날아올랐다. 사렘은 해머 같은 주먹에 나둥그러지면서 폭발의 순간을 기다렸다. 그러나 바닥에 둔탁하게 떨어지는 소리만 났을 뿐 수류탄은 터지지 않았다. 요원들은 사렘을 사정없이 걷어찼다. 쓰러진 그를 일으켜 세우더니 주먹으로 턱을 가격하자 그는 나무토막처럼 뒤로 나가떨어지면서 정신을 잃었다.

"그만 해. 죽으면 아무 것도 들을 수 없잖아."

요원 한 명이 물통에 들어 있는 물을 통째로 사렘의 머리에다 들어부었다. 기절해 있던 사렘은 잠시 후 허우적거리면서 몸을 뒤척거렸다.

요원들은 그를 양쪽에서 부축해 탁자 앞으로 끌어올린 다음

의자 위에 앉혔다. 그의 머리 위에서는 물이 줄줄 흘러내리고 있었다. 피투성이가 된 입에서 흘러내린 피가 가슴을 벌겋게 물들이고 있었다.

"수류탄은 아무리 던져 봐야 터지지 않아. 그럴 줄 알고 손을 봐 놨거든."

사렘은 숨을 헐떡이면서 증오에 찬 눈으로 클레멘트를 노려보았다. 클레멘트 역시 사나운 눈초리로 상대방을 쏘아보았다. 한참 동안 그렇게 팽팽한 긴장감과 함께 침묵이 흐른 다음 매부리코가 먼저 입을 열었다.

"우리는 오래 전부터 당신을 노려 왔어. 당신이 검은 9월단의 각종 테러를 배후에서 지원하고 있다는 것을 알고 당신을 꼭 만나고 싶었어. 만날 수 없으면 제거해 버리려고 했지. 오늘 당신은 운이 좋았어. 사살당하지 않고 체포됐으니 말이야."

"차라리 죽는 게 나았어."

"목숨을 귀하게 생각하라구. 지금은 그렇게 말하고 싶겠지만 나중에는 생명에 애착이 가게 될 거야. 그래서 살려 달라고 애걸할지도 모르지."

"그런 일은 절대 없을 거야!"

사렘은 분노를 못 이겨 온몸을 떨었다.

"두고 보면 알겠지. 카를로스는 지금 어디 있지?"

"그 놈은 우리도 찾고 있는 중이야."

"찾아서 뭘 할 거지?"

"손을 떼라고 말할 참이었소. 모든 걸 엉망으로 만들어 놓고 있어서 우리도 골치를 썩이고 있어요. 그 놈은 말썽꾸러기라 마지막으로 경고를 준 다음 그래도 말을 듣지 않으면 제거할 생각이었어요."

"그렇다면 그런 말을 하는 당신들은 테러리즘을 반대하는 조직이란 말인가?"

"우린 테러를 반대합니다."

"조직의 이름은?"

"조직 같은 건 없어요. 그냥 르 빵쉐르에서 모이기 때문에 르 빵쉐르 클럽이라고 간단하게 부르고 있어요."

"모이는 목적은 뭐야?"

"궁극적인 목적은 팔레스타인 해방이죠. 이스라엘이 점령하고 있는 땅을 조금이라도 되찾아 팔레스타인 국가를 건설하고 이스라엘과 평화 공존을 하자는 겁니다. 그것을 위해 폭력을 사용하면 안 되고 어디까지나 평화적인 해결을 추구하자는 겁니다. 그래서 우리는 테러조직들을 설득하고 온건파들을 결집시켜 영향력을 강화하려고 모색해 왔습니다. 그것이 당신들 때문에 엉망이 돼 버리고 말았어요."

클레멘트는 코웃음 치면서 고개를 끄덕였다.

"그럴듯한 말이야. 평화를 추구한다면서 무기를 가지고 다니나? 그리고 수류탄으로 자폭하려고 해? 도대체 앞뒤가 맞지 않는 말이야."

"우리 같은 온건파들은 강경파의 적입니다. 그들은 우리까지 적으로 생각하고 공격해 오고 있어요. 그래서 어쩔 수 없이 자위책으로 무장하고 다닐 수밖에 없습니다."

사렘은 오른손을 입으로 가져가더니 입에서 무언가를 뱉어냈다. 피와 함께 이빨 두 개가 손바닥 위에 놓여 있었다. 그는 성난 눈으로 자기를 폭행한 요원과 늙은 하이에나를 노려보더니 이빨을 바닥에다 버렸다. 그리고 피 묻은 손바닥을 허벅지에다 대고 문질렀다. 클레멘트는 사렘의 움직임을 가만히 지켜보고 있다가 다시 입을 열었다.

"네가 뭐라고 꾸며대든 나한테는 통하지 않아. 넌 검은 9월단 간부가 확실해."

"잘못 봤어요. 난 아닙니다."

"카를로스가 말썽꾸러기라구? 그가 말을 안 듣고 계속 말썽을 피우면 그를 제거하겠다구? 말도 안 되는 소리 그만하시지 그래. 당신은 카를로스와 계속 연락하고 있었고, 그와 함께 모종의 테러를 준비하고 있었어. 내가 보기에는 조무래기들이 하는 시시한 테러가 아닌 아주 큼직한 테러일 가능성이 커. 그게 뭔지 난 알고 싶어. 하지만 쉽게 입을 열진 않겠지."

사렘은 대꾸하지 않은 채 입을 꾹 다물고 있었다. 더 이상 말하지 않을 것처럼 보였고, 이빨이 빠진 곳이 몹시 아픈지 손으로 입 한쪽을 어루만지고 있었다.

"이걸 한 번 들어 보면 더 이상 거짓말할 수 없을 거야."

클레멘트는 탁자에 붙어 있는 서랍을 열더니 안에서 손바닥만 한 카세트 녹음기를 꺼내 탁자 위에 올려놓았다. 그가 버튼을 누르자 아랍 말들이 흘러나오기 시작했다.

"이건 르 빵쉐르에서 녹음한 거야. 네가 부하들과 비밀회의를 할 때 녹음해둔 거야. 잘 들어 봐."

볼륨을 올리자 아랍 말들이 더욱 뚜렷하게 들리기 시작했다.

"잘 알아들을 테니까 통역할 필요는 없겠지."

사렘의 얼굴이 험하게 일그러지고 있었다. 그는 도저히 믿을 수 없다는 듯 고개를 좌우로 흔들었다.

"어떻게 이걸 녹음했지?"

"그야 도청장치를 해 놨거든."

"식당측이 협조하지 않으면 불가능할 텐데?"

거기에 대해서 매부리코는 긍정도 부정도 하지 않은 채 가만히 있었다.

"샤페 그 자식이 어떻게 그럴 수가 있지?"

"이 바닥에서 그런 일은 흔한 일이야."

"그 놈은 더 이상 영업을 할 수 없을 거요."

"그런다고 화가 풀리나? 샤페는 이미 죽었어. 결국 당신들 때문에 죽은 거야."

"샤페까지 살해했군요?"

"어차피 그 사람은 죽게 돼 있었어. 우리 아니면 당신들 손에……."

클레멘트는 녹음기의 정지 버튼을 눌렀다. 그리고 안에서 테이프를 꺼낸 다음 다른 테이프 한 개를 집어넣었다.

"이건 아랍 말을 프랑스 말로 번역한 거야. 난 번역한 내용을 듣고 당신들이 뭔가 큰 것을 노리고 있다는 것을 알았지. 아주 큰 것을 말이야."

그가 다시 플레이 버튼을 누르자 프랑스 말이 흘러나오기 시작했다. 그는 한동안 그것을 듣고 있다가 테이프를 갑자기 뒤로 돌렸다. 그리고 어느 부분에 이르자 다시 정지시키고 플레이 버튼을 눌렀다.

―사렘: 자칼의 기획은 아주 절묘한 거야. '사막의 북소리' 에 대해 더 이상 왈가왈부할 필요는 없다고 봐. 적어도 이스라엘 놈들 수십 명은 붙잡아 놓을 수 있을 거야.
―A: 유대인들은 그 자체가 무기입니다. 일반 사람들 사이에도 보안 요원이며 정보 요원들이 쫙 깔려 있기 때문에 실제로 무장하고 있는 사람들이 많습니다. 따라서 놈들을 제압하려면 인원과 무기 면에서 그들보다 압도적으로 우세해야 합니다. 무슨 일이 일어날지 모르니까요.
―사렘: 자칼도 무기에 대해 이야기했어. 무기가 충분해야 하고 성능도 아주 좋아야 한다고. 무기는 걱정하지 않아도 돼. 내가 부탁해 놨으니까 곧 도착할 거야.
―B: 무기가 문제 아니라 그것을 반입하는 것이 문제입니다. '사막의 북소리'의 성공 여부는 무기를 어떻게 안으로 들고 들어가느냐 하는데 달려 있습니다. 무기만 안전하게 반입할 수 있다면 작전의 90퍼센트는 성공한 셈입니다. 하지만 갈수록 검사가 심해져서, 무사히 통과될 수 있을지 걱정입니다.
―A: 무기 반입은 별로 어렵지 않아. 몇 번 시험 삼아 해 봤는데 한 번도 걸리지 않았어.
―B: 그건 다른 곳에서 시험해 본 거잖아?
―C: 그건 그렇지. 다 마찬가지 아닌가? 거기라고 특별히 검사하는 건 아니잖아?

―B: 그렇지 않아. 노선에 따라서, 또 국적에 따라서 검사의 정도가 천차만별이야. 결코 마음을 놓아서는 안 돼.

―사렘: 만일 하나라도 걸리는 날에는 작전을 포기할 수밖에 없어. 하지만 '사막의 북소리' 는 절대 포기할 수 없어. 어떻게든 성공시켜야 해. 자칼이 적극 나서고 있기 때문에 성공할 확률은 아주 커.

―B: 하지만 자칼은 무기를 손에 쥐었을 때 그 가치를 발휘할 수 있습니다. 무기가 없으면 그는 허수아비에 불과합니다.

―사렘: 자칼이 직접 나설지, 아니면 뒤에 남을 건지 그건 아직 나도 몰라. 그는 항상 마지막 순간에 결정하니까 말이야.

―B: 그건 다른 사람들을 믿지 못하기 때문에 그런 것 아닙니까? 그 때문에 계획에 차질이 생기면 곤란합니다. 우리도 자칼 이상으로 해 낼 수 있습니다. 너무 그 한 사람에게만 의존한다는 것은 문제가 많다고 봅니다.

―A: 그건 그렇습니다. 그는 아랍인도 아니고, 그래서 우리와 생각이 많이 다릅니다. 팔레스타인 해방이라는 대의를 위해 순교할 수 있는 입장이 아닙니다. 그는 절대 순교자가 될 수 없습니다. 순교자가 되느니 차라리 멀리 도망쳐 버릴 인간입니다. 그가 노리는 것은 좌파에 의한 세계 혁명입니다. 그를 위해 그는 모든 자본주의적인 것들을 파괴하려고 하고 있습니다. 우리한테 협조하고 있는 것은 일시적인 방편에 지나지 않습니다. 그의 생각은 다른 데 있습니다.

―B: 자칼은 언제라도 변할 수 있는 인물입니다. 필요하다

면 우리한테도 총부리를 겨눌 수 있는 자입니다. 무카르벨을 그렇게 잔인하게 사살한 것만 봐도 알 수 있습니다.

―사렘: 다 알고 있는 일이야. 하지만 이제 와서 그를 제외시 킨다는 것은 말이 안 돼. 무카르벨의 죽음은 정말 안 된 일이 지만 그 때 상황으로서는 어쩔 수 없는 일이었어. 무카르벨이 자칼을 잘못 판단하고 오해를 살 행동을 한 거야. 그는 자칼을 설득시킬 수 있을 것이라고 생각했고, 자칼이 자기를 이해할 것이라고만 생각했지 그가 그렇게 단호한 행동을 취할 것이라고는 미처 생각 못했지. 자칼은 판단이 번개같이 빠르고, 판단을 내리는 것과 동시에 머뭇거리지 않고 행동으로 돌입하는데, 무카르벨은 우물쭈물 시간을 끌면서 자기 입장을 설명하려고 했어. 결국 무카르벨이 자칼을 이해하지 못했다고 밖에 볼 수 없어. 자칼이 그를 배신자로 판단하고 쏴 죽인 것은 그의 스타일로 볼 때 하나도 이상할 게 없어.

―C: 하지만 판단이 잘못 됐을 때의 결과는 너무 크지 않습니까. 무카르벨 의 억울한 죽음은 누가 보상합니까?

―사렘: 모두 잘 들으라구. 우리는 특수한 세계에서 항상 위험을 안고 살고 있어. 시한폭탄을 안은 채 살고 있다고 해도 과언이 아니야. 그런 만큼 억울한 죽음은 우리한테는 아주 일상적인 거야. 그걸 일일이 따지다가는 아무 일도 못해.

―C: 따지려고 그런 건 아닙니다. 보다 정확한 판단력이 필요하다는 뜻으로 말씀드린 겁니다. 자칼은 장점 못지않게 단점도 많이 가지고 있습니다. '사막의 북소리' 에서는 제발 그의 장점만 최대한 발휘됐으면 합니다.

―사렘: '사막의 북소리'도 자칼이 아니면 생각해 낼 수 없는 거야. 그의 안목이나 관찰력, 능력 등을 고려해 보면 우리는 우물 안 개구리나 다름없어. 그는 확실히 탁월해. 비행기 하나만 보더라도 거미줄처럼 얽혀 있는 전 세계 항공망과 어느 노선 어느 국적의 비행기가 보안이 허술한지 그만큼 환히 꿰뚫어 보고 있는 사람은 우리 조직 안에는 없어. 또한 그는 비행기 내부 구조, 통제방법, 안전한 피난처 등 모든 부분을 다 파악하고 있어. 아무튼 자칼은 현재 우리한테는 없어서는 안 될 존재야. 언제까지 그와 손을 잡고 일하게 될지는 모르지만…….

클레멘트는 녹음기의 정지 버튼을 누른 다음 안경 너머로 사렘을 지그시 노려보았다. 그가 파이프에 담배를 새로 재는 동안 무거운 침묵이 흘렀다. 사렘은 그의 시선을 피해 탁자 위를 내려다보고 있었다.
"이래도 거짓말할 텐가?"
"난 할 말이 없소."
사렘은 퉁명스럽게 쏘아붙였다.
"흥, 할 말이 없겠지. 지금까지 거짓말만 해 왔으니까."
"당신 같으면 적한테 체포됐을 때 사실대로 불겠습니까?"
"'사막의 북소리'는 뭐야?"
이마에 큰 흉터가 있는 요원이 갑자기 주먹으로 사렘의 옆머리를 후려쳤다. 갑작스런 타격에 그는 의자와 함께 힘없이 나뒹그러졌다.

"일어나! 일어나란 말이야!"

쓰러져 있는 그를 다른 요원이 무자비하게 걷어찼다. 사렘은 비틀거리며 일어났다.

"'사막의 북소리'는 무슨 작전 암호명이야?"

콧잔등이 움푹 꺼진 그 요원은 사렘의 한쪽 팔을 사정없이 꺾어 비틀었다. 사렘은 고통에 못 이겨 신음소리를 냈다.

"'사막의 북소리'에 대해 설명해 보란 말이야!"

"차라리 죽이시오."

팔이 금방이라도 부러질 듯 잔뜩 뒤틀렸다.

"비행기를 납치할 계획인가 본데 어떤 노선의 어떤 비행기지? 그리고 날짜와 시간은 언제지?"

클레멘트는 파이프 담배에 불을 붙이며 담담한 목소리로 물었다. 대답이 없자 사렘의 팔에서 관절이 부러지는 것 같은 우두둑 하는 소리가 났다.

"아악!"

사렘은 마침내 견디지 못하고 비명을 질렀다.

클레멘트는 천천히 몸을 일으켰다. 어깨가 꾸부정하고 키까지 작은 것이 영 볼 품이 없어 보였다. 그는 파이프를 입에 문 채 뒷짐을 지고 어슬렁거리기 시작했다.

"자칼은 카를로스의 암호명인가? 자칼이 무카르벨을 죽였다고 했으니까 카를로스와 같은 인물이겠지. 문제는 바로 그 놈이 '사막의 북소리'를 생각 해내고 기획했다는 사실이야. 우리가 찾고 있는 바로 그 놈이 말이야."

클레멘트는 잠시 동안 상대방의 반응을 살피다가 다시 말을 이었다.
"이건 정말 놀라운 사실이야. 툴리에가에서 비극적인 사건을 일으킨 놈이 어딘가 숨어서 계속 테러를 준비하고 있다는 것은, 그것도 규모가 큰 테러를 준비하고 있다는 것은 확실히 놀라운 일이야. 그 놈이 꾸몄다는 '사막의 북소리'가 과연 어떤 음모인지 난 꼭 알아야겠어. 오늘 중으로 알아내야겠어. 알아내지 못하면 난 여기서 떠나지 않을 거야. 너하고 몇 날 며칠 밤을 함께 있어도 좋아. 네놈 입을 열게 할 거야. 비행기를 납치해서 수십 명의 이스라엘인들을 인질로 잡겠단 말이지? 그렇다면 이스라엘 항공기를 납치할 셈인가? 설마 아니겠지. 이스라엘 항공기는 워낙 검색이 심하니까 무기 반입이 불가능하거든. 그렇다면 어느 노선이지?"

사렘은 너무 고통스러운지 계속 신음소리를 내고 있었다.

"엄살떨지 마. 이제 시작이니까. '사막의 북소리'에 대해 자세히 이야기해 봐."

콧잔등이 꺼진 요원이 이번에는 사렘의 반대편 팔을 잡아 비틀었다.

"넌 어차피 죽을 놈이니까 두 팔을 부러뜨린다고 해서 애석하게 생각하지 마."

사렘은 팔을 빼려고 기를 쓰면서 공포에 찬 눈으로 클레멘트를 바라보았다. 그러나 클레멘트는 냉담한 표정으로 파이프만 빨아 대고 있었다.

고통에 찬 비명이 다시 지하실을 울렸고, 이어서 사렘의 애원에 가까운 말소리가 절박하게 터져 나왔다.

"알았어요! 말하겠어요!"

고문자가 팔을 놓아 주자 사렘은 벌벌 떨면서 바닥에 주저앉으려고 했다.

"그대로 서 있어!"

엄한 명령에 그는 비틀거리며 간신히 그 자리에서 몸을 추슬렀다.

"자, 말해 봐. '사막의 북소리'에 대해 이야기해 봐. 아주 재미있을 것 같아."

클레멘트는 농담까지 섞어 가며 조용히 말했다. 그러나 사렘한테는 그것이 더없이 살벌하게 들렸다. 마치 저승에서 들려오는 악마의 소리 같았다.

"사, '사막의 북소리는'…… 그렇습니다. 비, 비행기 납치 계획입니다. 하지만 어떤 비행기인지…… 어느 노선인지도 모릅니다. 그, 그것은 자칼이 마지막에 가서 알려주겠다고 했습니다. 그는 의심이 많아서 아무도 믿지 않습니다. 오로지 자, 자기 자신만 믿습니다."

"진짜 테러리스트라면 그럴 테지. 납치 날짜와 시간은?"

"그것도 아직 모릅니다. 우리도 그것을 기다리고 있는 중이었습니다."

말이 끝나기가 무섭게 갑자기 날아든 몽둥이에 어깻죽지를 얻어맞고 사렘은 또 쓰러졌다. 이마에 흉터가 있는 요원이 사렘을 향해 고무 몽둥이를 마구 휘둘러 댔다. 그것은 고무로 만들어졌기 때문에 몸에 별로 상처를 남기지 않으면서 뼛속까지 고통을 주는 고문 기구였다. 요원은 쓰러져 있는 사렘을 내려다보면서 닥치는 대로 후려갈겼다. 퍽퍽 하는 소리와 비명소리가 번갈아 가며 실내를 울리고 있었다.

"자칼은 어디 있어?"

"제발 때리지 마십시오!"

사렘은 쓰러진 채 조금이라도 덜 맞으려고 헛손질을 하면서 애걸했다.

"알면 말씀드리죠. 하지만 그는 자기 은신처를 누구한테도 알려주지 않습니다. 그, 그래서 알 수가 없습니다. 정말입니다."

"연락은 어떻게 하지?"

"연락이 올 때까지 기다릴 수밖에 없습니다."

"이 새끼가!"

고무 몽둥이가 부러진 팔을 가격하자 그는 비명을 지르면서 떼굴떼굴 굴렀다.

"비상 연락망이 있을 거 아니야?! 어떻게 연락해?!"

"아, 아파트 베란다에 붉은 장미 화분을 올려놓습니다. 급히 연락을 바란다는 표시입니다."

"누구 아파트야?"

"무지의 아파트입니다."

"무지가 누구야?"

"당신들이 르 빵쉐르에서 쏴 죽인 마담 무지입니다."

클레멘트는 멈칫했다.

"주소는?"

"마르소 거리 45번지 아파트 507호입니다."

붉은 장미는 인조로 만든 것이기 때문에 밖에서 볼 때는 항상 싱싱해 보인다고 했다. 그럴듯한 사인이라고 클레멘트는 생각했다. 그렇다면 자칼은 지금 무지의 아파트 베란다를 볼 수 있는 곳에 은신해 있다는 말인가? 아니면 무지의 아파트 앞을 자주 지나간다는 말인가? 그렇지 않을 수도 있다. 제3의 인물이 장미 화분을 볼 때마다 자칼에게 연락을 취할 수도 있다.

"자칼, 장미 화분이 베란다에 나와 있습니다."라고.

클레멘트는 다른 요원들을 불러 몇 가지 주의할 사항을 일러 준 다음 무지의 아파트에 지금 즉시 가 보라고 지시했다.

사렘에 대한 고문은 점점 더 집요하고 잔인하게 진행되었다. 고무 몽둥이 찜질이 성에 안 차자 고문자들은 사렘을 완전히 벌 거벗긴 다음 천장에 거꾸로 매달았다. 그리고 물이 가득 담긴 드럼통 속에 처박았다가 끌어올리곤 했다.

사렘은 말할 듯하다가도 끝에 가서는 모른다고 잡아떼곤 했다. 곧 숨이 넘어가는데도 가장 중요한 부분에 대해서만은 결코 입을 열지 않았다. 고통에 대한 감각이 차츰 무디어지는 것 같자 고문자들은 더욱 심하게 그를 괴롭혔다.

"비행기를 납치하면 어디로 갈 계획이지?"

사렘은 기침을 해대면서 고개를 흔들었다.

"그것도 자칼만이 알고 있나?"

"그그…… 그렇습…….."

거꾸로 매달려 있어서 제대로 말이 나오지 않고 있었다.

그의 머리는 다시 드럼통 속에 처박혔다. 상체까지 모두 물 속에 잠기자 그는 숨이 막혀 몸부림쳤다. 잠시 후 끌어올리자 그는 실신했는지 축 늘어져 있었다. 요원들은 그를 바닥에 눕힌 다음

맥박을 짚어 보았다. 맥박은 아주 약하게 뛰고 있었다.
"좀 쉬어야겠는데요. 계속하다가는 위험합니다."
"지독한 놈이군."
"보기보다는 독한 놈입니다."
겁에 질려 벌벌 떨고 있을 때는 금방이라도 술술 불 것 같았는데, 막상 상대해 보니 그게 아니었다.
"한 시간 쉬었다가 다시 해. 여긴 내가 지킬 테니까 밖에 나가 바람 좀 쐬고 오라구."
부하들이 밖으로 나가자 클레멘트는 의자 위에 앉아 최대한 편한 자세를 취한 다음 두 눈을 감았다. 피로감이 물밀듯이 밀려왔다. 누군가를 고문한다는 것, 자신은 직접 고문하지 않지만 그것을 지켜본다는 것은 큰 고역이었다.
그 자신이 과거 지독한 고문을 받은 적이 있었기 때문에 그는 고문을 몹시 싫어했다. 하지만 입장이 바뀌어 자신이 고문자가 되자 고문을 이용하지 않고는 짧은 시간 내에 적들의 입을 열게 할 방법이 없다는 것을 알게 되었다.
고문을 가하면 대부분 입을 열게 마련이었다. 하지만 개중에는 죽을 때까지 입을 열지 않는 자들도 있었다. 그런 자들은 죽음과 함께 비밀을 가져가는데, 그럴 때의 낭패감이란 이만저만 큰 것이 아니었다. 그런 자들에게는 정말 못할 짓을 했다는 자책감과 함께 존경심마저 일 때가 있었다. 하지만 그렇다고 해서 고문으로 죽어 가는 적들에게 자비심을 베풀 생각은 추호도 가져 본 적이 없었다. 적은 어디까지나 적이었다.

그가 암살부대인 카에사리아를 지휘하게된 것은 1972년 9월 5일에 발생한 뮌헨 올림픽 테러사건 때문이었다. 팔레스타인 과격단체인 '검은 9월단'에 의해 이스라엘 선수단 11명이 살해당하자 모사드는 전 세계 방방곡곡을 뒤져서라도 범인들을 색출하여 제거하기로 결정했고, 그 복수전을 진두지휘할 공격팀의 지휘자로 그가 선발되었던 것이다. 깊이 숨어 버린 뮌헨 테러범들을 찾아내는 일은 쉽지가 않았다. 그것은 많은 시간과 인내, 막대한 투자가 필요한 작전이었다. 테러에 직접 가담한 자들과 그 배후 인물들을 찾아내어 하나하나 제거해 나가는 동안 뮌헨 테러와는 직접 관계가 없지만 이스라엘에 적대행위를 하고 있는 소프트 타깃(손쉬운 표적)까지 싸잡아 제거하게 되었고, 그러다 보니 애초의 목적과는 달리 제거대상이 훨씬 많아져 있었다.

그는 이스라엘에 적대적인 사람은 모두 적으로 간주했고, 이제 그의 임무는 적이 공격해 오기 전에 예방 차원에서 먼저 적을 찾아내어 박멸하는 것으로까지 확대되어 있었다. 그는 자신의 임무수행에 광적일 정도로 집착하고 있었다. 그리고 이스라엘에 대한 그의 애국심은 거의 신앙이나 다름없었다. 그가 이렇게까지 된 데에는 무엇보다도 결코 지울 수 없는 과거의 악몽이 그의 전 생애를 가로질러 놓여 있었기 때문이었다. 그는 지금도 그 악몽에 시달리고 있었지만 그것을 빼놓고는 자신이 존재하지 않는다는 것을 알고 있었기 때문에 그것을 운명처럼 받아들이며 살아가고 있었다.

2차 대전이 일어나기 전에 그의 부친은 폴란드의 바르샤바에서 외과의사로 일하고 있었고, 그는 대학에서 성악을 공부하고 있었다. 그의 어머니는 수학 교사였고, 그 밑으로는 여동생이 둘 있었다. 더 이상 바랄게 없을 정도로 행복한 가정이었고, 그와 같은 행복이 영원히 계속될 것으로 모두가 믿었다. 더욱이 그에게는 사랑하는 약혼녀가 있었는데, 그녀는 임신 중이었다. 그들은 한 달 후에 결혼식을 올리기로 약속이 되어 있었다. 그러나 전쟁이 일어나면서 하루아침에 그 모든 행복과 희망은 악몽으로 변해 버렸다.

독일군은 물밀 듯이 바르샤바에 밀려들어왔고, 얼마 후 그의 가족은 유태인 거주 지역에 따로 수용되었다. 외부와 완전히 격리된 상태에서 먹을 것도 없이 불안한 나날을 보내던 그들은 어느 날 갑자기 들이닥친 독일군에 이끌려 열차에 강제로 태워졌고, 수많은 유태인들과 함께 도착한 곳은 악명 높은 아우슈비츠였다.

도착하자마자 가족들과 헤어진 그는 독가스 실에서 죽어 간 유태인들의 시체를 수레에 싣고 화장장으로 가서 불태우는 일을 했다. 그리고 노래를 잘 부른다는 이유로 때때로 독일군들 앞에, 또는 같은 죄수들 앞에 불려 나가 독일 노래를 불러야 했다. 끊임없이 쏟아져 나오는 시체들을 치우고 마음에도 없는 노래로 독일군들을 기분 좋게 해 주었기 때문에 그는 목숨을 부지할 수가 있었다. 시체를 하도 많이 만지다보니 더 이상 아무 감정도 일지 않았고, 그들처럼 개죽음을 당하지 않은 것에 대해 하느님에게 감사할 뿐이었다.

어느 날 그는 가스실에 잔뜩 쌓여 있는 시체들을 치우다가 그

속에서 약혼녀의 시신을 발견했다. 그녀와 그녀의 뱃속에 들어 있는 아기가 화덕 속에서 재로 변하는 것을 지켜보면서도 그는 이상하게도 눈물 한 방울 흘리지 않았다. 그 대신 어떻게든 살아남아서 반드시 복수해야 한다는 결심을 몇 번이고 했다. 그 뒤 부모의 시신에 이어 두 여동생의 시신도 발견되었다.

두 여동생의 시신을 불구덩이 속에 밀어 넣으면서 그는 처음으로 눈물을 흘렸다. 목 놓아 울 수가 없어 소리를 내지 않으려고 무진 애를 쓰면서 울음을 삼켰다.

독일의 패망으로 그 공포의 수용소에서 석방되었을 때 그의 몸에는 뼈와 가죽만 남아 있었다. 그러나 가슴 속에는 눈에 보이지는 않았지만 분명히 무엇인가가 응어리져 남아 있었다. 그것은 살아 숨쉬면서 점점 커지더니 가슴을 완전히 채워 버렸고, 그것에 짓눌려 그는 숨쉬기조차 불편할 정도였다. 그것은 다름 아닌 골수에 사무친 증오와 격렬한 복수심이었다. 그는 자신이 돌아 버리지 않고 정상적인 인간으로 살아 있다는 것 자체가 이상하게 생각되었다. 지금 당장 복수를 하지 않으면 미쳐버릴 것만 같았고, 그래서 미치지 않기 위해 팔레스타인으로 건너가 이스라엘 건국에 참가했다. 이스라엘 건국만이 유태인이 이 지구상에서 더 이상 학대받지 않고 살아갈 수 있는 유일무이한 길이라고 생각했기 때문이었다.

아우슈비츠에서 사랑하는 애인과 가족을 모두 잃은 것도 결국은 유태인이 나라 없이 2천년 동안 떠돌아다니면서 받아온 뿌리 깊은 박해의 소산이라고 생각되었다. 따라서 이스라엘 건국은 그의 신앙이 되었고, 애국심에 불타는 그는 군대에 입대하여 젊은 시절 대부분을 전장터에서 보냈다. 그 후 이스라엘 비밀정보 기관인 모사드 요원이 된 그는 골수에 사무친 증오와 온몸을 전율케 하는 복수심으로 자신에게 부여된 임무를 수행해 나갔다. 그러다 보니 도저히 불가능해 보이는 일도 초인적인 힘을 발휘해서 해치우는 경우가 많았고, 그 결과는 무자비한 살육으로 끝나기 일쑤였다. 그래서 그에게는 도살자라는 별명이 따라다니고 있었다.

그가 참가한 작전 중에 가장 감동적인 것은 유태인 6백만 명을 학살하는데 주도적인 역할을 한 나치 친위대 중령 아이히만을 체포하여 사형대에 세운 일이었다. 그것은 15년 동안의 끈질긴 추적 끝에 세운 개가였다.

독일이 패전하자 아이히만은 자취를 감춘다. 모사드는 15년 동안 전 세계를 뒤진 끝에 그가 아르헨티나의 부에노스아이레스 근교에 숨어 있는 것을 알게 된다. 즉각 그를 납치해 올 팀이 구성되었는데, 모두가 지원자들로 그중에는 클레멘트도 선발대에 끼어 있었다. 또 하나 특기할 것은 팀원 모두가 2차 대전 중 강제수용소에서 가족들이 희생된 아픔을 가진, 그래서 복수심에 불타는 사람들이라는 점이었다.

아이히만을 잡아오는데 있어서 최대의 걸림돌은 아르헨티나 정부였다. 사정을 이야기하고 협조를 구하면 일이 복잡하게 꼬일 가능성이 커지고 결국 비밀이 새 나가 아이히만이 다시 자취를 감춰 버릴지 모른다. 결국 이 작전은 극비리에 진행시키지 않으면 안 되고, 그렇게 하면 아르헨티나의 주권을 무시할 수밖에 없게 된다는 결론에 이르렀다. 양국간에 틀림없이 외교문제가 발생할 것이고, 한 걸음 더 나아가 외교관계까지 단절될지 모른다. 그렇더라도, 어떤 희생을 감수하고서라도 아이히만을 체포해야 한다는 것이 이스라엘 정부의 지상과제이자 모든 이스라엘인들의 염원이었다. 6백만에 달하는 유태인 학살 책임자가 버젓이 살아서 돌아다니고 있는데, 어떻게 두고 본단 말인가?! 화성에 살고 있는 것도 아니고 지구상에서 돌아다니고 있는데, 비록 외국에 숨어 있다해도 무슨 수를 써서라도 잡아와야 한다는 것이 복수심에 불타는 이스라엘인들의 감정이었다.

아이히만을 잡아오기 위해 모사드는 외무장관을 태운 특별기까지 띄웠다. 외무장관까지 동원한 것은 양국간의 외교업무를 수행하기 위해 장관이 특별기를 타고 공식적으로 방문하는 것처럼 위장하기 위해서였다. 하지만 사실은 그 비행기는 아이히만을 납치해 오기 위해 띄운 것이었다.

작전을 개시하던 날 밤에는 초저녁부터 부슬비가 내렸다. 이스라엘 외무장관은 지난 밤 아르헨티나 정부가 베풀어 준 파티에 대한 답례라고 하면서 호텔 하나를 빌려 파티를 열었다. 파티 장소에는 아이히만 체포 작전을 총지휘하고 있는 모사드 책임자 이서 하렐도 시침을 뗀 채 참석하고 있었다. 그 시간에 클레멘트를 비롯한 모사드 요원들은 어둠 속에서 대기하고 있다가 집으로 돌아오고 있던 아이히만을 덮쳤다. 그리고 미리 확보해 놓은 장소로 그를 데리고 가 아이히만임을 확인한 다음 이서 하렐에게 작전이 성공했음을 알렸다. 모사드 국장은 아이히만을 즉시 비행기에 태워 대기하라고 이른 다음 파티가 끝날 때까지 즐거운 표정으로 파티장소를 누비고 다녔다. 얼마 후 아이히만은 비밀리에 이스라엘로 호송되었다.

며칠 후 이스라엘 정부는 나치 전범인 아이히만 체포 사실을 공표했고, 전 세계는 그 사실을 접하고 경악을 금치 못했다. 15년에 걸친 모사드의 끈질긴 추적, 수천 킬로나 떨어져 있는 아르헨티나까지 날아가 그 나라의 주권을 무시한 채 전광석화 같이 아이히만을 납치해 온 그 대담성에 모두가 혀를 내두를 수밖에 없었다.

아이히만에 대한 재판은 4개월 동안 공개적으로 열렸는데, 그는 재판 내내 방탄 유리관 안에서 재판을 받았다. 그리고 수 개월 후 사형집행장으로 끌려갔다. 그런데 죽기 전에 그가 남긴 다음과 같은 말이 유태인들을 다시 한 번 분노에 떨게 했다.

"한 사람의 죽음은 비극이지만 수백만의 죽음은 단지 통계상의 문제에 지나지 않는다."

아르헨티나에 숨어 있을 때 아이히만은 라카르도 클레멘트라는 가명을 사용하고 있었다. 유럽에서 활동하고 있는 이스라엘 살인부대의 지휘자인 매부리코의 사나이가 훗날 자신의 암호명으로 클레멘트라는 이름을 택했다는 것은 매우 의미 있는 일이라고 할 수 있을 것이다. 그의 본명은 하임 레브이지만 그 이름을 사용할 수 있는 기회는 거의 없었다.

이제 사렘에 대한 조사는 막바지로 치닫고 있었다. 그를 맡고 있는 이스라엘 요원들은 시간이 흐름에 따라 차츰 초조한 빛을 보이기 시작하고 있었다. 내색은 하지 않았지만 초조하기는 클레멘트도 마찬가지였다.

사렘 일당이 계획하고 있었던 것은 대규모의 비행기 테러였다. 비록 그들 일당이 일망타진되긴 했지만 결코 그것으로 문제가 해결되었다고 볼 수는 없었다. 왜냐하면 가장 중요한 사항, 즉 사렘 일당이 노리고 있었던 비행기가 몇 날 몇 시 어디에서 어디로 비행하는 어느 나라 어느 항공사의 비행기인지를 그들은 아직 못 밝혀내고 있었던 것이다. 그것을 밝혀내지 못한 상태에서는 결코 안심하고 귀가할 수가 없었다. 사렘의 말이 사실이라면 그 키는 자칼이 쥐고 있다. 이 말은 자칼이 다른 팀을 동원해서 본래 계획대로 얼마든지 비행기 테러를 감행할 수도 있다는 뜻이다. 하지만 자칼의 행방은 묘연하기만 하다. 결국 사렘이 속 시원히 털어놓기만을 기대할 수밖에 없는데 그는 아직도 가장 중요한 것을 숨기고 있는 것 같았다.

그는 사실대로 다 털어놓았다고 말했지만 그 말을 과연 어디까지 믿어야 할지 쉽게 판단이 서지지가 않았다. 어떻게 보면 그는 고문에 못 이겨 모든 것을 다 자백한 것 같기도 했고 또 달리 보면 끝까지 거짓말을 하고 있는 것 같기도 했다. 이럴 때는 결국 고문이라는 수단에 의지해서 가는데 까지 가 보는 수밖에 없다는 것이 이스라엘인들의 결론이었다. 아무리 생각해도 다른 방법은 없었다. 이것은 수십 명 혹은 수백 명에 달하는 이스라엘 국민들의 목숨이 달린 문제였다. 따라서 고문 따위가 문제될 것은 조금치도 없었다. 고문보다 더 한 방법이 있다면 그것을 사용하고 싶은 것이 사렘을 상대하고 있는 모사드 요원들의 소망이었다.

마르소 거리 45번지에 있는 무지의 아파트에 갔던 요원들은 사렘의 말대로 그곳에서 인조 장미 화분을 발견했다. 그런데 거기에는 똑같은 화분이 두 개나 있었다. 그리고 그 두 개는 바깥 베란다에 나란히 놓여 있었다. 그 밖에 집 안에서는 수사에 도움이 될 만한 것은 하나도 발견되지 않았다. 누군가가 집 안을 치운 것이 분명했다. 황급히 치우고 간 흔적이 여기저기 그대로 남아 있었던 것이다. 이웃 사람들에게 물어보니 그 아파트에는 무지 외에 또 한 명의 여자가 동거하고 있었는데 그녀는 일본인이었다고 했다.

"무지의 아파트에는 장미 화분이 한 개가 아니라 두 개가 있어. 그리고 그 두 개는 베란다에 나란히 놓여 있었어. 그건 뭘 의미하는 거지? 무지가 아닌, 다른 사람이 그것들을 밖에다 내놓은 것 같은데, 그자는 누구지?"

고문자들의 표정에는 더 이상 여유가 없어 보였다. 그들의 눈에는 당장이라도 사렘의 목을 끊어 버릴 것 같은 살기가 번득이고 있었다.

"모른다."

사렘은 반말로 대답했다. 이것은 그의 내부에 변화가 일어났음을 의미하는 것이었다. 지금까지 그는 질문에 대해 공손히 존댓말로 대답하곤 했었다. 그것은 아직 어떤 가능성을 기대하고 있음을 의미하는 것이었다. 그 가능성이란 삶에 대한 희망 같은 것이었다. 그것을 위해 협상의 여지가 있다고 판단될 때 죽음의 위협에 몰린 사람들은 대부분 고분고분해지면서 존댓말을 사용하는 것이다. 그런데 그 가능성이 없다고 판단될 때, 또는 그것을 스스로 포기했을 때 그들은 죽음을 받아들일 준비를 갖추면서 태도가 돌변하는 것이다. 즉 갑자기 반말로 대답했다는 것은 이제는 죽을 각오가 되어 있다는 표시이기도 했다.

"더 이상 시간이 없으니까 잡아떼지 말고 빨리 말해."

"모른다니까."

그는 단호하게 말했지만 숨소리는 가늘게 들리고 있었다. 클레멘트는 더 이상 시간을 낭비할 수 없다는 표정으로 부하들을 쳐다보다가 한쪽 구석에 놓여 있는 의자를 턱으로 가리켰다. 그것은 전기고문용 의자로 그 위에 앉아 전기고문을 받은 사람치고 버텨낸 자는 지금까지 단 한 명도 없었다. 전기 고문은 인간이 버틸 수 있는 한계를 넘어선 것으로, 자백 아니면 죽음으로 결말이 나기 마련이었다.

사렘은 버티지 않고 순순히 전기의자 위에 올라앉았다. 몸은 완전히 벌거벗겨진 상태였다. 두 손목과 다리는 움직이지 못하게 의자에 단단히 고정되었고, 손끝과 발끝에는 전기단자가 연결되었다. 단자에 연결된 전기선의 끝은 벽까지 이어져 있었고, 벽 위에는 여러 개의 버튼이 부착되어 있었다. 단단히 각오를 한 것 같았지만 시작도 하기 전에 사렘의 숨소리가 거칠어지고 있었다.

"두 개의 화분은 뭘 의미하는 거야?"

"몰라."

콧잔등이 움푹 꺼진 사내가 벽에 부착되어 있는 노란색 버튼을 눌렀다. 윙~ 하는 소리와 함께 사렘의 손발이 떨리기 시작했다. 손발을 떨면서도 그대로 버티고 있자 이번에는 분홍색 버튼을 눌렀다. 지지직 하는 소리와 함께 살이 타는 듯한 냄새가 나면서 온몸에 경련이 일었다. 사렘은 몸을 뒤틀면서 신음소리를 냈다. 입에서는 거품이 흘러나오고 있었다.

"말하겠어! 그만 해!"

그는 악을 썼다. 윙~ 소리가 사라지고, 대신 거친 숨소리만이 들려왔다.

"화, 화분 두 개는…… 위험을 알리는 표시야."

"자칼에게 말이지?"

사렘은 고개를 끄덕였다.

"무지는 죽었는데 누가 그걸 밖에 내놓았지?"

"아마 무지와 함께 살던 사람일 거야."

"일본 여자 말인가?"

"아마 그럴 거야."

"그 여자 이름은?"

"몰라."

요원은 사진 한 장을 꺼내 그 앞에 들이밀었다.

"모른다고 하지 말고 잘 보고 대답해. 우리는 알만한 것은 다 알고 있으니까. 이 여자 맞지?"

그것은 흑백 사진으로, 긴 흑발의 매력적인 동양계 여자의 모습이 찍혀 있었다. 찌르는 듯한 눈빛과 함께 강인해 보이는 인상이 가냘프고 섬세한 일반적인 여자들의 인상하고는 아주 달라 보였다. 서른 안팎으로 보이는 그녀는 흰 이를 드러낸 채 활짝 웃고 있었다. 사렘은 그것을 무표정하게 흘낏 쳐다보고 나서 거의 표시가 안 날 정도로 끄덕였다.

"회색 늑대라고 부르지 않나? 아랍인들은 사미라고 부르고 일본 이름은 시게노부…… 일본 적군의 두목이지?"

"알면서 왜 물어."

클레멘트는 가만히 한숨을 내쉬었다. 시게노부(雲信房子)는 일본 적군(日本赤軍)을 지휘하고 있는 여자로, 일본 국내에서 입지가 좁아져 더 이상 활동할 수 없게 되자 유럽으로 건너와 아랍 및 좌파 테러조직과 연계하여 각종 테러활동을 벌이고 있는 인물이었다. 모사드 요원들은 그녀에 대해 하나같이 이를 갈고 있었다. 그럴 만도 한 것이 1972년 5월 30일 텔아비브의 로드 공항에서 일어난 학살 사건의 악몽을 결코 잊을 수가 없기 때문이었다.

그 날 밤 파리에서 로마 경유로 날아온 프랑스 항공 132편기에는 대부분 이스라엘인들이 타고 있었다. 비행기가 이스라엘 텔아비브의 로드 공항에 도착하자 세 명의 일본인 청년이 승객들과 함께 비행기에서 내렸다. 그들은 입국 수속을 마친 후 수하물을 찾기 위해 제3호 컨베어벨트 쪽으로 다가갔다. 이윽고 트렁크가 나오자 그 자리에서 그것을 열어젖히고 체코제 VZ58형 자동라이플 3정과 수류탄을 꺼내 들었다. 그리고 컨베어벨트 주위에 모여서 있는 사람들을 향해 무차별 난사를 시작했다. 사람들에게 무엇인가 큰 소리로 위협을 한다던가 자신들의 주장을 말한다던가 그런 것도 없었다. 모든 것이 생략된 채 무조건 쏴 대기만 했다. 여기저기 수류탄이 터지고 총소리가 귀를 찢는 아비규환의 시간이 흐른 후 나타난 결과는 참혹하기 이를 데 없었다. 검붉은 피로 질퍽하게 젖어 버린 바닥에는 26구의 시신이 나뒹굴고 있었고, 공포에 떨고 있는 부상자는 72명이나 되었다. 테러범 2명은 현장에서 죽었고, 나머지 한 명은 체포되었는데 오까모도라는 자였다. 참으로 어처구니없는 미치광이들의 학살극이었지만 오까모도는 자신을 일본 적군파 소속이라고 당당히 밝혔다.

오까모도는 체포되던 당시의 당당하던 태도와는 달리 일단 수사관의 심문이 시작되자마자 나약한 모습을 보이기 시작했다. 몇 번 얻어터지고 물 속에 수차례 처박히자 자신이 알고 있는 모든 것을 술술 불어 버렸다. 일본 적군파의 서약인 체포되기 전에 자살할 것, 조직의 비밀은 죽음과 함께 땅 속에 묻을 것 등은 하나도 지키지 않고 오히려 한 술 더 떠서 이것저것 마구 자백해 버렸다.

그의 자백에 따르면 그들 세 명의 일본 적군파 대원들은 베이루트에서 특수 공격 훈련을 받았는데, 그들을 가르친 교관은 팔레스타인인들이었다. 세 사람은 임무 수행이 끝나는 대로 자결하기로 되어 있었다. 훈련이 끝나자 그들은 베이루트를 떠나 파리로 향했다. 거기서 프랑크푸르트에 들러 위조 여권을 받았다. 이틀 후 기차 편을 이용하여 로마로 가서 5월 30일까지 호텔과 독립가옥 등에서 묵었다. 그 날 한 여자가 그들을 찾아와 보따리를 풀었는데 그 안에는 7.62밀리 구경 탄환 30발이 든 탄창 12개와 자동 라이플 3정, 살상력이 매우 강한 수류탄 몇 개가 들어 있었다. 무기를 운반해 온 여자는 일본 적군파의 리더인 시게노부였다. 그녀는 그 날 밤 무기를 가지고 텔아비브를 향해 출발하는 세 명의 청년들을 일일이 포옹해 주면서 그들의 귀에다 대고 이렇게 속삭였다.

"위대한 혁명가로 영원히 기억될 거야."

이제 사렘을 통해 시게노부라는 인물을 다시 한 번 확인한 클레멘트는 속이 뒤집히는 것 같았다. 시게노부가 이끄는 일본 적군파가 유럽에서 국제테러연대를 통해 여전히 암약하고 있음이 분명히 드러난 것이다. 자칼과 시게노부, 그리고 비행기 납치……. 이제 그림은 분명해졌다. 악명 높은 두 사람이 손을 잡고 비행기를 납치한다면 분명 시시한 테러는 아닐 것이다. 그들은 전 세계의 이목을 집중시킬 수 있는, 그래서 테러리즘의 효과를 극대화시킬 수 있는 그런 큼직한 테러를 노리고 있을 것이다. 그리고 그것은 성공할 수 있을 것이다. 왜냐하면 그들이야말로 테러의 달인들이 아닌가!

클레멘트는 일본 적군파의 잔인성을 생각하자 가슴이 섬뜩해지는 것 같았다. 전 세계에서 암약하고 있는 테러조직들 가운데 일본 적군파만큼 잔인하고 죽음을 두려워하지 않는 조직은 없는 것 같았다. 2차 대전 때의 가미카제(神風) 정신을 그대로 물려받은 탓일까. 물론 오까모도 같은 겁쟁이도 있긴 하지만 대체적으로 거의가 광신적인 좌파혁명 전사들로 비정하기 이를 데 없었고, 죽음을 두려워하지 않는 자살특공대식 공격으로 인해 피해가 이만저만 큰 것이 아니었다.

그런데 왜 하필이면 여자가 일본 적군파의 지도자가 되었을까. 왜 그들은 여자를 그들의 두목으로 선택했을까. 전통적으로 일본의 비밀단체는 가장 비정한 인물을 그들의 두목으로 뽑는다. 여기서 시게노부만큼 비정한 인물이 없다는 결론이 나온다. 그녀는 일을 처리할 때 격정적이고 잔혹한 것으로 유명하다. 그런 점에서는 다른 여자 테러리스트들도 마찬가지라고 할 수 있다. 여자가 남자들보다 더 잔인하게 테러행위를 자행하는 경우는 허다하다. 그래서 테러진압부대원들은 테러리스트들을 공격할 때 남자보다 여자 쪽을 먼저 조준하여 사살하는 것이다. 그렇지 않고 여자를 살려 두면 끝까지 항복하지 않고 발악하기 때문이다.

사렘한테서 알고 싶은 것은 시간이 흐를수록 더욱 많아지고 있었다. 그러나 사렘의 대답에는 한계가 있었다. 전기고문에 배겨내지 못하고 입을 여는 것 같았지만 결정적인 것은 아직 하나도 털어놓지 않고 있었다.

클레멘트는 사렘을 상대하는데 피로감을 느꼈다. 당장이라도 부하들에게 맡기고 숙소에 가서 쉬고 싶었다. 하지만 그럴 수가 없었다. 있을지도 모를 엄청난 참극을 앞두고 휴식을 취한다는 것은 직무유기에 해당한다. 그보다도 그 자신이 그것을 용납하지 않고 있었다.

암호명 '사막의 북소리'는 시각을 다투는 사건이기 때문에 그는 그 전모를 밝혀내는데 잠시도 뜸을 들일 수가 없었다. 이 기회에 자칼과 시게노부도 잡아들이거나 제거해 버리고 싶었다. 그래서 그는 지푸라기를 붙잡는 심정으로 사렘에게 매달려 있었다.

"시게노부는 어떻게 위험이 닥친 것을 알았지? 르 빵쉐르에서 일어난 일을 몰랐을 텐데?"

"무지로부터 연락이 없거나 그 여자가 아무 연락도 없이 집에 돌아오지 않으면…… 그 자체가 바로 위기상황이 발생했다는 것을 의미하지. 그래서 화분 두 개를 내놓고 나서 신속히 행방을 감춘 거야."

이 자가 이 정도는 자백해도 괜찮다고 생각했기 때문에 내게 말한 것일까, 아니면 숨김없이 다 털어놓은 것일까. 그의 일그러진 얼굴을 가만히 뜯어보았지만 어느 한쪽으로도 결론을 내릴 수가 없었다.

자칼은 물론이고 시게노부의 행방에 대해서도 그는 모른다고 대답했다. '사막의 북소리'에 대해서도 새로운 대답은 없었다. 몇 번의 전기고문도 소용이 없었다. 그의 대답이 사실일 수도 있었다. 그는 자신이 알고 있는 모든 것을 자백했고, 그 밖에는 모르기 때문에 모른다고 대답했을지도 모른다. 그렇게 해석해 버리면 문제는 아주 간단해진다. 이 자를 붙들고 더 이상 괴로운 시간을 보내지 않아도 된다. 이 자를 일찍 포기하는 대신 그 시간에 차라리 다른 루트를 통해 핵심에 접근해 보는 것이 나을지도 모른다.

하지만 클레멘트는 사렘을 포기하고 싶지 않았다. 그가 사실대로 자백했다고 단정을 짓는 것이 왠지 꺼림칙했다. 그래서 확신이 설 때까지는 그를 놓아주고 싶지가 않았다. 마침내 그는 가장 강한 전기쇼크를 주문했다. 그것을 보고 그의 부하들은 망설이는 기색을 보였다. 콧잔등이 꺼진 요원이 다가와 그의 귀에다 대고 속삭이듯 말했다.

"위험합니다. 배겨내지 못할 겁니다."

"알아. 알고 있어. 하지만 시간이 없어. 놈들은 이미 비행기를 납치하러 떠났는지도 몰라."

고개를 떨어뜨린 채 축 늘어져 있던 사렘이 눈을 치뜨고 그를 노려보았다.

"작전은 취소됐어."

"무슨 소리야?"

"작전이 취소됐단 말이야. 그 말도 못 알아들어?"

그 말을 그는 유난히 강조하려 들고 있었다.

"그걸 어떻게 알지?"

"당신들이 망쳐 버렸잖아. 우리는 내일 런던으로 떠나기로 돼 있었어. 거기서 새로운 지시를 받기로 돼 있었어. 그런데 불가능하게 된 거야. 그러니까 이번 작전은 취소될 수밖에 없어. 우리가 작정의 주역인데 주역이 빠진 작전은 있을 수 없지. 당신들은 지금 쓸데없는 걱정을 하고 있는 거야. 비행기 납치는 없을 거야."

"런던으로 가기로 돼 있었다고? 비행기 예약은 돼 있나?"

"배로 갈 계획이었어. 쉘부르까지 가서 거기서……."

말을 채 마치기도 전에 그는 윽! 하는 신음과 함께 온몸에 경련을 일으켰다. 경련이 심해지면서 관자놀이의 혈관들이 튀어나오고 동공이 크게 확대되었다. 벌어진 입에서는 허연 거품이 흘러나오고 있었다.

스위치를 껐을 때 그의 두 눈은 초점을 잃고 허공을 바라보고 있었다. 머리가 옆으로 기울어지다가 앞으로 꺾어졌다. 그 다음에는 더 이상 움직이지 않았다. 요원 한 명이 목의 경동맥에 손을 갖다 댔다가 뒤로 물러섰다.

"죽었습니다."

클레멘트는 불이 꺼진 파이프를 입에 문 채 의자에서 일어나 잠자코 밖으로 나갔다.

밀고자

　비행기 납치는 유행병처럼 번지고 있었다. 걸핏하면 여기저기서 비행기를 납치해서 주로 승객들을 인질로 삼아 구속되어 있는 테러범들의 석방을 요구하거나 수백만 달러의 몸값을 받아 내려는 시도가 시도 때도 없이 일어나고 있었다. 그리고 그런 일이 하도 자주 일어나고 있었기 때문에 사람들은 으레 그러려니 하고 생각할 정도로 비행기 납치에 대해 이제는 거의 만성이 되어 있었다. 하지만 피해 당사자의 입장에서는 그것은 피를 말리는 일이었다. 더구나 '사막의 북소리'처럼 유대인 수십 명의 목숨을 동시에 노리는 비행기 납치가 실제로 발생한다면 그것은 이스라엘 국민의 안위에 관계되는 국가적인 중대한 문제가 아닐 수 없었다.
　클레멘트는 시트로엥 뒷좌석에 앉아 두 눈을 감고 있었다. 심신이 극도로 피로했기 때문에 금방이라도 잠이 올 것 같았지만 머릿속은 오히려 복잡한 생각들로 뒤엉켜 몹시 예민해져 있었다. 시트로앵 뒤에는 소형 승합차가 따르고 있었다. 그 안에는 모사드 요원들이 타고 있었다. 클레멘트는 테러리스트들의 표적이기 때문에 그가 움직이는 곳이면 어디든 경호요원들이 따라다니고 있었다. 그는 1급 요인으로 분류되고 있었다.

삐익! 하는 무선 호출음이 들려왔다. 조수석의 비서 겸 경호요원이 무전기를 귀에다 갖다 댔다. 그는 몇 마디 주고받고 나서 무전기를 끄고 클레멘트를 돌아보았다.

"프랑스 첩보국의 잔 에란트 반장이 지금 당장 만나자고 합니다. 어떻게 할까요?"

클레멘트는 이맛살을 찌푸렸다. 에란트는 골치 아픈 놈이다. 하지만 어차피 그를 만나야 하고, 무시할 수도 없는 처지이다. 그를 잘 요리하기만 하면 충분히 이용가치도 있을 것이다.

"만나겠다고 해."

"지금 바로 만나러 가시겠습니까?"

"음……."

클레멘트는 손목시계를 들여다보았다. 새벽 1시가 지나고 있었다. 지금부터 에란트의 질문에 막힘없이 대답할 수 있도록 준비해 놓아야 한다. 하지만 그렇게 준비해 놓아도 때때로 막힐 때가 있었다.

시트로앵은 고속도로를 벗어나 국도로 접어들더니 반대방향으로 달리기 시작했다. 앞을 분간할 수 없을 정도로 비바람이 몰아치고 있었다. 며칠 째 계속해서 비가 내리고 있었다. 비가 그치면 불볕더위가 찾아올 것이라고 했다. 차도 양편으로 어둠에 잠긴 숲이 느린 속도로 지나가고 있었다. 'Poissy' 라는 이정표가 불빛에 슬쩍 나타났다가 사라졌다. 그들은 파리 서북쪽을 향해 달리고 있었다.

얼마 후 국도를 벗어난 시트로앵은 갑자기 좁아진 길로 들어섰다. 포장이 되지 않은 길을 10분쯤 달리자 숲 속에 멀리 불빛이 보였다. 불빛을 향해 다가가자 이윽고 별장처럼 보이는 집이 나타났다. 에란트는 항상 이 곳으로 클레멘트를 부르곤 했다. 클레멘트는 지금까지 서너 번 이 곳에 와 본 적이 있었다.

드넓은 정원 주위로는 높은 돌담이 세워져 있었고, 길이 끝나는 곳에는 견고한 철문이 앞을 가로막고 있었다. 철문 안쪽 멀리 떨어진 곳에는 돌로 지은 건물이 유령처럼 서 있었다. 지은 지 2백년이 넘었다는 그 집은 몇 년 전까지만 해도 어느 유명 배우의 별장으로 사용되고 있었는데, 집 안에서 한꺼번에 세 사람이 살해되는 사건이 발생하는 바람에 흉가처럼 방치되어 있다가 프랑스 정부에 무상으로 기증되어 지금은 DST의 별관으로 이용되고 있었다.

어둠 속에서 경비원 두 명이 나타나더니 방문자의 신원을 확인하고 나서 철문을 열었다. 어둠 속에서 개 짖는 소리가 들려오고 있었다. 키 큰 나무들이 비바람 속에서 춤을 추고 있었다. 천둥소리와 함께 번쩍하는 불빛 사이로 석조건물의 우중충한 모습이 잠깐 드러났다가 사라졌다. 석벽은 온통 담쟁이 넝쿨로 뒤덮여 있었다.

에란트는 두터운 카펫이 깔린 거실 가운데 서 있다가 클레멘트를 맞았다. 클레멘트는 미소를 지으면서 손을 내밀었지만 그는 무뚝뚝하게 그 손을 잡았다. 그는 거실 한쪽에 있는 문을 열고 아무도 없는 작은 방으로 들어갔다. 클레멘트가 뒤따라 들어가자 뒤에서 문이 닫혔다. 그 방의 맞은 편 벽면은 온통 고서들로 가득 차 있었다. 높은 천장까지 책들이 빼곡히 들어차 있어서 그것만으로도 보는 사람들은 위압감을 느낄 정도였다. 그 책들은 전 주인이 기증한 것들로, 보기가 좋아 치우지 않고 그대로 보존해 두고 있었다.

방 가운데에는 마호가니로 만든 장방형의 테이블이 놓여 있었고, 그 주위에는 스물네 개의 의자들이 가지런히 자리를 차지하고 있었다.

"그저께 밤 르 빵쉐르에서 일어난 살인사건은 당신들이 저지른 거죠?"

에란트는 자리를 권하지도 않은 채 선 채로 물었다.

"무슨 말씀을 하시는 겁니까?"

클레멘트는 시침을 떼고 물었다.

"몰라서 묻는 겁니까?"

분노에 찬 목소리가 방 안을 울렸다. 도살자란 별명을 가진 유대인은 비실비실 웃었다. 에란트에게는 그 웃음이 역겨웠지만 도살자는 그것을 아는지 모르는지 개의치 않고 계속 비실거리는 웃음을 입가에 흘리고 있었다.

"무슨 말씀을 하시는 건지 잘 모르겠는데요."

"당신은 신문도 안 봅니까?"

에란트는 테이블 한쪽에 놓여 있는 신문을 집어 들더니 그것을 클레멘트 앞에다 던졌다.

"요즘 신문을 통 못 봤습니다. 몸이 안 좋아 며칠 병원에 있었거든요."

건방진 자식 같으니! 속으로 중얼거리면서 클레멘트는 신문을 집어 들었다.

그가 볼 때 에란트는 햇병아리밖에 안 되는 녀석이었다. 산전수전 다 겪은 노회한 그의 눈에는 에란트의 움직임이나 말투가 어릿광대처럼 우스꽝스럽게 보이기만 했다.

르 몽드지에는 르 빵쉐르에서 발생한 살인사건이 대서특필되어 있었다. '르 빵쉐르의 학살'이라는 자극적인 제목이 위쪽을 가로지르고 있었고, 처참했던 현장을 찍은 사진들이 한 페이지를 거의 차지하고 있었다.

"이럴 수가…… 쯔쯔……."

클레멘트는 혀를 차면서 이해할 수 없다는 듯 고개를 갸우뚱거렸다.

"그래도 잡아뗄 겁니까? 항상 잡아떼는데 이번에는 그렇게 안 될 겁니다. 더 이상 참을 수가 없어요!"

"담배 좀 피우겠습니다."

클레멘트는 상대방을 묵살한 채 탁자 앞으로 다가앉더니 주머니에서 담배쌈지를 꺼냈다. 그런 그를 쏘아보고 있다가 에란트는 참지 못하고 또 큰 소리로 말했다.

"모두 다섯 명이 죽었어요! 아랍인 세 명, 독일인 한 명, 그리고 식당 주인. 식당 주인은 자동차와 함께 날아갔어요. 이젠 프랑스인까지 죽이는 겁니까?"

"무슨 말씀인지 이해가 안 갑니다. 솔직히 말씀드리는데 이 사건은 정말 우리하고는 아무 상관이 없는 사건입니다. 뭔가 오해를 하시는 것 같은데…… 이런 사건이 일어날 때마다……."

"억울하다 이거군요? 당신들 말고 이런 짓을 저지를 사람이 누가 있어요? 식당 주인 외에 네 명은 테러혐의로 우리 수사망에 올라 있었어요. 그런데 당신들이 선수를 쳤어요. 그것도 잔인하게 사살했어요."

"그럴 리가 있습니까. 전 정말이지 모르는 일입니다."

클레멘트는 파이프에 불을 붙였다.

"이스라엘에 적대적인 행위를 하는 테러리스트들을 당신들이 무자비하게 살육하고 있다는 것은 천하가 다 아는 사실이에요. 당신들 외에는 그런 짓을 할 수 있는 자들이 없어요."

"천만에. 그런 자들은 얼마든지 있습니다."

"있으면 대보시오."

"우리가 확보한 정보에 의하면 테러조직들간에 알력이 아주 심해서, 서로 죽이는 일은 예사라고 합니다. 특히 과격파 대원들이 온건파 대원들을 습격하는 일이 많다고 합니다. CIA와 MI6 등 자본주의 국가 정보기관들의 공작, KGB 등 공산권 국가 정보기관들의 역공작, 그 밖에 이름이 알려져 있지 않은 극우단체들의 공격 등 가능성은 아주 많습니다."

"모사드는? 당신이 지휘하는 카에사리아는?"

"카에사리아라니요? 무슨 말인지 잘 모르겠습니다."

"당신은 하나부터 열까지 인정할 줄을 모릅니다. 인정할 것은 인정하고 협조를 구하면 될 텐데 무조건 모른다고 잡아떼니까 이야기가 안 돼요."

"미안합니다. 하지만 사실이 아닌 것을 인정하라고 하니까 저로서도 어쩔 수없이……."

"당신은 정말 구제불능이군요. 당신들 이스라엘 사람들은 모두가 거짓말쟁이들이에요! 사람들을 잔인하게 살해했으면서도 그런 일이 없다고 잡아떼고 있으니 기가 막히다 못해 이젠 구역질까지 나요!"

격분해서 소리치는 에란트와는 달리 클레멘트는 끝까지 침착성을 유지하고 있었다.

"우리 이스라엘인들은 그런 짓을 하지 않습니다. 알려지지 않은 유대인 극우조직에서 그럴 수 있겠지만 이번 경우는 그들의 소행이 아닌 것 같습니다."

"잘 둘러대는군요. 정말 당신의 그 거짓말은 기네스북 감입니다. 당신이 기네스북에 세계 최고의 거짓말쟁이로 등록되면 영광이겠군요."

"그런 말씀 마십시오."

"당신들 짓이야! 당신은 도살자야!"

에란트는 주먹으로 탁자를 내리쳤다. 그가 화를 내는 것도 무리는 아니었다. 툴리에가의 비극 때문에 초상집이 되어 있는 판에 한 달도 못돼 또 엄청난 살육이 일어났으니 도무지 정신을 차릴 수가 없었다. 돌아 버리지 않는 것만도 다행이라고 그는 생각하고 있었다.

"너무 심한 말씀을 하시는 군요. 우린 얼마든지 동지가 될 수 있는데…….”

"동지라구요? 제발 웃기지 마시오. 내가 유대인을 얼마나 미워하는지 당신은 모를 거요. 우리는 절대 동지가 될 수 없어요. 유대인하고 동지가 되느니 차라리 팔레스타인 사람하고 동지가 되겠소."

"나치가 되지 않은 게 다행이군요."

클레멘트는 빈정대면서 허공을 향해 담배연기를 후우하고 내뿜었다. 향기로운 냄새가 실내 가득히 퍼지고 있었다. 그의 얼굴에서는 어느 새 미소가 사라져 있었다.

"그렇지 않아도 나치가 되지 않은 것을 후회하고 있어요."

두 사람의 시선이 차갑게 부딪쳤다. 클레멘트는 뒤로 상체를 젖히고 상대방을 노려보았다. 그 기세에 눌렸는지 에란트는 슬그머니 시선을 돌렸다.

"반장, 당신은 나치가 되지 않은 것을 후회하지 않아도 되지 않습니까? 당신이 나치에 협력한 거…… 우리는 오래 전부터 알고 있었습니다."

"뭐라구?! 당신 지금 무슨 말하는 거야?! 무슨 말하는지 알고 나 하는 소리야?!"

에란트는 펄펄 뛰면서 유대인 도살자를 잡아먹을 듯이 노려보았다. 반면 유대인은 조금도 동요하는 빛이 없이 침착하게 상대방을 응시했다. 그 자신만만한 태도에 당황한 것은 오히려 에란트 쪽이었다.

"물론 알고 하는 소리지요. 이런 말하지 않으려고 했는데 당신이 우리 유대인을 모욕하는 말을 계속 하는 바람에 참을 수가 없었어요. 근거 없는 말을 한 건 아닙니다."

"도대체 무슨 근거로 그런 말을 한 거요? 내가 나치에 협력한 걸 알고 있다니, 지금 제 정신을 가지고 하는 말이오? 지금 그 말이 내 명예를 심각히 훼손한다는 걸 알고 있겠지요?"

"물론 알고 있지요. 하지만 명예를 훼손하고 싶은 생각은 추호도 없습니다."

에란트는 맞은 편 자리에 앉더니 앞으로 상체를 기울이면서 유대인을 쏘아보았다.

"법원에서 명예 훼손이 인정되면 당신은 막대한 위자료를 물어야 한다는 거 알고 있지요? 죄질이 무거우면 교도소에 가서 징역도 살아야 해요. 그런 다음에는 프랑스에서 영원히 추방되는 겁니다."

클레멘트는 고개를 갸우뚱했다.

"명예 훼손으로 고소까지 하시려구요? 아이구, 난 그렇게까지는 생각 안 했는데……."

"함부로 말을 지어내다가는 치명적인 해를 입게 될 거요. 사과를 한다면 우리밖에 없으니까 못들은 걸로 하겠소. 하지만 용서는 안 할 거요."

클레멘트는 어깨를 으쓱했다.

"아직 모르시는가 본데, 방금 제가 한 말은 지어낸 게 아닙니다. 사실을 말씀드린 겁니다. 그렇기 때문에 만일 법원에서 사실이 밝혀진다면 저는 명예 훼손 죄에 걸릴 이유가 없지요. 그 대신 반장님의 나치 협력 사실이 세상에 알려지게 될 거고, 그렇게 되면 반장께서는 더 이상 첩보국에서 일할 수 없게 되겠죠."

"당신을 싫어했지만 이렇게까지 교활한 인간인줄은 몰랐소. 정말 교활하고 야비하군요."

에란트는 표정이 굳어진 채 부들부들 떨기까지 했다. 그것을 즐기는 듯 늙은 유대인은 하고 싶은 말을 계속했다.

"정확히 보셨습니다. 전 교활하고 야비한 인간입니다. 나치 수용소에서 살아남으려다 보니까 그렇게 된 거지요. 어떻든 반장님의 나치 협력 사실이 세상에 알려지게 되면 반장님은 직장뿐만 아니라 모든 것을 잃게 되겠지요. 물론 법정에까지 갈리는 없겠지만, 혹시 또 모르지 않습니까? 우리가 이성을 잃고 감정 싸움에 매달리게 되면 무슨 일이 벌어질지 아무도 장담 못하겠지요."

"보자보자 하니까 못하는 말이 없군요. 당신의 거짓말을 또 들어야 한다는 게 고통스럽기 짝이 없지만 참는 데까지 참아 보겠소. 내가 나치에 협력했다는 사실이 있다고 했는데, 도대체 그게 뭔지 어디 한 번 구체적으로 말해 보시오. 만일 사실이 아니면 이 자리에서 당신을 사살해 버릴 거요."

흥분한 에란트는 권총을 꺼내 탁자 위에 거칠게 올려놓았다. 그의 얼굴은 하얗게 질려 있었고, 이마에는 땀까지 번지고 있었다. 권총을 보자 유대인은 어이없어 하면서 손을 흔들었다.

"아이구, 이러지 맙시다. 그 총은 치우십시오. 난 총이라고 하면 질색입니다. 이런 일로 우리가 싸워서야 되겠습니까? 이스라엘과 프랑스는 가까운 우방으로서 긴밀한 협력관계에 있는데 우리끼리 싸워서는 안 되지요. 우리의 적은 어디까지나 아랍 테러분자들과 철없이 날뛰는 좌파 혁명분자들 아닙니까."

"오해하지 마! 우리 프랑스는 적이 없어! 더 이상 둘러대지 말고 나치 협력 사실이나 말해 봐! 나도 알고 싶으니까. 말하지 않으면 가만 있지 않을 거야."

에란트는 위협적으로 말하면서 권총 손잡이로 탁자를 탕탕 두드렸다.

살기등등한 그를 보고 클레멘트는 길게 한숨을 내쉬었다.

"우리는 나치의 프랑스 점령 당시 나치에 협력한 프랑스인들에 관한 자료를 갖고 있습니다. 아주 방대한 분량이죠. 그건 미국이나 프랑스가 갖고 있는 것보다 더 많은 양이고, 내용면에서도 충격적인 사실들이 많이 있습니다."

"그건 이미 끝난 일이야. 협력자들은 모두 처벌받았고, 더 이상 그걸 거론하는 사람은 아무도 없어. 이제 와서 그걸 들추면 미친놈으로 취급받을 거야."

"뭐 그래도 상관없습니다. 우리가 확보하고 있는 자료는 좀 특별한 거랍니다. 일반적으로 나치 협력자로 알려져 처벌받은 그런 사람들에 관한 게 아니고 지금까지 전혀 알려져 있지 않은 협력자들에 관한 자료입니다. 만일 그 자료가 공개되면 프랑스가 한번 뒤집어질 겁니다. 정치가, 경제인, 학자, 군인, 예술가 등 현재 큰소리치면서 살고 있는 사람들 가운데 상당수가 협력자 명단에 있습니다. 그와 함께 그들이 어떻게 나치에 협력했는지 그 내용도 자세히 기록되어 있습니다. 하지만 우리는 프랑스 사회가 발칵 뒤집히는 것을 바라지 않기 때문에 그것을 차마 공개하지 못하고 있습니다. 필요에 따라서 개별적으로 조금씩 공개는 하고 있지만 한꺼번에 하는 것은 삼가고 있죠."

"장난치지 마시오."

"장난이 아닙니다. 엄연한 사실입니다."

"그 사실이란 게 뭐요?"

"저는 1960년 5월 아르헨티나에서 아돌프 아이히만을 붙잡아 오는데 참가했지요. 그를 이스라엘로 데리고 와서 조사하는 과정에서 우리는 그가 나치에 협력한 사람들에 관한 자료를 많이 가지고 있는 것을 알았지요. 프랑스, 폴란드, 체코, 헝가리 등 나치가 점령했던 나라의 국민들 가운데 나치에 적극적으로 협력했던 사람들 명단이지요. 그 가운데 특히 유대인을 잡아들이는데 앞장섰던 협력자들이 있는데, 그들은 나치 친위대 SS의 정보원들로 유대인 제거에 큰 공을 세웠지요. 그 자료에는 그들의 활동상이 비교적 자세히 기록되어 있기 때문에 언제라도 결정적인 증거로 제시될 수가 있어요. 우리는 그 자료들을 모두 확보해 두고 있지요."

에란트는 더 이상 끼어들지 않고 가만히 있었다. 몹시 긴장하고 있는 것이 분명해 보였다. 반면 클레멘트는 결코 흥분하는 법이 없이 담담하게 이야기를 계속해 나갔다.

"아이히만이 그와 같은 자료들을 가지고 있었던 이유는 유사시 자기 방어를 위해 써먹으려고 그랬던 것 같습니다. 혹은 나치 조직이 언젠가 재기를 위해 이용가치가 있다고 판단되었기 때문에 그것을 가지고 있었을지도 모르지요. 이유야 어떻든 그 방대한 자료들을 보고 우리는 거기에 있는 사실들을 믿을 수가 없었어요. 도무지 그럴 것 같지 않은 사람들이 나치에 협력을 했으니까요. 우리는 그 자료들을 공개할 것인가 말 것인가를 놓고 한

동안 격론을 벌이며 고심했지요. 결국 그것이 공개될 경우의 충격을 고려해서 공개하지 않기로 의견을 모았습니다. 하지만 우리는 필요하다고 생각될 경우 그 자료들을 개별적으로 공개하고 있습니다. 이를테면 나치 협력자로, 특히 유대인 학살에 많은 도움을 준 자가 자기반성은 커녕 지금에 와서까지 반유대인 활동을 하고 있는 경우 우리는 일차로 그에게 경고를 줍니다. 그래도 듣지 않으면 그를 사회적으로 영원히 매장시켜 버리기 위해 우리가 소장하고 있는 자료를 공개하지요. 그렇게 해서 매장된 자, 또는 자살한 자가 상당수 되지만 우리가 한 짓이라는 걸 세상 사람들은 모르지요."

"흥, 그런 자료가 있을 리도 없겠지만, 있다해도 누가 그걸 믿을까?"

"우리는 굳이 믿어 달라고 호소하지 않습니다. 그렇게 하지 않아도 증거가 확실하기 때문에 결국은 모두 믿게 되지요. 우리는 그 점에 대해서는 조금도 걱정하지 않습니다."

"사람들의 약점을 캐내 협박하는데 익숙한 당신들의 그 교활함이야말로 세상 사람들이 유대인을 혐오하는 제일 큰 원인이라는 걸 당신은 알고 있소?"

"유대인을 학살하는데 도움을 준 나치 협력자들의 반인륜적 범죄에 비하면 유대인의 교활함 같은 건 사실 아무 것도 아니지요. 그리고 교활함으로 말할 것 같으면 나치 협력자라는 사실을 숨긴 채 가면을 쓰고 버젓이 행세하고 있는 자들의 교활함이 더 극악하지요."

"당신의 협박에 내가 놀아날 줄 알아요? 당신이 어떤 협박을 하든 난 눈 하나 까닥하지 않아요. 왜냐하면 난 나치에 협력한 적이 없으니까."

클레멘트의 입가에 씁쓸한 미소가 나타났다가 사라졌다. 그는 끄덕이면서 입을 열었다.

"이 정도까지 이야기했는데도 불구하고 당신이 끝까지 거짓말한다면 할 수 없이 구체적인 사실을 말할 수밖에 없지요. 참 뻔뻔스럽군요."

"내가 나치에 협력한 사실이 있으면 구체적으로 증거를 대 봐요. 만일 증거를 못 대면 당신 머리에 구멍이 날거요."

에란트는 또 권총을 위협적으로 흔들어 보였다. 그러나 매부리코는 그것을 묵살한 채 주머니 속에서 작은 수첩을 꺼내더니 그것을 뒤적이다가 이윽고 한 곳에 시선을 고정시켰다.

"이럴 줄 알고 간단히 메모를 해 왔지요. 우선 한 가지만 말해 보겠습니다. 1943년 겨울 당신은 파리에 살고 있었지요. 정확한 주소는 리볼리가 124의 9번지로, 당신은 그 때 우편배달부 일을 하고 있었지요. 우편배달부 출신이 지금은 프랑스 첩보국에서 그것도 국제테러를 담당하는 특수수사반을 지휘하고 있으니 많이 출세한 셈이지요."

"쓸데없는 이야기는 집어치우고 할 이야기만 하시오."

증오에 찬 어조로 에란트가 쏘아붙였다.

"알겠습니다. 우편배달부 일을 하는 바람에 당신은 누가 어디에 살고 있고 출신 성분이 어떤지 비교적 자세히 알 수가 있었지요. 그리고 그것을 이용해서 나치에 협력할 수가 있었는데, 그 누구보다도 많은 정보를 SS에 넘겼습니다. 특히 당신은 유대인을 찾아내는데 탁월한 솜씨를 발휘했기 때문에 족집게라는 별명을 얻기까지 했습니다. 당신이 자진해서 나치에 협력했는지, 아니면 협박에 못 이겨 협력했는지 그건 정확히 알 수 없지만, SS가 당신에 대해 평가해 놓은 걸 보면 최우수 정보원으로 아주 적극적이고 자발적이라고 되어 있어요. 기록을 보면 당신이 적발해서 SS에 넘긴 유대인 숫자는 자그마치 528명이나 되는데, 그것은 밀고자들이 세운 기록들 가운데 세 번째로 높은 기록이에요."

"거짓말 마! 그런 새빨간 거짓말이 어디 있어?!"

에란트는 소리치면서 벌떡 일어났다가 자기 목소리가 너무 컸다고 생각했는지 얼른 입을 다물었다.

"흥분하지 말고 끝까지 내 말을 들어 봐요. 528명의 유대인을 나치에 팔아넘겨 죽게 한 당신은 우리의 제거 대상 제1호였어요. 종전 직후였다면 당신은 하노크민의 손에 벌써 죽었을 거요. 하노크민에 대해서는 알고 있으시겠지?"

"그 암살단 말이오? 당신도 거기 출신이오?"

클레멘트는 긍정도 부정도 하지 않았다.

2차 대전 당시 영국군에는 유대인만으로 구성된 부대가 있었다. 그들은 전쟁이 끝나기 전부터 오로지 복수만을 목적으로 복수팀을 조직했는데, 성경에 나오는 '복수하는 하나님의 사도'에서 본따 조직 이름을 '하노크민'이라고 지었다. 하노크민은 복수자라는 뜻으로, 그들의 목적은 나치를 이 잡듯이 하나하나 찾아내 법적인 절차를 거치지 않고 은밀히 제거하는 데 있었다. 처음에는 나치와 그 협력자들을 적발해 연합군 당국에 넘겼으나 처벌이 미온적이거나 그냥 석방시켜 버리는 일이 잦았기 때문에 결국은 직접 처단하는 쪽으로 방침을 정했던 것이다. 하노크민은 나치 잔당을 발견하면 그 즉시 수단방법을 가리지 않고 살해했기 때문에 나치 잔당들은 은신처에 숨어 있으면서도 언제 하노크민이 들이닥칠지 몰라 공포에 떨어야 했다. 전쟁이 끝난 후 1년 동안에만 하노크민의 손에 처형되어 시체로 발견된 나치잔당의 숫자는 1천명이 넘었다.

클레멘트는 전쟁 중에 수용소에 갇혀 있었기 때문에 영국군 유대인 부대 출신은 아니었다. 그러나 전쟁이 끝나고 살아서 수용소 문을 나왔을 때 그에게 가장 먼저 손을 내민 것이 하노크민이었다. 클레멘트는 그 손을 거절할 이유가 없었다.

"아이히만은 전쟁이 끝나고 15년이나 지나서야 체포됐어요. 놈이 가지고 있던 자료를 우리가 확보하는데도 자연히 15년이 늦었어요. 에란트라는 나치 밀고자의 존재를 아는데도 그만큼 늦어졌지요. 그 때 하노크민은 이미 해체되어 모사드로 통합되었는데, 15년 동안 우리는 복수할 만큼 했기 때문에 나치 잔당이 새로 발견되었다고 해서 그전처럼 마구잡이로 죽이지는 않았어요. 선별해서 처리하도록 방침을 바꾸었지요. 이용가치가 있는 인물들은 최대한 이용한 후에 폐기하기로 말이죠. 나치 잔당에 대한 처리가 이렇게 느슨해진 이유 중 하나는 새로운 적이 나타났기 때문이죠. 새로운 적이란 아랍 테러범들과 세계 혁명을 꿈꾸는 좌익 테러리스트들을 포함한 이스라엘에 적대적인 모든 것들이죠."

"이스라엘에 대한 적대세력은 시간이 지날수록 눈덩이처럼 커질 거요. 당신들은 이 지구상에서 결코 행복해질 수 없을 거요."

에란트가 빈정거리자 클레멘트는 슬픈 표정을 지었다.

"걱정해 줘서 고맙소. 당신에 대한 이야기를 마저 끝냅시다. 당신이 밀고해서 가스실로 보낸 유대인 가운데는 참 아까운 사람들이 많았어요. 세계적인 물리학자인 아리엘 펠레드 박사, 천재 피아니스트인 쥴리에 아미타이, 흉곽외과 권위자인 카밀 서린저, 작가이자 철학자인 아민 터베스 등……. 그 가운데 당신의 고교시절 은사였던 메이어 모리스를 고발한 것은 도저히 용서받을 수 없는 짓이었어요. 그 때 모리스 부부가 숨어 있는 장소를 알고 있었던 사람은 그 집 딸과 사위뿐이었는데, 당신은 바로 그 집 사위였지요. 당신, 그 집 사위가 아니었던가요?"

클레멘트가 핵심을 찌르자 에란트는 부르르 떨었다. 그는 씩씩거리면서 무슨 말인가 하려다가 그만두었다.

"모리스 부부는 가스실로 끌려갔고, 결국 당신 부인인 나디아도 체포되어 강제수용소로 보내졌지요. 그야말로 악마가 아니고는 취할 수 없는 행위였지만, 나치즘에 도취된 당신은 제 정신이 아니었을 겁니다. 그 때는 나치즘의 광기가 최고로 칭송을 받을 때였으니까요. 그래서 당신은 아내의 부모와 사랑하는 아내까지 나치에 팔아먹을 수 있었겠지요. 도저히 용서받을 수 없는 반인륜적 범죄였지만 당신은 스스로 아주 훌륭한 일을 했다고 자위했을 겁니다. 아무튼 그 바람에 당신은 장인의 재산을 모두 물려받게 되었고, 새로 결혼하려고 파리 아가씨와 약혼까지 했어요. 그 아가씨 이름이 쟌느 비제였던가요?"

에란트는 아무 대꾸도 하지 않은 채 두 손으로 이마를 짚고 탁자 위를 내려다보고 그의 말을 듣고만 있었다. 유대인 도살자는 궁지에 몰린 상대방의 볼썽사나운 모습을 지그시 바라보면서 계속 말을 이어나갔다.

"그런데 전쟁이 끝나자 나디아가 살아 돌아왔어요. 당신의 아내가 말입니다. 정말 놀라운 일이었지요. 아주 극소수의 유대인만이 강제수용소에서 살아남았는데, 그 경우는 신이 도왔다고밖에 할 수 없죠. 쟌느 비제와의 약혼은 파기되고 당신은 아내와 다시 살게 되었는데, 그 바람에 장인의 재산도 모두 아내에게 돌아가게 되었지요. 당신은 그런 아내가 몹시 저주스러웠을 겁니다. 나디아는 그 때까지 당신이 밀고자라는 걸 모르고 있었겠지요. 만일 알았다면 당신을 그대로 두지 않았을 것이고, 함께 산다는 것은 생각조차 할 수 없었을 겁니다."

에란트는 벌떡 몸을 일으켰다. 그리고 두 주먹을 쥔 채 낮게 소리쳤다.

"됐어요! 이제 그만 해요! 듣기 싫으니까 그만 해요!"

"듣기 싫겠지만 들어야 합니다. 그래야 제 정신이 돌아올 테니까요. 그 잔혹한 수용소에서도 살아남았던 나디아는 2년쯤 지나 어이없게도 교통사고로 죽고 말았어요. 정말 애석한 일이었는데, 당시 트럭이 일부러 사고를 내고 도망갔을지도 모른다는 말이 있었지만, 가해자를 찾지 못해 그 사건은 지금까지 미궁으로 남아 있지요. 당신이 혹시 나디아를 살해하지 않았나요?"

"유대인의 상상력은 정말 대단하군요. 나치 기록에 그런 것까지 적혀 있나요? 아내가 죽은 건 전쟁이 끝나고 2년이나 지나서였는데?"

에란트는 상대방을 흘깃 쳐다보았다. 그의 목소리는 어느 새 눈에 띄게 쇠약해져 있었고, 얼굴은 핏기 하나 없이 하얗게 질려 있었다.

"나치 기록에는 물론 없는 거지요. 나치 기록에다 우리가 조사한 사실을 덧붙인 겁니다. 나치 기록을 확인하고 보강하는 과정에서 새로운 사실들을 추가하게 된 거죠. 당신은 나디아가 죽은 뒤 얼마 안 있어 곧 결혼했고, 그 부인과의 사이에 두 자식을 두었습니다. 전처인 나디아는 아들 하나를 남겼구요. 지금 당신의 가정생활은 매우 행복한 걸로 알고 있습니다. 하지만 만일 이 사실이 알려지면 더 이상 행복은 유지될 수가 없겠지요. 특히 나디아가 낳은 아들이 가만 있지 않겠지요. 전쟁이 일어나기 얼마 전에 태어난 그 아들은 엄마가 수용소에 끌려간 뒤에도 무럭무럭 잘 자랐어요. 당신의 적극적인 보살핌으로 말입니다. 당신은 아내를 수용소에 보냈으면서도 그 아들만은 끔찍이 아꼈지요. 그 아들 마리온은 30대의 신사로 자라 현재 국회의원으로 활동하고 있습니다. 장래 가장 촉망받는 신세대 정치인으로 요즘 한창 언론의 조명을 받고 있더군요. 이 모든 것들이 당신의 그 더럽고 추한 과거사 때문에 물거품으로 돌아갈 수도 있습니다. 당신은 물론이고 아들의 정치생명도 끝나겠지요."

"말도 안 되는 소리 그만해요! 이것저것 주어다가 그럴듯하게 이야기를 꾸몄는데, 증거가 없는 이상 이야기는 이야기로 끝날 수밖에 없어요. 그런 허무맹랑한 이야기를 믿을 사람은 아무도 없어요. 내가 장인장모를 유대인이라고 고발하고, 심지어 아내까지 밀고 했다니, 그게 도대체 말이나 되는 소리야?!"

에란트는 안간힘을 다 해 버텨 보고 있었지만, 아무 소용없는 짓이라는 것을 스스로도 깨닫고 있는 듯했다. 조금 전의 흥분하던 모습은 사라지고 갑자기 엄습한 두려움 때문에 어쩔 줄을 모르고 있었다.

클레멘트는 마지막 일격을 가하기 위해 주머니에서 무엇인가를 꺼냈다.

"당신이 하도 결정적인 증거 운운하니까 내가 딱 한 가지만 보여주지요."

그는 네모지게 접혀 있는 흰 종이를 펴 보았다. 백지 위에는 한 장의 사진이 복사되어 있었다. 그는 그것을 에란트에게 건네주었다.

"이건 사진을 복사한 건데 기억이 날겁니다. SS 사령관이 당신한테 훈장을 수여하고 있는 장면입니다. 유대인 색출에 혁혁한 공을 세웠다고 해서 나치 친위대 사령관이 당신한테 직접 상까지 준 겁니다. 놀라운 장면 아닙니까? 이보다 더 결정적인 증거가 또 있을까요?"

에란트는 그것을 힐끗 쳐다보았지만 순간적으로 시선이 종이 위에 얼어붙는 것 같았다. 그것은 SS 사령관 실을 배경으로 찍은 사진으로, 키가 큰 사령관이 우체부 복장을 한 젊은 사내의 목에 훈장을 걸어주고 있는 모습을 찍은 것이었다. 하지만 에란트는 대수롭지 않다는 듯 그것을 클레멘트 앞으로 내던졌다.

"그런 상은 흔해서 아무한테나 줬어. 그리고 이 사진에 나타난 사람은 내가 아니야! 내가 이렇게 생겼을 리 없어! 난 SS 사령관을 만난 적도 없고 상 같은 것은 더욱이 받은 적이 없어!"

클레멘트는 차가운 미소를 지으면서 한심하다는 듯 밀고자를 바라보았다.

"당신이라는 사람은 한심하기 짝이 없군요. 옆모습이 찍혔기 때문에 알아보기 힘들 거라고 생각해서 그러는 것 같은데 그렇다면 아주 확실한 걸 보여주지요. 끝까지 인정하지 않으려고 발버둥치지만 이 사진을 보면 더 이상 그럴 수 없을 겁니다."

클레멘트는 또 한 장의 사진 복사지를 에란트 앞에 내밀었다. 에란트는 그것을 홱 낚아채서는 뚫어지게 들여다보았다. 한참을 그렇게 들여다보고 있는 동안 그의 손은 어느 새 와들와들 떨리고 있었다. 종이 한 장이 두 손으로 들고 있기에 너무 무거운 듯 결국 그것은 그의 손을 떠나 탁자 위로 떨어졌다.

그것은 에란트가 훈장을 목에 걸고 활짝 웃고 있는 모습을 찍은 사진이었다. 정면에서 찍은 것이기 때문에 너무도 분명히 그의 모습이 드러나 있었고, 그래서 더 이상 부인한다는 것은 무의미해 보였다. 젊었을 때의 그의 모습은 비쩍 마르고 예민한 인상을 보여주고 있었다.

"버리지 말고 기념으로 간직하세요. 난 원판 사진이 있으니까 얼마든지 복사할 수 있어요."

클레멘트의 빈정거리는 말에 에란트는 무서운 눈으로 그를 쏘아보다가 종이를 다시 집어 잘게 찢어발겼다. 그런 다음 그것을 남김없이 자신의 주머니 속에 집어넣었다. 오른쪽 주머니 속에 들어갔던 손이 밖으로 나오기 무섭게 이번에는 탁자 위에 놓여 있는 권총을 재빨리 집어 들었다.

"모사드가 대단한 기관이라는 것은 알고 있지만 이 정도인줄은 몰랐소."

총구는 정확히 유대인의 가슴을 향하고 있었다.

"담배를 피우겠소. 그 동안 잘 판단하시오."

유대인은 총구를 외면한 채 파이프에 담배가루를 천천히 재넣은 다음 거기에다 성냥불을 붙였다. 그런 그를 초조한 눈으로 지켜보다가 에란트는 입을 열었다.

"솔직히 말하면 난 유대인이 무서워졌소."

"당신 같은 사람들이 우리를 그렇게 만들었지요. 난 프랑스인이 싫어요."

유대인은 담배파이프를 빨면서 무표정하게 프랑스인을 바라보았다.

"당신을 죽이고 싶소."

에란트는 덜덜 떨어대고 있었다.

"그야 당연하죠. 하지만 날 죽이면 당신은 안전할 것 같소? 모사드는 즉각 당신에 관한 자료를 공개할 거요."

"훙, 그건 의미가 없는 짓이오. 당신을 먼저 죽이고 나서 나도 쏴 버리면 되니까. 아주 간단한 일 아니요?"

"바보 같지만 괜찮은 생각이오. 당신 같은 사람은 이 세상에 존재할 가치가 없으니까. 그리고 난 살만큼 살았으니까 미련 같은 건 없어요. 이럴 때 대비해서 난 홀몸이오."

클레멘트는 멸시하는 눈초리로 총구를 바라보았다.

이런 비겁한 사내가 함께 죽자고 총질을 하지는 않을 것이라는 것을 그는 잘 알고 있었다. 그는 절대 자살할 인간이 아니었다. 그보다는 어떻게든 살 궁리를 찾으려 들 것이다.

에란트는 망설이고 있었다. 이러지도 저러지도 못한 채 유대인의 눈치만 보면서 떨고 있었다.

"어리석은 짓은 그만 두시오. 함께 죽는 방법도 있지만 그보다는 함께 협조하면서 살아갈 수 있는 방법이 더 나을 겁니다. 그런 방법은 얼마든지 있으니까요. 역사는 발전하는 것이고, 나도 굳이 과거에 집착해서 살고 싶지는 않아요. 지금 심정으로는 모든 추악한 것들을 그대로 덮어두고 싶어요."

역사는 발전한다는 말이 너무 어울리지 않아 클레멘트는 웃음이 나올 뻔했다.

그 때 에란트의 몸뚱이가 무너지듯 의자 위에 처박혔다. 그는 두 손으로 얼굴을 감싸더니 갑자기 울음을 터뜨렸다. 소리를 내지 않으려고 무진 애를 쓰면서 목구멍으로 울음을 삼키는, 보기 민망한 흐느낌을 지켜보면서 매부리코의 사나이는 가만히 분노의 한숨을 내쉬었다.

"모두가 아이를 살리기 위해 한 짓이었어요."

에란트는 흐느끼면서 떨리는 목소리로 말했다. 유대인은 그의 하소연을 들어준다는 것이 괴로웠다. 하지만 꾹 참고 그의 말에 귀를 기울였다. 프랑스인은 손등으로 눈물을 닦은 다음 목소리를 가다듬었다.

"내가 장인장모가 유대인이라는 사실을 SS에 신고하기 전에 그들은 이미 그 사실을 알고 있었어요. 그런데도 그들이 행동을 취하지 않은 것은 나의 충성도를 시험해 보기 위해 기다리고 있었던 거예요. 나는 그걸 알고 몹시 괴로웠지만 결국 신고하지 않을 수 없었어요. 신고하면서 나는 내 아들 마리온만은 살려 달라고 부탁했어요. 부탁이 아니라 애걸한 거죠. 사실 마리온은 백 퍼센트 유대인이라고 볼 수 없죠. 유대인의 피는 반밖에 섞여 있지 않았죠. 하지만 나치는 유대인 피가 조금만 섞여 있어도 제거하는 것을 원칙으로 삼았기 때문에 마리온의 생명은 매우 위험했어요. 내가 아들만은 살려 달라고 애걸하자 SS는 아들을 살려 주는 대신 나디아를 내놓으라고 했어요. 할 수 없이 나는 나디아가 숨어 있는 곳을 말할 수밖에 없었어요."

다시 한 번, 아까보다 더 격한 흐느낌이 터져 나왔다. 그러나 그것은 오래 가지 않았다.

"나는 완전히 SS의 마수에 걸려 꼭두각시처럼 조종당하고 있었어요. 그들은 악랄하고 교묘했어요. 유대인을 색출하기 위해서라면 수단방법을 가리지 않았어요. 그들은 장인장모와 나디아만으로 만족하지 않았어요. 나를 최대한 이용하기 위해 계속 요구조건을 내놓았어요. 그들은 아들을 살려 주는 대가로 더 많은 수의 유대인을 색출해내라고 명령했어요. 그렇지 않으면 내 아들을 데려갈 수밖에 없다고 협박했어요. 그런 상황에서 내가 선택할 수 있는 방법이 뭐가 있겠습니까? 나는 아들을 살리기 위해 열심히 뛰어다녀야 했습니다. 그것밖에 다른 방법이 없었어요."

클레멘트는 구역질 나는 그의 말을 더 이상 듣고 있지 않았다. 그는 무표정하게 공허한 눈길을 던지고 있을 뿐이었다.

길고 공허한 흐름만이 느껴지고 있었다. 아주 오랜 시간이 흐른 것 같았다. 듣고 싶지 않은 불규칙적인 소음이 귓가를 어지럽히고 있었다.

한참이 지난 후 조금 달라진 목소리가 들려왔다. 그는 정신을 차리고 에란트 쪽으로 시선을 돌렸다.
"그것을 공개할 겁니까?"
프랑스인은 더 이상 울고 있지 않았다. 그는 처음부터 울고 있지 않았는지도 모른다.
"글쎄, 잘 모르겠소."
"만일 그걸 공개한다면 나는 먼저 당신부터 죽일 거요. 그런 다음 자살하겠소."
아주 비장한 어조로 에란트가 말했다. 유대인은 이맛살을 찌푸렸다.
"당신은 절대 자살할 사람이 아니지."
"그럼 내가 어떻게 할 거라고 생각하나요?"
"그것이 공개되면 당신은 아마 멀리 도망가겠지. 신분을 위장한 채, 얼굴 모습까지도 바꾼 채 아무도 아는 사람이 없는 곳에서 새로운 삶을 살겠지. 마치 아이히만처럼……."
앞을 훤히 내다보는 듯한 그의 거침없는 말에 에란트는 절망적인 표정으로 그를 바라보았다.
"마치 그러기를 바라는 것처럼 들리는군요."
"당신은 첩보국에 있으니까 위장생활 같은 것은 손바닥 뒤집듯 쉽게 할 수 있을 거요. 그건 그렇고 내가 그걸 공개하지 않으면 어떻게 하겠소?"
"프랑스에서의 모사드 활동에 대해 더 이상 간섭하지 않겠습니다."

에란트는 기다렸다는 듯이 대답했다. 그러나 클레멘트는 시큰둥한 반응을 보였다. 그는 고개를 저으면서

"그 정도로는 안 돼지."

하고 말했다.

"그럼 어떻게 하면 좋겠습니까?"

에란트는 공손히 물었다.

"우리한테 협조해 주었으면 좋겠어요. 우리의 반테러작전에 대해 적극적으로 협조해 주었으면 해요."

"모사드한테 협조하는 것이 알려지면 나는 당장 처벌을 받습니다. 프랑스 첩보국이 모사드를 싫어하고 있다는 것은 잘 아시지 않습니까?"

"내 말을 못 알아듣는군. 우리한테 협조를 하되 비밀리에 하라는 거요. 프랑스 첩보국이 가지고 있는 각종 정보들을 필요할 때마다 우리한테 넘겨주시오. 그리고 우리가 작전을 수행할 때 절대 방해해서는 안 되고, 작전을 원활히 수행할 수 있게 도와주시오. 작전이 끝난 뒤에도 찰거머리처럼 달라붙어 시시콜콜 캐물으려 하지 말고 모른 체 눈감아 줘요."

"사실 지금까지 모두 알면서도 눈감아 준 겁니다. 이것저것 캐물은 것은 상부에 보고도 해야 하고, 그래서 형식적으로 그랬던 겁니다."

"어떻든 내가 말한 거 새겨들으시오. 나는 당신을 지켜볼 거요. 그 정도는 당신 선에서 충분히 할 수 있을 거요."

잠시 침묵이 흘렀다. 그 동안 에란트는 부지런히 머리를 굴리

고 나서 물었다.

"그러니까 저보고 모사드의 스파이가 되라는 겁니까?"

"직설적으로 표현한다면 그런 셈이지. 당신이 파멸을 피할 수 있는 댓가치고는 그것은 아주 값싸고 쉬운 일이지. 그리고 이스라엘을 위해서 일한다고 해서 반역행위라고 볼 수도 없어요. 이스라엘과 프랑스는 적국관계가 아니잖소. 단지 문제에 대처하는 시각과 방법에 좀 차이가 있기 때문에 가끔씩 마찰을 일으키긴 하지만 근본적으로 서로 협조관계에 있는 우방 아니요."

에란트는 창백한 얼굴로 그를 쳐다보다가 결심한 듯 고개를 끄덕였다.

"알겠습니다. 제가 모사드에 협조하면 정말 저에 관한 자료를 공개하지 않는 거죠?"

"그야 물론이죠. 영원히 공개되지 않을 겁니다. 그 대신 당신은 이스라엘을 위해서 일해야 한다는 것을 잊지 마시오. 평생 말이오."

"평생 동안 말입니까?"

"물론이지."

에란트는 당혹감을 감추지 못하면서 어쩔 줄을 몰라 했다. 그러나 이내 정색하면서 말했다.

"알겠습니다. 평생 동안 이스라엘을 위해서 일하겠습니다."

클레멘트는 비로소 자신의 손아귀에 넣고 마음대로 주무를 수 있게 된 꼭두각시 인형을 지그시 바라보았다. 잘만 활용하면 충분히 이용가치가 있는 놈이다. 이 자가 건재해 있는 한 프랑스 내에서의 모사드 활동은 당분간 지금보다 훨씬 자유로워질 수 있을 것이다.

"자, 그럼 긴장을 풀고 우리 차나 한 잔 하면서 긴급한 사안에 대해 이야기해 봅시다. 커피 한 잔 마실 수 있겠소? 나는 이 집에 올 때마다 차 한 잔 대접받은 적이 없소."

"죄송합니다. 이야기에 정신 팔려서 그만 깜박했습니다."

에란트가 탁자 밑의 버튼을 누르자 청바지에 빨간색 티셔츠를 입고 금발을 뒤로 묶은 젊은 여인이 급히 안으로 들어왔다. 티셔츠 안에서 도발적으로 흔들리는 젖가슴이 풍선처럼 터져 버릴 것 같은 느낌이 드는 매력적인 여인이었다. 그것을 보고 유대인은 가만히 한숨을 내쉬었다.

"커피 좀 가져와요."

"난 블랙으로 부탁합니다."

"알겠습니다."

여인은 살짝 미소를 지어보인 다음 밖으로 나갔다.

"긴급한 일이 하나 생겼소."

클레멘트의 입에서 불쑥 튀어나온 말에 에란트는 불안한 표정을 지었다.

"사렘 일당이 무슨 음모를 꾸미고 있었는지 아나요?"

"모릅니다."

"낌새도 못 챘소?"

"네, 전혀……."

"당신들이 알 리가 없지. 당신네 대테러특수반은 도대체 무슨 일을 하는 거요? 내가 보기에 당신들은 폼이나 잡고 여기저기 설치고 다니기나 하지 아무 것도 해결하는 게 없어. 그러니 툴리에가의 비극 같은 게 일어나지."

수치스러운 사건을 들먹이자 에란트의 얼굴은 금방 붉게 달아올랐다.

"그것은 정말이지 큰 실수였습니다. 카를로스라는 놈이 어떤 놈인지 알았다면 그런 식으로 대처하지는 않았을 겁니다."

"카를로스든 아니든, 상대가 누구이든 간에 무기도 안 가지고 접근했다는 것은 당신들이 얼마나 엉터리들인가를 말해 주는 거야. 당신들은 심심풀이로 일하면서 국고를 축내고 있지만 우리는 사느냐 죽느냐 하는 판이라 아주 절박해요."

"툴리에가의 비극에 대해서는 할 말이 없습니다."

에란트는 지옥에 들어갔다 나온 표정을 하고 있었다. 아직도 그는 충격에서 헤어나지 못하고 있는 듯했다.

"카를로스……, 그자의 암호명이 자칼이라는 건 알고 그 쪽도 있었나요?"

"몰랐습니다. 카를로스에 관한 자료는 거의 없습니다. 그자의 암호명이 정말 자칼인가요?"

유대인은 가만히 고개를 끄덕여 주었다.

"그 놈은 갑자기 등장하지 않았나요?"

"천만에……."

터질 듯한 젖가슴을 가진 여인이 들어와 커피 잔을 놓고 나갈 때까지 그들은 잠시 침묵을 지켰다.

여인이 사라지자 이윽고 클레멘트가 다시 입을 열었다.

"자칼은 전부터 우리가 쫓던 인물이었소. 놈은 1949년 10월 12일 베네수엘라의 카라카스에서 태어났는데, 놈이 테러를 시작한 것은 14세부터였어요. 1967년 쿠바의 훈련캠프에서 테러 훈련을 받았고, 좌파운동을 하면서 체 게바라를 비롯한 라틴 아메리카 게릴라 지도자들, 그리고 작가들과 교류를 가졌어요. 68년부터 70년까지는 모스크바에 있는 루뭄바 대학에 가서 공부했는데, 놈이 모스크바에 간 것은 공산주의 종주국에 가서 혁명이론을 체계적으로 배우고, KGB를 통해 고도의 암살기술을 배우기 위해서였지."

클레멘트가 카를로스의 생년월일을 비롯해서 그의 이력까지 훤히 꿰뚫고 있는 것을 보고 에란트는 적잖게 놀라는 눈치였다. 그것은 이 유대인이 얼마나 카를로스에게 집착하고 있는가를 말해 주는 것이기도 했다.

"우리가 파악한 바로는 루뭄바 대학에는 아시아 아프리카 등 제3세계 출신 학생들이 주류를 이루고 있었는데, 교수들을 비롯해서 소비에트 출신 학생들은 거의가 KGB요원들이었지. 그들은 똑똑한 유학생들을 포섭한 다음 비밀리에 훈련을 시켰는데, 그렇게 해서 유학생활을 마친 학생들은 본국으로 돌아갈 때 무시할 수 없는 혁명전사로 변해 있었지. 카를로스도 모스크바에 있을 때 KGB의 세뇌교육을 받았을 가능성이 크고, 그의 세계 혁명 운운하는 것도 다 모스크바에서 배운 구호에 지나지 않아요. 카를로스와 KGB와의 관계는 그가 쿠바에서 테러훈련을 받을 때부터 본격적으로 시작되었다고 볼 수 있어. 하바나 주변에는 세 개의 훈련캠프가 있는데 놈은 마르탄사스라는 캠프에서 훈련을 받았지. 거기서 전술, 무기 조작법, 포탄제조법, 특히 석유수송관 폭파방법, 독도법, 암호, 사진 촬영, 문서변조, 변장

술 등 살인자로서 필요한 것들을 모두 배웠지. 그 때 교관은 KGB의 빅토르 시메노프 장군이었는데, 그는 하바나에 주재하는 쿠바 첩보기관의 작전 책임자였지."

클레멘트는 상대방을 의식하지 않은 채 마치 혼자 말하고 있는 것 같았다. 에란트를 완전히 무시하고 있는 상태에서는 마치 혼잣말을 하듯 반말로 계속 말하다가 가끔씩 상대방을 의식하고는 존대어를 쓰기도 했다.

"루뭄바 대학에 대해서 더 좀 이야기를 하자면, 그 대학의 교관과 직원의 90%가 KGB 장교였고, 약 2만 명의 학생들 가운데 25%를 차지하는 소련인 학생은 거의가 KGB의 심사를 거쳐 엄격히 선발된 정예분자들이었어. 제3세계 학생들 가운데 적성과 충성심이 있다고 판단되면 KGB 스파이로 훈련을 시켰고, 그 중에서도 우수한 자는 엘리트로 선발되어 암살 모략 공작반인 제5과에서 특별 훈련을 받았지. 그러니까 카를로스가 제5과에서 훈련을 받은 것은 물어보나마나 한 사실이야."

"살인기계로 길러졌군요."

에란트는 유대인의 말에 몰입된 채 말했다.

"그렇지. 놈은 살인기계가 되어 모스크바를 떠났지. 동베를린을 거쳐 런던에 한동안 머물다가 중동으로 건너가 PFLP(팔레스타인 인민해방전선)에 가입했어요. 여기서 주목할 것은 소련의 장기적인 계획이야. 소련은 제3세계 출신 스파이들에게 공산주의 이념과 테러기술을 동시에 가르쳤어요. 멀리 앞을 내다보고 그렇게 한 거지. 지금의 아랍 게릴라 지도자들은 이스라엘

타도를 외치고 있지만 공산주의자들은 아니란 말이야. 그들은 공산주의 혁명을 지상의 과제로 삼고 있지 않다는 거지."
 클레멘트는 조금 남아 있는 식어버린 커피를 마저 마시고나서 잠시 무엇인가 생각하는 듯하다가 다시 입을 열었다.
 "따라서 소련은 지금의 여러 아랍 게릴라 조직의 지도자들에게 별로 기대를 갖고 있지 않고 그들의 사후를 노리고 있어요. KGB 훈련을 받은 스파이들을 지금의 지도자들 밑에 심어 놓고 다음 세대의 지도자로 키워 놓겠다는 계산이지. 그렇게 해 놓으면 지금의 지도자가 죽고 나면 자연히 소련 스파이가 지도자가 됨으로써 게릴라 조직을 KGB 마음대로 조정할 수가 있게 되고, 그와 같은 계획이 계속 확대되어 나간다면 결국 아랍권에 대한 소련의 영향력은 막강해질 수밖에 없게 되고, 그것은 결과적으로 이스라엘에 큰 위협이 되는 거지. 아무튼 카를로스는 소련의 그와 같은 장기 전략에 따라 탄생된 테러리스트가 분명해."
 "놈이 자행한 테러사건으로는 어떤 것들이 있습니까?"
 "1972년 텔아비브의 로드 공항 공격을 들 수가 있지."
 "그것은 일본 적군이 저지른 것 아닙니까?"
 "그렇지. 행동은 일본 적군파 대원들이 했지만, 조사해 본 결과 자칼이 개입한 흔적이 뚜렷해. 체포된 적군파 대원 오까모도의 자백과 그 밖의 여러 가지 증거들을 볼 때 자칼이 배후에서 계획하고 조종한 것이 거의 확실해. 놈은 시게노부에게 무기까지 대줬어. 그리고 일본인 청년들은 그 무기로 로드 공항에서 무고한 사람들을 학살했지."
 "그 밖에 다른 것은 없습니까?"

"같은 해 뮌헨 올림픽선수촌을 습격해서 이스라엘 선수들을 학살한 사건도 그자가 개입해서 일으킨 거야."

"그건 검은 9월단 짓 아닙니까?"

"겉으로는 검은 9월단 짓이지만 안으로 파고 들어가 보면 결국 카를로스한테 선이 닿아요. 잘 알겠지만 검은 9월단은 아랍 게릴라 중에서도 가장 과격하고 잔혹한 집단인데, 자칼은 그런 조직을 좋아했지. 자기 취향에 맞는 조직이니까 가장 먼저 검은 9월단과 손을 잡았지. 그는 테러분야에 있어서 교육까지 받은 전문가인데다 카리스마까지 갖추고 있었기 때문에 금방 검은 9월단을 휘어잡았어. 그리고 아주 큼직한 것을 내놓았는데 그것이 바로 뮌헨 올림픽선수촌 공격이었지. 그리고 그것은 그의 입장에서는 대성공이었지. 올림픽선수촌을 공격한다는 구상은 그가 아니고는 생각할 수 없는 것이지. 기가 막힌 발상 아닌가?"

"그러고 보니 그렇군요. 그런데 그는 왜 전면에 나서지 않고 항상 배후에서만 암약했나요?"

"항상 그런 것은 아니지. 하지만 가능한 한 그는 전면에 나서는 것을 삼가 왔다고 볼 수 있지. 그것은 전면에 나설 경우 얼굴이 노출되고, 그렇게 되면 수사선상에 올라 입지가 좁아지고, 결국 테러리스트로서의 일생이 단명해질 수밖에 없게 되지. 그는 한 번 반짝했다가 사라지는 그런 테러리스트가 아닌, 세계 혁명이라는 거창한 목표를 앞에 두고 행동하고 있다고 자기 스스로에게 다짐하고 있었기 때문에 장기간 활동하기 위해 가능한 한 전면에 나서는 것을 삼가 왔다고 볼 수 있지. 하지만 필요할 때는 직접 나서서 자신의 솜씨를 발휘하기도 했어요. 자신이 결코 겁쟁이가 아니란 것, 살인은 이런 식으로 해야 한다는 자기만의 대담무쌍한 솜씨를 과시하려는 측면도 없지 않아 있었지. 여느 테러리스트들과는 달리 놈한테는 스타 의식 같은 게 있는 것 같아. 스타 의식을 가지고 있는 놈이 장기롱런을 바란다는 것은 모순이지. 스타는 어차피 얼굴이 알려질 수밖에 없지 않아?"

"언젠가는 붙잡히겠죠."

"그래. 언젠가는……. 하지만 그 동안에 얼마나 많은 테러사건이 발생할지, 그리고 얼마나 많은 사람들이 죽어 갈지 아무도 몰라. 분명한 것은 놈이 살아 있는 한 테러가 계속 발생할 것이라는 거야. 그것도 규모가 큰 테러가 꼬리를 물고 일어날 거야. 갈수록 테러는 그 규모가 커지고 있어. 놈들은 이제 시시한 테러는 성이 차지 않는 모양이야. 자칼의 스타일을 잘 보여주는 테러로 1973년 12월 런던에서 발생한 테러를 들 수가 있어. 그것은 그가 직접, 그것도 단독으로 저지른 테러였지."

그 해 12월 30일 오후 7시경 세인트존스 우드의 퀸즈 글로브에 있는 조셉 에드워드 시프 씨 집에 한 사나이가 불쑥 나타났다. 시프는 세계적인 유통업체인 마크스 앤드 스펜서 사의 사장으로 열렬한 시오니스트(유대 민족주의자)였다. 그는 이스라엘에 해마다 막대한 자금을 기부하고 있었기 때문에 이스라엘인들로부터 존경을 받고 있었다.

초인종 소리를 듣고 시프 사장의 비서가 밖으로 나가 보니 얼굴을 가린 사내가 다짜고짜 9밀리 권총을 그의 이마에다 갖다 댔다. 그리고 시프 사장에게 안내하라고 명령했다. 그는 파커 차림에 후드를 머리 위로 덮어쓰고 얼굴 아래 부분은 검은 스카

프로 가리고 있었다. 비서는 시간을 끌려고 했지만 금방이라도 총알이 날아올 것만 같아 할 수 없이 그를 2층으로 안내했다. 시프는 그 때 2층의 욕실에서 목욕 중이었다. 목욕실 문을 열어젖히자 벌거벗은 채 샤워를 하고 있던 시프가 고개를 돌려 그를 쳐다보았다. 순간 두 사람의 시선이 마주쳤다. 시프는 누구냐고 물을 틈도 없었다. 그가 자신의 얼굴 한 가운데를 겨냥하고 있는 총구를 멍하니 쳐다보고 있는 사이 자칼은 주저 없이 방아쇠를 당겼고, 그는 욕실 바닥에 쿵하고 쓰러졌다. 범인은 시프가 피투성이가 되어 뻗어 있는 것을 보고 유유히 사라졌다.

"사건 직 후 팔레스타인 인민해방전선은 영국인 시오니스트 억만장자 조셉 시프가 해마다 수백만 파운드의 자금을 시오니스트 찬탄자들에게 그들의 군비증강을 위해 기부하고 있었기 때문에 자신들이 그를 해치운 것이라고 성명을 발표했지. 하지만 그건 너무 빠른 성명이었어. 얼굴에 총을 맞고도 시프는 죽지 않았단 말이야. 그 사람은 억세게 운이 좋은 사람이야. 단단한 이빨이 그를 살려 준 거야. 자칼이 얼굴에다 대고 발사한 총알은 앞니 두 개를 부러뜨리고, 그것 때문에 힘이 급격히 줄어들어 불과 몇 분의 1인치 차이로 목의 정맥을 벗어나 목구멍 뒤쪽에 박혀 버린 거야."

"정말 운이 좋았군요."

"어떻든 그것이 자칼의 짓이라는 건 나중에야 밝혀졌지. 한 달 후에는 젊은 사내 하나가 런던의 상가 밀집 지역인 티브사이드에 있는 이스라엘인 경영의 하포아림 은행의 문을 열어젖히고 들어와서는 아무 말 없이 폭탄만 던지고 도주했어요. 폭탄은 떼굴떼굴 굴러가다가 카운터 앞에서 폭발했고, 타이피스트 한 명이 부상을 입었어요. 피해가 적어서 다행이었지만, 그것 역시 자칼의 짓으로 밝혀졌지. 놈은 여러 개의 위조여권을 가지고 마음대로 돌아다녔는데, 내가 알고 있는 가명만도 다섯 개나 되지. 한 번 들어봐요. 뉴욕의 세논 클라크, 영국계 프랑스인 에끄뽀르 위고 듀퐁, 미국인 글렌 게부하이드, 칠레의 아돌프 베르나르, 페루 경제학자 마르티네스 트레스……. 이 같은 가명들을 적절히 사용해 가면서 그는 테러행각을 벌이고 다닌 거야."

에란트는 적잖게 놀라는 눈치였다. 카를로스는 그렇다치고 그에 대해서 이렇게 세세한 부분까지 파악하고 있다는데 대한 놀라움이었다.

"이러다가는 당신들한테서 정보를 얻기보다는 오히려 우리 쪽에서 정보를 넘겨야 할 판인데?"

클레멘트는 고개를 갸우뚱하다가

"그래도 할 수 없지 뭐."

하고 말했다.

"모사드가 우리보다 월등히 우수하지 않습니까."

진심으로 그러는 것인지, 아니면 빈정거리는 말인지 알 수가 없었다. 유대인은 불이 꺼진 파이프에 성냥불을 붙인 다음 그것을 뻐끔뻐끔 빨았다.

"자칼을 만나보신 적은 있습니까?"

"없어!"

클레멘트는 갑자기 냉정하게 쏘아붙였다. 자칼에 대한 증오와 분노를 그런 식으로 표현하는 것 같았다.

"자칼을 추적했지만 지금까지 한 번도 본 적이 없어. 그 놈을 생각할 때마다 이제는 무력감까지 느낀 다구."

"믿어지지가 않습니다."

"사진이 한 장 있긴 한데 그것도 믿을 수가 없어. 놈은 변장에 아주 능해서 놈의 진짜 얼굴을 알고 있는 사람은 별로 없을 거야. 이걸 한 번 봐 줘요."

클레멘트는 주머니에서 사진 한 장을 꺼내 에란트에게 내밀었다. 그것은 한 쌍의 남녀가 노천카페 앞에 앉아 있는 사진이었는데, 사내의 얼굴은 어깨까지 내려오는 장발에 더부룩한 턱수염과 콧수염으로 지저분하게 뒤덮여 있었다. 전체적으로 뚱뚱한 몸집이었는데, 위에는 가슴을 드러낸 채 와이셔츠만 걸치고 있었고, 아랫도리에는 무릎이 드러날 정도로 찢어진 청바지를 입고 있었다. 누가 보아도 영락없는 히피였고, 햇빛 때문인지 얼굴을 잔뜩 찌푸리고 있었다. 그 옆에 앉아 있는 여자는 벙거지 같은 모자를 눌러쓰고 있었고, 짙은 선글라스로 눈까지 가리고 있어서 얼굴 모습을 알아볼 수가 없었다. 그녀 역시 누더기처럼 해진 옷을 아무렇지도 않게 걸치고 있는 것이 같은 히피 일행임이 분명했다.

"이 사진은 1년 전 니스 해변에서 찍은 거요. 당신이 툴리에가의 아파트에서 본 카를로스의 인상하고 이 자의 인상을 한 번 비교해 봐요. 비슷하지 않나?"

에란트는 사진을 뚫어지게 들여다보더니 자신 없는 표정으로 고개를 갸우뚱했다.

"잘 모르겠는데요. 이 사진 가지고는 그자를 분간하기가 어려운데요."

"비슷한 점도 없나?"

"글쎄요. 조금 뚱뚱하다는 것 하고 몸집이 큰 것 외에는 비슷한 점이 별로 없는 것 같습니다."

"그럼 그 옆에 앉아 있는 여자를 잘 봐요."

클레멘트는 손을 뻗어 벙거지를 눌러쓰고 있는 여자를 손가락으로 짚어 보였다.

"그 여자는 동양인이에요. 적군파의 리더인 시게노부가 아닌가 생각되는데 확실하지는 않아요. 당신은 시게노부도 만난 적이 있지?"

"네, 딱 한 번 맞닥뜨린 적이 있습니다. 그 때는 일본 적군파인 줄도 모르고 단지 위조여권 소지 혐의로 체포했다가 그냥 국외로 추방시켜 버렸죠. 나중에야 그 여자가 일본 적군파의 거물인 것을 알았습니다."

에란트는 다시 한 번 사진 속의 동양 여인을 살펴보고 나서 고개를 천천히 가로저었다.

"이 사진만 봐서는 그 여자인지 잘 모르겠는데요. 선글라스까지 끼고 있어서……."

내가 그걸 안다고 해서 네 놈한테 사실대로 말해 줄 것 같으냐? 에란트는 속으로 적대감을 감춘 채 쓴 웃음을 지었다. 그의 속마음을 아는지 모르는지 클레멘트는 계속해서 담담한 어조로 말했다.

"자칼과 함께 시게노부도 우리의 제거대상 1호이지. 그 여자는 발견되자마자 그 자리에서 사살될 거야. 그렇지 않고 생포하면 문제가 복잡해져. 자칼이나 시게노부나 발견 즉시 사살하도록 지시해 놓고 있는데, 도대체 걸려들지를 않아."

"언젠가는 걸려들겠지요."

"그들을 하루 빨리 제거하지 않으면 안 되는 상황이 자꾸만 벌어지고 있는데…… 이번 것은 시간적으로 아주 긴박하고 규모 면에서도 지금까지와는 달리 상당히 큰 것인 것 같아. 이걸 한 번 들어보면 내 말이 빈 말이 아니란 걸 알 수 있을 거야."

그는 주머니에서 작은 테이프를 꺼냈다.

"이걸 한 번 들어 봐요. 녹음기 있나요?"

에란트가 즉시 버튼을 누르자 터질 듯한 젖가슴을 가진 여인이 다시 들어왔다.

"소형 녹음기 갖다 줘요."

유대인은 그녀가 사라질 때까지 그녀의 뒷모습을 지켜보았다. 젖가슴 못지않게 엉덩이도 대단한 파괴력을 지니고 있었다.

"훌륭하군요."

클레멘트는 그녀의 모습에 대해 한마디 하지 않을 수 없어 혼자 말처럼 중얼거렸다.

"네?"

"아, 아니요."

그가 당황해 하는 것을 보고 에란트는 미소를 지었다.

"마농이라고 하는데 혼자 살고 있습니다. 모두가 탐내고 있는 매력적인 여성이죠. 하지만 폭발적인 에너지를 가지고 있어서 아무나 함부로 건드리지 못하죠."

"그럴 것 같아."

"하지만 지레 겁을 먹을 필요는 없습니다."

"난 겁이 나. 특히 저런 육감적인 여자를 보면 자신이 없어."

클레멘트가 고개를 설설 흔드는 것을 보고 에란트는 소리내어 웃었다. 조금 전의 사색이 되어 어쩔 줄을 몰라 하던 모습과는 전혀 딴 판이었다.

"겁날 거 없습니다. 보기보다는 아주 섬세한 데가 있는 여자입니다. 도살자라는 별명이 붙을 정도로 살인을 밥먹듯하는 분이 여자를 무서워하다니 믿어지지가 않습니다. 사모님도 무서워하시나요?"

"난 결혼한 적이 없어요."

"아, 그렇습니까? 그렇다면 아주 자유로운 몸이시군요. 이를테면 마농하고도 마음 놓고 데이트를 하실 수 있겠는데요."

"그 여자 혹시 당신 여자 아니요?"

"아, 아닙니다. 저는 그런 스타일 싫어합니다. 좋은 식당이 있는데 내일 저녁 식사 어떻습니까? 마농도 부르겠습니다."

"내일은 시간이 없어요. 당분간 좀 바쁠 것 같아요. 다음에 한가할 때 초대해 주시오."

마농이 다시 들어왔을 때 그녀는 녹음기와 함께 커피포트를 들고 있었다.

"커피 좀 더 드시겠습니까?"

녹음기를 테이블에 내려놓은 다음 그녀가 유대인 곁으로 다가서며 물었다.

"아, 네…… 감사합니다."

유대인이 당황해 하는 것을 보고 그녀는 살짝 웃었는데, 볼우물이 패는 것이 더없이 매력적으로 보였다.
 "매력적인 여성을 볼 때마다 나는 조물주의 걸작품이란 생각이 들어요."
 마농이 밖으로 나가자 유대인이 말했다.
 "여자들한테 관심이 많으시군요."
 "그래요. 관심이 많아요. 하지만 난 여자들한테 별로 인기가 없어요. 여자들은 날 보면 달아나요."

자칼의 행방

클레멘트는 녹음기에다 가지고 온 테이프를 집어넣은 다음 버튼을 눌렀다.

사렘과 그 일당이 르 빵쉐르에서 나눈 대화가 흘러나오기 시작했다. 에란트는 눈을 크게 뜨고 잔뜩 긴장해서 귀를 기울였다. 대화가 흘러나오는 동안 그는 눈을 굴리기도 하고 유대인의 표정을 살피기도 하면서 하나도 놓치지 않으려는 듯 거기에 정신을 집중하고 있었다.

클레멘트는 5분쯤 지나 녹음기를 껐고, 에란트는 아쉬운 듯 그를 쳐다보았다.

"우리는 오랫동안 도청을 했기 때문에 상당한 분량의 테이프를 확보할 수가 있었어요. 하지만 그걸 다 들려줄 수는 없고, 이것만으로도 사렘 일당이 무슨 음모를 꾸미고 있었는지 알 수 있을 거요."

"알만합니다."

에란트는 크게 고개를 끄덕였다.

"더구나 자칼이 관련되어 있어요. 놈이 중요한 역할을 하고 있다는 것을 알 수가 있어요. 사렘 일당은 전적으로 그에게 의존하고 있어요. 그리고 시게노부도 어떤 식으로든 관계가 있을 거라고 나는 생각해요. 시게노부는 르 빵쉐르 모임에는 나타나지 않았지만 그 식당에서 사살된 여인의 아파트에 숨어 있었다는 것이 밝혀졌어요. 거기서 시게노부는 자칼에게 위험 경고 사인을 보내기도 했어요. 어떤 식으로든 그들이 서로 연락을 취하고 있었다는 것이 밝혀진 거지."

"이건 비행기 납치가 분명합니다."

"사렘도 그걸 인정했지. 하지만 어떤 비행기인지 그는 모르고 있었어. 언제 어디서 어디로 가는 어떤 비행기인지 그는 전혀 모르고 있었어. 그건 마지막 순간에 가서 자칼이 알려준다고 했어요. 그건 맞는 말일 거야. 지금까지 많은 테러 사건들을 조사해 봤는데 거의가 최종 순간에 가서 행선지와 목표를 알게 됐지 처음부터 그걸 알고 있었던 게 아니야. 중간에 비밀이 새든가 체포되어 자백할지도 모르기 때문에 자칼은 최종 순간까지 비밀로 했던 거지."

"사렘 정도는 알고 있지 않았을까요?"

"나도 그렇게 생각하고 사렘을 추궁했지만 그는 끝내 모른다고 했어. 아마 그 말이 맞을 거야. 자칼은 아무도 믿지 않는다니까 사렘이라고 해서 말해 줄 리가 없지."

클레멘트는 고개를 흔들면서 말끝을 흐렸다.
"사렘은 어떻게 됐습니까? 목격자들 말로는 괴한들이 끌고 갔다고 하던데?"
"그는 자살했어."
"그렇다면 시신은 어디 있습니까?"
"그건 나도 몰라."
"결국 르 빵쉐르의 학살 사건에서 희생된 사람은 모두 여섯 명이군요."
"희생이 아니고 처단한 거야. 그들은 자기들보다 훨씬 더 많은 무고한 사람들을 살해할 계획을 세우고 있었어. 그들은 살아 있는 동안 끊임없이 무고한 사람들을 살해 할 거야. 우리는 그 싹을 잘라 버린 거야."
"처음으로 살인을 인정하셨군요."
클레멘트는 상대방을 노려보다가
"문제는 '사막의 북소리'가 그대로 추진될 것인가 하는 거야."
하고 말했다.
"제 생각에는 비행기 납치가 중지되거나 연기될 것 같습니다. 일당이 모두 죽었는데 처음 계획했던 대로 실행될 수가 없을 겁니다."
"글쎄, 꼭 그렇다고 볼 수는 없지. 비록 사렘 일당은 제거됐지만 테러에 동원되기를 기다리고 있는 테러리스트들은 얼마든지 있거든. 그리고 자칼은 사렘 일당이 죽었다고 해서 눈 하나 까딱하지 않을 거야. 왜냐 하면 마지막 카드는 그 놈이 쥐고 있으니까 그것이 뭔지는 그 놈만이 알고 있고, 그래서 놈은 안심하고 계획대로 일을 추진할 수가 있을 거란 말이야. '사막의 북소리'는 결코 폐기되지 않고 아직 유효한 상태라고 나는 봐요."

"그럴 수도 있겠습니다."

에란트는 별로 심각하게 생각하지 않고 대꾸했다.

"행동 대원들이 갑자기 없어지는 바람에 다른 대원들을 모집해야겠지. 그것 때문에 작전이 조금 연기될 수는 있을 거야. 하지만 그렇게 오래 걸리지는 않을 거야."

"비행기 납치는 이제 너무 흔해져서 사람들의 이목을 별로 끌지도 못합니다. 그런데도 납치를 계속한다는 것은 어리석은 짓입니다."

"비행기 납치는 손쉬우면서도 효과를 극대화할 수 있거든. 서너 명이 인질 수백 명의 목숨을 담보로 잡고 도박판을 벌일 수 있는 것은 비행기밖에 없어. 자칼은 유대인들이 많이 탄 비행기를 노리고 있어."

에란트의 눈빛이 순간적으로 빛났다가 스러졌다. 그것은 듣던 중 반가운 말이었다. 그렇지 않아도 유대인을 미워하고 있던 에란트는 클레멘트에게 꼼짝없이 속박 당하는 신세가 되자 유대인에 대한 감정이 더욱 악화되어 있었다.

"그렇다면 엘아르항공이겠군요? 엘아르항공의 보안을 강화하면 되지 않을까요? 더구나 엘아르항공의 노선은 많지가 않으니까 별로 어려울 것 같지 않은데요."

엘아르항공은 이스라엘 항공을 말한다. 클레멘트는 고개를 저었다.

"엘아르를 노릴 만큼 자칼은 어리석지 않아. 엘아르는 세계 최고의 보안 시스템을 갖추고 있어요. 손톱깎이 하나도 들고 들어갈 수가 없어요. 그래서 테러리스트들은 엘아르항공기에는 아예 접근조차 하지 않아요."

"그렇다면 어떤 비행기이죠? 어떤 비행기에 유대인들이 많이 탑니까? 유대인들이 많이 타는 비행기를 찾아내서 검색을 강화하면 되지 않을까요?"

"그게 그렇게 간단하지가 않아요. 이스라엘을 드나드는 유대인들은 엘아르항공뿐만 아니라 외국 항공기도 많이 이용해요. 유대인들처럼 세계 도처를 여행하는 민족도 아마 없을 거예요. 그들은 전 세계를 무대로 움직이고 있기 때문에 외국 항공기를 이용할 수밖에 없어요. 매일 끊임없이 많은 유대인들이 로드 공항을 통해 이스라엘을 빠져나가고 또 들어오고 있어요. 따라서 유대인들을 태우고 이스라엘을 오가는 외국 항공기들, 그리고 로드 공항을 경유하는 외국 항공기는 상당히 많아요. 하루에도 수십 편이 왔다 갔다 하고 있어요. 그것들을 완벽하게 테러로부터 지켜낸다는 것은 거의 불가능해요. 외국에서 출발하는 외국 항공기들 가운데에는 보안이 허술한 것들이 의외로 많아요. 그런 항공기들에 대해서는 우리가 이래라 저래라 할 수 없고, 그냥 부탁 정도로 끝낼 수밖에 없어요. 외국 항공기는 우리가 간섭하는 것을 아주 싫어하기 때문에 괴롭지만 어떻게 손을 써 볼 도리가 없어요."

클레멘트는 괴로운 듯 이맛살을 찌푸렸다. 에란트는 속으로 고소하다는 듯 유대인을 바라보다가 짐짓 걱정스러운 표정으로

"그것 참 곤란하게 됐군요."
하고 말했다.
"뭔가 터질 것을 알면서 속수무책으로 기다리고만 있는 다는 것은 정말 괴로운 일이오."
"알고 있습니다. 제가 도울 일이 뭐가 있을까요?"
에란트는 아첨조로 물었다.
"자칼이 있는 곳을 알아 내시오. 무슨 수를 써서든지 놈이 있는 곳을 알아내요!"
'아이구, 맙소사!'
에란트의 입에서는 하마터면 이런 소리가 터져 나올 뻔 했다. 하지만 그는 재빨리 그것을 목구멍으로 도로 삼키면서 다른 말을 했다.
"알겠습니다. 말씀하시지 않아도 놈을 체포하는 것이 우리 DST의 최대 과제입니다. DST뿐만 아니라 전국 경찰 조직, 군 수사 기관및 정보기관, 그리고 인터폴까지 나서서 놈을 찾고 있습니다. 놈이 프랑스 국내에 있는 한 체포되는 것은 시간문제입니다."
"꽤 자신만만하군. 하지만 놈은 벌써 프랑스를 빠져나갔을 거요. 우리의 손이 닿지 않는 아주 먼 곳으로 달아나 지금쯤 계집 애를 끼고 앉아 재미를 보고 있을 거요. 그 놈은 틈만 나면 계집애를 끼고도니까."
"놈이 프랑스를 빠져나갔다면 문제가 달라집니다. 체포는 사실상 불가능해집니다."
"흥, 그럴 줄 알았어. 그렇게 쉽게 포기할 걸 왜 자신만만하게 구는 거요?"

"놈이 프랑스 국내에 있는 것을 전제로 하고 말씀드린 겁니다. 죄송합니다."

에란트는 변명하느라고 어쩔 줄 몰라 했다. 유대인은 차가운 눈으로 그를 노려보면서 좀 더 압박해 들어갔다.

"에란트 반장, 당신은 이 자리를 모면하려고 책임질 수도 없는 듣기 좋은 말만 늘어놓고 있는데 그래서는 안 돼."

"네네, 잘 알고 있습니다. 저는 어디까지나 적극적으로 협조해 드리려고 하다 보니까……."

"어떻든 당신은 프랑스 첩보국의 핵심 인물로 국제 테러에 관한 정보를 많이 확보하고 있어. 적어도 프랑스 국내에서 암약하고 있는 테러 조직에 대해서는 손바닥 보듯 훤하게 정보를 꿰고 있을 거란 말이야. 안 그런가?"

"그, 그렇다고 볼 수 있습니다."

에란트는 이마에 번진 땀을 손등으로 닦았다. 클레멘트는 파이프에 들어 있는 담뱃재를 재떨이에 털어내고 나서 새 담배 가루를 천천히 재 넣기 시작했다.

"파리가 어떤 곳인가?"

"네?!"

"파리가 어떤 곳이냐고 물었어."

질문의 뜻을 미처 파악하지 못한 에란트는 얼떨결에 이렇게 대답했다.

"파리는 예술의 도시이고 참 살기 좋은 도시입니다. 사람이 너무 많이 몰려들어 탈이지만, 아무튼 신의 축복을 받은 멋진 도시입니다."

"그런걸. 물은 게 아니야. 그건 나도 알고 있어."

유대인은 파이프를 힘주어 빨아 댔다. 머리 위로 올라간 담배 연기는 넓게 퍼지면서 안개 같은 막을 이루다가 다시 흩어지고 있었다.

"파리는 세계 테러리즘의 본거지나 다름없어. 테러리스트들 치고 파리에 오지 않은 놈들이 없고 파리를 거쳐 가지 않은 놈들이 없어."

"그, 그건 그렇습니다."

"뿐만 아니라 세계 혁명을 꿈꾸는 좌파 혁명 분자들도 모두 파리로 모여들고 있어. 한마디로 그런 멍청이들한테 파리는 천국이나 다름없어. 파리를 이 지경으로 무법천지로 만든 것은 다 당신들 책임이야. 국제테러특수부라고? 흥, 말은 그럴듯하지. 하지만 당신들은 아무 것도 하는 게 없어. 그저 형식적으로 수사하는 척하고 있을 뿐 딱 부러지게 놈들을 처리한 적이 없어. 어쩌다 파리가 이렇게 됐지? 어쩌다 이렇게 쓰레기 같은 놈들로 넘쳐 나게 됐지? 놈들은 하나같이 우리 이스라엘에 적대적이야. 이스라엘을 파괴하려고, 우리를 쫓아내려고 계속 테러를 자행하고 있고, 앞으로도 우리 이스라엘 국민들이 얼마나 또 목숨을 잃을지 알 수 없어. 사정이 이런데 어떻게 우리가 가만 있을 수 있겠어? 우리가 파리를 떠날 수 없는 것도 다 이런 이유 때문이야. 세계의 모든 테러들은 거의 다 여기서 계획되고 여기서 지령이 나가고 있어. 자칼이 비록 프랑스를 빠져나갔다해도 그 놈하고 손을 잡고 있는 놈들은 파리에 여전히 남아 있어. 자칼은 세계 어디를 가든 그가 거미줄처럼 쳐놓은 콤플렉스를 통해 연락을 취할 수가 있어. 그 연락망을 통해 놈은 자신의 구상을 전하고 그것을 실행에 옮길 구체적인 방법까지 알려주고 있어. 이제부터 당신이 해야 할 일을 알려주겠어."

얼굴이 벌겋게 달아올라 있던 에란트는 바짝 긴장해서 그를 주목했다.

"네, 말씀하십시오."

"당신 조직을 총동원해서 자칼과 선이 닿는 놈들을 모두 잡아들여. 그리고 자칼에 대한 정보를 알아내도록 해요. 수단방법을 가리지 말고 알아내려고 하면 얼마든지 알아낼 수 있어. 만일 그게 어려우면 우리한테 놈들을 넘겨요. 우리는 얼마든지 입을 열게 할 수 있으니까."

에란트는 머뭇거렸다. 그것은 쉽게 대답할 수 있는 것이 아니었기 때문이다. 말도 안 돼. 파리를 한 번 발칵 뒤집으라는 것인가. 누구를 위해서?

"말씀은 알겠습니다만…… 그게 그렇게 간단한 일이 아니라서…… 지금 당장 뭐라고 답변 드리기가……."

"이 봐요, 반장, 내가 지금까지 한 말을 못 알아들었어요? 자칼을 잡지 않으면 '사막의 북소리'를 막을 도리가 없어요! 하지만 프랑스 첩보국이 적극적으로 나서면 막을 수가 있어요. 우리하고 협조하면 자칼을 제거할 수가 있어요. 당신네 정보망은 프랑스뿐만 아니라 유럽 전역, 그리고 아프리카와 중동에까지 깔려 있어요. 거미줄처럼 깔려 있는 그 정보망을 이번에 한 번 총동원해 봐! 당신이 노력하면 자칼이 어디 숨어 있는지 알아낼 수 있어. 충분히 알아낼 수 있어. 그 놈이 어디 숨어 있는지 알려 주면, 놈을 박살내는 것은 나한테 맡겨요."

흥, 자칼을 잡겠다고? 이 노쇠한 늙은 유대인이 뭘 모르는군. 그렇게 원한다면 자칼과 만나게 해 주지. 자칼과 일대 일로 붙으면 누가 이길까? 자칼의 총에 맞아 쓰러지는 건 당신일 걸.

"알겠습니다. 최대한 노력해 보겠습니다."

"최대한 노력해 보겠다는 말 한마디로 얼렁뚱땅 넘어갈 생각 하지 말아요. 자칼이 어디 있는지 반드시 알아내요. 만일 알아내지 못하면 당신은 더 이상 첩보국에서 일하지 못할 거요."

프랑스인은 어금니를 깨물었다. 숨을 깊이 들이켠 다음 유대인을 한 번 힐끗 쳐다보았다가 입을 열었다.

"알겠습니다. 자칼의 소재를 알아내겠습니다."

"또 하나 해야 할 일이 있어요. 별로 어려운 일은 아니오."

"네, 무슨 일입니까?"

에란트는 숨을 죽였다.

"당신들이 툴리에가의 비극이라고 부르는 그 사건에서 중요한 인물로 등장했던 동양 여인이 있죠? 한국 아가씨라고 하던데?"

"네, 있습니다."

"그 아가씨 이름이 뭐죠?"

"채수지라고 합니다."

"그 아가씨는 지금 어떤 상태에 있나?"

"구속 상태에 있습니다. 곧 재판에 회부될 겁니다."

"그 아가씨는 자칼과 어떤 관계지?"

"아마 연인관계였던 것 같습니다. 자칼의 아이까지 가지고 있습니다. 임신 4개월째로 접어들고 있는 것으로 알고 있습니다."

유대인은 눈을 크게 떴다. 파이프를 뻑뻑 빨았으나 더 이상 연기는 나오지 않았다.

"그 아기가 자칼의 아기가 틀림없나?"

"네, 그런 것 같습니다."

"그런 것 같다니? 난 확실한 걸 알고 싶어요."

"그 여자가 그렇게 말했습니다. 자칼의 아기를 가지고 있다고……."

클레멘트는 심각한 표정으로 고개를 끄덕였다. 채수지라는 아가씨도 단지 자칼의 여자들 가운데 한 명에 지나지 않을 것이다. 하지만 그의 아기를 임신하고 있다는 사실이 여느 여자들과 좀 다른 것 같다.

"당신은 아직 잘 모르겠지만 자칼은 무수한 여자들과 염문을 뿌리고 있어. 그 자식은 여자들한테 인기가 있거든."

"플레이보이군요?"

"유명한 플레이보이라고 볼 수 있지. 공개가 안 돼서 그렇지 놈이 만일 테러리스트가 아닌 정상적인 사회인으로 활동하고 있다면 그의 여성 편력은 큰 화젯거리가 될 거야. 아주 은밀하게 이루어지고 있는 여자관계가 그렇게 많은데 그게 공개되면 얼마나 많겠어. 그런데 놈이 여자들을 농락하고 다니는 데는 두 가지 이유가 있어요. 하나는 주체할 수 없는 성욕을 처리하기 위해서이고 다른 하나는 은신처를 마련하기 위해서야. 혼자 사는 여자들의 아파트야말로 더 이상 좋을 수 없는 은신처이지. 거기에는 수사의 손길도 미치지 않아요. 아파트에 죽치고 있으면 경찰인들 어떻게 알겠어."

"그렇겠군요. 아주 좋은 방법인데요."

"놈은 머리를 아주 잘 썼어. 아주 약은 놈이야. 하지만 그런 방법은 아무나 할 수 있는 게 아니야. 좋은 방법이라는 걸 알고 있어도 여자들을 사로잡지 못하면 은신처 만드는 건 불가능하지. 여자들이란 자기를 성적으로 녹여 주는 남자한테만 아파트 문을 활짝 열어 주거든. 그런 점에서 자칼은 여자들을 충분히 만족시켜 주는 것 같아. 놈을 애인으로 생각하는 멍청한 여자들이 열 명인지 스무 명인지 그건 정확히 알 수 없지만 아무튼 놈은 수시로 옮겨 다닐 수 있는 은신처를 많이 확보하고 있는 것만은 틀림없어. 놈이 쉽게 붙잡히지 않은 이유도 그렇게 많은 은신처를 도처에 갖고 있기 때문이야. 놈은 여차하면 다른 은신처로 옮겨가기 때문에 추적하기가 여간 어렵지가 않아요. 문제는 그 많은 여자들 가운데 채수지가 차지하고 있는 비중이야."

에란트는 카를로스의 몸 위에 올라타고 열심히 엉덩이를 찍어대던 여자의 모습, 특히 몸부림치며 소리를 질러 대던 모습과 출렁거리던 탐스러운 젖가슴을 생각하자 머리가 어지러워 왔다. 그 여자에 대해서는 테러범이냐 아니냐 하는 문제를 떠나 남자를 흥분케 하는 그 무엇인가가 있었다. 그래서 남자 수사관들은 그녀와 함께 있는 시간을 되도록 많이 갖기 위해 쓸데없이 이것저것 캐물으면서 그녀를 괴롭히곤 했다. 몸을 여기저기 집적거리기도 하고 발가벗겨 놓고 돌려보기도 하는 등 못된 짓들을 했는데 거기에 반발해서 그녀가 단식투쟁을 하는 바람에 문제가 커져 더 이상은 그런 짓을 하지 않게 되었다.
"그 여자에 대해서 어떻게 생각해요?"
"좀 특별한 데가 있는 것 같습니다."
"특별한 데라니, 그게 뭐지?"
"남자를 사로잡는 매력이랄까 그런 것 말입니다."
"그런 거야 웬만한 여자들은 다 있지 않나?"
"그렇긴 한데 채수지한테는 그런 일반적인 매력 외에도 동양적인 신비감이랄까 그런 게 있습니다. 서양 여자들에 비해 몸도 자그마하고, 그러면서도 풍만하고 탄력 있어서 데리고 놀기에는 그만인 것 같습니다."
"잘도 관찰했군. 그 아가씨한테 반했나 보지?"
에란트는 얼굴을 붉히면서 머쓱한 표정을 지었다.
"사실 이번 사건과 관계가 없다면 나도 프러포즈하고 싶은 여자입니다."
"자칼도 그 여자한테 반했을까?"
"네, 아마 그랬을 겁니다. 아무리 잔인한 살인자라도 그 여자를 보면 반할 수밖에 없을 겁니다."
"놈은 많은 여자들을 거느리고 있어요. 그 많은 여자들과 관계할 때 놈은 틀림없이 피임기구를 사용할 거야. 그렇지 않으면 걷잡을 수 없이 자식들이 태어날 거니까 말이야. 똥개처럼 마구잡이로 씨를 뿌리지는 않을 거란 말이야."
"그럴 테죠."
"그런데 채수지한테는 씨를 심었어. 어떻게 해서 그렇게 됐는지 그건 정확히 알 수 없지만, 그 여자를 정말로 사랑한 게 아닐까? 사랑하기 때문에 임신을 시킨 게 아닐까? 자기 2세를 보고 싶어서 말이야? 물론 그런 파렴치한 인간한테 과연 사랑의 감정이 싹틀 수 있는지 그건 의문이지만, 어떻든 놈도 피가 통하는 인간이니까 그런 감정이 전혀 없을 거라고 단정을 내릴 수는 없겠지. 안 그래요?"

"네, 그렇습니다."

"놈이 채수지가 임신하고 있는 걸 알고 있다면, 그리고 그 여자를 사랑하고 있다면 어떤 식으로든 연락을 취하려고 들 거야. 그리고 그 여자가 자기 자식을 낳으면 틀림없이 보고 싶어 할 거야. 위험을 무릅쓰고라도 어떻게 해서든지 자식을 한 번 보려고 들 거야. 그게 부모의 심정이니까."

"앞으로 5개월 정도 지나면 아기를 낳을 겁니다."

"그 여자가 만일 아기를 없애겠다면 어떡하지?"

"그럴 리 없습니다. 자연 유산하면 몰라도 절대 그런 일은 없을 겁니다. 채수지는 교도소 안에서라도 아기를 낳아 기르겠다고 벼르고 있습니다. 아기를 낳는 것을 아주 당연하게 생각하고 있습니다. 같은 수감자들의 말에 의하면 배 속의 아기를 벌써부터 끔찍하게 사랑하고 있답니다."

"잘 됐군. 그 아가씨는 어떻게 해서든지 아기를 낳아야 해. 그러려면 교도소 같이 환경이 열악한 곳에 가둬 두면 안 돼. 그런 곳에 있으면 유산할지도 모른단 말이야. 자기 집에서 편안하게 지내야 해요. 영양도 골고루 섭취하면서 말이야. 반장, 그 여자를 당장 석방시키시오!"

"네?! 그게 무슨 말씀입니까?"

"내 말 모르겠어요? 아무 말 말고 그 여자를 당장 석방시키란 말이오."

"아이구, 그, 그건 곤란합니다."

"뭐가 곤란하다는 거야?"

"그 여자는 이미 우리 손을 떠나 기소상태에 있습니다. 곧 재판이 열리기 때문에 검찰 관할 하에 있습니다. 우리가 관여할 수가 없습니다."

"무슨 소리야?! 프랑스 첩보국이 그렇게 힘이 없나? 적어도 프랑스 국내에서 당신들이 손을 써서 안 되는 일이 있나? 자칼을 잡기 위해 미끼를 풀어놓자는 건데 검찰이 바보가 아닌 이상 반대할 리가 있어? 그 아가씨를 빨리 석방하면 할수록 그만큼 자칼을 잡을 수 있는 시간을 단축할 수 있어요. 괜히 엄살떨지 말고 채수지를 지금 당장 석방시켜요. 우물쭈물할 시간 없어!"

에란트는 오른쪽 무릎을 주무르다가 몸을 일으켰다. 툴리에가의 비극 때 입은 부상으로 아직도 목과 다리가 불편했지만 그런대로 참고 지낼 만 했고, 그래서 짚고 다니던 지팡이도 치워놓았는데, 늙은 유대인이 갑자기 목을 조여오는 바람에 무릎이 저려오기 시작했던 것이다. 그는 구석 쪽으로 걸어가 지팡이를 집어 들었다. 그것으로 유대인의 머리통을 갈겨 주고 싶은 것을 꾹 참으면서 이렇게 말했다.

"알겠습니다. 하지만 이 일은 일단 상부에 보고해서 허락을 받아야 합니다. 이미 상부에 보고 된 일이기 때문에 제 마음대로 처리할 수는 없습니다. 그 정도는 이해할 거로 알고 최선을 다해 보겠습니다."

"미끼로 쓰기 위해 석방시켜야 한다고 하면 상부에서도 반대하지 않을 거요."

"그 여자를 석방시키면 그 다음엔 어떻게 하실 겁니까?"

"그 다음엔 우리가 맡을 거요. 당신들은 그 여자한테서 완전히 손을 떼야 해요."

"그 여자를 어떻게 할 겁니까?"

에란트는 절뚝거리며 걸음을 옮겼다.

"자칼을 잡는데 최대한 이용할 거요. 그러려면 그 여자를 자유롭게 놔 둬야 해요. 그쪽에서 안심할 때까지……. 그리고 그 여자의 아버지인 채문기는 한국으로 추방시키시오."

"아니, 그 사람은 어떻게 알고 있습니까? 제가 이야기한 적이 없는데……?"

"나도 다 아는 방법이 있어요. 당신네 첩보국 내에서 일어나고 있는 일들, 대강은 알고 있어요. 그러니까 나를 속일 생각은 하지 말아요."

에란트는 얼어붙은 듯 그 자리에 섰다. 그리고 목소리를 죽여 말했다.

"우리 첩보국 내에 모사드와 내통하는 자가 있군요?"

"이것 봐요. 스파이 세계에서는 그런 건 아주 기본적인 상식 아닌가."

에란트는 한숨을 푹 내쉬었다.

"채문기를 추방시키면 채수지가 쇼크를 받아 무슨 짓을 저지를지 모르는데요."

"우리가 노리는 건 바로 그 점이오. 그리고 채문기라는 자는 수지한테는 방해물일 뿐이야. 그자는 사사건건 딸이 하는 일에 간섭하려 들 거야. 차라리 곁에서 떼어놓는 게 나아요."

클레멘트가 요구하는 것은 갈수록 태산이다. 앞으로 또 무엇을, 그리고 얼마나 요구할지는 알 수 없는 일이지만, 분명한 것은 계속 까다로운 문제를 내놓고 이쪽을 괴롭힐 것이라는 점이다. 망할 놈의 영감. 어디 두고 보자. 에란트가 속으로 분개하면서 부지런히 머리를 굴리고 있는데 클레멘트가 다시 요구사항을 들고 나왔다. 이제 그의 말투는 거의 상사가 부하에게 지시하는 것 같이 격하되어 있었다.

"채수지와 채문기에 관한 자료를 내일까지 나한테 모두 넘겨줘야겠어. 내일 당신한테 연락이 갈 거니까 준비해 두는 게 좋을 거야."

이윽고 유대인은 천천히 몸을 일으켰다. 그리고 주위를 둘러보다가 벽시계에 시선이 멎었다. 시계는 새벽 3시 16분을 가리키고 있었다.

"3시가 지났군. 너무 오래 시간을 뺏은 것 같은데…… 실례가 많았소. 앞으로 우리는 대테러작전을 수행하는데 있어서 긴밀히 협조를 해야 할 것 같소. 반장은 어떻게 생각해요?"

"당연히 그렇게 해야 한다고 생각합니다."

유대인이 손을 내밀었다. 에란트는 공손한 자세로 그와 악수를 나누었다. 유대인은 끄덕이면서 출입문 쪽으로 걸어가다가 문득 생각난 듯 돌아서서 말했다.

"참, 반장, 생각난 김에 말하는 건데…… 어떤 이유로든 나를 추방할 생각은 하지 말아요. 만일 내가 이 멋진 나라에서 추방당하는 일이 발생하면 반장도 이 나라에서 더 이상 살아갈 수 없을 거야. 서로 불행해지는 것은 삼가도록 합시다."

유대인은 누런 이를 드러내면서 씨익 웃었다.

클레멘트가 이곳으로 호출되어 왔을 때의 태도는 의기소침하고 불안해 보였었다. 그러나 지금은 그런 빛이라고는 전혀 없이 아주 느긋하고 즐거워하는 표정이었다.

그들 일행이 탄 차들이 어둠 속으로 사라지는 것을 지켜보면서 에란트는 지팡이를 꽉 움켜쥐었다. 놈을 호출한 것은 더 이상의 살인행위를 중지시키기 위해서였다. 르 빵쉐르의 학살이 누구의 소행인지는 아직 밝혀지지 않았지만, 그리고 어쩌면 영원히 밝혀지지 않을지도 모르지만, 범인이 누구인지는 이미 심증이 가고도 남았다. 그래서 그 유대인을 불러다 호되게 질책한 다음 마지막 경고를 줄 생각이었다. 그것은 추방 전 단계였다. 만일 또 그런 일이 벌어지면 가차 없이 놈을 추방해 버릴 생각이었다. 그런데 일이 잘못되어 혹을 떼려다가 오히려 혹을 붙인 꼴이 되고만 것이다. 에란트는 분을 삭이지 못해 한동안 식식거리면서 실내를 서성거렸다.

자신의 친 나치 행적이 백일하에 드러날지도 모르기 때문에 이것은 누구하고 상의할 일도 못된다. 혼자 조용히, 그리고 신속히 해결할 수밖에 없다. 더구나 첩보국 내에는 모사드와 내통하는 스파이까지 있다. 조심하지 않으면 완전히 돌이킬 수 없는 파멸에 직면하게 될 것이다. 꼬일 대로 꼬인 이 실타래를 어디서부터 풀어야 할까.

제일 좋은 방법은 클레멘트를 없애 버리는 것이다. 그렇지 않으면 두려움에 떨며 놈한테 항상 끌려 다닐 것이다. 자신의 친 나치 행적이 외부에 알려졌을 때의 그 결과를 생각하면 그는 소름이 끼쳤다. 그것이 알려지는 것과 동시에 그는 이 지상에 존재하지 않는 것이나 마찬가지 신세가 된다. 죽을 때까지 숨어 지내거나, 아니면 자살하거나 둘 중의 하나를 선택해야 한다.

페라곶 별장

리비에라 해안의 페라곶, 1975년 8월 9일 오후 2시 54분.

컹컹컹컹…….

개 짖는 소리가 갑자기 한낮의 적막을 휘저어 놓기 시작했다.

컹컹컹컹…….

다른 쪽에서도 개 짖는 소리가 들려왔다. 여기저기서 개들이 울부짖는 것으로 보아 그 집에서는 여러 마리의 개들을 기르고 있는 것 같았다.

그 집은 단순한 주택이 아닌 규모가 크고 아름다운 대저택이었다. 정문에서는 울창한 수목에 가려 그 모습을 볼 수 없지만 일단 정문을 지나 오른쪽으로 구부러진 길을 돌아가면 푸른 바다를 배경으로 서 있는 눈처럼 흰 대리석 건물의 아름다움에 절로 아하는 탄성이 흘러나온다. 건물은 2층인데 뒤로 돌아가면

넓은 수영장이 있고, 그 앞은 깎아지른 절벽이다. 절벽 밑에서는 지중해의 파도가 쉴 새 없이 철썩이고 있다. 에메랄드빛 지중해의 눈부신 아름다움을 앞에 가득 품고 있는 그 집은 마치 바다의 여신 테티스 같았다.

그 곳은 일 년 내내 눈부신 태양과 에메랄드빛 바다가 절묘한 조화를 이루고 있는 프랑스 남부의 지중해 해변으로, 칸에서 이탈리아의 라스페치아에 이르는 이른바 리비에라 해안 오른쪽에 돌출되어 있는 페라곶(Cap Ferrat)이라는 곳이었다. 페라곶은 니스와 모나코의 중간지점에 위치하고 있는 반도로, 바닷가에는 리비에라 해안에서 가장 화려하고 사치스러운 고급 빌라들이 즐비하게 늘어서 있었다. 거의가 부호들 별장으로 알려져 있는 그 빌라들은 대부분 내부를 볼 수 없게 높은 담으로 둘러쳐져 있었고, 넓은 정원에는 수목들이 울창하게 자라고 있었다. 사람들이 많은 대도시에서 한참 비켜나 있기 때문에 부정한 돈을 움켜쥔 채 피신중인 부자나 권좌에서 쫓겨나 망명중인 제3세계의 독재자들이 숨어 있기에는 안성맞춤인 곳이었다.

비치파라솔 밑에서 수영복 차림으로 앉아 졸고 있던 채문기는 개들이 짖어 대는 소리에 눈을 떴다. 선글라스 너머로 보이는 바다는 여전히 눈부신 햇빛 아래에서 수채화 같은 모습으로 펼쳐져 있었다. 왼편으로 보이는 언덕 위에는 주황색 지붕과 회벽으로 단장된 집들이 마치 한국의 달동네처럼 층을 이루면서 빽빽이 들어차 있었다. 한국의 달동네와 다른 점이 있다면 마을의 모습이 자연과 어우러져 매우 아름답다는 점이었다.

풀장에서는 팔등신 미녀가 건장한 젊은 사내와 어우러져 깔깔

대고 있었다. 아가트라고 불리는 그녀는 사내한테서 수영을 배우고 있는 중이었다. 바위처럼 떡 벌어진 가슴이 온통 시커먼 털로 뒤덮여 있는 사내는 문기가 고용한 경호원이었다.

아가트는 문기의 취향에 맞는 10대 소녀로 정확한 나이는 18세라고 했다. 프랑스 북쪽 지방인 노르망디 출신으로 프랑스 순종이라고 했지만 아랍인 피가 섞인 튀기 같았다. 그녀는 니스에 있는 대학에서 디자인을 공부하고 있는 여대생으로 현재 1학년 학생이라고 했다. 그것이 사실이든 아니든 문기는 그런 것에는 관심이 없었다. 나이 어리고 예쁜데다 섹스 서비스가 좋으면 그것으로 여자의 조건은 충분하다고 생각하고 있었다.

이제 겨우 18세라고 하지만 그녀의 젖가슴과 엉덩이는 이미 터질 것처럼 잘 발달되어 있었고, 침대 위에서의 기교 또한 입이 벌어질 정도로 능숙했다. 그녀의 말에 따르면 그녀는 여름방학 동안 아르바이트로 학비를 벌기 위해 그의 섹스 파트너가 되어주고 있었다.

망명중인 문기는 독서를 한다거나 그림을 그린다거나 하는 그런 것과는 거리가 먼 인물인지라 허구한 날 섹스에 탐닉하거나 골프를 치는 것으로 소일하고 있었다. 다행히 그는 60이 다 된 나이임에도 불구하고 40대 못지않은 뛰어난 정력을 지니고 있었기 때문에 그와 같은 생활을 별 무리 없이 즐길 수가 있었다. 하지만 그와 같은 생활도 거의 매일 반복되다시피 계속되다 보니 이제는 별 즐거움도 느끼지 못한 채 지겨움만 쌓여 가고 있었다. 지중해의 아름다움도, 팔등신 미녀와의 섹스 파티도, 호화로운 별장 생활도 모두 지겹다 보니 아가트가 경호원과 놀아나는데도 별로 질투심 같은 것이 일지 않았다. 오히려 생각 같아서는 두 사람이 관계하는 것을 구경하고 싶기도 했다. 그것은 새로운 자극이 되어 흥분을 불러일으킬 것 같았다. 그리고 그런 것이야 돈만 주면 얼마든지 가능한 일이었다. 그가 리비에라 해안에서도 손꼽히는 최고급 별장에서 경호원들까지 거느리고 프랑스 미녀와 뒹굴면서 호화판 망명생활을 할 수 있는 것도 다 돈이 있기 때문이었다. 그는 망명생활을 하면서 새삼 돈의 위력을 실감하고 있었다.

사람들이 '바다의 여신 테티스'라고 부르는 이 별장도 직접 현찰을 주고 산 것이었다. 서울의 고급 아파트 수십 채를 팔아도 살까 말까 한 이 별장을 그는 눈 하나 까닥하지 않고 구입했고, 또 그것을 유지하는데 매달 많은 돈을 지출하고 있었다. 하지만 그의 스위스은행 비밀계좌에는 여전히 평생 동안 펑펑 쓰고도 남을 돈이 들어 있었고, 그 외에도 그의 몇 개의 다른 은행계좌에는 가만히 앉아 있어도 절로 매일 큰돈이 굴러들어 오고 있었다. 일찍부터 해외로 눈을 돌린 그는 몰래 빼돌린 돈으로 뉴욕과 로스앤젤리스, 도쿄와 오사카, 파리와 런던, 그 밖에 세계의 유명한 휴양지와 서울 등지에서 고가의 부동산들을 사들였는데, 그 같은 투자가 지금은 천정부지로 치솟고 있는 전 세계적인 부동산 경기 덕분에 수십 배에서 수백 배에 이르는 자산으로 불어나 있었다. 그래서 해외 부동산에서 벌어들이는 월세 수입만도 엄청났고, 그 밖에 해외에 차려놓은 사업도 그런대로 잘 굴러가고 있었다.

해외에서의 그의 사업은 주로 후진국에 집중되어 있었고, 건

설업이 주종을 이루고 있었다. 그리고 국내외 회사들과 합작형태를 취하고 있었기 때문에 그 자신이 별로 노력하지 않아도 안전하게 잘 굴러가고 있었고, 거기서 생긴 이득은 꼬박꼬박 그의 은행계좌로 입금되고 있었다. 또한 그가 망명생활을 하고 있다고 해서 돈을 떼이거나 할 염려도 없었다. 국제변호사들이 그의 별률 고문으로 활동하고 있는데다 국제적인 자산관리회사가 그의 자산을 철저히 관리해 주고 있었기 때문에 그 점에서는 안심하고 지낼 수가 있었다.

하지만 아무리 돈이 많고, 또 계속 돈이 불어나고 있다해도 그는 이제는 모든 것이 지겹기만 했고, 하루 중 울적한 기분에 사로잡혀 있을 때가 점점 많아지고 있었다. 그는 한국이 그리웠고, 어떤 대가를 치르고서라도 고국으로 돌아가고 싶었다. 그러나 죽음으로 그 대가를 치르고 싶지는 않았다. 고문과 죽음이 자신을 기다리고 있다고 생각하면 도저히 한국으로 돌아갈 수가 없었다. 가만 생각해 보면 좋은 방법이 없지 않아 있긴 있었다. 그것은 이쪽에서 죽음을 맞기 전에 먼저 손을 써서 상대방을 제거하는 것이다. 한국의 독재자 P만 없애면 그는 안심하고 고국으로 돌아갈 수가 있을 것이다.

어떻게 하면 P를 제거할 수 있을까? 그는 워낙 독살스러운데다 많은 사람들을 탄압하고 양심범들까지 죽였기 때문에 적이 많고, 그래서 그가 죽기를 바라는 사람들은 많을 것이다. 하지만 그는 철통같은 경호를 받고 있기 때문에 그것을 뚫고 들어가 그를 암살한다는 것은 불가능한 일이다. 만일 이런 상태로 간다면 그는 자연사할 때까지 대통령 짓을 해먹을 것이고, 나는 죽을 때까지 고국에 돌아가지 못할 것이다. 그것은 생각하는 것만으로도 그를 현기증 나게 만들었다. 정말 그를 암살한다는 것은 불가능한 일일까? 이 세상에는 돈으로 해결할 수 없는 일이란 없다고 생각했다. 돈을 써서 그를 제거할 수만 있다면 얼마가 들든 시도해 보련만. 세계 최고의 킬러라고 해도 비싸 봐야 얼마나 비싸겠는가. 백만 달러든 천만 달러든 주는 것은 문제가 아니다. 문제는 과연 암살에 성공할 수 있을까 하는 점이다. 세계 최고라 해도 P에게 접근하는 것은 도저히 불가능할 것이다. 하지만 시도는 해 볼 만하지 않을까. 해 보지도 않고 지레 겁을 먹고 주저앉는다면 죽을 때까지 프랑스를 떠나지 못할 것이다.

요즘 그가 의기소침한 채 모든 것에 무관심하자 아가트는 물론 경호원과 관리인들까지 제멋대로 굴고 있다. 화를 내고 내쫓아 버리면 되겠지만, 그게 그렇게 간단하지가 않다. 놈들은 근본적으로 동양인을 멸시하는 경향이 있고, 함부로 해고하다가는 어떤 해코지를 당할지 알 수 없다. 제기랄, 모든 것이 귀찮고 지겹기만 하구나.

수지에 대해서는 더 이상 걱정하지 않아도 될 것 같았다. 변호사의 말에 의하면 검찰측이 그녀에 대해서 갑자기 호의적으로 나오고 있는데, 지금 분위기로 봐서 그녀는 조만간 석방될 것 같다고 했다. 하지만 그건 그렇다치고 뱃속의 아기는 어떻게 할 것인가? 아무리 설득해 보았지만 그녀는 뱃속의 아기에 대해 강한 집념을 보이고 있었다. 딸은 누가 뭐라 해도 아기를 낳을 생각인 것 같았다. 노란 머리에 파란 눈을 가진 아기가 집 안을 휘젓고 다니는 모습을 생각하자 그는 다시 현기증이 일었다. 딸은 분명히 밝히지는 않았지만, 그의 생각에 아기의 아버지는 카를로스인가 뭔가 하는 그 국제적인 암살자인 것 같았다. '그런 놈의 자식을 낳다니, 어이구!' 그는 두 손으로 머리를 감싸 쥐면서 상체를 뒤로 벌렁 젖혔다. 그 때 중년의 여비서가 다가와 말을 건넸다.

"누가 찾아왔습니다."

"누구야? 아무도 안 만난다고 했잖아. 없다고 해!"

그는 화가 치미는 것을 꾹 참았다. 마른 멸치처럼 물기 하나 없어 보이는 여비서는 일 처리 하나만은 끝내 주지만 고집이 세고 너무 앞서 나가는 경향이 있었다.

"경찰이 찾아왔습니다."

"경찰?"

그는 천천히 상체를 일으켰다.

"경찰이 왜 왔어? 없다고 그래."

"경호원이 계시다고 했습니다."

흰 남방에 청바지 차림의 그녀는 안경 너머로 차갑게 그의 두꺼비 같은 배를 내려다보고 있었다.

"젠장, 바보 같으니! 왜 시키는 대로 하지 않는 거야? 오늘은 만날 수 없으니까 나중에 오라고 해!"

"이미 들어왔습니다."

"뭐야?! 들여보냈단 말이야? 누구 허락으로……."

검은 그림자들이 자신을 에워싸는 바람에 그는 그만 입을 다물고 말았다.

"무, 무슨 일입니까?"

문기는 엉거주춤 몸을 일으켰다.
"경찰에서 왔습니다."
그의 주위에는 네 명이나 되는 사내들이 버티고 있었다. 모두 선글라스를 끼고 있었는데, 차림새와 인상이 하나같이 거칠어 보였다. 두 명은 진 바지 위에 재킷을 걸치고 있었고, 다른 두 명은 주머니가 많이 달린 반소매 파커 차림이었다. 조금 작은 키에 머리를 짧게 기른 단단한 인상의 사내가 경찰 신분증을 꺼내 보였다.
"무슨 일입니까?"
문기는 침착해지려고 애쓰면서 물었다. 두 명도 아닌 네 명이나 들이닥친 것을 보면 심상치 않은 일인 것 같았다.
"안에 들어가서 말하죠."
짧은 머리에 키가 작은 형사가 별장 건물을 턱으로 가리키면서 말했다.
문기는 직감적으로 마침내 올 것이 왔다고 생각했다. 이를 어쩌나? 주위를 둘러보았지만 네 명의 사내들은 빈틈없이 그를 에워싸고 있었다. 그들의 태도로 보아 여차하면 강제로라도 그를 끌고 갈 것 같았다. 이럴 때 경호원들은 아무 쓸모가 없다. 형사들이 눈을 부라리면 경호원들은 슬슬 물러나기 마련이다. 공무집행을 방해하면 처벌을 받기 때문이다.
"무슨 일로 오신 겁니까?"
거실로 들어서자마자 문기는 다급하게 물었다. 그는 벌써 호흡이 거칠어지고 있었다. 형사들은 사치스러운 실내를 휘둘러 보느라고 그의 물음에 대꾸도 하지 않았다.

"해변을 달리는 여인들…… 이 작품 진짜입니까?"

키 작은 형사가 고개를 뒤로 발딱 젖힌 채 벽면을 차지하고 있는 대형 그림을 올려다보면서 물었다.

"아닙니다. 모조품입니다."

문기는 초조함을 드러내지 않으려고 애쓰면서 대답했다.

"진품인줄 알고 깜짝 놀랐습니다. 피카소 좋아하십니까?"

"전 그림에 대해서는 잘 모릅니다만…… 피카소가 유명하다는 건 알고 있습니다."

"이 작품은 1933년에 그린 그림인데 여자들의 달리는 모습이 아주 역동적으로 그려져 있어요."

키 작은 형사는 기다렸다는 듯이 말했다.

그림은 아주 단순하게 그려져 있었다. 푸른 하늘과 바다와 모래밭을 배경으로 두 명의 여인이 춤추는 듯한 모습으로 두 팔을 휘저으며 달려가고 있었다. 여자들의 머리칼은 바람에 날리고 있었고 잠옷처럼 생긴 흰 옷의 한쪽 어깨 끈은 풀어진 채 탱탱한 젖가슴이 밖으로 튀어나와 있었다. 피카소가 그린 여인들의 모습이 모두 팔다리가 굵은 뚱보들인 것처럼 그녀들 역시 풍만한 모습을 보여주고 있었다.

"난 이 작품을 볼 때마다 우리에 갇혀 있다 뛰쳐나온 노예들이 자유를 얻은 기쁨에 어쩔 줄 몰라 하면서 미친 듯 달려가고 있는 것 같은 느낌을 받아요. 피카소는 스페인 출신이지만 이 프랑스 남부 해안가에 머물면서 참 많은 그림을 그렸어요. 앙티브의 고성에 머물고 있는 동안에만도 150여 편을 그렸으니까요."

문기는 찾아온 용건은 말하지 않고 엉뚱한 이야기만 늘어놓고 있는 그 형사를 멀거니 바라보고 있었다. 미술에 대해 많이 알고 있는 자신의 지식을 누군가에게 말하고 싶었는데 마침 외국인을 만나 좋은 기회라고 생각한 것 같았다.

문기는 그림 같은 예술품에는 전혀 관심이 없었다. 딸이 조각을 전공하고 있지만 그녀가 어떤 작품을 만들고 있는지, 또 그 수준이 어느 정도인지 전혀 알려고 하지도 않았고, 단지 학비만 보내 주는 것으로 만족하고 있었다.

"프랑스 남부 해안을 코트다쥐르라고 명명한 사람은 스테팡 리에 자르라는 시인이죠. 1887년에 명명했어요. 코트다쥐르의 아름다운 바다와 태양이 좋아 전 세계에서 많은 작가와 화가들이 몰려들었는데, 대표적인 작가들로 스콧 피츠제럴드, 헤밍웨이, 캐더린 맨스필드, DH 로렌스, 헉슬리, 니체, 그레엄그린, 서머셋모엄, 콜레트 등이 있죠. 화가들로는 피카소 외에 세잔, 반고흐, 모네, 마티스, 샤갈 등이 있는데, 그들은 지중해의 파란 바다와 눈부신 햇빛에서 많은 영감을 얻었어요. 여기 그림들은 어두운 그림이 없어요. 모두 밝은 색채로 그려져 있고, 빛을 어떻게 색채로 그려내느냐 하는 문제에 모두가 관심이 많았던 것 같아요. 마티스는 '나를 이곳에 머무르게 만든 것은 1월 한 낮의 다채로운 빛의 반' 사라고 말했을 정도였으니까요. 나는 마티스를 비롯한 야수파 그림이 좋아요. 그 부자연스러움과 거친 색채가 마음에 들어요. 여긴 야수파 그림이 없나요?"

키 작은 형사는 두리번거리다가 문기 쪽으로 시선을 돌렸다. 문기는 당황해서 말했다.

"글쎄요, 전 그림에 대해서 잘 모릅니다. 그건 그렇고 무슨 일로 오셨는지……?"

"이 큰 집에 야수파 그림이 보이지 않다니 유감이군요."

형사는 넓은 거실을 다시 한 번 둘러보고 나서 갑자기 생각난 듯 문기를 쏘아보면서 물었다.

"당신은 한국인이죠?"

"네, 그렇습니다."

"참 멀리서 오셨군요. 이렇게 으리으리한 별장에서 산다는 것은 선택받은 사람들만이 누릴 수 있는 특권이죠. 우리 같은 사람은 꿈도 못 꿉니다. 그렇게 먼 조그만 나라에서 오신 분이 이렇게 호화로운 별장에서 살다니 참 부럽습니다."

사실은 부러워하는 것이 아니라 조롱하고 있었다.

"뭐 별로…… 좋은 것도 없습니다."

문기는 어색해 하면서 얼버무렸다.

"망명생활도 이 정도라면 해 볼 만하겠는데……."

키 작은 형사가 동행한 형사들을 쳐다보면서 말하자 코가 뭉툭하게 생긴 형사가 이렇게 대꾸했다.

"프랑스가 너무 관대한 거죠. 망명자들한테 프랑스는 천국 아닙니까."

"독재자들이나 부도덕한 망명자들은 받아들이면 안 돼."

"당연하죠."

키 작은 형사는 몸을 돌려 문기를 똑바로 쳐다보았다.

"당신은 더 이상 여기서 지낼 수 없습니다. 여기뿐만 아니라 앞으로 프랑스 어디에서도 거주할 수 없습니다. 지금부터 24시간 이내에 프랑스를 떠나십시오. 이건 추방명령서입니다."

문기는 갑자기 뒤통수를 한 대 얻어맞은 기분이었다. 너무 세게 얻어맞아 정신을 못 차리고 멍해진 모습으로 형사가 내민 종이쪽지를 들여다보았다. 하지만 그의 눈에는 아무 것도 보이지 않았다. 그는 눈을 깜박거리다가 가까스로 정신을 차리고 이렇게 물었다.

"그, 그게 무슨 말입니까?"

"24시간 이내에 프랑스를 떠나 달라고 했습니다. 떠나지 않으면 강제 추방할 수밖에 없습니다. 당신은 어차피 강제 추방되는 거지만……."

"뭐라구요?!"

문기는 부들부들 떨기 시작했다.

"나를 추, 추방하겠다는 겁니까?"

"그렇습니다. 시간이 별로 없으니까 떠날 준비를 하십시오."

키 작은 형사는 담배를 피워 문 다음 느긋한 표정으로 그를 바라보았다. 고소해 하는 표정이 역력했다.

"추방 이유가 뭡니까? 내가 뭘 잘못했습니까?"

"추방 이유는 나도 잘 모릅니다. 추방하라는데 이유 같은 건 문제가 안 됩니다."

"그, 그게 말이 되는 소립니까? 이유도 없이 아무 죄 없는 사람을 추방하는 법이 어디 있습니까?"

그는 어느 새 눈물까지 글썽이고 있었다. 그러나 형사들은 냉담하기만 했다.

"이유는 우리도 모르니까 묻지 마십시오. 이유야 어떻든 당신은 24시간 이내에 프랑스를 떠나야 합니다. 그건 확고부동한 사실입니다."

문기는 고개를 완강하게 흔들었다.

"난 이유도 모르고 떠날 수 없습니다! 이유가 있다해도 떠날 수 없습니다! 날 여기서 추방하는 건 죽으라는 말이나 다름없습니다! 추방은 나한테 사형선고를 내리는 거라구요! 그럴 바에는 차라리 여기서 죽고말지 절대로 한국까지 돌아가지는 않을 겁니다!"

문기는 눈물을 흘리면서 두 주먹을 불끈 쥐고 소리쳤다. 뭉툭한 코를 가진 형사가 큼직한 손으로 그의 어깨를 두드렸다.

"여기서 항의해 봐야 아무 소용없습니다. 우리는 아무 권한이 없습니다. 당신을 국경 밖으로 데리고 가는 것이 우리의 임무입니다."

"당신들은 몰라서 그래요. 내가 한국으로 추방당하면 어떻게 되는지 알고나 있습니까?"

"모릅니다. 그런 건 우리가 알 바 아니죠."

"비행기에서 내리자마자 나는 즉시 체포되어 비밀기관에 끌려갈 겁니다. 그리고 무자비하게 고문당하다 죽을 겁니다. 아주 비참하게 죽을 겁니다. 그런데도 나를 추방한다는 겁니까?"

"그런 건 우리하고 아무 상관없는 이야기입니다. 당신의 장래 문제까지 프랑스가 책임져야 할 이유는 없습니다."

"내 딸이 협조하지 않는다고 나를 추방하는 겁니까? 그렇다면 내 딸이 협조하도록 하겠습니다. 내가 추방당하는 걸 알면 그 애는 가만 있지 않을 겁니다. 적극적으로 경찰에 협조할 겁니다. 그 애하고 통화하게 해 주십시오."

"안 됩니다. 쓸데없는 짓 하지 말고 떠날 준비나 하십시오. 떠나기 전에 정리해야 할 일들이 많을 텐데요."

문기는 형사들을 노려보았다. 한참 동안 노려보았지만 그들의 완강한 태도는 조금도 누그러지는 것 같지 않았다.

"솔직히 말씀해 주십시오. 프랑스 당국이 나한테 바라는 게 뭡니까? 원하는 대로 들어줄 테니 추방하겠다는 말은 제발 하지 마십시오."

"참 답답하군요."

"바라는 게 뭡니까? 돈입니까? 천만 프랑을 내라고 하면 내겠습니다! 카를로스의 목을 바치라고 하면 바치겠습니다! 뭐든지 하겠습니다! 제발 추방만은 하지 마십시오! 프랑스는 자유민주주의 국가입니다. 생명의 위협을 피해서 망명한 사람을 돌려보낼 만큼 그렇게 잔인하지 않습니다. 프랑스는 약자를 보호해 주는 국가 아닙니까?!"

형사들은 미소를 지었다.

"프랑스는 관대할 때는 관대하지만 냉정해야 할 때는 아주 냉정하게 일을 처리합니다. 그리고 프랑스가 지금 당신한테 바라는 것은 제발 빨리 프랑스를 떠나 달라는 것입니다. 다른 요구사항은 없습니다."

"난 절대 프랑스를 떠날 수 없습니다! 절대 안 됩니다!"

"그렇다면 당신을 구속해서 끌고 갈 수밖에 없습니다. 수갑 채워!"

키 작은 형사가 명령하자 뭉툭한 코를 가진 형사가 허리춤에서 수갑을 꺼냈다. 그것을 본 문기의 얼굴이 새파랗게 질렸다.

형사가 다가와 손목에다 수갑을 채우려고 하자 그는 거세게 뿌리쳤다.

"변호사를 부르겠소!"

"그거야 마음대로 하십시오."

그는 파리에 사무실을 가지고 있는 개인 변호사에게 급히 전화를 걸었다. 오다 다까오(尾田高雄)라고 하는 그 변호사는 일본계 프랑스인으로 문기의 재산 관리뿐 아니라 모든 법적인 문제를 도맡아 처리해 주고 있는 아주 실력이 뛰어난 사람이었다. 문기가 그를 채용한 것은 같은 동양인인데다 한국 사정을 잘 알고 있기 때문이었다.

"다까오 변호사 대 주시오!"

그는 전화를 받은 여비서에게 다급하게 말했다.

"실례지만 누구시죠?"

"나 채문기인데 빨리 바꿔요!"

"아, 채 회장님, 안녕하세요?"

빌어먹을. 그는 버럭 고함을 지르고 싶은 것을 겨우 참으면서 다시 한 번 다까오 변호사를 바꿔 달라고 말했다. 그러나 여비서는 그를 조롱이라도 하는 듯 이렇게 대답했다.

"어머나, 어떡하죠? 다까오 변호사님께서는 며칠동안 휴가를 떠나셨는데요."

"뭐야?! 언제 휴가를 떠났다는 거야?"

"어제 떠나셨습니다."

그는 숨이 멎는 것 같았다.

"어디로 갔어요?"

"도쿄에 있는 부모님 댁에 다녀오신다고…… 가족들 모두 데리고 가셨습니다. 돌아올 때 알라스카에서 좀 지내다가 오신다고 했기 때문에 한 달쯤 후에나 사무실에 출근하실 겁니다. 무슨 일로 그러시죠?"

"뭐야?! 이런 빌어먹을 새끼!"

그는 화를 참지 못하고 마침내 욕설을 내뱉었다. 하지만 차마 프랑스말로 하지는 못하고 상대방이 알아들을 수 없는 한국말로 욕을 했다. 그렇게라도 하지 않고는 돌아 버릴 것 같았기 때문이다.

"네? 뭐라고 하셨죠?"

"내 말 잘 들어요! 지금 당장 다까오한테 연락해서 나한테 오라고 해요! 지금 바로 연락해요! 내가 지금 아주 위험한 상황에 빠졌으니까 지금 즉시 달려와서 나를 구하지 않으면 안 된다고 말해요!"

"연락은 해 보겠습니다만, 그렇게 빨리는 안 될 거예요."

여비서는 이쪽 고객의 기분은 조금도 고려하지 않고 한가롭게 대꾸했다.

"이 봐, 비서! 내가 위험한 상황에 빠졌다는데 무슨 비서가 이래?! 연락해 보는 게 아니라 꼭 연락해서 당장 나한테 오라고 하란 말이야! 지금 당장! 알았어?!"

"알았습니다."

채문기가 거칠게 쏘아붙였는데도 여비서는 계속 똑같은 톤으로 대답했다.

"조금만 늦어도 난 이 세상에 존재하지 않을 거라고 해요. 목숨이 왔다 갔다 하는 일이니까 빨리 손을 써야 한단 말이야!"

"알겠습니다. 그런데 무슨 일로 그러시는 거죠? 변호사님이 물으시면 뭐라고 말씀드리죠? 이유도 말하지 않고 그냥 무턱대고 오라고 하면 안 오실 텐데요."

"그럼 말할 테니까 그대로 전해 줘요. 프랑스 경찰이 지금 나를 프랑스에서 강제 추방하려고 페라곶에 있는 별장까지 찾아왔어요! 난 지금 리비에라 해안에 있는 페라곶 별장에 경찰과 함께 있다구요!"

큰 소리로 외치다시피 말하고 나서 그는 형사들 쪽을 힐끗 쳐다보았다. 그들은 그가 무슨 말을 하든 별로 관심도 없다는 듯 무표정한 모습으로 기다리고 있었다. 코가 뭉툭한 형사는 껌을 부지런히 씹어대고 있었고, 키 작은 형사는 벽에 걸린 그림들을 하나하나 감상하고 있었다. 키가 유난히 큰 형사는 의자에 앉아서 하품만 해대고 있었다.

"어머나, 그래요? 사정이 딱하게 되셨군요."

"이 봐요, 비서!!"

그는 버럭 고함을 질렀다.

"왜 그렇게 소리를 지르시죠? 깜짝 놀랐잖아요."

"소리 안 지르게 됐어? 사정이 딱하게 됐다니 도대체 무슨 말이 그래? 한국으로 추방당하면 난 죽는 몸이야! 나한테는 생사가 걸릴 문제란 말이야!"

"네, 이해는 하겠는데, 목소리를 조금 낮추시면 안 될까요? 전 지금 임신 중이기 때문에……."

"이런 빌어먹을! 임신 좋아하네."

문기는 한국말로 투덜거렸다.

"뭐라고 하셨죠? 회장님, 너무 걱정 안 하셔도 될 겁니다. 다까오 변호사님이 손을 쓰면 금방 취소될 거예요. 경찰이 지금 뭘 모르고 그러는 것 같은데…… 전에도 이런 일이 있었거든요. 그런데 다까오 변호사님한테 의뢰하니까 금방 해결됐어요."

"어떤 일이었는데?"

문기는 지푸라기라도 붙잡고 싶은 심정이었기 때문에 귀를 바싹 기울였다.

"중국의 반체제 학자였는데 프랑스로 망명한지 2년쯤 지나 본국으로 추방 명령이 떨어졌어요. 이유는 2중 스파이 혐의였어요. 그 학자는 억울하다고 하면서 다까오 변호사님한테 문제를 해결해 달라고 부탁해 왔어요. 그래서 변호사님은 그 사건을 맡아서 별로 어렵지 않게 해결해 줬어요. 추방 결정은 취소되었고, 그 중국인 학자는 전처럼 파리에서 살 수 있게 됐어요. 다까오 변호사님이 나서면 쉽게 해결될 테니까 너무 걱정하지 마십시오."

듣고 보니 매우 고무적인 말이었다. 하지만 그것은 다까오 변호사가 사건을 맡았을 때나 가능한 일이다. 그는 지금 멀고먼 일본에 가 있지 않은가.

"비서, 이야기는 알겠는데, 다까오 변호사가 없는 상태에서는 아무 것도 할 수 없단 말이오. 그러니까 그 사람한테 빨리 연락해서 당장 오라고 해요! 만일 내가 한국으로 추방된 뒤에 오면 아무 소용이 없어요! 한국에 발을 들여놓는 순간 나는 죽은 목숨이나 다름없어요!"

"경찰은 항상 사람들을 불안하게 만들죠. 당장 추방할 것처럼 그러지만 막상 때가 되면 슬그머니 꼬리를 내린답니다. 변호사를 내세워 법적인 조치를 취하겠다고 하면 지금 당장 추방하지는 못할 거예요."

"다까오 변호사가 올 때까지 난 여기서 한 발짝도 나가지 않을 거요. 변호사와 연락이 되면 사정을 이야기하고 먼저 관계기관에 전화해서 추방을 정지시키도록 하시오. 형사들이 지키고 있어서 불안해 죽을 지경이오. 변호사한테 즉시 전화한 다음 나한테 연락해 줘요. 아니, 다까오 변호사한테 나에게 전화 하라고 말해요. 여기 전화번호는 알고 있어요?"

"네, 알고 있습니다."

문기는 전화기를 내려놓고 나서 이마에 번진 땀을 손등으로 닦았다. 가슴이 뛰면서 갑자기 어지럼증이 밀려오는 바람에 서 있기가 힘들었다. 그는 가운을 걸친 다음 소파에 털썩 주저앉았다. 그 때 아가트가 젖가슴을 덜렁거리며 거실로 들어오더니 문기의 무릎 위에 거침없이 엉덩이를 올려놓는다.

그녀가 몸에 걸친 것이라고는 손바닥만한 비키니 수영복 팬티 하나뿐이었다. 하지만 리비에라 해안의 이 같은 호화 별장 안에서 젖가슴을 드러낸 토플리스 차림으로 돌아다니는 것은 이상할 것이 하나도 없었다. 가까운 곳에 나체족들이 몰려드는 해변이 있는 터에 집 안에서 여자가 사람들 앞에 상체를 드러내는 것 정도는 아무 것도 아니었다.

형사들은 호기심어린 눈으로 그녀를 바라보면서 히죽히죽 웃고 있었다. 눈요깃감으로 이보다 더 좋은 것이 어디 있겠느냐는 그런 표정들이었다.

"아빠, 나 돈 좀 줘요."

아가트가 두 팔로 문기의 목을 끌어안으며 말했다. 그녀는 다른 사람들의 시선 따위에는 조금도 아랑곳하지 않았다.

"이거 왜 이래? 나 지금 바쁘니까 이따가 이야기해."

그가 밀어내려고 하자 그녀는 그의 목에 더욱 매달리면서 애교를 떨었다. 그를 쳐다보는 초록색 눈동자가 보석처럼 빛나고 있었다.

"나 몬테카를로에 다녀올게요. 이틀 동안 밖에 나가지 못했어요. 심심해서 죽겠어요. 빌레하고 다녀올게요."

빌레는 조금 전 물 속에서 그녀와 함께 장난치던 경호원으로. 두 사람 사이가 이미 보통은 아닌 것 같았다. 아가트는 카지노광으로 몬테카를로에 가면 밤새워 게임에 몰두하곤 하는데, 그럴 때는 으레 적지 않은 돈을 잃곤 했다. 하지만 문기가 군 말없이 뒷돈을 대주곤 했기 때문에 많은 돈을 잃고도 아무렇지도 않게 여겼다.

"이러지 말고 가라구! 왜 이렇게 눈치가 없어?!"

문기는 그녀의 엉덩이를 철썩 갈겼다.

"이 집에서 나가란 말이야! 더 이상 필요 없으니까 나가!"

"아빠, 지금 농담하시는 거예요?"

그녀는 몸을 일으킨 다음 그를 빤히 쳐다보았다. 손바닥으로 얻어맞은 엉덩이 부위에 벌겋게 손자국이 나 있었다.

"나 지금 골치 아프니까 말 시키지 말고 꺼지란 말이야!"

그가 소리 지르자 그녀는 놀라서 뒤로 물러났다.

문기는 비서를 불렀다. 마른 멸치처럼 생긴 여비서가 종종걸음으로 다가오자 그는 아가트를 무시한 채 말했다.
"이 애, 지금 당장 내보내요! 돈 좀 줘서 내보내요."
"얼마를 줄까요?"
"적당히 알아서 줘."
"알겠습니다."
그녀는 차가운 눈으로 아가트를 바라보았다. 동양 늙은이의 성노리개로 농락당하고 있는 그녀를 마치 무슨 벌레 보듯 대하고 있었다. 그러나 아가트는 그런 시선 따위에는 관심도 두지 않은 채 놀란 눈으로 문기를 쳐다보다가 이내 눈물을 글썽이면서 고개를 흔들었다.
"아빠, 정말로 하신 말씀인가요?"
"그래, 정말이야. 어쩔 수 없어."
문기는 냉정하게 잘라 말했다.
"아빠…… 어떻게 이럴 수가 있어요? 몬테카를로에 가지 않을게요. 거기 가자는 말 앞으로 안 할게요."
"그게 문제가 아니야. 난 떠나야 해. 그 동안 수고했어."
그는 여비서를 다시 불러 수표책을 가져오게 했다. 이 계집애한테는 돈을 주어도 아깝지 않다는 생각을 평소에도 하고 있었다. 이윽고 수표에다 액수를 적은 다음 사인하고 나서 수표를 뜯어내 아가트에게 건넸다. 그런데 아가트보다도 여비서가 그 액수를 보고 더욱 놀라는 것 같았다.
"왜 떠나신다는 거예요? 저 따라가면 안 되나요?"
아가트는 울면서 말했다.

"안 돼. 다시 오게 되면 연락할게."

문기는 그녀를 안고 뺨에다 입을 맞춘 다음 엉덩이를 철썩 갈겼다. 그의 눈에도 눈물이 맺혀 있었다.

어린 계집애를 데리고 노는 즐거움이라도 없었다면 그는 벌써 다른 일에 미쳐버렸을 것이라고 생각했다. 그 다른 일이란 십중팔구 카지노 같은 놀음이었을 것이다. 카지노에 미쳐서 거액을 날리느니 어린 계집애를 데리고 노는 것이 재미도 있고 회춘도 되려니와 따지고 보면 훨씬 경제적이다.

그는 울고 있는 아가트의 어깨를 감싸 안고 방안으로 들어갔다. 형사 한 명이 방 안을 들여다보았다.

"방문은 닫지 말고 열어 두십시오."

문기를 감시의 망에서 벗어나지 않게 하려고 그러는 것 같았다. 문기는 버럭 화를 냈다.

"마지막 작별 인사를 좀 하려고 하는데 당신들 보는 앞에서 하라는 거요? 그렇게는 안 돼요."

그는 거칠게 문을 닫았다. 형사들은 더 이상 방해하지 않았다.

"나 좀 도와줘야겠다!"

문기는 아가트의 팔을 움켜잡았다.

"나하고 함께 가고 싶다고 했지?"

그의 불안해 하는 표정을 보고 그녀는 얼른 고개를 끄덕였다. 그는 낮은 소리로 속삭였다.

"그럼 떠날 준비를 하고 기다려. 6시에 마을 분수대 앞에 차를 세워 놓고 기다리고 있어. 아무한테도 이야기하면 안 돼. 장기 여행이 될 테니까 준비 단단히 해."

"어디로 갈 건데요?"

"그건 나중에 말해 줄게. 절대 아무한테도 이야기하면 안 돼. 알았지?"

"알았어요."

"6시야. 좀 늦더라도 가지 말고 기다려야 해. 알았지?"

"네, 알았어요."

방을 나온 그는 파리의 변호사 사무실로 다시 전화를 걸어 보았다.

다까오 변호사의 여비서는 도쿄로 전화를 걸어 보았지만 아무도 전화를 받지 않는다고 말했다. 그녀가 말하는 그 전화는 다까오 변호사의 부모가 살고 있는 집 전화라고 했다. 다까오는 연락할 일이 있으면 자기 부모님 댁으로 연락하라고 하면서 그 전화번호를 적어 놓고 갔다고 했다. 그 말을 듣자 문기는 눈앞이 캄캄했다.

"도쿄 전화번호 알려줘요."

그는 여비서가 불러 주는 전화번호를 적은 다음 그녀에게 다까오 변호사를 수소문해서 어떻게든 연락을 취해 보라고 단단히 일렀다.

그가 전화를 끊고 나자 키가 작은 형사가 기다렸다는 듯이 말했다.

"출발 시간을 알려드리겠습니다. 내일 아침 8시 우리와 함께 이곳을 떠나야 합니다. 니스에서 9시 45분에 출발하는 파리행 비행기를 타야 하니까요."

"아니, 뭐라구요?!"

문기는 펄쩍 뛰었다. 키 작은 형사는 손을 들어 그를 제지하면서 말을 이었다.

"내 말 잘 들어요. 우리의 임무는 당신을 파리 드골 공항까지만 데리고 가는 겁니다. 거기서 우리는 당신을 한국 대사관측에 넘길 겁니다."

"안 돼요! 말도 안 돼요!"

"한국 대사관에서는 당신을 우리가 보는 앞에서 서울행 비행기에 탑승시킬 겁니다. 서울행 비행기는 오후 2시 50분에 출발하는 KAL기입니다."

"KAL기에 나를 태운다구요?"

문기는 부들부들 떨면서 물었다. 가는 금테 안경 너머로 잡아먹을 듯이 쏘아보는 두 눈이 금방이라도 밖으로 튀어나올 것만 같았다.

"그렇습니다. 한국 대사관측에서 당신네 국적 기를 이용하겠다고 했습니다. 그 편으로 무사히 떠나시면 우리 임무는 끝나는 겁니다. 그 비행기를 타시면 당신은 바로 한국 영토 안에 들어가시는 겁니다. 그 때부터 당신은 한국 정부의 관리 하에 들어가기 때문에 우리는 아무런 권한이 없습니다. 국적기로 가시면 편안하게 가실 수 있을 겁니다. 아마 1등석이 준비되어 있을 겁니다. 당신을 정중히 모시라고 한국 대사관측에 부탁해 두었습니다. 한국 대사관측에서는 인권 침해 같은 것은 전혀 없으니 그 점은 안심하라고 했습니다."

"누굴 놀리는 거요?! 차라리 날 죽이시오!"

문기는 화가 나서 버럭 고함을 질렀다. 형사들은 서로 쳐다보면서 히죽거렸다.

"진정하십시오. 화를 내 봐야 몸에 해롭습니다. 그렇다고 당신한테 떨어진 프랑스 출국 명령이 취소되는 것도 아니니까요. 흥분하는 것보다는 냉정을 유지하시는 게 사태에 대처하는데 오히려 도움이 될 겁입니다."

"당신들이 뭐라고 하던 난 죽어도 프랑스에서 죽을 거요."

처참하게 일그러진 문기의 얼굴은 어느 새 땀과 눈물로 젖어 있었다.

"당신한테는 그럴 권리도 없습니다."

"내가 만일 자살하면 어떡할 거요?"

형사들의 얼굴에서 미소가 사라지고 있었다.

"그런 어리석은 짓은 하지 않으시리라고 봅니다. 우리가 이렇게 대기하고 있는 건 만일에 일어날지도 모르는 그와 같은 사태에 대비하기 위해서이기도 합니다. 그래서 만일 어리석은 짓이라도 하면 그 전에 제지를 받게 될 겁니다. 자해나 자살방지를 위해 인신을 구속할 수밖에 없습니다. 하지만 그건 우리가 바라는 바가 아닙니다. 우리는 신사적으로 이 문제가 처리되기를 바라고 있습니다."

그들은 여차하면 달려들 듯한 기세였다.

문기는 재빨리 머리를 굴렸다. 그는 자살할 위인이 아니었다. 그보다는 분을 못 이겨 자해행위 정도는 할 수 있는 사람이었다. 하지만 그러다가 수갑이라도 차게 되면 꼼짝없이 끌려가게 된다. 그는 그렇게 끌려가고 싶지는 않았다.

"난 아직 변호사하고 연락도 못했어요. 난 변호사의 보호를 받을 법적 권리가 있어요. 변호사를 만나보기 전에는 여기서 한 발짝도 움직이지 않을 거요."

"변호사를 만나건 못 만나건 그런 건 우리가 알 바 아닙니다. 당신한테는 법적으로 보호를 받을 권리가 없습니다. 출국명령이 떨어진 이상 당신은 더 이상 망명자로서의 권리를 누릴 수가 없습니다. 24시간 이내에 프랑스를 떠나는 것 외에는 당신이 할 수 있는 일은 아무 것도 없습니다."

"24시간이라면 아직 시간이 많이 남아 있는데 왜 내일 아침에 떠나야 한다는 겁니까? 난 떠나기 전에 처리해야 할 일들이 많기 때문에 내일 아침에는 떠날 수 없습니다."

"24시간은 당신의 신병을 한국측에 넘길 때까지의 시간을 계산해서 그렇다는 겁니다. 내일 드골 공항에서 오후 2시 50분에 출발하는 KAL기에 탑승하시면 대강 24시간이 됩니다. 만 하루 정도 시간이 있으니까 그 동안에 일을 처리하십시오. 일을 처리하시는 동안 방해하지는 않겠습니다."

"하루 동안에 어떻게 그 많은 일들을 처리하라는 겁니까? 보다시피 이 별장도 그렇고…… 난 벌여 놓은 일들이 많단 말입니다. 하루만 더 시간을 줄 수 없겠습니까?"

채문기는 애걸조로 물었다. 그러나 키 작은 형사는 고개를 가로저었다.

"그건 안 됩니다. 우리도 상부의 지시를 받고 왔기 때문에 어쩔 수가 없습니다. 미처 처리하지 못한 일들은 비서한테 맡기시면 되지 않습니까? 비서가 나중에 당신 변호사한테 연락을 취하겠지요."

"변호사가 다 알아서 처리해 줄 거니까 그 점은 걱정하지 않아도 됩니다."

턱수염이 수북이 자란 거구의 형사가 말했다.

"망할 놈의 변호사하고 연락이 안 되는 것 보셨잖습니까?"

"나중에 비서하고 연락이 되겠지요."

"나중에 연락하라구요? 나한테는 그 말이 아무 소용이 없어요! 난 한국에 끌려가자마자 고문 받다 죽을 거예요! 죽은 다음에 연락하면 무슨 소용이 있습니까? 내가 죽고 나면 내 재산은 어떻게 되는 거죠?"

"설마 그럴 리가 있겠습니까. 아무리 군사독재국가라고 그렇게 무자비하게 사람을 죽일 리가 있겠습니까."

형사들은 느긋한 표정들이었다. 이 세상에 걱정할게 하나도 없다는 그런 한가한 표정들이었다. 문기는 얼빠진 얼굴로 그들을 멍하니 쳐다보다가 흐느끼면서 이렇게 말했다.

"당신들은 몰라요. 지금 한국에서 벌어지고 있는 공포정치가 어느 정도인지 당신들은 몰라요. 많은 사람들이 영장도 없이 끌려가고…… 재판도 제대로 받지 못한 채 죽어 가고 있어요. 행방불명되는 사람들도 부지기수이고요. 당신들은 몰라요. 몰라도 너무 몰라요. 당신들은 정말 행복한 나라에서 살고 있어요. 당신들이 부러워요. 너무너무 부러워요."

흐느낌이 점점 격해지더니 급기야 통곡으로 변했다. 그는 체면불구하고 엉엉 소리 내어 울었다. 그것을 보고 형사들은 어리둥절해 하다가 안 됐다는 표정들을 지었다. 하지만 물러날 기미는 조금도 없이 여전히 바위처럼 버티고 있었다.

이윽고 울음이 잦아들자 키 작은 형사가 그의 어깨를 두드리면서 그를 위로했다.

"우리도 이러고 싶지 않지만 할 수 없습니다. 프랑스에서 추방되는 사람만 하루에도 수십 명이나 됩니다. 그들 모두가 다 제각기 사연을 가지고 있습니다. 그렇다고 그것을 일일이 다 들어줄 수가 없습니다. 그보다는 프랑스를 지키는 일이 더 중요하니까요."

코가 뭉툭한 형사가 끼어들었다.

"프랑스에 있는 재산은 모두 당신 딸한테 넘기면 어떻겠어요?"

"딸을 만날 수도 없는데 어떻게 재산을 넘기라는 겁니까?"

"변호사 통해서 넘기면 되지 않습니까?"

문기는 비틀거리다가 갑자기 달려가서 전화기를 집어 들고 메모지에 적어 놓은 번호를 보면서 도쿄에다 전화를 걸었다. 극도의 초조감에 식은땀까지 흘리면서 귀를 기울였지만 다카오 변호사의 부모 댁에서는 신호는 가는데 아무도 전화를 받지 않았다. 한참 후 그는 전화기를 내려놓고 키 작은 형사의 손을 잡아끌었다.

"나하고 이야기 좀 합시다."

형사는 당황해서 그의 손을 뿌리쳤다.

"이야기하십시오. 시간은 많으니까. 어차피 오늘 밤은 우리도 여기서 지내야 하니까요."

"잠깐만 이쪽으로 오십시오."

문기는 의아해 하는 형사를 데리고 방안으로 들어가 문을 닫았다.

"무슨 일입니까?"

키 작은 형사는 경계하는 표정으로 물었다.

"여기 한 번 보시겠습니까?"

문기는 벽에 세워져 있는 책장 쪽으로 다가갔다. 책장에는 책들이 가득 꽂혀 있었다. 그가 책장을 옆으로 당기자 그것은 부드럽게 왼쪽으로 밀려갔다. 책장이 가리고 있던 벽면에는 견고해 보이는 작은 철문이 하나 있었고, 그 문에는 주먹만 한 자물통이 달려 있었다. 그가 열쇠로 자물통을 연 다음 손잡이를 잡아당기자 철문이 끼익하고 소리를 내면서 열렸다. 그 안에는 꽤 커 보이는 금고가 놓여 있었다.

키 작은 형사는 가까이 다가서서 호기심어린 눈으로 문기가 다이얼을 맞추는 것을 지켜보았다. 이윽고 찰칵소리가 나며 금고문이 열리자 문기는 맨 위쪽 선반을 가리켰다. 거기에는 돈다발이 가득 쌓여 있었다. 그 아래 선반 위에는 보석함 같은 것들이 들어 있었고, 맨 아래 칸에는 서류 같은 것들이 가지런히 놓여 있었다.

"이 돈을 모두 드리겠습니다."

문기는 다짜고짜 말했다. 형사의 눈이 휘둥그레졌다. 그는 뒤로 물러섰다.

"지금 무슨 말하는 겁니까?"

"이 돈을 모두 드리겠다고 했습니다."

형사의 눈이 금고 선반 위에 쌓여 있는 돈다발을 훑었다. 저걸 하나도 아니고 모두 주겠다니 엄청난 돈이다. 고급 주택은 물론

최신형 스포츠카도 살 수 있는 돈이다. 그의 표정은 그렇게 말하고 있었다.

"돈을 주겠다는 이유가 뭐요?"

"추방을 취소해 주는 대가입니다."

"음……."

형사는 심각한 얼굴로 고개를 끄덕였다. 문기는 그런 그를 잔뜩 기대에 찬 눈으로 쳐다보고 있었다.

"추방을 취소해 주는 대가라…… 그러니까 바꾸어 말하면 프랑스에서 쫓아내지 않고 망명생활을 계속할 수 있게 해 주면 저 돈을 모두 주겠다 이거군요?"

"간단히 말해서 그렇습니다. 거래를 하자는 겁니다. 자본주의 사회에서는 뭐든지 거래할 수가 있지 않습니까?"

형사는 한심하다는 듯이 문기를 쳐다보았다.

"참으로 위험하고 더러운 생각이군요. 당신 같은 사람이 돈을 많이 가지고 있다는 것이 영 마음에 안 드는데요."

입가에 쓸쓸한 미소를 띠면서 형사는 경멸어린 눈으로 문기를 노려보았다.

"마음에 안 드는 것은 나도 마찬가지입니다. 프랑스 당국의 이번 처사가 정말 마음에 안 듭니다. 자기 나라에서 합법적으로 망명생활을 하고 있는 사람을 도로 사지에 돌려보내는 법이 어디 있습니까? 이건 매우 야만적인 인권침해입니다. 만일 내가 추방당하게 되면 난 국제사회에 프랑스 정부의 횡포를 알릴 겁니다."

"그건 내가 상관할 일이 아닙니다. 국제사회에 알리건 말건 그건 당신이 알아서 할 일이고…… 내가 하고 싶은 말은 당신이 정말 형편없는 사람이라는 사실입니다. 내가 이 돈을 받고 당신 요구를 들어줄 것 같습니까?"

"모두가 처음에는 그런 식으로 말하죠. 돈을 경멸하는 것처럼 말하지만 나중에 가서는 결국 돈을 움켜쥐기 마련이죠."

인간의 약점을 너무나 잘 알고 있다는, 야비함이 묻어나는 말이었다.

"당신은 나를 잘못 봤어요. 추방명령을 내린 것은 내가 아니라 상부에서 한 거예요. 그러니까 나한테는 그 명령을 취소할 권한이 없어요. 이건 돈으로 해결할 수 있는 일이 아니에요. 아무리 엄청난 돈을 준다 해도 추방을 취소시킨다는 것은 불가능해요. 어리석은 짓은 삼가십시오."

형사가 밖으로 나가려는 것을 문기가 붙잡았.

"이거 왜 이래요?"

형사는 눈을 부라렸다.

"명령을 내린 사람이 누굽니까?"

"그건 알아서 뭐 하려고 그럽니까?"

"그냥 알고 싶어서 그럽니다."

"난 직속상관한테서 지시를 받았기 때문에 잘 몰라요. 하지만 이런 명령은 장관 선에서 내렸을 거예요."

"어떤 부서의 장관입니까?"

"아마 법무부 장관일 겁니다. 아니면 또 다른 사람일지도 모르죠."

"만일 법무부 장관이 명령을 내린 것이 확실하다면 그 사람한테 손을 써야 하겠군요?"

"어떻게 손을 쓰겠다는 거요?"

"당신이 중간에서 손을 써 줄 수 없겠습니까?"

문기는 지푸라기라도 붙잡고 싶은 절박한 심정이었기 때문에 체면가리지 않고 말했다.

"어리석은 소리 하지 마시오. 손을 쓸 수도 없으려니와, 그러기 전에 당신은 출국해야 합니다. 시간이 없어요."

"시간은 충분합니다. 장관이라고 별수 있습니까? 만일 장관이 내 부탁을 들어주면 그 사람한테 평생 만져 보기 힘든 돈을 드리겠습니다. 물론 당신한테도……."

"당신이 이렇게 어리석은 줄 몰랐소. 한국 같은 부패 국가에서는 돈이 통할지 몰라도 프랑스에서는 어림없는 짓이오. 그런 짓은 아예 생각지도 마시오. 당신은 동정을 받을 여지가 조금도 없는 사람이오. 추방명령을 내린 건 백번 잘한 짓이라는 생각이 듭니다."

형사가 나가려고 하자 문기는 그에게 다시 매달렸다.

"제발 부탁합니다. 그게 어려우면 내 딸을 한 번 만나게 해 주십시오. 마지막으로 떠나기 전에 한 번 보고 싶습니다. 그건 어려운 일이 아니잖습니까?"

형사는 난처한 듯 그를 쳐다보았다. 그의 표정이 흔들리는 것을 보고 문기는 눈물을 흘리면서 애걸했다.

"한국으로 추방되면 난 죽습니다. 죽기 전에 내 딸을 마지막으로 한 번 보게 해 주십시오. 이건 그렇게 어려운 부탁이 아니잖습니까?"

그는 금고 안에서 돈다발을 두 개 들고 와 형사의 손에 쥐어 주었다.

"제발 부탁합니다. 이 애비의 간절한 소망입니다. 이 소망을 거절할 정도로 프랑스가 냉혹하다고 생각지는 않습니다."

형사는 얼굴을 붉히면서 돈다발을 내려다보았다. 그것을 내던지지 않고 머뭇거리는 것이 그 유혹을 뿌리치기가 어려운 것 같았다.

"당신 딸 이름이 뭐죠?"

형사는 뻔히 알고 있으면서 물었다.

"채수지라고 합니다."

형사는 들고 있던 돈다발을 탁자 위에 내려놓았다.

"수지 양을 만나는 건 그렇게 간단한 일이 아닙니다. 내 소관이 아니기도 하지만, 그걸 성사시키려면 몇 단계를 거쳐야 합니다. 이 액수 가지고는 통하지 않을 겁니다."

"알겠습니다."

문기는 두 다발을 더 꺼내 탁자 위에 놓여 있는 다발 위에 포개 얹었다.

"이거면 되겠습니까?"

형사는 금고 쪽을 힐끗 쳐다보았다.

"하나만 더 주시오."

이제 형사는 체면을 완전히 버린 채 욕망을 노골적으로 드러내고 있었다.

문기는 잠자코 한 다발을 더 얹어 주고 나서 물었다.

"당신 이름을 알고 싶습니다."

"피노라고 불러 주시오."

"소속되어 있는 곳은 어디입니까?"

"경찰청 외사과입니다."

"잘 부탁합니다."

"이건 우리끼리만 알고 있는 비밀입니다. 절대 다른 사람한테 말해서는 안 됩니다."

돈다발을 바지 주머니 여기저기에 마구 쑤셔 넣으면서 피노가 말했다.

"알겠습니다. 그건 염려하지 마십시오. 내 딸은 언제 만나게 해 줄 겁니까?"

"지금 알아볼 테니까 기다리시오."

"잠깐!"

방을 나가려는 피노를 문기가 또 불러 세웠다.

"또 뭡니까?"

"나를 한국이 아닌 제3국으로 보내 주면 안 됩니까?"

피노는 단호하게 고개를 저었다.

"그건 안 됩니다. 이미 한국측과 약속이 되어 있기 때문에 다른 나라로는 보낼 수가 없습니다. 그건 불가능합니다."

"어떤 약속을 했다는 겁니까?"

문기의 표정이 다시 창백해지고 있었다.

"자세한 건 알 수 없지만…… 모종의 거래가 있지 않았나 생각됩니다. 확실한 건 모릅니다."

"모종의 거래란 게 뭡니까?"

"그건 나도 모릅니다. 그런 건 국가간 비밀이니까 우리 같은 올챙이는 알 수가 없죠."
 피노가 밖으로 나가자 문기는 소파에 털썩 주저앉았다. 모종의 거래란 말이 머릿속을 꽉 채우고 있었다. 추방을 서두르는 이유를 이제야 좀 알 것 같았다. 단지 수지 때문이라면 이런 식으로 추방하지는 않을 것이다.

개선문 작전

서울 1975년 8월 9일 밤 11시 47분.

프랑스와 거의 같은 시각. 서울에는 비가 내리고 있었다. 연사흘째 내리고 있는 장맛비였다.

자정이 가까운 그 시간, 서울 삼청동에 자리잡고 있는 동궁(東宮)은 적막과 어둠 속에 잠겨 있었다. 드넓은 정원은 울창한 수목으로 뒤덮여 있었고, 그 수목에 가려 집 안에서 흘러나오는 불빛은 밖에서는 잘 보이지 않았다. 나뭇잎에 부딪치는 빗소리만이 쏴아 하고 들릴 뿐 인기척 하나 나지 않고 있었다. 동궁은 유명한 요정이었다. 힘이 좀 있거나 돈푼깨나 있는 사람들이 드나드는 그저 그렇고 그런 요정이 아니라 열 손가락 안에 드는 거물들이 드나드는 최고급 요정이었다. 그런 만큼 비밀스러운 구석이 많았고, 간판도 걸려 있지 않아 밖에서 보기에는 요정 같지가 않았다.

ㄱ자로 꺾어진 한옥 뒤에는 별채가 하나 있었는데, 그 안에서는 커튼 사이로 희미한 불빛이 새어나오고 있었다. 안방 가운데에는 술상이 널브러져 있었고, 그 앞에는 비대한 몸집의 사내가 얼굴이 벌개져서 앉아 있었다. 거나하게 취한 그는 어깨가 드러난 러닝셔츠 차림이었는데, 가슴께에는 안주를 집어먹다가 흘린 국물자국이 지저분하게 묻어 있었다. 방안은 은은한 조명으로 아늑한 분위기에 싸여 있었고, 술상 위에 켜 놓은 촛불이 분위기를 한 층 더 은밀하게 꾸며 주고 있었다.

맞은편에는 스물 안팎으로 보이는, 앳된 소녀 같은 모습의 여자가 하얀 블라우스 차림으로 앉아 있었다. 그녀는 수줍은 모습으로 사내의 이글거리는 눈빛을 피하려고 애쓰고 있었다. 볼이 발그레한 것이 이미 술을 마신 것 같았다. 조금 전까지 안채에서 몇 사람이 둘러앉아 술을 마시다가 자리가 파하자 그들만 따로 별채로 자리를 옮긴 것이었다. 처음 자리를 같이 했을 때 그녀는 그의 짝이 아니었는데 자리를 별채로 옮기면서 그가 마담한테 그녀를 찍었기 때문에 마담이 그녀를 방으로 들여보내 준 것이었다. 그러니까 그녀는 떠밀리다시피 호랑이굴 속으로 들어온 셈이었다.

"저 어른, 잘 모셔야 한다. 오늘 하룻밤만 잘 참으면 네 인생이 달라질지도 몰라. 저 어른 말 한마디면 탤런트 되는 건 식은 죽 먹기야."

이것은 방으로 그녀를 들여보내면서 마담 언니가 속삭여 준 말이었다.

요정을 출입하게 되면서 어느 정도 몸을 버릴 각오는 하고 있었지만 서슬이 시퍼런 권력자를 상대로 마주 앉아 있으려니 오금이 저려 견딜 수가 없었다. 차라리 그가 얼른 손을 대면 나을 것 같은 생각이 들었다. 그녀는 애인도 있었고 그에게 애무 정도는 허락하고 있었지만 남자와 몸을 섞은 적은 아직 한 번도 없었다. 마담은 그 점을 몇 번이나 확인하곤 했었다.

"저 어른은 숫처녀 아니면 상대를 안 해. 숫처녀를 되게 밝혀. 그러니까 숫처녀라고 했다가 나중에 거짓말한 것이 드러나면 혼난다구. 나 저번에 거짓말했다가 한 번 혼난 적이 있어. 내가 거짓말한 건 아니고 고 기집애가 거짓말한 거지만 결과적으로 책임은 나한테 떨어졌어. 난 다시는 실수하지 않겠다고 손이 발이 되게 빌었어. 저 어른이 이 가게 문 닫으라고 하면 닫아야 해. 저 어른한테는 법이고 뭐고 없어. 저 사람 말이 곧 법이야. 너 틀림없이 처녀지?"

"키스 같은 건 해 봤지만 그건 안 해 봤어요."

"그럼 됐어. 저 어른은 맘에 드는 숫처녀한테는 확실하게 해 줘. 저 어른이 머리 올려 주면 그 때부터 너는 신세 펴는 거야. 잘 되면 나한테 인사해야 해? 그 때 가서 입 싹 씻기 없어?"

"네······."

그녀의 아버지는 중학교에서 생물을 가르치는 교사였다. 그래서 그렇게 곤궁할 정도로 가정 형편이 어려운 것도 아니었다. 그러나 그녀는 얼굴이 뛰어나게 예쁘다 보니 여기저기서 유혹이 많았고, 그래서 자기도 모르는 사이에 허영심만 높아져 있었다. 학교 공부 같은 것은 안중에도 없었고, 연예계에 들어가 스타가 되고 싶은 것이 꿈이었다. 그러던 중 동궁 마담을 알게 되어 덫에 걸려든 것이다. 마담은 가장 빨리 연예계에 들어가 스타가 되는 방법을 알려주었고, 그래서 그녀는 요정에 발을 들여놓게 되었던 것이다. 그녀가 요정에 출입하게된 것이 오늘로 닷새째였다.

지난 나흘 동안 그녀는 자기 몸을 지키느라고 꽤나 애를 먹어야 했었다. 그녀를 본 순간 거물들이 서로 먼저 차지하겠다고 마담한테 압력을 넣는 바람에 그녀는 몸 둘 바를 몰랐었다. 마담은 오늘 밤에 그녀를 제물로 바칠 계획을 세워놓고 있었기 때문에 다른 사내한테 먼저 그녀를 내놓을 수는 없었다. 일단 처녀를 잃고 나면 그 때부터는 여러 사내들한테 그녀를 차례차례 돌릴 셈이었다.

"몇 살이냐?"

사내가 그렁그렁한 목소리로 물었다.

그녀는 깜짝 놀라 고개를 쳐들었다.

"열아홉 살입니다."

"이름은?"

"정세화라고 합니다."

"학생이야?"

"네……"

"어느 학교야?"

"S여대 1학년입니다."

"뭘 전공하고 있어?"

"도서관학과에 다니고 있습니다."

"아버지는 뭘 해?"

"중학교 선생님입니다."

"내가 누군지 알아?"

"네, 마담언니한테 들었습니다."

"일어서서 옷 벗어 봐. 모두 벗어."

그녀는 다시 놀란 눈으로 사내를 쳐다보았다. 사내는 잠자코 그녀를 노려보고 있었다. 길게 찢어진 눈이 흡사 사자의 눈 처럼 무서워 보였다. 그녀는 일어서서 머뭇거리다가 뒤돌아서서 옷을 벗기 시작했다. 하나하나 벗어서 한쪽에다 조심스레 내려놓은 다음 마지막으로 브래지어와 팬티만 남자 몸을 돌려 사내를 내려다보았다.

"다 벗어야 하나요?"

그렇지 않아도 가냘픈 목소리가 거의 기어들고 있었다.

"다 벗으라고 했잖아. 벗기 싫으면 나가도 좋아. 그 대신 다른 애를 들여보내."

"벗겠습니다."

그러면 그렇지. 옷 벗으라는 말에 지금까지 거절한 계집애를 본 적이 없었다. 세화가 돌아서서 팬티를 끌어내리는 것을 눈여겨보고 있다가 그는 잔에 남아 있는 꼬냑을 입속에 털어 넣었다.

"그대로 반듯이 서 봐."

완전히 알몸이 된 그녀는 두 손으로 젖가슴을 가린 채 뒤돌아서 있었다. 가는 허리와 그 아래로 퍼져 내린 둥근 엉덩이를 뚫어지게 노려보던 그는 그만하면 됐다는 듯 고개를 끄덕였다.

"돌아서 봐."

그녀는 여전히 두 손으로 젖가슴을 가린 채 가만가만 돌아섰다. 고개를 숙이고 있는 바람에 머리칼이 앞으로 흘러내려와 있었다.

"손을 내리고 반듯이 서 봐. 당당히 자기 몸을 보여 보라구."

그녀는 두 손을 내린 다음 가슴을 천천히 폈다. 머리를 흔들어 머리칼을 옆으로 젖히자 갸름한 얼굴이 드러났다. 눈부시게 하얀 젖가슴은 농익은 여인의 그것처럼 탐스럽게 익어 있었다. 그 아래로 흘러내린 선이 모이는 곳에 까만 숲 지대가 무성하게 자리하고 있었다. 몸을 지탱하고 있는 두 다리는 미끈해 보였다. 도톰한 입술은 조금 열려 있었는데, 금방이라도 신음소리가 흘러나올 것만 같았다. 그녀는 수줍어하면서 허리를 조금 틀었다. 그것이 더없이 요염한 자태를 만들어 주고 있었다.

"예쁘구나. 그런데 너 숫처녀 맞나?"

"네……."

"지금까지 남자하고 한 번도 안 해 봤어?"

"네……."

"거짓말하면 안 돼."

"정말이에요."

그녀는 괜히 눈물이 나왔다. 손등으로 눈물을 훔치자 사내는 더 이상 캐묻지 않았다.

"좋아. 이리 와서 술 한 잔 따라."

그녀는 그의 옆으로 다가가 조심스럽게 꿇어앉았다.

"네가 벌거벗고 있는데 내가 옷을 입고 있다는 게 우습지. 우리 이제부터 벌거벗고 술 마시는 거야. 알았어?"

그녀가 술을 따르는 동안 그는 자리에 앉은 채로 옷을 벗기 시작했다.

러닝셔츠를 머리 위로 뽑아내 던져 놓고 난 그는 허리띠를 풀고 나서 바지를 벗으려다가 그것마저 귀찮은지 옆으로 비스듬히 다리를 뻗으면서

"야, 이 바지 좀 벗겨라."

하고 말했다.

그녀는 얼굴이 빨개진 채 가까이 다가앉아 지퍼를 내리고 바지를 잡아당겼다. 그는 바지가 잘 벗겨지도록 엉덩이를 들어주었는데, 오른쪽 바짓가랑이가 무엇인가에 걸려 잘 빠지지가 않았다. 조심스럽게 그것을 뽑아내다가 그녀는 흠칫하고 놀랐다. 장단지에 권총이 달려 있었던 것이다. 그는 장단지에 감겨 있는 가죽 권총집을 벗겨낸 다음 권총을 뽑아 들었다. 그것은 손바닥 안에 들어갈 만큼 작은 장난감 같은 권총이었다.

"이건 보기는 이렇게 작아도 성능이 아주 좋은 권총이야."

그는 권총 끝으로 그녀의 젖가슴을 찔렀다. 그녀는 소스라치게 놀라면서 몸을 움츠렸다.

"놀라긴. 가만 있어."

그렁그렁한 목소리이지만 위압적으로 말하는 것도 아닌데 그녀는 그의 말을 도저히 거스를 수가 없었다. 그래서 그가 하는 대로 가만 있을 수밖에 없었다. 그는 총구멍을 젖꼭지에 갖다 대고 그것을 앞으로 밀면서 비벼 댔다.

"젖가슴이 탐스럽구나."

오돌오돌 떨어대고 있는 그녀의 모습이 재미있는지 그는 더욱

짓궂게 굴었다.

"그대로 가만 있어야 해. 잘못하다가 방아쇠를 당길지도 모르니까."

"무, 무서워요."

"그렇게 무섭냐? 그럼 그만 둬야지."

그는 권총을 탁자 위에 올려놓았다.

"이 팬티도 벗겨 줘야지. 피곤해서 팬티 벗을 힘도 없다."

비대하게 밀려나온 뱃살에 가려 팬티는 조금밖에 보이지 않았다. 그녀는 흰색의 삼각팬티를 벗겨 내면서 고개를 돌렸다. 그러자 사내가 주의를 주었다.

"고개를 돌리지 말고 똑똑히 봐 둬. 네 애인이니까."

그녀는 시키는 대로 고개를 바로 하고 눈앞에 누워 있는 시커먼 흉물을 내려다보았다.

"네 애인한테 키스해야지."

그는 손으로 흉물을 가리켰다. 그녀는 머뭇거리다가 그 위로 머리를 숙였다. 거기에다 입술을 살짝 댔다가 머리를 쳐들려고 하자 그의 손이 뒤통수를 눌렀다. 그녀는 억! 하고 신음소리를 내면서 머리를 쳐들려고 바동거리다가 곧 생각을 바꿔 입을 벌렸다. 그리고 그것을 입 안으로 받아들였다. 오줌에 찌든 퀴퀴한 냄새가 났지만 그녀는 스타가 되기 위해 그것을 참았다.

잠시 후 고개를 쳐든 그녀는 시키지도 않았는데 그것을 어루만지면서

"참 멋있어요."

하고 말했다.

그 말에 기분이 좋았는지 사내는 흡족한 얼굴로 그녀를 끌어안았다. 그녀는 그의 넓은 가슴에 안기면서 우리 아빠보다 나이가 많을 것이라고 생각했다. 그런데 사내도 그녀와 비슷한 생각을 했는지 뒤에서 그녀를 껴안은 채 젖가슴을 주물러대면서 이렇게 말했다.

"내 막내딸하고 나이가 비슷하구나."

"따님은 뭐 하세요?"

나이가 비슷하다는 말에 그녀는 정말 사내의 막내딸에 대해 알고 싶었다.

"내 딸은 미국에서 공부하고 있어."

그의 손이 세화의 다리 사이에 나 있는 숲을 헤집기 시작했다.

"참 무성하구나. 난 무성한 게 좋아."

숲속은 이미 질퍽하게 젖어 있었다. 그가 가볍게 밀자 그녀는 기다렸다는 듯이 보료 위에 누웠다.

몸이 비대한데도 불구하고 여자를 상대하는 그의 몸놀림은 아주 능숙하고 민첩했다. 처음으로 남자를, 그것도 거물을 상대하게 된 그녀는 그것이 밀고 들어오는 순간 너무 고통스러워 비명을 질렀다. 그러나 시간이 흐르면서 그 비명소리는 점점 신음소리로 변해 갔고, 그것이 더욱 절박해질수록 그녀를 유린하는 그의 무자비함은 속도를 더해 갔다. 그는 정복자로서의 쾌감에 탐닉하고 있었다. 그래서 숫처녀를 철저히 유린하지 않고는 직성이 풀리지 않았다. 온몸이 땀으로 끈적거리고 숨이 턱에까지 차오르는데도 그는 끈질기게 여자를 농락하고 있었다.

이윽고 여자가 혼절하자 사내도 옆으로 몸을 굴리면서 만족한 듯 한숨을 길게 내쉬었다. 세화는 가물가물해지는 의식 속에서도 슬픔이 밀려왔다. 처녀를 잃었다는 데서 오는 단순한 감상만이 아닌, 자신의 운명이 갑자기 바뀌어 버린 것 같은 데서 오는 감당할 수 없는 감정 때문에 눈물이 마구 흘러내리기 시작했다. 이럴 때 사내가 그녀를 사랑스럽게 안아주면 슬픔이 녹아 버릴 것 같은데 그는 그녀를 거들떠보지도 않은 채 담배만 피워대고 있었다. 그녀는 사내 곁으로 가까이 다가가 어깨에 가만히 머리를 기댔다.

"아파서 혼났어요."

속삭이는 소리로 말했지만 그는 아무 대꾸도 하지 않는다.

"죽는 줄 알았어요."

"앞으로는 좋아서 죽을 거다."

그녀는 그의 완강한 어깨를 쓰다듬다가 팔뚝에 새겨진 문신을 가만히 들여다보았다. Z라는 영문 글자가 또렷이 보였다.

"이게 뭐예요?"

그녀는 손가락으로 글자를 문지르면서 물었다.

"알 필요 없어. 이거 봤다는 말 어디 가서 한 면 안 돼. 알았어?"

"네……."

그 때 전화벨이 울렸다. 그녀는 깜짝 놀라 몸을 일으켰다. 전화벨은 계속 울려대고 있었다.

"전화 받아 봐."

그녀는 전화기가 놓여 있는 쪽으로 무릎걸음으로 기어갔다. 그 바람에 그녀의 엉덩이가 크게 부풀어 오르면서 좌우로 씰룩

거렸다. 그것을 보자 그는 다시 정욕이 스멀스멀 고개를 들기 시작했다.

"여보세요."

"부장님 계십니까?"

그녀가 수화기를 들자마자 굵은 남자 목소리가 들려왔다. 그녀는 Z쪽으로 고개를 돌렸다.

"부장님 찾으시는데요."

"전화 이리 가져와."

그가 상체를 일으키는 것을 보고 세화는 전선이 길게 연결되어 있는 전화통을 들고와 탁자 위에 올려놓았다. 그는 여자를 엎드리게 한 다음 둥글게 솟아오른 엉덩이를 쓰다듬으면서 전화를 받았다.

"무슨 일이야?"

"김 비서입니다. 파리에서 전화 왔습니다. 최 영사한테서 왔는데 아주 긴급을 요하는……."

"바꿔 봐."

그의 오른손은 계속 세화의 엉덩이를 쓰다듬고 있었다.

"부장님, 최 영사입니다. 밤늦게 죄송합니다. 좋은 소식이라 기다릴 수가 없어서……."

"어, 최 대령, 그거 어떻게 됐어?"

그는 상대방을 영사라 부르지 않고 항상 대령이라고 불렀다.

"개선문 작전은 성공했습니다. 이제 축하할 일만 남았습니다. 각하한테도 아주 좋은 선물이 되리라 믿습니다."

"임마, 뜸들이지 말고 빨리 말해!"

"프랑스 첩보국에서 현재 피노키오의 신병을 확보해 놓고 있습니다. 남프랑스 리비에라 해안의 페라곶에 있는 별장 안에 연금 상태에 있습니다. 내일 10일 드골 공항에서 오후 2시 50분에 출발하는 KAL기에 피노키오를 탑승시키기로 최종 합의를 봤습니다. KAL기에 오르는 순간 놈을 구속하겠습니다."

"수고했어. 실수 없이 잘 하라구. 놈이 자해할지도 모르니까 입에 재갈을 물리고 수갑을 채워."

"알겠습니다."

"서울 도착시간이 몇 시지?"

"한국 시간으로 8월 11일 오후 7시 30분에 김포에 도착 예정입니다."

그는 손목시계를 힐끗 들여다보았다. 시간은 자정이 지나 10일 1시를 막 넘어가고 있었다. 도착시간까지는 앞으로 40여 시간. 이틀 정도는 더 기다려야 한다.

70년대 한국과 유럽간의 항공 사정은 아주 좋지 않았다. 노선이 대한항공 하나밖에 없는 데다 외교관계가 없는 소련 영공을 통과할 수가 없기 때문에 멀리 북극권으로 돌아가야만 했다. 그러다 보니 연료 소모가 많아 도중에 알라스카의 앵커리지에 기착해서 급유를 받아야 했다. 그런저런 시간을 모두 합치면 한국과 프랑스 사이의 운항시간은 자그마치 스무 시간이 넘는 게 보통이었다.

"다시 말하는데 실수하지 말라구."

"알겠습니다. 결코 실수 같은 것은 없을 겁니다."

"날이 새면 각하한테 보고드릴 거야."

"각하도 좋아하실 겁니다. 그런데 부장님, 프랑스측에서 X-프로젝트 건에 대해서 사인을 요구하고 있습니다."

"그 자식들……."

"사인을 해 줘야 피노키오를 넘기겠답니다. 이왕 할 거면 빨리 하는 게 나을 것 같습니다."

"프랑스 놈들…… 정말 얌체야."

"아직 시간은 있습니다. 각하와 잘 상의하셔서……."

"알았어. 사인하겠다고 해. 하지만 최종 결정은 각하를 만나보고나서 해야 하니까 그 때까지 피노키오나 잘 지키고 있으라고 해."

"알겠습니다."

전화기를 내려놓으면서 그는 한 손으로 으스러지게 여대생을 끌어안았다.

'개선문 작전'은 채문기를 한국으로 데려오기 위해 계획된 작전 암호명이었다.

기본적인 인권마저 마음대로 유린해가면서 15년째 권력을 장악하고 있는 군 출신의 독재자 P는 자신을 스스로 죽음으로 몰고 가는 줄도 모른 채 그간의 장기집권에도 성이 안 차 영구 집권을 획책하고 있었다. 그것을 간파한 반독재 저항세력은 독재 타도라는 하나의 명제 아래 결집된 행동을 보여줬지만 집권 세력의 탄압이 워낙 무자비했기 때문에 사분오열되면서 최근에는 지리멸렬한 모습을 드러내고 있었다.

P는 회유나 설득 같은 것을 아주 싫어했다. 근본적으로 그런

것과는 거리가 먼, 단순명료한 것을 좋아하는 성격이었다. 그래서 자신의 집권을 반대하는 사람들을 회유하거나 설득시키기보다는 아무 소리 하지 못하게 아예 주둥아리를 꿰매버려야 직성이 풀렸다. 그의 그와 같은 성격을 단적으로 보여주는 것이 K 납치사건이다.

K는 반독재 저항세력의 중심인물로서 국내에서 탄압이 심해지자 해외로 나가 속사포 같은 달변으로 연일 P를 난타했다. 그가 해외에서 망명정부를 세울지도 모른다는 말까지 나돌 정도였고, 그만큼 그의 인기는 P와는 반대로 날이 갈수록 달아오르고 있었다. 과묵한 P는 속이 부글부글 끓어올랐지만 맞대응하지 않은 채 때가 오기만을 기다렸다. '저 놈이 언젠가는 제 발로 덫에 걸려들 거다' 라고 생각하면서. 그리고 드디어 그 때가 왔던 것이다. 미국에서 기세를 올리던 K는 태평양이 너무 멀다고 생각했던지 일본으로 건너왔고, 마치 고기가 물을 만난 듯 의기양양해서 떠들어댔다. 연일 쉬지 않고 그에게 난타당한 P는 더 이상 참을 수가 없었다. 엎어지면 코 닿을 거리인 가까운 일본에서 떠들어대는 바람에 한밤중에도 그의 목소리가 환청이 되어 들리곤 했고, 그럴 때면 자리에서 벌떡 일어나 냉수를 벌컥벌컥 들이켜곤 했다. 마침내 그는 심복들을 불러 호통을 쳤다.

"그 미친놈이 도쿄까지 와서 떠들어대는데 도대체 뭣들 하는 거야? 사람이 없어 돈이 없어? 그 많은 예산은 어디다 쓰는 거야? 그 많은 인원은 뭣들 하고 있는 거야? 미국에서 짖어 댈 때는 태평양이 멀어서 어쩔 수 없다 쳐도 일본은 엎어지면 코 닿을 거리 아니야? 나 같으면 현해탄을 헤엄쳐 가서라도 놈을 끌고 오겠어. 병신들 같으니!"

 구체적인 방법까지 알려줬는데 더 이상 미적거릴 이유가 없었다. P의 비위를 맞추는데 혈안이 되어 있는 CIS는 즉시 행동에 돌입했다. CIS 책임자인 R이 서울에서 직접 작전을 지휘했는데, 그는 도쿄로 건너간 납치조로부터 시간대 별로 보고를 받으면서 지시를 내리곤 했다. 첫 번째는 K를 체포하는 일이었다. 일본 국내인 만큼 비밀리에 그를 체포해야 했다. 그것은 엄연히 범법행위이기 때문에 만일 발각이 되면 납치조는 모두 체포될 것이고 외교문제까지 발생할 것임은 두 말할 나위 없었다.

 납치조는 도쿄에서 K를 미행하다가 그가 호텔로 들어가 투숙하자 그 방 주위의 방들을 몇 개 확보한 다음 기회를 엿보다가 그의 방에서 그를 덮쳤다. 그를 결박하고 입을 테이프로 바른 다음 옆방으로 옮기는 데는 몇 분밖에 걸리지 않았다. 그가 발버둥치자 몇 대 갈긴 다음 마취제로 마취를 시켰다. 그 다음이 문제였다. 처음 계획은 한국까지 그를 납치해 올 것이 아니라 그의 육신을 흔적도 없이 없애 버리는 것이었다. 그런데 그를 없애는 것이 쉬운 문제가 아니었다. 납치조는 지시를 기다렸지만 R은 쉽게 결정을 내리지 못했다.

 고심 끝에 그는 K를 토막내어 버리라고 명령했다. 그의 부하들은 칼과 톱, 망치, 비닐봉지, 등산용 배낭, 트렁크 등을 준비했다. 몸을 호텔 방 안에서 작게 토막 낸 다음 배낭과 트렁크에 담아 밖으로 운반한 다음 한 곳이 아닌 여기저기에다 버릴 계획이었다. 그런데 아무래도 그것은 안전한 방법이 아닌 것 같았다. 성인 남자 한 명을 좁은 호텔방 화장실 안에서 토막낸다는 것이 어디 쉬운 일인가. 아무리 조용히 처리한다해도 밖으로 소리가 새어나갈 것이고, 실내에 배일 피 냄새며 하수구로 흘러내린 핏물 등이 일본 경찰의 예리한 수사망에 걸려들 가능성이 컸다. 일본의 하수 정화시설은 철저하기로 유명해서 세계 최고를 자랑한다. 객실이 천 개가 넘는 호텔의 경우 담당자는 매일 정화시설을 점검할 가능성이 크다. 이런 것 외에도 여러 명이 실내에서 시체를 토막내는 작업에 매달리다 보면 아무리 조심한다해도 여기저기에 흔적을 남기기 마련이다.

이와 같은 문제점들을 보고 받은 R은 교활하기로 소문난 두뇌를 부지런히 굴려 보았다. 그렇다고 K를 없애는 문제를 놓고 P와 구체적으로 상의할 수도 없는 일이었다. P의 의중을 간파한 이상 자신이 알아서 처리한 다음 보고만 하면 되는 것이었다. 만일 보고 후에 문제가 발생하면 P에게 누를 끼치는 것이고, 자신의 자리도 위태로워진다. 따라서 절대 문제가 생겨서는 안 된다. 궁리 끝에 그는 마지막 명령을 내렸다.

"꽁꽁 묶어서 태평양에 던져 버려!"

K를 한국으로 납치해 오지 않고 아예 없애버리려고 한 것은 그를 국내로 데려올 경우 문제가 더욱 커질 것이기 때문이었다. 납치사실이 알려지면 그것만으로도 국내외 뉴스의 초점이 될 것이 뻔했다. 그리고 아무리 가둬둔다해도 그는 가만 있지 않고 더욱 떠들어댈 것이다. 그는 세계적인 뉴스의 인물로 계속 오르내릴 것이고, 인권단체에서는 그를 석방하라고 연일 법석을 떨 것이다. 결국 K의 위상만 높아지는 꼴이 되고, 반면 P의 이미지는 돌이킬 수 없을 정도로 추락하고 말 것이다. K를 납치해 온

다는 것은 바로 휘발유통을 들여오는 것이나 다름없었다.

K를 마취시켜 호텔 밖으로 데리고 나온 행동대원들은 바닷가로 달려갔다. 항구에는 이미 준비해 놓은 배가 기다리고 있었다. 배 안에서 그들은 K를 짐짝처럼 테이프로 칭칭 감았다. 눈과 코만 빼놓고 온몸이 테이프로 감긴 그는 더 이상 사람이라고 할 수 없었다. 행동대원들은 실제로 그를 짐짝 취급했다. 배는 바다 한 가운데로 전속력을 다 해 달려갔고, 그는 갑판 위로 내동댕이쳐졌다.

"이 새끼 때문에 고생깨나 했는데."

지휘자로 보이는 자가 구둣발로 그를 냅다 걷어찬 다음 담배를 꺼내 물면서 말했다.

"곧 상어밥이 될 거니까 마지막 유언이나 하시지."

"나불거리지 말고 조용히 있으라고 할 때 말 들었으면 지금쯤 편하게 살고 있을 거 아니야."

행동대원들은 제각기 한마디씩 하면서 구둣발로 K를 툭툭 건드렸다.

그 때 갑자기 정찰기 한 대가 나타났다. 정찰기는 배 주위를 계속 선회하면서 따라왔다. 조금 있자 이번에는 헬리콥터까지 나타났다. 수평선 저쪽에서는 일본 경비정이 전속력으로 달려오고 있었다.

"정지하라! 정지하지 않으면 발포하겠다!"

일본 경비정은 숨 가쁘게 무전을 보내오고 있었다.

그 시간 한국 주재 미국 대사관에는 긴박감이 흐르고 있었다.

다음과 같은 CIA 보고 때문이었다.

　―K를 납치한 것으로 보이는 선박을 추격중임. K를 수장할 것에 대비하고 있음. 한국측에 강력한 경고와 함께 K를 무사 귀국토록 조처 요망. 화급.―

미국 대사는 한국 외무장관에게 즉시 전화를 걸어 강력히 경고했다. K를 살해할 경우 더 이상 한국의 독재정권을 비호하지 않을 것이며 한미동맹에 심각한 결과를 초래할 것이라는 거의 협박에 가까운 경고였다.

이게 도대체 무슨 말이란 말인가? 영문을 모르는 외무장관은 미국 대사에게 자기는 아무 것도 모르고 있으니 어떻게 된 일인지 그 내막을 이야기해 달라고 요구했다. 그리고 미국 대사로부터 자초지종 이야기를 듣고 나서는 소스라치게 놀랐다. 또 미국 대사는 R에게 절대 이야기하지 말고 P에게 직접 가서 보고하라고 당부하기까지 했다.

이것은 시간을 다투는 일이었다. 잘못 우물쭈물하다가 K는 태평양의 고기밥이 될지도 모른다. R이 나중에 알게 되면 '외무장관, 나한테 이러기요? 그런 건 각하한테 가기 전에 나한테 먼저 이야기해 줘야지. 이렇게 날 허수아비로 만들고, 당신 안전할 것 같아?' 어쩌고 하면서 겁을 주겠지만 미국 대사의 말마따나 그에게 먼저 알렸다가는 문제가 더 커질 것 같았다. 그래서 외무장관은 P에게 직접 전화를 걸어 구두로 보고했다.

"분초를 다투는 화급한 사안이라 이렇게 전화로 보고 드립니다. 직접 찾아뵙고 말씀드려야 하는데 죄송합니다."

"무슨 일입니까?"

P에게는 좋은 점도 있었다. 격식 차리는 것을 싫어하는 그는 직접 만나서 면담하기 보다는 웬만한 것은 전화로 보고 받는 쪽을 선호했다.

외무장관은 미국 대사로부터 들은 사건 내용과 미국측의 경고를 가감 없이 P에게 그대로 보고했다. 그리고 끝으로 이런 말도 덧붙였다.

"무엇보다도 먼저 K를 구해야 할 것 같습니다. 현재 수장 직전에 있는데 그걸 막으려고 일본 공군기와 경비정이 계속 따라붙고 있답니다. 하지만 한국 영해로 들어오게 되면 추적이 불가능하기 때문에······."

전화는 이미 끊어져 있었다.

머리끝까지 화가 치민 P는 끝까지 전화기를 붙들고 있을 수가 없었다. R을 호출하라고 지시한 그는 전화가 연결될 때까지 안절부절못하고 서성거리고 있었다. 이윽고 R이 연결되자 그는 격노한 목소리로 호통을 쳤다.

"도대체 일을 어떻게 처리했기에 K가 태평양에 있는 것까지 CIA가 알고 있는 거야?! 그 놈을 태운 배가 지금 추격당하고 있는 게 맞나?"

"그, 그렇습니다."

"이런 바보들 같으니! K를 수장시키려고 한 게 맞나? 그 놈을 수장시켰나?"

"아, 아닙니다. 아직 그러고 있습니다."

"빨리 연락해서 데리고 와! 죽이면 안 돼! 다들 주시하고 있는데 수장시키겠다는 거야?! 바보 같은 놈들!"

"알겠습니다."

R은 벌벌 떨면서 대답했다. 일찍이 P가 이렇게 격노한 것을 본 적이 없었다. 그는 태평양 상에 떠 있는 배에다 즉시 무전을 보냈다.

"K를 집으로 정중히 모셔다 드려."

"서울 집으로 말입니까?"

"그래."

우여곡절 끝에 가까스로 목숨을 건져 집으로 돌아온 K는 다음 날 내외신 기자들 앞에서 기자회견을 했다. 도쿄에서 갑자기 사라져 그 행방을 쫓고 있던 기자들은 여기저기 얻어터져 상처 투성이가 된 그의 모습을 보면서 그의 입에서 흘러나오는 한마디 한마디에 어안이 벙벙했다.

"……괴한들은 호텔방에서 나를 죽이려고 했는디, ……그게 여의치 않으니까 나를 납치해서 배에다 태웠습니다. ……온몸을 눈허고 코만 빼놓고 테이프로 칭칭 감아서 바다에다 수장시키려고 했는디, ……그 때 나는 하느님한테 기도했습니다. ……살려 달라고, ……목숨만 살려 달라고, ……기도하고 또 기도하고 했는디, ……그 때 하늘에서 비행기 소리가 들려왔습니다……."

K는 기자회견을 하면서 계속 흐느껴 울었다.

이렇게 해서 주둥아리를 꿰매서라도 K를 잠재우려고 했던 P의 기도는 무참히 깨어지고 말았고, K를 동정하는 국내외 여론 앞에서 독재자의 잔인성만 더 인정하는 꼴이 되고 말았다. P는 R을 파면시키고 그 자리에 Z를 앉혔다.

Z는 R의 전철을 밟지 않으려고 무진 애를 썼다. K를 자택에 연금시키고 저항세력들의 산발적인 시위를 철저하게 탄압한 결과 국내에서는 어느 정도 공포분위기 속에서 평온을 유지시킬 수가 있었다.

공포분위기를 연출하기 위한 최악의 시나리오는 이른바 인혁당 사건이었다. 반독재투쟁운동에 쐐기를 박기 위해서는 희생양을 만들어 본보기를 보일 필요가 있었다. 그래서 표적이 된 것이 진보적인 의식을 가진 젊은이들이었다. 그들은 K처럼 유명인사도 아니기 때문에 만만한 상대라고 할 수 있었다. Z는 적당한 선에서 몇 명을 잡아다가 닦달하라고 명령했다. 30명 가까운 젊은이들이 붙잡혀 왔고, 온갖 악랄한 고문을 통해 그들에게는 학생 저항운동의 구심점이라고 할 수 있는 민청학련을 부추겨 인민혁명당을 재건하려고 했다는 혐의가 씌워졌다. 한마디로 빨갱이 새끼들이라는 것이었다. 그들은 민간인들인데도 불구하고 군사법정에서 사형언도를 받았고, 대법원에서는 최종적으로 그들의 항소를 기각, 사형을 확정해 주었다. 그 판결에 참가한 대법관들은 그 잘난 대법관 자리를 평생토록 지키기 위해 젊은이들의 목숨을 희생시킨 비열한 인간들이었다. 사형 확정이 난 지 17시간 만에 살인자들은 여덟 명의 젊은이들을 목매달아 살해했다. 그것은 사형집행이라고 할 수 없는 야만적인 살인이었다. 그리고 기네스북에 오를 정도로 최단 시간 내에 집행된 사법살인이었다.

여덟 명의 꽃다운 젊은이들을 단번에 처형하고 나자 국민들은 찬 물을 뒤집어쓴 듯 조용해졌다. 공포분위기 속에서 입도 뻥긋하지 못한 채 암흑의 시대를 어떻게 살아 나가야 할지 걱정하기만 했다. 저항세력들도 겁에 질려 잔뜩 움츠러들었다.

하지만 해외에서의 저항이 문제였다. 온갖 수단을 동원해 그들의 저항운동을 막으려고 했지만 잘 먹혀들지가 않았다. 그들은 갈수록 더욱 기승을 부리고 있었다. 특히 유럽에서 채문기가 벌이고 있는 저항이 문제였다. 그는 순수한 반독재 투쟁에 얹혀 인신공격을 하는데 문제가 있었다. P를 가리켜 그가 쏟아내고 있는 인신공격형 말들 가운데 대표적인 것들을 추려 보면 반민족 친일분자, 빨갱이, 살인자, 호색한 등 듣기 민망한 말들이 대부분이었다.

외신을 통해 그런 말을 들을 때마다 P는 분을 삭이지 못해 펄펄 뛰곤 했지만 그의 심복들은 당장 어떻게 해 볼 도리가 없었다. 프랑스의 국내법을 어겨 가면서까지 그를 처리하려고 몇 번 시도해 보았지만 번번이 실패했고, 이제는 채문기의 방어가 워낙 철저했기 때문에 좀처럼 기회를 포착할 수가 없었다. 그래서 다른 방법을 강구한 것이 '개선문 작전' 이었다.

개선문작전의 골격은 아주 간단한 것이었다. 즉 프랑스 당국으로 하여금 채문기를 한국으로 추방시키도록 한다는 것이었다. 프랑스 당국이 그렇게만 해 준다면 가만히 앉아서 놈의 신병을 인수할 수가 있다. 하지만 문제는 프랑스 당국이 그 요구를 들어주지 않는다는 점이었다. 망명객들의 천국으로 알려져 있는 프랑스가 자기 나라에 망명을 허용했던 사람을 단 한 명이라도 추방할 경우 국제사회에서 국가 이미지에 상처를 입을 것은 자명한 일이었다. 하지만 전혀 방법이 없는 것도 아니었다. 국가 이미지에 상처를 입지 않으면서 국가 이익을 도모할 수만 있다면 무슨 짓이라도 하려고 드는 것이 국제사회의 냉엄한 현실이었다. 프랑스는 과거 식민지를 통해 국가의 부를 긁어모은 약탈국가였다. 가난하고 약한 나라들을 침략해서 식민지로 삼은 다음 무자비한 탄압을 통해 재화를 약탈하는데 이골이 났기 때문에 새삼스럽게 망명자의 인권을 보호하기 위해 국가 이익을 포기할 나라가 결코 아니었다.

하지만 20세기는 더 이상의 식민지를 허용하지 않았다. 그 많은 식민지를 포기한 프랑스는 새로운 방법으로 이익을 추구하지 않을 수 없었다. 그것은 총이 아닌 과학 기술에 의한 이익 추구였다. 그리고 그 상대는 여전히 못 사는 후진국들이었다. 독재국가, 내전에 휩싸여 있는 나라, 패권을 노리는 개발도상국들에게 프랑스는 첨단 무기들을 팔아먹었고, 원자력의 평화적 이용이라는 미명하에 엄청난 자금이 들어가는 원자력 발전소들을 여기저기에 건설해 줌으로써 천문학적인 이익을 챙기고 있었다. 이처럼 프랑스가 상대하고 있는 국가들 가운데 한국이라고 예외는 아니었다.

그러나 미국의 압력 때문에 한국에 대해 마음대로 무기를 팔아먹을 수 없게 된 프랑스는 결국 다른 품목을 가지고 한국을 찾을 수밖에 없었다. 그 대표적인 것이 고속철도인 TGV와 원자력이었다. 이들 두 가지 품목은 만일 성사만 된다면 무기 이상으로 천문학적인 소득을 올릴 수 있는 것들이었다.

그런데 한국은 고속철도는 거들떠보지도 않고 원자력 쪽에만 관심을 보였다. 그리고 누구보다도 P가 가장 큰 관심을 보이고 있었다. 그는 원자력을 이용한 여러 가지 과제들 가운데 특히 핵무기에 집착을 보이고 있었다. 북한과 대치하고 있는 상황에서는 재래식 무기로는 한계가 있을 수밖에 없고 핵무기를 누가 더 먼저 선점하느냐에 따라 승패가 판가름 난다고 P는 믿고 있었다. 하지만 핵무장을 하는데 있어서도 최대 걸림돌은 역시 미국이었다. 미국은 한국의 핵무장을 결코 허용하지 않고 있었다. 한국이 미국의 핵우산 아래에서 보호받기를 바랄뿐 독자적으로 핵을 개발하여 핵무기 보유국가가 되는 것에 대해서는 절대 반대하고 있었다.

핵무기 개발이 시작 단계에서부터 이처럼 난관에 부닥쳤지만 P는 미국에 대해 적대감을 품은 채 포기하지 않고 극비리에 핵 프로그램을 진행시켰다. 그와 함께 공개적으로 추진한 것이 원자력발전소 건설이었다. 부족한 에너지 자원을 대체하기 위해 원전을 건설하겠다는데 대해서는 미국도 더 이상 간섭할 수가 없었다.

여기서 어떻게든 한국에 원전시설을 수출하려고 벼르고 있는 프랑스와 원자력을 갖고 싶어 안달하고 있는 P가 공급과 수요의 접점에서 아주 자연스럽게 다시 만나 상담을 벌이게 되었던 것이다.

원전기술은 프랑스가 세계 최고라고 할 수 있었다. 거기에다 뛰어난 협상력까지 갖추고 있어서 잘못하다가는 그들의 봉이 될 가능성이 컸다. 하지만 한국은 봉을 자청하면서까지 상담 테이블에 전혀 엉뚱한 것을 끼워 넣으려고 했다. 그것은 개선문 작전의 일환이었지만 프랑스측은 그것을 알 리 없었다. 그 엉뚱한 것이란 채문기를 프랑스에서 추방시켜 한국에 넘겨 달라는 것이었다. 프랑스측은 처음에는 어이없어 했다. 그리고 한국측의 의지가 확실한 것을 알고 펄쩍뛰었다. 말도 안 되는 요구라고 하면서 한마디로 일축했지만 한국측은 물러서지 않고 막무가내로 채문기를 넘겨 달라고 요구했다. 그러면서 그 요구를 들어주지 않을 경우 원전 건설은 무기한 연기할 수밖에 없다고 위협했다. 프랑스측으로서는 황당할 수밖에 없었다. 수많은 상담을 해봤지만 이런 경우는 처음이었다. 하지만 잘못하다가는 천문학적인 돈이 사라질 판이었다. 결국 프랑스측은 한국측의 끈질긴 요구에 두 손을 들고 말았다.

X-프로젝트—그것은 원전 건설을 위한 프로젝트를 말하는 것이었다. 거기에다 느닷없이 채문기의 신병을 인도하는 조건을 끼워 넣음으로써 좀 이상한 상담이 되긴 했지만 어떻든 양측은 상대방의 요구를 수용하는 쪽으로 합의를 보았다. 한국측은 프랑스측이 요구하는 건설 비용을 대부분 수용하는 대신 프랑스측은 한국측에 채문기를 넘긴다는 내용이었다. 하지만 계약서상에 채문기를 인도한다는 내용을 삽입할 수는 없었다. 문서상에 그와 같은 내용을 남긴다는 것은 양쪽 모두 부담이 되는 일이었다. 그래서 궁여지책으로 양측은 양해각서를 교환하는 것으로 그 문제를 해결하기로 했다.

X-프로젝트는 국책사업인 만큼 최종 결재권자는 대통령이었다. P가 좋다고 고개만 끄덕여도 사업은 즉시 시작되는 것이다. 반대로 고개를 가로저으면 지금까지의 노력은 물거품이 되어버리고 만다. P를 설득시키고 재고를 부탁한다는 것은 어림없

는 짓이다. 최종 결정은 그가 고개를 끄덕이느냐 마느냐에 달려 있는 셈이다. 물론 X-프로젝트는 그의 허락을 받고 추진한 것이었다. 하지만 비록 자신이 허가한 것이라 해도 최종 단계에서 스스로 뒤집어 엎는 경우가 적지 않았다.

도주

리비에라 해안의 페라곶, 1975년 8월 9일 오후 6시 15분.

채문기는 햇빛이 싫었다. 오후 6시가 지났는데도 햇빛은 여전히 눈부시게 빛나고 있었다. 조금 있으면 석양이 바다를 붉게 물들일 것이고, 평소 같으면 그 아름다움에 취하겠지만 지금 기분은 그런 것과는 거리가 멀었다. 그를 연행해 가려고 온 프랑스 놈들은 거실에서 맥주를 마시며 텔레비전에 중계되고 있는 유럽선수권 예선전 축구경기에 온통 정신을 빼앗기고 있었다.

창문을 넘어 밖으로 나온 문기는 벽에 기대놓은 자전거를 타고 테티스의 품을 몰래 빠져나왔다. 두 번 다시 못 보게 될 흰 대리석 별장을 자꾸만 뒤돌아보면서 넓은 정원을 가로질러 달려갔다. 반바지 위에 흰 티셔츠만을 걸친 그는 등에 큼직한 배낭을 하나 지고 있었다. 다행히 철대문에 닿을 때까지 아무도 보이지 않았다. 대문 밖으로 나오면 거기서부터는 조금 경사진 비탈길이었다. 페달을 밟지 않아도 자전거는 빠른 속도로 달려갔다. 아가트와 만나기로 한 시간은 6시였다. 조금 늦더라도 기다려 달라고 했기 때문에 아마 그를 기다리고 있을 것이라고 생각했다. 길 양편에는 높이 자란 나무들이 줄지어 서 있었고, 그것들이 마을 광장까지 터널을 이루고 있었기 때문에 그 길은 더없이 아름다웠다.

조그만 광장의 중앙에는 오래 된 분수가 하나 있었다. 2단으로 되어 있는 그 분수에서는 물이 콸콸 소리를 내면서 흘러내리고 있었다. 동네 아이들 몇 명이 더위를 못 이겨 아예 분수 안으로 들어가 물장구를 치며 놀고 있었고, 울창한 나뭇잎을 드리우고 있는 고목 아래 노천 카페에는 마을 사람들이 모여앉아 맥주를 마시고 있었다. 그가 자전거를 타고 나타나자 마을 사람들의 시선이 일제히 그에게로 쏠렸다. 그는 그 마을에서 완전히 이방인이었다. 스스로 벽을 쌓고 지냈기 때문에 이방인이 될 수밖에 없었다. 마을 사람들 가운데 그와 이야기를 나눠 본 사람은 지금까지 아무도 없었고, 그 역시 누구한테도 말을 걸어 본 적이 없었다. 하지만 마을 사람들은 그가 누구인지 대강은 알고 있었다. 그리고 자기들은 접근조차 할 수 없는 호화 별장에서 후진국 출신의 동양인이, 그것도 망명객이라는 자가 나 어린 백인 여자와 놀아나고 있다는 사실에 대해 처음에는 질투를 느끼더니 지금은 적대감까지 품고 있었다.

자전거에서 내린 그는 사람들의 차가운 시선을 피하면서 얼른 광장 주위를 둘러보았다. 광장 저쪽 끝에 아가트의 빨간색 딱정벌레가 서 있는 것이 보였다. 그를 발견한 아가트가 운전석에 앉아 차창 밖으로 손을 흔들었다. 그는 허둥지둥 그쪽으로 다가가 차에 오르려다가 멈칫했다.

"뭐야?"

뒷좌석에는 그의 경호원인 빌레가 앉아 있었다.

"어서 타십시오. 서두르지 않으면 잡힙니다."

빌레는 히죽거리며 말했다.

"넌 당장 내려! 왜 집에 있지 않고 여기 있는 거야?"

"당신을 경호해야죠. 제 일이니까요."

"필요 없어! 빨리 내리기나 해!"

그의 명령에도 불구하고 빌레는 꿈쩍도 하지 않았다. 오히려 위협적으로 나왔다.

"안타시면 우린 갈 겁니다."

"빨리 타세요!"

아가트도 이미 한 통속인 듯 그를 재촉했다. 문기는 할 수 없이 차에 올랐다. 그가 문을 채 닫기도 전에 딱정벌레는 서둘러 출발했다.

"어디로 가실 거예요?"

아가트가 조금은 냉담한 어조로 물었다. 문기는 거기에는 대답하지 않고 엄지손가락으로 뒤를 가리켰다.

"이 자는 왜 태웠어?"

"태운 게 아니라 자기가 탔어요. 내리라고 해도 싫대요. 심심한데 함께 가는 것도 괜찮지 않아요?"

"난 싫어!"

"화내지 마십시오. 내가 만일 경찰에 전화를 걸기라도 하면 어떡할 겁니까? 그렇게 할까요?"

"뭐가 어째?!"

문기는 고개를 돌려 그를 노려보다가 시선을 돌렸다. 빌레는 야비하게 웃으면서 그의 어깨를 툭툭 쳤다.

"나리, 안심해요. 제가 잘 모셔다 드릴 테니까."

그는 알제리 출신으로 건장한 체격에 구레나룻이 무성한 것이 야성적인 인상을 풍기고 있었다. 아가트와 가깝게 지내는 것으로 보아 놈은 이미 그녀를 손에 넣은 것 같았다. 그리고 아가트 역시 그에게 홀딱 빠져 있는 것 같았다. 사실 아가트는 문기가 감당하기에는 벅찬 여자였다. 나이에 비해 섹스 맛을 일찍 알아버린 그녀는 여간해서는 만족할 줄을 몰라 번번이 그를 주눅 들게 하곤 했다. 그래서 빌레 정도라면 그녀를 충분히 만족시킬 수 있을 것이라고 생각했고, 거기에다 악의적인 생각이 보태져 언젠가 기회가 있으면 두 사람이 섹스를 즐기는 모습을 두 눈으로 직접 보고 싶기까지 했다. 돈만 주면 빌레는 무슨 짓이라도 할 놈이었다.

"어디로 가실 거죠?"

갈림길에 이르자 아가트가 물었다. 문기는 뒤쪽을 한 번 쳐다보고 나서

"이탈리아로 가자구."

하고 말했다.

페라곶에서 이탈리아로 넘어가는 국경까지는 별로 먼 거리가 아니다.

"이탈리아 어디까지 가실 거죠?"

"밀라노……."

그는 거기서 국제열차를 타고 알프스를 넘어 스위스로 잠입할 생각이었다. 하지만 그 말은 하지 않았다.

"밀라노까지 가신다구요? 너무 멀잖아요?"

"가야 해. 거기까지만 데려다 줘."

"좋아요."

아가트는 오른쪽으로 방향을 돌린 다음 모나코 쪽을 향해 달리기 시작했다.

오른쪽으로 지중해를 따라 구불구불 이어져 있는 해안도로는 지나치는 곳마다 아름다운 풍광을 보여주고 있었고, 그와 같은 길이 국경까지 이어지고 있었다.

"도망가는 거예요?"

백치미답게 그녀가 멍청한 질문을 불쑥 던졌다.

"도망가는 게 아니고 피하는 거야. 더러워서……."

그는 속이 뒤틀린 나머지 주먹으로 그녀의 뒤통수를 갈기고 싶었다.

"그 사람들은 왜 왔어요?"

"나리를 잡으러 온 거야."

빌레가 거침없이 말했다. 문기는 그 말에 발끈해서 고개를 뒤로 돌리고 그를 노려보았다. 그리고 경고하는 뜻으로 손가락을 세워 보였다.

"말조심 해! 넌 나를 보호해야 할 의무가 있어."

"흥!"

빌레는 코웃음 쳤다.
"왜 잡으러 온 거지?"
아가트는 아직 이해가 안 가는 것 같았다.
"나리를 추방하려고 온 거야. 망명이 취소돼서 한국으로 돌아가셔야 한대."
문기는 주먹으로 의자 등받이를 후려쳤다.
"입 닥치란 말이야!"
"화내지 마세요. 당신을 끌고 갈 수도 있으니까."
빌레는 손으로 그의 뺨을 다독거리기까지 했다.
"그럼 난 어떡하지? 우리 정말 헤어지는 거예요?"
하고 아가트가 물었다.
문기는 어금니를 깨물면서 정면을 응시했다.
"난 한국에 가기 싫어요."
아가트는 갑자기 말이 많아졌다. 그러나 문기의 귀에는 그녀의 말이 더 이상 들리지 않았다. 그 때 뒤에 앉아 있는 빌레가 의자를 잡아 흔들었다.
"당신이 아가트를 버리고 가면 내가 대신 맡을 거요. 그러려면 돈이 좀 필요해요."
문기는 못들은 체하고 앉아 있었다. 빌레는 무릎으로 의자를 밀었다.
"내 말 듣고 있어요? 아가트는 내가 책임질 테니까 당신은 걱정하지 말고 도망이나 잘 가요. 밀라노까지 무사히 데려다 줄 테니까 차비나 내 놔요. 당신이 물처럼 쓰고 있는 그 많은 돈의 약간만 나한테 넘기면 난 당신에 대해 경찰에 입도 뻥긋하지 않을 거예요. 돈이란 나눠 쓰라고 있는 거 아닙니까? 나처럼 불쌍한 사람 좀 도와주면 복 받을 겁니다."

빌레는 비로소 마각을 드러내고 있었다.

"더러운 자식!"

"욕하지 마세요. 얼마든지 기분 좋게 해결할 수 있는 일이니까요. 안 그래, 아가트?"

아가트는 웃어 보였다.

"난 싸우는 거 싫어요."

"나도 그래. 나리가 돈이 아까워 한 푼도 줄 수 없다면 난 차에서 내려 당장 별장에 있는 경찰한테 신고할 거야. 지금쯤 아마 나리를 찾느라고 야단일 거야. 부자들은 돈을 제대로 쓸 줄 알아야 오래 산다구. 구두쇠 노릇하다가는 생명이 길지 못해."

모나코에 도착하자 높은 빌딩들이 보였다. 작은 항구에는 요트들이 빼곡히 정박해 있었다.

"돈은 한 푼도 줄 수 없어!"

문기는 분을 이기지 못해 소리쳤다. 그러자 빌레는 큼직한 손으로 그의 목덜미를 움켜잡았다.

"당신은 참 바보야."

빌레가 큰소리로 말하는 순간 딱정벌레는 갑자기 어느 건물의 지하 주차장으로 들어갔다.

"어디 가는 거야?!"

문기가 놀라서 소리치는 것과 동시에 차가운 금속성 물체가 목덜미를 쿡 찔렀다.

문기는 반사적으로 목을 움츠렸다. 철컥하고 권총의 잠금장치가 풀리는 소리가 났다.

"목에 구멍을 뚫어 줄까? 살고 싶으면 조용히 있어."

딱정벌레는 빠른 속도로 주차장을 빙글빙글 돌아서 내려갔다. 지하 5층까지 내려가자 주차장에는 차가 한 대도 보이지 않았다. 이미 그곳에 와 봤는지 아가트는 구석의 으슥한 곳에다 차를 세웠다.

"배낭 챙겨!"

빌레의 명령에 아가트는 머뭇거렸다.

"난 이러는 거 싫은데."

그녀는 두 남자를 번갈아 쳐다보았다.

"시간 없어! 빨리 챙기란 말이야! 너 나하고 살기 싫어?"

그 말에 그녀는 용기를 내어 문기가 가슴에 안고 있는 배낭에 손을 뻗었다. 문기는 그것을 뺏기지 않으려고 꽉 끌어안았다.

"이 새끼, 죽고 싶어?!"

빌레는 권총으로 그의 뒤통수를 사정없이 내려쳤다. 그리고 앞으로 팔을 뻗어 배낭을 낚아챘다. 하지만 문기는 여전히 그것을 끌어안은 채 놓지 않았다.

"좋아! 뒤통수에다 구멍을 내 주지. 여기서는 총을 쏴도 밖에까지 들리지가 않아. 열 셀 때까지 그걸 주지 않으면 너를 죽일 수밖에 없어."

"살려 줘! 돈은 얼마든지 줄 테니까 살려 줘!"

"배낭을 달란 말이야!"

"이건 안 돼! 이걸 모두 주면 난 어떡하란 말이야?!"

"그건 내가 알 바 아니야. 하나 둘 셋 넷 다섯 여섯 일곱 여넓……"

총구가 뒤통수를 압박해 오자 문기는 공포감에 몸을 부들부들 떨다가 마지막 숫자를 세는 소리가 들리자마자 얼른 배낭을 아가트에게 던졌다.

"미안해요, 아빠."

아가트는 미소를 지으면서 배낭을 뒷좌석에다 던졌다.

"망할 년!"

문기는 배낭을 끌어안는 그녀를 노려보면서 욕설을 퍼부었지만 그것도 잠시였다.

빌레는 그를 차에서 내리게 하더니 아가트에게 수갑을 주면서 그의 한쪽 손목에 그것을 채우게 했다. 아가트는 조심스럽게 다가가 문기의 오른쪽 손목에다 수갑을 채웠다. 빌레가 권총으로 계속 위협하고 있어서 문기는 꼼짝할 수가 없었다. 빌레는 그를 구석 쪽으로 몰고 갔다. 구석 쪽에는 천장에서 내려온 쇠파이프가 바닥까지 내려와 박혀 있었다. 아가트는 빌레가 시키는 대로 수갑의 한쪽을 그 파이프에다 걸었다.

"죽이지 않은 것만도 다행으로 알아요."

빌레는 그의 뺨을 토닥거리다가 갑자기 주먹으로 그의 복부를 갈겼다.

"어이쿠!"

문기가 허리를 굽히자 턱을 한 번 후려친 다음 그는 재빨리 차에 올라탔다. 아가트도 잽싸게 조수석에 올랐다.

문기가 고통을 이기지 못해 신음소리를 내면서 몸을 일으켰을 때 딱정벌레는 이미 사라지고 없었다.

"야, 이 새끼야!"

문기는 고래고래 소리를 지르면서 몸부림쳤지만 파이프에 한쪽 팔이 연결되어 있어서 따라갈 수가 없었다.

문기는 미칠 것 같았다. 어떻게든 빨리 주차장을 빠져나가야 하는데 한쪽 팔을 절단하기 전에는 그것이 불가능했다. 수갑을 빼 보려고 했지만 소용없는 짓이었다. 그곳까지 내려오는 차라도 있으면 금방 도움을 받을 수 있겠지만 좀처럼 내려오는 차가 없었다. 할 수 없이 그는 도와 달라고 소리를 질러 댔다.

목이 쉬도록 한참 동안 소리를 질러 댔지만 아무도 나타나는 사람이 없었다. 이러다가는 밤새도록 갇혀 있어야 할지도 모른다고 생각하면서 쉬지 않고 계속 악을 써 대자 한 시간쯤 지나 흰색 벤츠 승용차 한 대가 조심스럽게 내려왔다. 헤드라이트 불빛에 자신이 완전히 노출되자 그는

"도와주세요! 살려 주세요!"

하고 소리쳤다.

승용차는 멀리 떨어진 곳에 멈춰서더니 노부부로 보이는 두 사람이 내렸다. 머리가 하얀 두 사람 중 여자 쪽은 걸음걸이가 조금 불편해 보였다.

"살려 주세요! 살려 달라구요!"

문기는 보란 듯이 수갑이 채워진 한쪽 팔을 쳐들고 소리쳤다.

노부부는 자기들끼리 뭐라고 쑥덕거리더니 겁먹은 표정으로 슬금슬금 다가왔다.

"누가 이런 짓을 했습니까?"

기품이 있어 보이는 노인이 파이프와 손목을 연결해 놓은 수

갑을 보면서 물었다.
"강도한테 당했습니다! 빨리 좀 풀어 주세요!"
비로소 사태를 알아차린 노인은 경계심을 풀면서 수갑을 만지작거렸다.
"열쇠가 없어서 안 되겠군요."
"그러지 말고 경찰을 부르요."
노파가 말했다. 문기는 펄쩍 뛰었다.
"경찰을 부르면 안 됩니다! 경찰은 부르지 마세요!"
"왜 경찰을 부르면 안 되죠? 경찰이 아니면 이 수갑을 풀 수가 없을 텐데요."
노파가 의심스러워하는 눈초리로 그를 쳐다보면서 말했다.
"하여간 경찰은 부르지 마세요!"
"그럼 어떻게 도와드리죠?"
"열쇠장이를 불러 주세요."
"열쇠장이라구요? 열쇠장이가 어디 있지?"
노부부는 승용차를 타고 도로 주차장을 빠져나갔다. 문기는 그들의 뒤에다 대고 경찰을 부르면 안 된다고 소리쳤지만 그들은 더 이상 대꾸하지 않고 사라졌다.
"열쇠장이가 어디 있지요?"
승용차가 건물을 빠져나와 차도로 접어들자 노파가 영감에게 물었다.
"열쇠장이는 왜 찾아. 당연히 경찰에 신고해야지."
영감은 퉁명스럽게 대꾸하고 나서 주위를 두리번거렸다.
마침 경찰 오토바이 순찰대원 두 명이 길가에 오토바이를 세위 놓고 노천 카페에 앉아 있는 사람들과 이야기를 나누고 있는 모습이 보였다.

"저기 경찰 있어요."

노파가 잽싸게 말했다.

"나도 봤어."

영감은 그쪽으로 다가가 차창을 내린 다음 클랙슨을 살짝 눌렀다. 코밑수염을 기른 경찰이 고개를 돌려 차 안에 앉아 있는 두 사람을 쳐다보더니 영감이 손짓하는 것을 보고 가까이 다가왔다.

"무슨 일입니까?"

더러운 거래

서울, 1975년 8월 10일 오전 10시 45분.

밤새 내리던 비는 아침이 되어서도 줄기차게 내리고 있었다. 중부지방에서는 홍수로 논밭이 물에 잠겨 피해가 막심하다는 뉴스가 계속 터져 나오고 있었다. Z는 입이 찢어지게 하품을 하고나서

"라디오 꺼!"

하고 퉁명스럽게 쏘아붙였다.

조수석에 앉아 있던 비서가 재빨리 라디오를 껐다.

해마다 되풀이 되는 수해 따위는 아무래도 좋았다. 그런 것은 그의 관심 밖이었다. 그의 최대의 관심은 최고 권력자에게 달라붙어 그 권력을 나누어 갖는 것이었다. 권력만 움켜쥐고 있으면 그 나머지는 가만히 앉아 있어도 절로 굴러들어 오게 되어 있었

다. 그가 서슬 퍼런 자리에 앉아 있는 동안 사람들은 끊임없이 그에게 돈과 여자를 갖다 바치고 있었다.

그는 얼굴을 찌푸린 채 차창 밖을 내다보았다. 반대편 차선에 차들이 뒤엉켜 있었다. 비가 내리고 있어서 그런 것 같았다. 그는 비를 싫어했다. 눈을 감자 열아홉 살 계집애의 알몸이 눈앞에 어른거렸다. 그의 육중한 몸에 깔려 죽을 둥 살 둥 바동거리던 그 모습이 왜 그렇게 욕정을 불러일으키던지. 밤새 계집을 데리고 놀다 보니 어느 새 날이 새고 있었다. 그는 서너 시간 눈을 붙이고 빠져나오는 길이었다. 그와 헤어질 때 세화의 눈에는 눈물이 고여 있었다. 하룻밤 풋사랑에 순정을 느낀 것 같았다. 그는 눈물이 흔한 여자를 별로 좋아하지 않았다. 하지만 세화의 경우는 좀 다른 것 같았다. 그녀는 나이도 어린 것이 끊임없이 남자를 흥분시키는 성적 매력을 지니고 있었다. 그는 당분간 그 계집을 데리고 놀고 싶었다. 그 때까지는 그 누구도 범접하지 못하게 할 생각이었다. 그 계집애와 얼마 동안 즐기고 나면 분명 회춘이 될 것 같은 느낌이 들었다. 그러다가 별로 재미가 없으면 그녀가 바라는 대로 시장에 내놓으면 된다. 그 때부터는 뭇놈들이 달려들겠지.

"다 왔습니다."

비서의 목소리에 그는 눈을 떴다. 차는 어느 새 청와대 경내에 들어와 있었다.

차에서 내려 비서실로 가는 동안 그는 가슴이 두근거리는 것을 느꼈다. P를 누구보다도 자주 만나는데도 그를 만나러 올 때마다 항상 가슴이 두근거린다. 변덕이 심한 P의 입에서 또 무슨 말이 떨어질지 알 수 없기 때문이기도 하지만 그에게는 사람을 두렵게 만드는 그 무엇인가가 있었다. 사람들은 그것을 카리스마라고 하지만 그것은 단순히 한마디로 말할 수 있는 것이 아닌 것 같았다.

비서실에는 X-프로젝트의 실무 책임자인 장관이 먼저 와서 기다리고 있었다. 그들은 함께 P를 만나기로 되어 있었는데, 그 전에 먼저 Z가 P를 독대한 다음 장관이 나중에 합석하기로 이야기가 되어 있었다. 왜냐하면 장관에게도 개선문 작전은 비밀에 부쳐져 있었기 때문에 그가 있는 자리에서 P에게 채문기 이야기를 꺼낼 수가 없었던 것이다.

"각하 기분 어때요?"

Z가 비서실장에게 물었다.

"기분이 별로 안 좋으십니다."

비서실장은 정중하게 대답했다. 반면 Z의 말투는 무례하기 짝이 없었다.

"무슨 기분 상할 일 있어요?"

"잘 모르겠습니다. 며칠째 말씀도 별로 없으시고 울적해 보이십니다."

"그래요? 비서실장이 모르면 누가 알아요. 각하 마음을 잘 읽어서 대처를 해야지 그대로 모른다고 가만 있으면 어떡해요? 실장 책임이 커요."

"죄송합니다."

비서실장은 Z에게 고개를 숙여 보이기까지 했다. 실장은 권력에 대한 야심 같은 것도 전혀 없어 보이고, 오로지 충성과 순종만을 미덕으로 알고 있는 것 같은 샌님 형이다. 그런 그를 Z는 싫어했다.

사실 직급으로 따진다면 비서실장이 Z에게 고개를 굽실거려야 할 이유는 하나도 없었다. 하지만 비서실장이 P의 뒤에서 조용히 그의 뒷바라지를 하고 있다면 Z는 P의 다음가는 2인자나 다름없는 실세중의 실세로, 나는 새도 떨어뜨릴 정도로 그 위세가 대단했다.

"시간을 잘못 잡은 것 같은데……."

Z가 장관의 귀에다 대고 중얼거리자 장관은 걱정스러운 표정을 지었다.

장관의 입장에서는 프랑스측의 요구대로 한국이 이렇게 서둘러 계약서에 사인을 해 줘야 할 이유를 도무지 이해할 수가 없었다. 시간을 다투는 급박한 일도 아닌 만큼 시간을 두고 천천히 상담에 응하다 보면 몸이 달아오르는 쪽은 이쪽이 아닌 상대방 일터이고, 그것을 잘 이용하면 값을 많이 깎을 수가 있는 것이다. 그렇지 않고 지금 서둘러 계약하면 프랑스측의 요구액을 거의 그대로 받아들일 수밖에 없게 된다. 그런 것을 알면서도 따지지도 못한 채 Z의 요구에 끌려 다니는 자신의 신세가 한심스럽기만 했다. 그와 함께 Z라는 인물이 정말이지 못마땅했다. 원자력발전소에 대해서 쥐뿔도 모르는 자가 단지 서슬 퍼런 자리에 있는 것을 이용해서 계약을 빨리 하라고 강요하다니, 그는 도무지 Z를 이해할 수가 없었다. 말이 주무 장관이지 그는 자신이 허수아비에 지나지 않는다는 것을 잘 알고 있었다. Z가 계약과 관련해 그에게 귀띔해 준 것이 있다면 국가 안위에 관한 모종의 극비 프로그램이 원전 건설과 맞물려 진행 중이기 때문에 계약을 서둘러야 한다는 것이었다. 국가 안위에 관한 극비 프로그램이라는 말에 그는 더 이상 물어볼 수도 없었다. 물어본다고 해서 대답해 줄 Z가 아니었다.

"들어가시죠."

비서가 나타나 사인을 보내자 비서실장이 일어서면서 말했다. Z는 금방 긴장된 표정이 되면서 따라 일어섰다.

집무실로 통하는 문 앞에는 두 명의 경호원이 버티고 있었다. 자주 보는 데도 불구하고 그들은 처음 보는 사람처럼 Z의 아래 위를 날카롭게 훑어보고 나서 문을 열어 주었다. 내가 누군데……. 건방진 놈들이다. 경호실장이 이렇게 하라고 부하들에게 시켰을 것이다. 경호실장은 각하 외에는 아무도 믿지 않는 사람이다. 그의 눈에는 모두가 의심스러워 보이는 모양이다. 망할 자식 같으니!

P는 창가에 서서 밖을 내다보고 있었다. 넓은 정원은 짙은 녹음으로 뒤덮여 있었고, 그 위로 비가 퍼붓고 있었다. 그는 흰 와이셔츠에 물방울무늬가 들어간 감색 넥타이를 맨 차림으로 담배를 피우고 있었다. 그의 줄담배는 유명하다. 한때는 의사의 권유로 담배를 끊기도 했는데, 얼마 가지 못해 다시 담배를 피우고 있었다. 그가 연방 담배를 빨아대고 있는 모습을 지켜보고 있으면 왠지 불안해진다. 그것은 그의 속이 편치 않다는 것을 의미하기 때문이다. 오늘 따라 그의 키는 더욱 작아 보였다. 그런데도 그에게서는 감히 범접하기 어려운, 냉엄하고 위압적인 분위기가 풍기고 있었다.

"각하……."

비서실장이 두 손을 모으고 가만히 그를 불렀다. 그가 힐끗 돌아보기 무섭게 Z는 90도 각도로 허리를 굽혔다. P는 인사도 받지 않은 채 냉랭한 표정으로 소파에 가서 앉았다. 비서실장이 머리를 조아리고 나서 밖으로 나가자 혼자 남은 Z는 숨이 막힐 것만 같았다.

"앉아요."

뻣뻣이 굳어 있는 Z를 보고 대통령이 말했다.

Z는 P를 대각선으로 볼 수 있는 자리에 조심스럽게 걸터앉았다. 등받이에 등을 대지 않은 채 상체를 꼿꼿이 한 다음 자료 철을 탁자 위에 올려놓고 고개를 조금 숙였다.

P는 담배연기를 내뿜으면서 허공을 잠시 쏘아보고 있다가

"이야기해 봐."

하고 말했다. 그것은 아무런 감정도 느낄 수 없는 건조한 목소리였다.

"각하, 편찮으신 것 같은데…… 잠시 별장에 내려가셔서 좀 쉬시는 게……."

"내가 별장에 가서 쉬게 됐어?"

Z는 흠칫하고 놀랐다. 바짝 긴장해서 표정을 살피고 있는데, 이어서 이런 말이 나왔다.

"내가 죽기를 바라는 놈들이 득실대고 있는데 어떻게 다리 뻗고 잘 수가 있어."

마치 비수로 가슴을 찌르는 것 같은 말이었다. 각하가 이런 말을 한 것은 처음이었다. 문득 그에게서 죽음의 공포 같은 것이

느껴지고 있었다. 전에 없던 느낌이었다. 바늘 하나 들어갈 틈이 없을 정도로 단단해 보이던 그에게도 이런 구석이 있었던가 싶었다. P는 불안해 하고 있었다.

"면목 없습니다. 편안히 모셔 드리지 못해 죄송합니다."

그의 안전을 책임지고 있는 부서의 보스로서 그에게 사죄를 하는 것은 당연한 일이었다.

"지난 밤 그 애들이 또 나타났어. 그 애들이 나타나서 괴롭히는 바람에 한잠도 못 잤어."

그 애들이라니, 이건 또 무슨 말인가? 이제 보니 망령에 쫓겨 지칠대로 지친 모습이다.

"제가 조처를 취하겠습니다. 그 애들이 누구인지 말씀만 해 주십시오."

"인혁당 애들 말이야. 너무 빨리 집행을 했어. 젊은 애들을 말이야."

고개를 내젓는다. Z는 당황했다. 인혁당 애들을 처단한 것에 대해 칭찬을 받을 줄 알았는데 반대로 각하가 후회를 하고 있다면 큰 일이 아닐 수 없다. 결과적으로 자신이 큰 실수를 저지른 것밖에 안 된다.

"그, 그 애들은 빨갱이가 틀림없습니다. 공산주의에 미쳐 있는 광신자들이기 때문에 전향 같은 것은 전혀 기대할 수가 없었습니다. 지하에 숨어 있는 공산주의 세력을 뿌리 뽑기 위해서는 한두 명 처단해서는 별로 효과가 없습니다. 쇼크 요법이 필요했는데 이번에 여덟 명이 선정되었던 거고, 그들의 죄과는 대법원에서 이의 없이 확정된 겁니다. 단 한 명도 억울하게 처단된 자는 없습니다. 그리고 그 효과는 대단히 긍정적으로 나타나고 있습니다. 사법당국의 단호한 조처를 모두 환영하는 분위기입니다. 여론조사에서 78프로가 당연한 조처였다고 답했습니다. 각하의 결정은 하나도 문제될 것이 없는 아주 당연한 결정이셨습니다. 너무 부담을 갖지 마십시오."

"아니야. 그렇지 않아. 그건 잘못된 결정이었어. 내가 그 때 너무 취해 있어서 판단을 그르쳤던 것 같아. 자식들도 모두 어리던데……."

"그렇게 생각하시면 안 됩니다. 모두가 국가를 위해서 하신 일입니다."

Z는 두 손을 비비면서 말했다. P는 고개를 가로저었다. Z의 말은 거의 듣고 있지 않는 것 같았다.

"그 때 누가 나한테 그 애들을 죽여서는 안 된다고 한마디 말만 했어도 생각을 고쳤을 텐데…… 어떤 놈도 나한테 그런 말을 해 준 놈이 없었어. 대법관 놈들도 다 엉터리야."

Z는 더 이상 각하의 생각을 돌려놓는다는 것이 불가능하다는 것을 깨달았다. 그가 하는 말로 볼 때 그는 주위의 모든 사람들을 불신하고 있는 것 같았다. 이것은 큰일이다. 하지만 이것을 잘 이용하면 오히려 득이 될 수도 있다. 잘만 하면 그의 신임을 혼자서 독차지할 수도 있으니까. 이럴 때 할 수 있는 말은 한마디 밖에 없다.

"죄송합니다, 각하. 저희들이 일처리가 미숙했습니다. 심려를 끼쳐 드려 정말 뵐 면목이 없습니다. 저희들의 생각이 짧았습니다. 유족들에게는 충분한 보상을 하도록 하겠습니다."

"무슨 보상을 한다는 거야?"

P의 눈꼬리가 치켜 올라갔다. Z는 당황해서 얼른 고개를 푹 숙였다.

"보상을 한다는 것은 말이 안 돼. 그건 실수를 인정하는 꼴이 되는 거야. 생각하는 것이 왜 그렇게 어리석어?"

"죄, 죄송합니다."

Z는 몸 둘 바를 몰라 했다.

"나중에 분위기가 좀 가라앉으면 유족들 집안 사정을 알아봐. 그리고 어려운 집안이 있으면 취직을 시켜 준다든지 그런 식으로 조용히 처리해요. 아무도 눈치 못 채게 조용히 처리하는 게 좋을 거야."

"아, 알겠습니다. 현명하신 말씀입니다."

대통령은 못마땅한 눈으로 그를 힐끗 쳐다보고 나서 새 담배에 불을 붙였다.

"X-프로젝트는 어떻게 됐어?"

"네, 이걸 한 번 검토해 주십시오."

Z는 한숨을 돌리면서 가지고온 보고서철을 대통령 앞에 내려놓았다.

P는 보고서를 꼼꼼히 살펴보는 것을 귀찮아하는 스타일이다. 그보다는 직접 보고받기를 좋아한다. 그것도 아주 간단한 것을 좋아한다. 아니나 다를까. 그는 보고서철을 대충 훑어보고 나서 탁자 위에 내려놓고는 두 번 다시 거들떠보지도 않았다.

"이야기해 봐."

"프랑스측에서는 오늘 중으로 계약 체결을 바라고 있습니다.

사정이 좀 급하게 됐습니다."

"사정이 급할 건 또 뭐야? 이건 너무 비싸."

"네, 그렇긴 합니다만……."

"시간을 두고 대폭 깎아 봐."

"네, 하지만 좀 곤란한 문제가 있습니다."

"뭐가 곤란하다는 거야?"

"저 번에 말씀드린 채문기 건 말입니다."

채문기의 이름이 나오자 P의 안색이 금방 굳어졌다. Z는 그를 자극하기 위해 얼른 말을 이었다.

"유감스럽게도 채문기 건이 걸려 있습니다. 프랑스에서는 이미 추방명령이 떨어져 집행 중에 있습니다. 예정대로라면 내일 오후 7시 30분에 KAL기로 김포 공항에 도착하기로 되어 있습니다. 우리 요원들이 드골 공항에서 놈을 인수해서 바로 데려오기로 되어 있습니다. 프랑스측에서 이미 신병을 확보해 놓고 기다리고 있기 때문에 우리 쪽 사인만 남았습니다."

"계약서에 사인만 하면 그 놈을 한국으로 보내 주겠다 이건가?"

"그, 그렇습니다. 당장 보내 주겠다고 했습니다."

"사인을 안 해 주면 못 보내 주겠다는 거야?"

"그, 그렇습니다."

"프랑스 놈들…… 정말 교활한데."

P는 눈을 감았다. 채문기를 생각하면 그는 속이 뒤틀려서 견딜 수가 없었다. 놈은 갈수록 악랄하게 그를 물어뜯고 있었다. 그대로 두면 놈은 뼈까지 먹어 치울 것 같았다. 놈의 악랄한 비

난 때문에 유럽에서의 그의 이미지는 추락할 대로 추락해져 있었다. 따라서 어떤 대가를 치르고서라도 놈을 데리고 오든 제거하든 조처를 취할 필요가 있었다.

"확실히 놈을 보내 준다고 했나?"

갑자기 P가 눈을 치뜨고 묻는 바람에 Z는 혼비백산했다.

"네네, 확실히…… 확실히 약속했습니다. 지금 프랑스 당국이 놈의 신병을 억류하고 있고, 계약이 체결되는 대로 즉시 우리측에 인도하기로 되어 있습니다. 아무 말썽없이 놈을 우리나라로 데려올 수 있는 좋은 기회라고 생각합니다. 이런 기회는 다시없을 것 같습니다."

"놈을 추방하면 프랑스측이 곤란할 텐데? 인권단체에서 가만 있지 않을 텐데 그걸 감수하면서까지 놈을 인도할까?"

P는 의혹의 눈초리로 살찐 얼굴을 바라보았다.

'이놈의 얼굴에는 항상 개기름이 흐른다. 이놈의 충성심은 알아줘야 한다. 하지만 너무 오래 데리고 있었다. 그러다 보니 이젠 제법 2인자 행세까지 하고 다닌다. 웃기는 녀석이다. 아부를 잘 하는 놈은 배신도 잘 하기 마련이다. 그대로 놔뒀다가는 나한테 총구를 겨눌지도 모른다. 이용할 만큼 이용해 먹었으니 이젠 폐기처분할 때가 된 것 같다. 정말이지 개기름 흐르는 얼굴을 계속 본다는 것은 역겨운 일이다. 첩보에 의하면 놈은 비밀리에 모종의 사조직을 만들어 키우고 있는데 Z라는 암호명을 가진 조직이라고 한다. 그것을 확대 해석하면 권력을 잡기 위한 포석일 수도 있을 것이다. 이것은 나에 대한 분명한 도전이다. 조만간 실체가 밝혀지겠지.'

"그럴 경우에 대비해서 프랑스측도 충분히 준비를 해 놓고 있는 모양입니다. 채문기를 미성년자 추행혐의로 체포할 거라고 했습니다. 그리고 그자를 구속하는 대신 곧장 추방할 거라고 했습니다. 미성년자를 추행한 것이 밝혀지면 인권단체에서도 아무 말 못할 겁니다."

P는 무엇인가 한동안 깊이 생각하는 표정이다가 고개를 천천히 흔들었다.

"너무 비싸. 놈을 데려오는 대가치고는 너무 비싸."

"하지만 그럴 만한 가치가 있지 않습니까?"

"가치는 무슨 가치……. 형편없는 쓰레기 같은 놈을 데려오는 건데……."

그 말에 Z는 아무 말 못하고 고개를 숙였다.

"놈의 입을 틀어막든가 아니면 놈을 끌고 오든가 어떻든 하긴 해야 해. 그대로 둘 수는 없어."

"네, 지당하신 말씀입니다. 지금이야말로……."

"이번에는 실수 없겠지?"

"틀림없이 데리고 오겠습니다. 만반의 준비를 갖추고 있습니다. 프랑스 현지에서 작전팀이 풀가동했습니다."

"음……."

P는 다시 눈을 스르르 감더니 오른손으로 턱을 쓰다듬었다. 그러나 침묵은 오래 가지 않았다. 이윽고 눈을 뜬 그는 새 담배를 집어 들었고, Z는 거기에다 잽싸게 라이터 불을 붙여 주었다. P는 두어 모금 깊이 빨고 나서 마침내 고개를 끄덕였다.

"좋아. 하긴 하는데 조건이 있어. 먼저 채문기를 인계받은 후에 계약하겠다고 해."

"네?"

"놈을 인계받은 즉시 계약하겠다고 해. 이건 대통령으로서 하는 약속이니까 반드시 이행될 거라고 해."

Z는 금새 맥이 빠졌다. 잔뜩 기대를 걸고 왔는데, 이건 또 뭐람. 잘못하다가는 또 일이 틀어질지도 모른다. 프랑스측에서 과연 이런 요구를 들어줄까. 그는 곤혹스러운 표정으로 각하를 바라보았다.

"왜 그래?"

"아, 아닙니다. 각하의 탁월하신 결정에 너무 감동했습니다. 아무래도 저 같은 놈은 각하의 만분지일도 못 따라갈 것 같은 생각이 들었습니다."

머리를 조아리는 Z를 멸시하는 듯한 눈으로 쳐다보고 나서 대통령은 사이드 테이블 위에 설치되어 있는 버튼을 눌렀다. 비서실장이 재빨리 방안으로 들어오자 그는

"장관 들어오라고 해요."

하고 말했다.

장관은 문 앞에서 90도 각도로 인사하고 나서 안으로 들어왔다. P가 앉은 채로 불쑥 손을 내밀자 장관은 황송해 어쩔 줄을 모르며 두 손으로 그 손을 잡았다.

"앉아요. 커피 한 잔씩 하지."

비서실장이 문을 닫고 나가자 장관은 Z를 마주보는 자리에 조심스럽게 엉덩이를 걸쳤다.

대통령은 같은 군 출신으로 현역시절 자기 부하였거나 자기보

다 계급이 아래였던 사람들한테는 버릇처럼 거의 반말을 사용한다. 심지어는 어떤 국회의원의 경우 의원이라 부르지 않고 과거 군 시절의 친숙함을 잊지 못하는 듯 항상 박 대위라고 즐겨 부른다. 그러나 군 출신이 아닌 사람들한테는 깍듯이 존대어를 사용한다.

"X-프로젝트는 잘 돼 가나요?"

"네, 현재 마무리 단계에 있습니다."

장관은 보고서를 내밀었다. 대통령은 그것을 대충 훑어보고 나서 표지를 덮었다.

"뭐가 문제인가요?"

"가격이 문제입니다. 그 가격만 결정되면 더 이상 별 문제가 없습니다."

장관은 얼른 Z의 눈치를 살폈다. Z는 대통령이 눈치채지 못하게 장관을 쩨려보고 있었다. 검정색 투피스 차림의 늘씬한 여직원이 찻잔을 들고 와 내려놓았다.

"지금 얼마까지 이야기가 됐나요?"

여직원이 나가자 대통령이 물었다.

"14억5천 선에서 이야기가 진행되고 있습니다. 프랑스 사람들, 이런 협상에는 정말이지 너무 노련해서 회의를 할 때마다 말려드는 기분입니다. 한 푼이라도 더 받아내려고 기를 쓰는 모습을 보면 정말 무섭다는 생각이 듭니다. 우리 같은 가난한 후진국을 도와주려고 한다거나 그런 기미는 전혀 없습니다. 어떻게든 한 푼이라도 더 우려내려고 별 짓을 다 합니다."

일단 말문을 열자 장관은 자기 생각을 조리 있게 이야기했다.

"바로 그게 냉엄한 국제사회의 현실이지. 우리가 못산다고 해서 도와줄 놈은 이 지구상에 아무도 없어요."

각하가 맞장구를 치는 것을 보고 Z는 질투심을 느꼈다. 가만 있으면 병신이 될 것 같았다. 그래서 두 사람의 대화에 얼른 끼어들었다.

"프랑스 놈들은 변덕스럽기로 유명해요. 그러니까 협상할 때 바짝 정신을 차리지 않으면 말려들기 십상이에요. 장관은 프랑스 말 좀 해요?"

"못합니다."

장관은 얼굴을 붉혔다.

"장관이 프랑스 말을 못한다고 해서 이번 협상에 지장이 있거나 그런 건 없겠지. 전문 통역이 있으니까. 부장은 프랑스 말 좀 하나?"

대통령이 면전에서 면박을 주자 Z는 당황해서 어쩔 줄 몰라 했다.

"모, 못합니다."

P는 그를 묵살한 채 장관에게 다시 말을 걸었다.

"프랑스측이 요구하고 있는 선은 앞으로도 더 깎아내릴 수가 있나요?"

"당연히 깎아야죠. 지금 이야기하고 있는 선은 너무 높습니다. 아직 완전히 합의를 본 게 아니기 때문에 깎을 여지는 얼마든지 있습니다. 그리고 깎지 않으면 지불할 돈도 없습니다."

"9월에 차관이 들어오니까 급한 대로 그것으로 메우면 되잖아요."

하고 Z가 말했다.

"네, 하지만 그 차관은 단기 차관인데다 이자가 너무 비싸서 다른 차관으로 알아보고 있는 중입니다. 독일 쪽 차관이 일본 차관보다 훨씬 유리합니다."

P는 성실해 보이는 장관을 호감어린 눈으로 쳐다보다가 찻잔을 집어 들었다. 그는 커피를 유난히 좋아했다.

"장관, 며칠 여유를 줄 테니까 협상 팀을 최대한 동원해서 값을 최대한 깎아 봐요."

"네, 알겠습니다."

"기한은 며칠밖에 없어요. 며칠 후에는 서명을 해야 하니까 그렇게 알고 두 사람이 잘 협조해서 처리하도록 해요. 더 이상 연기할 수 없는 사정이 생겨서 그러니까 장관은 그렇게 알고 처리해 줘요."

"알겠습니다."

30분쯤 지나 대통령 집무실을 나온 Z는 땀에 흠뻑 젖은 저고리를 벗어버리고 화장실로 가서 얼굴부터 씻었다.

잠시 후 차에 탄 그는 비서에게 지시를 내렸다.

"프랑스 대사한테 연락해서 지금 당장 만나자고 해."

"부장님께서 직접 만나실 겁니까?"

"그래. 지금 당장이야."

비서는 본부로 전화를 걸어 Z의 지시사항을 전했다.

청와대를 빠져나온 세 대의 차는 경복궁 앞에서 잠시 멈춰섰다. Z의 차는 가운데 있었고, 앞뒤에는 경호차들이 지키고 있었다. 그가 움직일 때마다 항상 두 대의 차가 그를 앞뒤에서 호위하고 있었다.

이윽고 본부에서 무전연락이 오자 비서가 그것을 받아 보고를 들은 다음 Z에게 전했다.

"프랑스 대사는 지금 공항으로 가고 있답니다. 프랑스에서 휴가를 보내기 위해 오늘 출발 예정이랍니다."

"빌어먹을!"

그는 밖을 노려보다가

"할 수 없다! 공항으로 가!"

하고 명령했다. 그리고 뒤이어 말했다.

"프랑스 대사한테 내가 공항으로 가고 있으니까 거기서 만나자고 해. 비행기 출발 시간을 늦춰서라도 꼭 만나지 않으면 안 된다고 해."

광화문으로 빠져나온 세 대의 차는 세종로를 질주하다가 오른쪽으로 방향을 틀어 서대문 쪽으로 달려갔다.

연락을 받은 프랑스 대사는 황당하다는 표정이었다. 그러나 그는 공항에 도착하자 안내원을 따라 공항 보안실로 들어갔다. 그 곳은 Z의 관장 하에 있는 방이었다. 대사는 손목시계를 보았다. 출발시간까지는 40분 정도 시간이 있었다. 비서가 이미 출국 수속을 밟아 놓았기 때문에 그는 비행기에 오르기만 하면 되었다.

20분쯤 지나 보안실로 들어선 Z는 프랑스 대사만 혼자 그곳에 있게 하고 다른 사람들은 모두 밖으로 내쫓았다. 그러나 막상 말을 꺼내려니 말이 통하지가 않았다. 할 수 없이 그는 비서를 불렀다.

"야, 통역이 필요한데 어떤 통역이 필요한지 물어 봐라. 영어도 된다면 네가 통역해."

그의 비서가 대사에게 영어로 이야기할 수 있느냐고 묻자 대사는 고개를 끄덕였다.

조금 큰 키에 잿빛 머리를 뒤로 빗어 넘기고 콧수염을 기른 프랑스 대사는 동그란 뿔테 안경 너머로 무례하기 짝이 없는 한국의 정보기관 책임자를 무표정하게 바라보았다. 외교관이라기보다는 학자 같은 인상을 풍기는 그는 행사나 파티 때 Z와 인사를 나눈 적은 몇 번 있었다. 그러나 개별적으로, 그것도 전혀 예상치 못한 장소에서 이렇게 불쑥 만나기는 처음이었다. 이것은 외교관례에 어긋나는 아주 무례한 짓이었다. Z가 막강한 권력을 등에 업고 무소불위로 공포감을 조성하고 폭력적인 행태를 보이고 있다는 것은 그도 익히 잘 알고 있었다. 하지만 그것은 어디까지나 한국 국내의 일이기 때문에 프랑스는 잠자코 관망하고만 있었다.

"출국하시는데 붙잡아서 미안합니다. 워낙 급하고 중요한 일이라서 이렇게 달려왔습니다."

비서가 영어로 그의 말을 통역했다. 그러나 그의 통역도 썩 능숙하지는 못했다. 오히려 프랑스 대사의 영어 실력이 훨씬 뛰어난 것 같았다.

"괜찮습니다. 도대체 무슨 일로 그러십니까?"

"X-프로젝트 건입니다. 그쪽에서는 당장 계약을 원하고 있는데, 우리도 그 건과 함께 따로 부탁한 문제도 그에 못지않게 급한 일이라서 마무리를 지어야 할 것 같습니다."

"여기서 말입니까?"

"네, 그렇습니다."

"우리 둘이서 말입니까?"

"우리 둘이서도 충분하지 않습니까? 우리가 원칙만 정하면 나머지야 실무자들이 처리하면 되니까요."

프랑스인은 그의 말을 도저히 이해할 수 없다는 듯 고개를 무겁게 흔들었다.

"그건 이미 이야기가 된 걸로 알고 있는데요. 한국측이 사인만 하면 된다고 들었습니다. 그리고 이건 주무 장관이 나서서 처리할 문제가 아닌가요?"

"아닙니다. 주무 장관이 결정할 일이 아니고 최종 결정은 각하가 하십니다."

"그건 알고 있습니다만……."

"저는 각하의 권한을 위임받고 왔습니다. 그러니까 제가 결정을 내리면 됩니다."

대사의 얼굴에 당혹감이 나타났다가 사라졌다.

"그렇습니까? 그렇다면 좋습니다. 우리 프랑스 쪽은 준비가 다 되어 있습니다. 무슨 문제라도 있습니까?"

"프랑스측은 먼저 계약을 체결하고 나서 문제의 인물을 넘기기로 했는데 각하는 반대로 우리가 먼저 그자를 넘겨받고 나서 나중에 계약을 하라고 하셨습니다. 먼저 그자를 넘겨주면 틀림없이 계약을 하시겠다고 약속하셨습니다. 그 말씀을 전해 드리려고 달려온 겁니다."

대사는 고개를 갸우뚱했다.

"그렇다면 이야기가 달라지는데요. 우리는 이미 준비를 끝내고 사인만 기다리고 있는데 이제 와서 이런 말씀을 하시면 곤란합니다. 내 소관 업무는 아니지만 우리 프랑스는 불명예를 감수하면서까지 한국 정부의 요청을 들어준 겁니다. 한국측에서는 국책사업을 추진하면서 프랑스측에 그 사업하고는 아무 상관도 없는 불명예스러운 조건을 제시했지만 우리는 그것을 받아들이기로 했던 겁니다. 그런데 이제 와서 그 불명예스러운 조건을 먼저 충족시켜 달라고 하니 정말 곤란합니다."

불명예스러운 것 좋아하네, 짜아식. Z는 빈정거리고 싶은 것을 꾹 참았다.

"우리는 그것이 결코 불명예스러운 일이라고는 생각지 않습니다."

Z가 단호한 어조로 강하게 나오자 대사는 조금 긴장하는 것 같았다.

"프랑스가 그자의 망명을 받아 준 것부터가 잘못이었어요. 그자는 말이 국회의원이지 대표적인 부정부패 기업인이에요. 그런 자를 프랑스가 받아들이는 바람에 문제가 생긴 거예요. 전부터 우리는 그자를 한국으로 돌려보내라고 수차례 요구했지만 당신네는 들은 척도 하지 않았어. 당신은 불명예 운운하지만 나는 당신네들 하는 짓거리를 보면 울화통이 터져. 유감이 많단 말이야!"

상대방이 한국말을 못 알아듣는 줄 알고 있는 Z는 마음 놓고

반말로 지껄였다. 당황한 사람은 통역을 맡고 있는 비서였다. 그는 머뭇거리다가

"그, 그대로 통역할까요?"

하고 물었다.

"임마, 그대로 통역하면 어떻게 해. 알아서 해야지."

"알겠습니다."

비서는 상스러운 표현들을 빼 버리고 일반적인 말들로 적당히 얼버무려 통역했다. Z는 더 기세를 올렸다.

"불명예로 말하면 우리가 더 할 말이 있어. 그 놈은 우리 한국의 수치야. 그 놈 때문에 각하의 명예가 얼마나 많이 실추되었는지 알기나 해요? 당신들은 그 점에서 각하한테 사과해야 해. 사과의 의미로도 그 자식을 돌려보내는 건 당연한데 도대체 뭘 망설이는 거야? X-프로젝트를 수주한데 대한 감사의 뜻으로 그 정도도 안 되겠다는 거야?"

대사는 난처한 표정으로 통역의 말을 듣고 있다가 손목시계를 들여다보았다.

"알겠습니다. 비행기 탑승시간이 되어서 길게 이야기할 수가 없군요. 제가 한 가지만 분명히 짚고 넘어가겠습니다. 우리가 그 한국인을 한국측에 먼저 인도해 줄 경우 한국의 대통령이 책임지고 X-프로젝트 계약을 즉시 이행하겠다는 약속, 믿어도 되는 겁니까?"

"되고말고. 대통령의 권위가 있는데 그런 약속을 함부로 할 거 같아?"

Z는 눈까지 부라렸다.

"대통령을 대신해서 당신이 각서를 써 줄 수 있습니까? 나도 프랑스로 돌아가면 정부에 믿을 수 있는 증거를 보여줘야 합니다. 그렇지 않으면 믿으려 들지 않을 거고, 그렇게 되면 그 사람을 인도하는 것이 어려워질지도 모릅니다."

"이런 제기랄놈의, 각서는 무슨 각서……. 그런 거 없으면 안 돼 나?"

"꼭 필요합니다. 그래야 일 처리가 빨라집니다."

"야, 백지 한 장 가져와."

비서는 허둥지둥 서랍을 열어보더니 백지 몇 장과 볼펜을 가져왔다.

"한국말로 써도 돼지?"

"네, 괜찮습니다. 번역은 나중에 해도 되니까 한국말로 쓰십시오."

대사는 다시 손목시계를 들여다보면서 재촉했다.

"뭐라고 쓰지?"

Z는 볼펜을 만지작거리며 뭐라고 쓸지를 몰라 망설였다. 보다 못한 비서가 말했다.

"이렇게 하면 어떻겠습니까?"

Z는 곁눈질로 비서를 흘겼다.

"말해 봐."

"X-프로젝트 사업 계약을 체결함에 앞서 프랑스측은 먼저 채문기를 한국측에 인도해야 한다. 한국은 채문기를 인도받는 즉시 X-프로젝트 사업의 계약서에 서명할 것을 약속한다. 대통령을 대신하여……."

Z는 눈을 치뜨고 비서를 쏘아보았다.
"야, 임마, 채문기라는 건 어떻게 알았어?"
"죄송합니다. 어쩌다가 알게 됐습니다."
비서는 머리를 조아렸다.

추 방

리비에라 해안의 페라곶, 1975년 8월 10일 아침 8시 4분.
채문기는 형사가 팔짱을 끼려는 것을 거칠게 뿌리쳤다.
"갈 테니까 손대지 마!"
그는 악에 받쳐 있었다. 그의 손목에는 수갑이 채워져 있었다. 수갑을 채우지 않고도 데리고 갈 수 있지만 그가 워낙 안 가겠다고 버티는데다 다시 또 도주의 우려가 있기 때문에 할 수 없이 구속 상태로 연행하게 되었던 것이다.
어제 저녁 채문기가 별장에서 도망친 것은 형사들이 유럽챔피언 축구경기에 온통 정신이 팔려 있을 때였다. 그가 없어진 것을 알게 된 것은 그가 도망친지 한 시간쯤 지나서였다. 경찰은 이탈리아로 넘어가는 국경지대에 검문검색을 강화하는 한 편 프랑스 전역에 긴급 수배명령을 내렸다. 또한 인터폴에도 연락하여 유럽 전역에 경계망을 폈다. 채문기가 도망갈 구멍은 아무데도 없었다.

수배명령을 내린지 한 시간도 못되어 모나코 경찰로부터 채문기를 억류하고 있다는 연락이 왔다. 모나코로 달려간 피노 반장 일행은 채문기를 확인하고는 비로소 한숨을 놓을 수가 있었다. 그것은 싱겁게 끝나 버린 해프닝 같은 사건이었지만 그 때부터 채문기에 대한 경계는 전과는 사뭇 다르게 강화되었고, 그를 대하는 형사들의 태도도 사무적으로 딱딱하게 변했다.

난처해진 것은 피노 반장이었다. 문기한테서 거액을 받아 챙긴 그는 그 사실이 들통날까 봐 전전긍긍했다. 그 돈을 도로 돌려줄 마음은 손톱만큼도 없었기 때문에 어떻게든 그 사실을 숨기려고 갖은 애를 다 썼다. 그것은 문기의 입만 막으면 별 문제가 없는 일이지만, 문제는 문기가 어떻게 나오느냐 하는 것이었다. 막다른 코너에 몰린 문기가 무슨 짓을 저지를지는 아무도 알 수 없는 일이었다. 그래서 그를 데리고 별장을 나서기 전에 피노 반장은 그를 다른 방으로 따로 불러 내 단둘이서 이야기를 나누었는데, 그것은 속이 뻔히 들여다보이는 이야기였다.

"내 부하들 눈도 있고 해서 이야기를 못했는데, 당신 왜 그렇게 어리석어요? 도대체 어디로 도망가려고 했어요? 지금 도망간다고 해서 당신이 무사할 것 같아요? 당신은 우리 허락 없이는 한 발짝도 프랑스에서 벗어날 수 없어요. 어리석은 짓은 제발 그만둬요."

"그럼 가만 앉아서 죽음을 받아들이라는 겁니까? 난 그렇게 할 수 없어요!"

"당신은 사태를 더 악화시켰어요. 당신이 도망치는 바람에 그 사실이 상부에 보고됐고, 상부에서는 당신을 구속 상태에서 연행하라고 했어요. 이제 나로서도 어쩔 수가 없게 됐어요. 당신한테는 미성년자 추행혐의가 추가되어 형사고발 되어 있어요. 프랑스 법률은 미성년자 추행혐의로 형사고발 되면 즉각 체포하게 되어 있어요."

"내가 미성년자를 추행했다고요? 도대체 누구를 추행했다는 거죠?"

"아가트 말이오."

"그 애가 미성년이란 말이오?"

"그래요."

"그 애는 창녀나 다름없어요. 그리고 여기서 아르바이트를 했단 말이에요."

"어떻든 아가트는 미성년자로 확인됐어요."

"정말 당신들은 웃기는 자들이야. 나를 옭아매려고 별짓을 다 하는군. 그 년은 빌레놈하고 작당해서 내 돈을 강탈해간 년이야. 그런 날강도를 미성년자 어쩌고 하면서 보호해 주겠다는 거야? 그런 창녀를 데리고 논 것이 문제가 된다구? 이봐요, 그러지 말고 그 년 놈이나 빨리 붙잡아서 내 돈 찾아 줘요."

"그건 걱정하지 말아요. 전국에 수배를 해 놨으니까 곧 소식이 있을 거예요. 그리고 당신 딸 문제인데…… 오늘 중으로 석방될 겁니다."

"확실해요?"

"내가 알아봤어요. 석방되는 게 확실해요. 그래서 하는 말인데 당신하고 만날 수 있는 가능성이 커졌어요."

"가능성 정도 가지고는 안 돼요. 내 딸을 만나야 해요. 당신 나한테 약속했잖아요? 그래서 내 돈까지 먹은 거 아니오?"

"알았어요. 제발 돈 이야기는 꺼내지 말아요. 다른 사람이 들으면 내 입장이 곤란해지니까 그런 말은 하지 말아요. 그 대신 딸은 틀림없이 만나게 해 줄 테니까 얌전하게 기다리고 있어요. 당신이 이 단계에서 몸부림치고 항의해 본들 아무 소용없으니까 그냥 운명으로 생각하고 모든 걸 순순히 받아들여요."

"흥, 운명으로 생각하라고요? 당신 같으면 순순히 받아들이겠소? 난 절대 그럴 수 없어요. 한국에 도착하기 전에 난 죽어버릴 거요."

충혈된 눈이 번득거리는 것이 금방이라도 무슨 짓을 저지를 것만 같았다.

"너무 그렇게 절망적으로 생각지 말아요. 내 마음 같아서는 당신을 자유로운 상태로 데리고 가고 싶은데 당신이 도주하는 바람에 그렇게 하기는 어렵게 됐어요. 상부에서 구속 상태로 연행하라고 엄중지시가 내려왔기 때문에 할 수 없이 수갑을 채워야 하니까 그렇게 알고 이해해 줘요."

"밧줄로 꽁꽁 묶어서 데리고 가시지 왜 그래요."

문기는 빈정거렸다.

채문기를 태운 차는 정확히 8시15분에 별장을 출발했다.

경찰 패트롤카가 사이렌을 울리며 앞서 가고 그 뒤를 문기를 태운 소형 승합차가 따라갔다.

문기는 언제나처럼 눈부신 햇빛 속에서 빛나고 있는 리비에라 해안의 쪽빛 바다를 차창밖으로 물끄러미 바라보았다. 이것으로 내 운명도 끝나는가 보다고 생각하니 비장한 기분이 들면서 눈앞이 침침해져 왔다. 그가 가지고 가는 것이라고는 트렁크 하나밖에 없었다. 오다 다까오 변호사 놈은 아직까지 연락이 되지 않고 있었다.

차는 높은 벼랑 위로 꼬불꼬불 이어진 길을 빠른 속도로 달리고 있었다. 차 안에는 양쪽으로 길게 의자가 놓여 있었고 가운데는 비어 있었다. 문기의 양편에는 형사들이 붙어 앉아 있었고 그를 마주보는 맞은 편 자리에는 피노 반장과 구레나룻을 기른 형사가 버티고 있었다. 도중에 피노 반장이 인심이라도 쓰는 듯 문기의 손목에서 수갑을 풀어 주었다. 그것을 보고 다른 형사들이 긴장하는 표정을 지었다.

"허튼 수작 하지 말아요."

구레나룻이 경계심을 보이며 말했다. 문기는 두 눈을 감았다. 그리고 니스 공항에 도착할 때까지 눈을 뜨지 않았다.

공항에 도착하자 그의 손목에는 다시 수갑이 채워졌고, 그는 마치 중범죄자처럼 양쪽에서 형사들의 부축을 받으면서 곧장 비행기 트랩을 올라갔다. 파리행 비행기는 출발 10분을 앞두고 있었다.

비행기 안으로 들어가자 좌석에 앉아 있던 사람들이 일제히 그를 쳐다보았다. 그는 불쾌한 표정으로 잔뜩 이맛살을 찌푸린 채 형사가 권하는 자리에 앉았다.

니스에서 파리 드골 공항까지의 비행시간은 한 시간 남짓 정도 밖에 되지 않았다. 에어프랑스 소속의 구식 프로펠러기는 기류변화로 도중에 한 번 심하게 요동쳤다. 그 때 문기는 차라리 이대로 비행기가 추락해 버리면 좋겠다고 생각했다. 그러나 비행기는 예정시간에 드골 공항에 안착했고, 비행기에서 내린 그는 공항 터미널 안에 있는 경비대 사무실로 끌려갔다.

경비대 사무실 한쪽에는 쇠창살로 앞을 막아 놓은 유치장 같은 방이 하나 있었다. 흑인 청년 두 명이 그 안에서 지친 표정으로 앉아 있는 것이 보였다. 그들은 마치 숲 속에서 자유롭게 뛰어놀다가 막 붙잡혀 온 원숭이 새끼들 같았다. 문기는 형사들이 떠미는 대로 순순히 유치장 안으로 들어갔다. 그가 안으로 들어서기 무섭게 흑인들이 다가와 말을 걸었는데 한마디도 알아들을 수가 없었다.

"마수알라 그루미 빠라라."

손가락 두 개를 입에다 갖다 대는 것이 담배 있으면 한 대 달라는 말인 것 같았다. 담배를 꺼내 주자 그들의 표정이 금방 환해졌다. 유치장 안에 재떨이까지 갖춰져 있는 것으로 보아 담배는 마음대로 피울 수 있는 것 같았다. 문기는 흑인들과 함께 벽에 기대앉아 담배를 피웠다.

"야, 너희들 어디서 왔냐?"

"밀랄라 뚜르기네 우뿌뿌웅기레 마쨔뿌 쿵구……."

"뭐라구?"

한참만에야 그들이 콩고를 쿵구로 발음하고 있다는 것을 알 수가 있었다. 그들은 아프리카 콩고 출신으로 불법 입국자로 체포되어 추방을 기다리고 있는 신세였다.

"너희들이나 나나 마찬가지 신세구나. 하지만 너희들을 기다리고 있는 건 죽음은 아니겠지. 난 죽으러 간다."

그들은 한없이 맑아 보이는 눈을 깜박거리며 말없이 그를 쳐다보기만 했다.

시간은 오전 11시 20분을 막 지나고 있었다. 서울행 비행기 출발 시간은 오후 2시 50분이었다. 그 때까지는 세 시간 남짓 남아 있었다.

문기는 비 오듯이 땀을 흘리고 있었다. 어제부터 아무 것도 먹지 않았지만 조금도 배고픈 줄을 모르고 있었다. 그 대신 냉수만 자꾸 들이켰다. 11시 30분이 되었을 때 그는 쇠창살을 붙잡고 서서 피노 반장을 불렀다. 피노는 다른 곳에 있다가 허둥지둥 뛰어왔다.

"내 딸은 언제 만날 수 있소?"

문기는 거칠게 숨을 내쉬며 물었다.

"지금 오고 있으니까 좀 기다려요. 이렇게 시끄럽게 굴면 안 돼요. 이걸 알아야 해요. 당신은 프랑스를 떠날 때까지 누구도 만나서는 안 되는 걸로 되어 있어요. 면회금지 상태란 걸 알아야 해요. 그걸 어기고 내가 특별히 면회를 주선하는 거니까 조용히 앉아서 기다리고 있어요. 상부에서 알게 되면 면회도 취소되고 난 처벌받게 돼요."

"얼마나 더 기다려야 해요?"

"한 시간 안에 도착할 겁니다."

문기는 계속 줄담배를 피워 댔다. 담배가 떨어지자 재떨이에서 꽁초까지 집어내 피웠다. 손끝이 심하게 떨리고 있었지만 아무리 해도 멈출 수가 없었다. 가슴이 자꾸만 조여져 와 숨쉬기조차 불편해지고 있었다. 가지고 있던 고혈압 억제제를 먹었지만 얼굴이 벌겋게 달아오르고 어지럼증이 있는 것이 혈압이 계속 오르고 있는 것 같았다. 12시가 되자 커피 한 잔과 샌드위치 조각이 들어왔다.

샌드위치는 포장지 안에 두 조각이 들어 있었다. 문기가 거기에는 손도 안 대자 흑인들이 가져다가 먹어 버렸다. 문기는 커피만 조금 마시다가 말았다.

피노가 바쁜 걸음으로 다시 나타난 것은 12시 반경이었다. 문기는 벌떡 일어나 앞으로 다가섰다.

"왔어요?"

피노는 심각한 표정으로 끄덕였다.

"지금부터 만나게 해 줄 테니까 시간을 지켜야 해요. 면회시간은 1시 정각까지예요. 그리고 시끄럽게 떠들거나 하면 안 돼요. 면회가 취소될 수도 있으니까 각별히 조심해야 해요."

유치장 밖으로 나오자 그의 손목에는 다시 수갑이 채워졌다.

"내 딸을 만나는데 굳이 이걸 채워야 합니까?"

"방에 들어가면 다시 풀어 줄 겁니다."

채수지는 사방이 밀폐된 방 안에 혼자 앉아 있었다. 방 가운데에 조그만 나무 탁자 하나와 나무 의자 두 개가 놓여 있을 뿐 장식 하나 없는 건조한 방이었다. 천장 구석 두 곳에는 감시 카메라가 설치되어 있었고, 다른 쪽 구석에는 녹음시설도 갖추어져 있었다.

그녀는 안색이 창백했다. 40여 일 동안 구속 상태에 있으면서 조사를 받다가 재판에 회부되어 법정에 나가기까지 했는데, 재판 도중에 갑자기 석방되었던 것이다. 담당 변호사는 자기가 손을 써서 석방된 거라고 자랑했지만 그녀가 생각하기에는 꼭 그렇지만은 아닌 것 같았다. 아직 확실하게 드러나지는 않았지만 그녀를 갑자기 풀어 준 데에는 뭔가 꿍꿍이속이 따로 있는 것 같았다.

그녀는 약간 푸른 기가 도는 원피스를 입고 있었다. 화장을 하나도 하지 않은 얼굴인데도 청초한 아름다움이 엿보이고 있었다. 그녀가 공항에 나온 것은 아버지가 프랑스에서 추방된다고 해서 마지막으로 만나보기 위해서였다. 맞은 편 자리에는 에란트가 앉아 있었다. 그는 수지의 표정이 어떻게 변하는지 관찰하고 있었다. 그의 말에 따르면 채문기는 미성년자 추행과 탈세, 수지를 통한 테러조직 자금 지원 혐의 등으로 추방명령을 받았다는 것이었다. 그리고 덧붙여 말하기를 일단 한국으로 추방되면 그의 안전을 보장할 수 없다고 했다. 한국은 현재 공포 분위기 하에 있으며, 모든 언론들은 재갈이 물려 있고, 정적들은 쥐도 새도 모르게 처형되고 있다고 했다. 그런 곳으로 돌아간다는 것은 곧 죽음을 의미하는 것이라고 겁을 주기까지 했다. 하지만 채문기가 살아날 길이 전혀 없는 것은 아니라고 했는데, 그 말이 그녀를 더없이 곤혹스럽게 만들었다.

"우리는 카를로스와 당신 아버지를 바꾸고 싶어요. 카를로스를 우리한테 넘겨주면 당신 아버지를 추방하지 않을 수도 있어요. 잘 생각해서 결정해요. 당신 아버지가 떠날 시간은 얼마 남지 않았으니까. 일단 비행기가 출발하면 우리도 손쓸 도리가 없어요. 이건 마지막 협상이라는 걸 알아요."

수지는 자기는 카를로스의 행방을 전혀 알지 못한다고 되풀이해서 말했지만 에란트는 그녀의 말을 믿지 않았다. 그는 수지가 틀림없이 카를로스와 선이 닿아 있을 거라고 굳게 믿고 있었고, 그래서 그녀의 협조를 끌어내기 위해서 추방이라는 극단적인 방법을 강구했던 것이다. 물론 그 배후에는 클레멘트의 사주가 있긴 했지만……. 그런데 그와 같은 방법이 한국 정보기관의 개선문 작전과 서로 맞물려 빠르게 진척될 수가 있었던 것이다.

수지 입장에서는 프랑스 당국이 아버지를 추방시키지는 못할 것이라고 생각하고 있었다. 미성년자 추행이니 뭐니 해서 그럴 듯한 명분을 내세우고 있지만 그것은 단순히 협박에 지나지 않는다고 믿고 싶었다. 그런데 만일 아버지를 추방하는 것이 사실일 경우 어떻게 할 것인가. 그녀는 거기에 대해 아직 아무 것도 결정을 못 내리고 있었다. 간단히 말해 그것은 아버지와 카를로스를 교환할 것인가 말 것인가 하는 문제였다. 그녀는 아무리 생각해도 어느 한쪽만 선택할 수가 없었다. 카를로스를 택할 경우 아버지는 한국으로 추방되어 죽음을 맞게 될 것이다. 그것은 도저히 받아들일 수 없는 일이었다. 어떻게든 아버지를 살려내야 하는 것이 자식 된 도리였다. 하지만 그럴 경우 카를로스를 버려야 한다. 그를 프랑스 당국에 넘겨야 하고, 자신은 배신자로 쫓기게 될 것이다. 카를로스는 앞으로 태어날 아기의 아빠가 될 사람이다. 아기 아빠를 내 손으로 죽게 한단 말인가. 그녀는 고개를 흔들었다. 도저히 그럴 수는 없었다. 그녀는 어느 쪽도 선택할 수가 없었다.

지금은 카를로스와 연락이 두절되어 있지만 그녀가 하려고만 마음을 먹는다면 그와 통신을 재개하는 것은 그다지 어려운 일이 아니었다. 그녀는 카를로스에게 연락을 취할 수 있는 방법을 알고 있었다. 하지만 지금은 때가 아니기 때문에 모른 체하고 있었던 것이다.

문이 벌컥 열리더니 양쪽 손목에 수갑을 찬 사람이 안으로 들어왔다.

"아빠!"

수지는 발딱 일어섰다.

그녀에게 문기가 수갑을 차고 있는 모습을 보여준 것은 사태의 심각성을 알리기 위한 하나의 연출이었다. 수지는 아빠의 품에 뛰어들자마자 울음부터 터뜨렸다. 문기는 수갑 때문에 그녀를 안을 수가 없었다.

"고생 많았지?"

문기도 눈물을 흘리기 시작했다.

"전 괜찮아요. 아빠, 어떻게 된 거예요? 정말 한국에 가시는 거예요?"

"그래. 이 사람들이 기어이 날 추방시키겠다고 여기까지 끌고 왔단다."

"이 수갑 좀 풀어 줄 수 없어요?"

그녀가 큰 소리로 항의하자 피노가 고개를 흔들다가 마지못한 듯 수갑을 풀어 주었다. 그제야 두 부녀는 서로 부둥켜안고 울음을 터뜨렸다.

에란트는 피노만 남게 하고 다른 수사관들을 모두 내보내고 나서 부녀가 울음을 그치기를 기다렸다가 말문을 열었다.

"시간이 얼마 없습니다. 지금 결정을 하지 않으면 나중에 후회해도 소용없습니다. 채문기 씨가 일단 한국측에 신병이 넘어가면 그것으로 끝나는 거니까요. 조금 있으면 한국 대사관 직원들이 신병 인수를 하기 위해 도착할 겁니다. 그 전에 빨리 결정하셔야 합니다."

"뭘 결정하라는 거요? 난 한국으로 갈 수 없어요! 차라리 날 죽이시오!"

문기는 갑자기 벽으로 달려가 머리를 짓찧으면서 울부짖었다. 그의 이마에서 피가 흐르는 것을 보고 수지가 놀라서 다시 울음을 터뜨렸다.

"아빠! 이러지 마세요! 아빠! 이러시면 안 돼요!"

"난 한국에 가면 안 돼! 놈들이 날 때려죽일 거야! 넌 몰라! 놈들이 얼마나 무서운 놈들인지."

"아빠, 너무 그렇게 절망하지 마세요. 이럴수록 힘을 내셔야 해요. 아빠는 살 수 있어요! 제가 힘을 써 볼게요."

그녀는 아버지의 이마에서 흘러내리는 피를 손수건으로 닦아 주면서 말했다. 에란트는 두 사람을 의자에 앉힌 다음 조용히 말했다.

"수지 양 내말을 잘 들으세요. 수지 양이 힘을 써 본다고 했으니까 너무 실망하지 않아도 될 거예요. 나도 수지 양한테 기대를 걸고 있습니다. 사실 솔직히 말한다면 나도 채문기 씨를 한국으로 보내고 싶지 않아요."

문기는 손등으로 눈물을 훔친 다음 수지와 에란트를 번갈아 쳐다보았다.

"그게 무슨 말이죠? 우리 애가 힘을 쓰면 된다니 그게 무슨 말이죠? 우리 애가 힘을 쓰면 나를 한국에 안 보낼 수도 있다 이 말인가요?"

"그렇습니다."

에란트는 수지를 곁눈질하면서 말했다. 수지는 그의 시선을 피했다. 하지만 그 말에 귀가 번쩍 뜨인 문기는 지푸라기라도 붙잡는 심정으로 다시 물었다.

"어, 어떻게 힘을 쓰면 된다는 거죠?"

"그건 수지 양한테 물어보십시오."

문기는 벌겋게 충혈된 눈으로 딸을 쏘아보았다.

"네가 어떻게 힘을 쓴다는 거지?"

그녀는 눈물어린 눈으로 아버지를 바라보다가 시선을 떨어뜨렸다.

"전에 했던 얘기예요. 제가 카를로스를 체포하는데 도움을 주면 아빠를 한국으로 보내지 않겠다는 거예요."

"맞습니다. 수지 양 말이 맞습니다. 당신을 구할 수 있는 길은 그 방법밖에 없습니다."

에란트가 두 눈을 번득거리며 말했다.

"야비한 인간들 같으니!"

문기는 분노가 폭발해서 금방이라도 상대방을 때려누일 것처럼 노려보면서 소리쳤다.

"결국 카를로스를 붙잡으려다가 안 되니까 날 볼모로 잡았다는 애기군. 날 볼모로 잡고 내 딸을 협박하고 있다니, 더러운 인간들 같으니!"

"진정해요. 그렇게 화를 내면 신상에 좋지 않으니까 진정해요. 시간이 없으니까 시간을 절약하는 게 좋을 거요. 당신은 그렇게 생각하고 있지만 우리 입장은 또 달라요. 뭐가 다르냐 하면…… 당신은 무조건 추방하도록 되어 있어요. 하지만 당신이 수지 양을 설득해서 카를로스를 체포하는데 협조해 준다면 우리도 거기에 보답하는 의미로 추방을 취소할 수도 있다 이거요. 그러니까 수지 양을 협박하기 위해서 당신을 이용하고 있다는 당신 말은 너무 일방적인 해석이란 말이오."

"말장난은 집어치워요!"

"그러지 말고 수지 양하고 이야기해 봐요. 수지 양이 수사에 협조만 해 준다면 모든 게 잘 풀릴 텐데 도무지 말을 듣지 않아요. 수지 양, 마지막으로 다시 한 번 묻겠소. 자칼과 아버지 중에 어느 쪽을 택하겠소?"

수지는 아버지의 팔짱을 꼭 끼며 말했다.

"우리 아빠를 보내지 말아요. 제발 부탁해요."

"나도 보내고 싶지 않아요. 자칼에 대한 정보를 우리한테 넘겨주겠소?"

수지의 표정에 순간적으로 혼란이 일었다. 그러나 그녀는 이내 고개를 세게 흔들었다.

"그 사람에 대해서는 아는 게 하나도 없어요. 정말이에요. 도울 수가 없어서 정말 미안해요."

에란트는 무서운 눈으로 그녀를 노려보았다.

"아버지를 추방해도 좋아요?"

"안 돼요. 그건 안 돼요."

"그럼 할 수 없군. 당신이 우리한테 협조 못하겠다면 우리도 도와줄 수 없어요. 채문기 씨, 가만 있지 말고 수지 양한테 마지막으로 부탁해 보세요."

채문기는 에란트를 노려보다가 수지 쪽으로 시선을 돌렸다. 아버지와 딸은 말없이 한동안 서로를 쳐다보기만 했다. 서로의 속마음을 헤아려 보려는 듯이. 그것을 보고 에란트가 계속 충동질을 했다.

"수지 양, 살인자를 보호하기 위해 사랑하는 아버지를 희생시킬 건가요?"

"아니에요! 그렇지 않아요!"

수지는 고개를 세차게 흔들었다. 그 바람에 머리가 헝클어지고 눈물이 볼을 타고 마구 흘러내렸다.

"내 딸을 괴롭히지 말아요!"

문기가 참지 못하고 소리쳤다. 거기에 맞서 에란트도 큰 소리로 말했다.

"뭘 알고나 하는 소리요? 당신 딸은 숨기고 있어요! 그 놈이 어디 숨어 있는지 알고 있단 말이오!"

문기는 부들부들 떨면서 그를 노려보다가 수지의 팔을 꽉 움켜잡았다.

"그게 정말이냐?"

"아니에요! 전 정말 몰라요!"

"보복을 받을까 봐 그러는 거예요. 우리가 책임지고 보호해 줄 테니까 말해 봐요."

"정말 몰라요! 알면 왜 말하지 않겠어요!"

"당신 딸은 그 놈들한테 단단히 세뇌 당했어요. 사실대로 자백하면 당신들 두 사람은 안전하게 보호받을 수가 있는데 도무지 말을 안 들어요."

에란트는 재촉하듯 손목시계를 들여다보았다.

"면회시간은 앞으로 5분밖에 남지 않았어요. 내가 할 일은 다 했으니까 이제 당신들이 알아서 해요. 조금 후에 한국 대사관 직원들이 나타날 거요."

그 때까지 잠자코 있던 피노가 나섰다.

"수지 양, 더 이상 어리석은 짓 하지 말아요. 아버지를 구할 수 있는 방법까지 알려줬는데 왜 그렇게 고집을 부리는 거죠? 한국은 지금 최악의 상황이에요. 독재자가 권력을 유지하기 위해 거의 발악하고 있어요. 아버지가 한국으로 돌아가는 건 악어 입 속으로 들어가는 것이나 마찬가지예요. 아버지가 비참하게 죽는 걸 두고 볼 거예요?"

"그런 곳으로 우리 아빠를 보내려는 당신들은 한국의 독재자보다 더 나빠요!"

"우리는 상부의 지시를 따를 뿐입니다. 옳고 그른 것을 따질 입장이 아니에요."

그 때 문이 벌컥 열리면서 건장한 사내들이 들이닥쳤다. 모두 다섯 명으로 하나같이 검정색 정장 차림이었는데, 피부색깔이 가무잡잡한 동양인들이었다. 그들 가운데 선글라스를 끼고 있는 자가 에란트와 악수를 나누면서 불어로

"수고 많으셨습니다."

하고 말했다.

　그러자 에란트가 보라는 듯이 한국 기관원들을 문기에게 소개했다.

　"이분들은 한국 대사관에서 오신 분들입니다. 이쪽은 채문기 씨……."

　선글라스의 사내는 껌을 잘강잘강 씹으며 차갑게 문기를 응시했다. 나머지 사내들도 경멸하는 듯한 눈초리로 그를 노려보았다. 문기 역시 그들을 노려보았지만 이내 공포에 사로잡히면서 온몸을 부들부들 떨기 시작했다.

　"준비됐어요?"

　선글라스가 문기에게 오만한 태도로 턱짓을 해 보이며 한국말로 물었다. 문기는 갑자기 입이 굳어 버린 듯 아무 대꾸도 못한 채 사시나무 떨 듯 떨어 대기만 했다.

　"안 돼요! 데려갈 수 없어요!"

　수지가 아버지 앞을 가로막으며 소리쳤다.

　"이 아가씨 누구야?"

　"따님입니다."

하고 에란트가 말했다.

　선글라스의 입가로 냉소가 피어났다.

　"아, 그 유명한 채수지 씨군요."

　사내는 그녀를 무슨 물건 보듯 아래위로 훑어보더니 이렇게 말했다.

　"부녀가 나라 망신시키는 데는 소질이 있군."

　"뭐라구?! 이 나쁜 놈, 너 기관원이지?"

선글라스의 표정이 험악해졌다.

"아직 우리 손에 넘어오지 않았으니까 지금 맘대로 실컷 떠드시지. 이따가 비행기 안에서 봅시다. 한국에 갈 때까지 좀 괴로울 거요."

"뭐, 뭐라구?"

문기는 대들 듯하다가 수지가 말리자 금방 수그러졌다. 그들의 기분을 거슬렀다가 돌아오게 될 폭력이 두려웠던 것이다. 선글라스를 비롯한 한국인들의 얼굴에는

"이 새끼, 두고 보자."

하는 표정이 역력히 나타나 있었다.

문기는 같은 한국인들이 이렇게 무섭게 보이기는 난생 처음이었다. 그들은 마치 죽음의 사자들 같았다. 그들의 손에 넘어가서는 절대 안 된다는 생각이 들자 그는 마침내 앞뒤 살피지 않고 딸에게 매달렸다.

"수지야! 네가 힘들겠지만 이 아빠를 살려 줘야겠다!"

그것을 보고 에란트는 재빨리 한국인들을 밖으로 나가 있게 했다.

"아직 시간이 있으니까 밖에서 기다리십시오."

한국인들이 밖으로 사라지자 에란트는 보란 듯이 수지에게 말했다.

"저 사람들한테 넘어가면 아버지는 죽은 목숨이나 다름없어요. 수지 양이 지금 당장 결단을 내리지 않으면 아버지를 살릴 길은 영영 없어요."

"수지야, 이 애비를 살려 다오! 난 지금 죽고 싶지 않다! 애비

보다도 그 놈이 더 중요하냐? 모든 거 다 청산하고 애비하고 함께 살자. 우린 행복하게 살 수 있어!"

문기는 수지를 잡아 흔들면서 애걸복걸했다. 그러나 수지는 흐느껴 울면서도 자기는 아버지를 도울 수 없다고 말했다.

"죄송해요, 아빠. 그 사람이 어디 있는지 알면 왜 말하지 않겠어요. 전 그 사람보다도 아빠를 더 사랑해요. 하지만 모르는 걸 어떻게 해요?!"

그녀는 에란트에게 매달렸다.

"우리 아빠를 살려 주세요! 살려 주면 뭐든 다 하겠어요! 약속하겠어요! 뭐든지……."

"내가 수지 양에게 바라는 건 자칼의 목이야! 그 놈의 목을 달란 말이야!"

에란트는 차갑게 쏘아붙였다.

"그건 약속할 수 없어요."

여기서 이야기는 더 이상 진척될 수가 없었다. 마지막에 가서 항상 그녀의 대답이 한결 같았기 때문이었다.

설마 한국으로 송환된다해도 과연 그들이 아버지를 죽일까. 아버지가 무슨 죽을 죄를 지었다고 죽이기까지 할까. 옥살이 정도로 끝나겠지. 비록 고생이 되더라도 그 정도야 감수해야 할 것이다. 독재정권은 오래 가지 못할 것이다. 그 때까지만 살아 계시면 된다. 수지는 나름대로 다른 생각을 하고 있었다. 그녀는 아버지가 자신에게 매달려 애걸복걸하는 것이 마음에 들지 않았다. 아무리 절망적인 상황이라 하더라도 그런 모습을 보인다는 것이 싫었다. 비록 죽음을 눈앞에 두고 있다해도 좀 더 당당한 모습을 보일 수는 없을까. 그녀는 그런 아버지의 모습을 보고 싶었다. 그러나 지금의 아버지의 모습은 죽음의 공포에 떨고 있는, 그야말로 초라하고 비굴하기 짝이 없는 모습이었다. 아, 아버지, 제발 이러지 마세요. 그녀는 자신을 붙든 채 울고 있는 아버지를 가만히 밀어냈다.

"아빠, 이러지 마세요, 아빠가 이러시면 전 정말 어떻게 해야 할지 모르겠어요. 아빠, 힘내세요. 힘내시면 어떤 어려움도 극복할 수 있어요."

"수지야, 내가 이렇게 말해도 못 알아듣겠냐? 난 한국으로 끌려가면 죽는단 말이다! 이 아빠가 죽는 꼴 보고 싶냐?!"

"아빠, 그런 말씀 마세요. 누가 아빠를 죽인다는 거예요? 아빠는 절대 죽지 않아요! 조금만 참으시면 독재정권도 끝날 거예요. 그런 정권은 오래 가지 못해요."

"바보 같은 소리하지 마! 넌 뭘 몰라도 한참 모르는구나! 이런 말하고 있을 시간이 없다. 수지야, 마지막으로 묻겠다. 이 아빠를 살려 줄 수 없겠니?"

"아빠, 아빠 대신 제가 죽고 싶어요! 저도 죽고 싶어요! 하지만 우린 생각을 바꿔야 해요! 왜 우리가 죽어야 해요?! 죽어야 할 놈들은 따로 있어요! 아빠는 절대 돌아가시지 않아요! 돌아가셔서도 안 되구요!"

눈물을 흘리며 말하는 딸을 뚫어지게 쳐다보다가 문기는 의자에 털썩 주저앉았다. 그리고 두 손으로 얼굴을 감싼 채 탁자 위로 상체를 웅크렸다.

"네가 이 애비를 버리는구나."

"아니에요! 그렇지 않아요! 아빠를 도와드리고 싶지만 전 정말 그 사람이 어디 숨어 있는지 몰라요! 아빠! 제 말을 믿어 주세요!"

에란트는 수지를 노려보면서 어금니를 깨물었다. 정말로 모르고 있던가, 아니면 숨기고 있던가, 둘 중의 하나다. 정말로 모르고 있다면 할 수 없는 일이지만, 만일 알고 있으면서도 숨기고 있다면 정말 지독한 년이다.

"넌 내 자식이 아니야."

문기는 탄식하듯 내뱉었다.

"아빠, 죄송해요. 용서해 주세요."

"도저히 용서할 수 없어."

"아, 아빠…… 절더러 어떡하라는 거예요?!"

문기는 몸을 일으키더니 수지를 빨아들이듯 응시하다가 그녀를 와락 끌어안았다. 아버지와 딸은 몸을 떨면서 소리죽여 통곡했다. 한참 동안 울고 난 뒤 문기는 차마 딸을 떼어놓지 못하고 그녀의 등을 쓰다듬으면서 말했다.

"내가 널…… 얼마나 사랑하는 줄 아니? 누가 뭐래도 넌 내 딸이야. 아까 한 말은 본심이 아니었어. 다 거짓말이야. 내가 너무 내 생각만 했다. 너는 잘 살아야 한다. 그리고 그 아기는 낳아서는 안 된다. 꼭 지워야 한다."

수지는 흐느끼면서 고개를 끄덕였다.

"그리고 이거……."

그는 트렁크를 열고 검정 가죽으로 된 작은 서류가방을 하나 꺼냈다.

"이번에 한국으로 돌아가면 난 다시는 프랑스에 못 올 거다. 내가 감옥에 가든가 죽었다는 소식이 들리면 여기에 있는 내 재산과 사업은 네가 관리해야 한다. 이 가방 안에 모든 게 상세하게 들어 있으니까 잘 보관해야 한다. 비서한테 말해 뒀으니까 그 여자가 알아서 잘 처리할 거다. 내 변호사도 한 번 만나 봐야 한다. 오다 변호사라고 일본계 프랑스인 인데 지금은 일본으로 휴가를 떠나 연락이 안 된다. 그 사람이 있었으면 일이 이렇게까지 악화되지는 않았을 거야. 어려운 일이 있으면 그 변호사하고 상의하면 된다. 아주 성실하고 믿을 만한 사람이야."

수지는 서류가방을 받아 들고 다시 울음을 터뜨렸다. 문기는 딸의 어깨를 감싸 안으면서 그녀의 귀에다 대고 작은 소리로 속삭였다.

"가방 안에 현찰하고 수표가 들어 있으니까 그걸 쓰도록 해라. 아껴 쓰면 몇 년 동안은 쓸 수 있는 돈이다."

"고마워요, 아빠."

"시간 됐어요. 갑시다."

에란트가 차갑게 말했다. 방 안에는 어느 새 한국인들이 들어와 있었다. 에란트는 수지를 노려보며 말했다.

"당신한테 기대를 걸었었는데 나를 실망시키고 말았어. 값비싼 대가를 치르게 될 거야."

에란트가 턱짓을 하자 그의 부하들이 문기의 손목에다 수갑을 채웠다. 그리고 비상용 출입문을 활짝 열었다. 그 앞에는 드넓은 활주로가 펼쳐져 있었다. 그리고 몇 대의 차들이 대기하고 있었다. 문기가 멈칫하고 서서 움직이려 들지 않자 에란트의 부하들이, 두 명은 그의 팔짱을 끼고 당기고 다른 한 명은 뒤에서 그를 떠밀었다. 한국인들은 아직 차례가 안 되었는지 조금 떨어져서 따라갔다. 출입구 앞에서 문기는 밖으로 나가지 않으려고 버텼고, 그러자 수지도 달려들어 그 앞을 가로막았다.

"안 돼요!"

그녀는 아버지의 품 속으로 파고들었다. 두 부녀는 서로 떨어지지 않으려고 서로 꼭 끌어안고 안쪽으로 밀고 들어갔다. 그러나 쓸데없는 짓이었다.

"이건 공무집행 방해야! 비키지 않으면 채포할 거야!"

에란트가 날카롭게 소리 질렀지만 그녀는 아버지를 놓아주려고 하지 않았다.

"뭣들 하는 거야?! 떼어내!"

에란트가 고함을 지르자 그제야 머뭇거리고 있던 형사들이 달려들어 그녀를 억지로 떼어낸 다음 사무실 안쪽으로 밀어 버렸다. 그 바람에 그녀는 바닥에 힘없이 나동그라졌고, 잠시 후 그녀가 몸을 일으켰을 때는 문이 막 닫히고 있었다.

"수지야!"

끌려가지 않으려고 버티면서 뒤를 돌아보고 소리치는 아버지의 모습이 막 닫히는 문 사이로 얼핏 보였다.

"아빠!"

수지는 문 쪽으로 미친 듯 달려갔다. 그러나 철문은 이미 굳게 잠겨 있었고, 그 앞에서 형사 한 명이 조롱기어린 눈으로 그녀를 바라보고 있었다.

"아빠! 아빠!"

그녀는 주먹으로 문을 두드리다가 얼굴을 문에다 갖다 댄 채 격하게 울음을 터뜨렸다.

"나쁜 놈들! 가만 두지 않을 거야! 꼭 복수할 거야!"

밖으로 끌려 나간 문기는 검정색 세단에 강제로 태워졌다. 그의 왼쪽에는 에란트가, 그리고 오른쪽 자리에는 선글라스를 낀 한국인이 올라탔다. 문기가 몸부림치자 선글라스가 한국말로 엄하게 말했다.

"얻어터지기 전에 얌전히 있어."

그 말에 문기는 멈칫했다.

한국인 한 명을 추방하기 위해 마지막으로 동원된 차는 모두 세대였다. 세대의 차는 아무 제약도 받지 않고 활주로 위를 달려 갔는데, 맨 뒷차에는 한국인들이 타고 있었다.

차장 밖으로 태극마크가 그려진 KAL기의 거대한 동체를 보는 순간 문기는 머릿속이 멍해지면서 시야가 뿌우옇게 흐려왔다. 이윽고 차가 멈춰서고 문이 열리자 그는 잡아끄는 대로 밖으로 나갔다.

에란트가 안주머니에서 서류를 꺼내더니 선글라스를 낀 한국인에게 불쑥 내밀었다.

"여기에 사인하십시오."

선글라스는 볼펜을 꺼내 에란트가 가리키는 서류에다 사인을 했다.

에란트는 서류를 돌려받은 다음 고개를 끄덕였다.

"됐습니다. 이제 데려가도 좋습니다."

그런 다음 그는 문기를 똑바로 쳐다보면서 말했다.

"이제부터 당신은 프랑스 정부의 보호를 떠나 한국 정부의 관할 하에 들어갑니다. 당신을 프랑스로부터 추방하게된 것을 유감으로 생각합니다. 아무튼 행운을 빌겠습니다."

사무적인 작별인사를 끝낸 다음 그는 옆에 서 있는 피노에게 턱짓을 했다.

"수갑 풀어 줘."

피노는 수갑을 풀어 주면서 재빨리 속삭였다.

"너무 걱정하지 말아요. 프랑스 정부는 한국 정부에 당신을 탄압하지 말라는 의견서를 외교경로를 통해 보낼 겁니다. 용기를 가지십시오."

입에 발린 소리였다. 문기는 그를 쳐다보지도 않았다.

피노가 수갑을 풀어 주자 이번에는 선글라스를 낀 한국인 지휘관이 부하들에게 명령했다.

"수갑 채워!"

한국인 사내들이 재빨리 그를 에워쌌는데, 그들은 비밀기관의 기관원들이었다. 그의 손목에는 다시 수갑이 채워졌고, 그는 트랩 쪽으로 끌려갔다. 그러자 그 때까지 자포자기 상태에 빠져 있던 문기가 거세게 몸부림치기 시작했다.

"이거 놔! 난 한국에 안 갈 거야! 이거 놓으란 말이야, 이 새끼들아!"

그는 아예 바닥에 드러누워 버렸다. 프랑스인들은 떼굴떼굴 구르면서 발버둥치고 있는 그를 재미있다는 듯이 바라보고 있었다. 그가 워낙 거세게 반항하고 있었기 때문에 한국의 기관원들은 난처한 표정으로 머뭇거리기만 했다. 그것을 보고 선글라스가 호통을 쳤다.

"뭣들 하는 거야?! 다리 한 짝씩 들고 끌고 올라가!"

그제야 네 명의 기관원들이 문기에게 우르르 달려들었다. 두 명이 먼저 문기의 두 다리를 꼼짝 못하게 붙든 다음 위로 쳐들었다. 다른 두 명은 문기의 손목에 수갑이 채워져 있었기 때문에 팔 대신 어깻죽지를 움켜잡았다.

문기는 마치 사람들에게 포획된 한 마리의 살찐 야생 멧돼지 같았다. 그는 짐승처럼 번쩍 들어 올려져 트랩을 올라갔다. 그렇게 운반되는 동안 그는 파란 하늘을 볼 수가 있었다. 순간 가슴이 뭉클해지면서 눈물이 쏟아져 나왔다. 그는 트랩을 다 올라갈 때까지 더 이상 몸부림치지 않고 가만히 있었다.

이윽고 비행기 출입구 앞에 이르자 기관원들은 승객들이 보고 있는 앞에서 그를 들고 갈 수가 없었기 때문에 할 수 없이 그를 내려 놓았다.

"사람들이 보고 있으니까 얌전하게 걸어가!"

선글라스가 그의 귀에다 대고 속삭였다.

출입구 앞에 서 있던 스튜어디스들의 얼굴에서는 미소가 사라져 있었다.

문기는 비행기 안으로 비틀비틀 걸어들어 갔다. 그의 몰골은 참담하기 짝이 없었다. 기내에서 출발을 대기하고 있던 승객들이 놀란 얼굴로 그를 쳐다보았다. 기내는 이미 승객들로 가득 들어차 있었다. 기관원들은 그를 1등석이 있는 2층으로 데리고 가려고 했다. 그 때 그가 갑자기 기관원을 밀치고 일반석 쪽으로 뛰어갔다.

"싫어! 난 한국에 안 갈 거야! 절대 갈 수 없어!"

그가 고함을 지르며 끌려가지 않으려고 날뛰자 승객들이 웅성거리기 시작했다.

"난 지금 한국으로 납치되어 가고 있습니다! 나 좀 살려 주세요! 제가 한국 정부 기관원들에 의해 납치됐다는 사실을 국제사회에 알려주세요! 이 비행기 안에는 외국인들이 많이 타고 있으니까……."

기관원이 달려들어 뒤에서 그의 목을 휘여감는 바람에 그는 더 이상 말을 할 수가 없었다. 그가 무자비하게 다시 끌려가자 여기저기서 승객들이 들고 일어났다. 비행기는 천천히 움직이고 있었다. 한국인 승객들이 거의가 모른 체하고 있는데 반해 외국인 승객들은 의외로 거세게 항의했다. 그것을 보고 당황한 선글라스의 사내가 앞으로 나섰다. 그는 제법 유창한 영어로 이렇게 말했다.

"이 자는 미성년자 추행혐의로 프랑스 당국에 의해 추방당했습니다. 그밖에 탈세와 사기 등으로 한국 사법당국에 고발되어 있는 자입니다. 나는 주 프랑스 한국대사관 영사로 이 자를 한국까지 호송하는 책임을 맡고 있습니다. 소란을 피워 대단히 죄송합니다."

제법 정중한 사과의 말에 승객들은 다시 잠잠해졌다. 문기의 죄질이 크다고 생각했는지 더 이상 아무도 항의하는 사람이 없었다.

1등석으로 끌려올라 간 문기는 목을 휘여 감고 있던 팔이 풀리자 캑캑거렸다. 캑캑거리면서도 아래층으로 내려가려고 버둥거리자 기관원 한 명이 팔꿈치로 옆구리를 내질렀다.

"어이쿠!"

문기는 무릎을 꺾으면서 헉헉거렸다.

1등석에는 승객이 없었다. 문기를 호송하기 위해 일부러 기관에서 1등석 전체를 확보해 놓은 것 같았다.

"이 새끼, 여기가 어디라고 까불어?!"

선글라스의 사내가 구둣발로 복부를 걷어찼다. 문기는 신음소리를 내면서 바닥 위로 나뒹굴었다.

스튜어디스 두 명이 안쪽에서 겁먹은 표정으로 폭행 장면을 보고 있었다. 선글라스는 손가락으로 그녀들을 가리켰다.

"당신들은 들어가 있어!"

여자들은 놀라서 안으로 뛰어 들어갔다.

"일어서!"

선글라스가 쓰러져 있는 문기를 걷어차면서 말했다. 그가 헐떡거리면서 쉽게 일어날 기미를 보이지 않자 선글라스가 부하들을 향해 명령했다.

"이 새끼, 손 좀 봐 줘."

그는 손을 턴 다음 의자에 가서 털썩 주저앉았다.

"엄살떨지 마, 이 새끼야! 일어나지 못해?!"

다시 한 번 구둣발이 날아가자 문기는 한 바퀴 구른 다음 비틀거리며 몸을 일으켰다. 그 앞에 버티고 선 기관원은 두 손에 천천히 가죽 장갑을 끼고 있었다.

"이제부터 넌 죽은 목숨이야! 살아서 한국으로 돌아갈 줄 알았냐?"

말이 끝나기 무섭게 기관원은 주먹으로 그의 턱을 후려갈긴 다음 다른 주먹으로 복부를 쳤다. 문기가 신음소리와 함께 쓰러지자 다른 기관원이 구둣발로 그의 가슴을 밟았다.

"너 같은 새끼는 쥐도 새도 모르게 죽여 버릴 수 있어! 일어나!"

여기저기서 구둣발이 날아들자 문기는 정신을 차릴 수가 없었다. 이러다가는 비행기 안에서 맞아 죽겠다는 생각이 들자 될수록 덜 맞으려고 잔뜩 몸을 웅크렸다.

"이리 데려 와."

선글라스가 의자에 느긋하게 앉은 채 말했다.

기관원 한 명이 앞으로 채워져 있던 수갑을 풀더니 팔을 뒤로 꺾어 다시 그것을 손목에다 채웠다. 문기는 몸을 일으킨 다음 선글라스 앞으로 비틀비틀 다가갔다.

선글라스의 사내는 문기를 노려보면서 담배를 뽑아 물었다. 그의 부하 한 명이 재빨리 라이터 불을 붙여 주자 그는 담배연기를 깊이 빨고 나서 문기 쪽으로 후하고 내뿜었다.

"꿇어앉아."

그가 제법 위엄 있는 목소리로 말했다. 새파랗게 젊은 놈이 아버지뻘 되는 사람한테 꿇어앉으라는 말에 문기는 어이가 없어 그를 멀거니 쳐다보았다.

"이 새끼, 꿇어앉으란 말이야!"

선글라스는 구두 끝으로 문기의 정강이를 사정없이 냅다 걷어찼다.

"어이쿠!"

문기는 비명을 지르면서 무릎을 꺾었다. 그 때 거대한 기체가 땅을 박차면서 공중으로 날아올랐다. 문기는 고통으로 일그러진 얼굴을 숙인 채 숨을 가쁘게 내쉬었다. 걷어 채인 정강이를 손으로 만지고 싶었지만 뒤로 수갑이 채워져 있어서 그럴 수가 없었다.

"얼굴 쳐들어."

문기는 얼굴을 쳐들고 상대방을 바라보았다.

선글라스는 다리를 꼬고 앉은 채 담배를 꼬나물고 있었다.

문기의 몰골은 말이 아니었다. 한쪽 눈두덩은 부어 있었고, 부르터진 코와 입에서는 피가 흘러내리고 있었다.

"이 새끼야, 다시 한 번 떠들어 보지."

선글라스는 구두바닥으로 그의 얼굴을 내질렀다. 문기는 뒤로 벌렁 나자빠졌다가 옆으로 구르면서 가쁜 숨을 내쉬었다.

"일어서!"

구두 끝이 정강이를 노리고 정확히 날아왔다.

"어이쿠!"

문기는 무릎으로 바닥을 짚으면서 몸을 일으켰다. 손을 쓸 수가 없기 때문에 몸을 일으키는 것도 더디고 힘들기만 했다.

"빨리 움직여, 이 새끼야!"

다시 또 정강이를 걷어 채인 문기는 너무 고통스러워 껑충 뛰었다.

마침내 그의 입에서는 절대자에게 굴복할 수밖에 없는 나약한 한 인간의 절박한 호소가 흘러나왔다.

"잘못했습니다. 용서해 주십시오."

그는 온몸을 떨면서 흐느껴 울었다.

"난 우는 거 질색이야. 앉아!"

구두 끝이 정강이뼈에 딱 소리를 내면서 부딪쳤다.

"어억!"

문기는 재빨리 꿇어앉았다.

"일어서!"

문기는 이를 악물고 몸을 일으켰다.

"왜 이렇게 굼떠? 빨리 움직이지 못해? 앉아!"

정강이가 으스러지는 것 같은 통증을 느끼며 문기는 얼른 무릎을 꿇었다.

"잘못했습니다! 용서해 주십시오!"

"뭘 잘못했다는 거야?"

"소란을 피워 죄송합니다."

그는 고개를 숙였다. 찌부러진 자신의 안경이 발치에 놓여 있었다.

"앉아!"

문기는 재빨리 무릎을 꿇었다.

"용서해 주십시오!"

"근본적으로 뭘 잘못했는지 말해 봐."

"가, 각하를 비난하고…… 결과적으로 욕되게 했습니다. 죽을 죄를 졌습니다. 용서해 주십시오."

"흥, 알긴 아는군. 우리가 너 때문에 얼마나 곤욕을 치른 지 알아? 이가 갈려서 잡기만 잡으면 갈아먹으려고 했어."

선글라스는 발을 들고 구두바닥으로 그의 얼굴을 문질러 댔다. 그런데도 문기는 그와 같은 모욕을 고스란히 받아들이고 있었다.

한편 수지는 에란트가 보는 앞에서 목 놓아 울고 있었다. 아버지를 강제로 떠나보낸데 대한 회한으로 그녀는 가슴이 미어지는 것 같았다. 에란트는 뒤로 다가가 떨고 있는 그녀의 어깨를 안아주었다.
"나도 이러고 싶지 않았지만 이 일은 상부의 명령이라 할 수 없었어요."
그녀는 그의 손을 뿌리치면서 홱 돌아섰다.
"당신들은 반드시 대가를 치를 거예요!"
그녀의 두 눈은 눈물에 젖어 있었지만 증오에 불타고 있었다.
"반드시 대가를 치르게 하고 말 거예요!"
"테러조직을 이용해서 복수를 하겠다는 거요?"
에란트는 그녀를 무섭게 쏘아보았다. 그녀는 입을 꼭 다물고 있었다.
"역시 내가 생각한대로군. 당신은 테러조직과 관계가 있어. 자칼의 애인이니까 관계가 있는 게 당연하겠지."
"그래요! 난 테러리스트예요! 당신 같은 야만인들을 테러할 거예요! 두고 보세요!"
에란트의 눈이 순간적으로 휘번덕했다. 그녀가 너무 직선적으로 뱉어내는 바람에 어안이 벙벙했다. 지금까지 온갖 위협과 설득에도 불구하고 부인하기만 하던 그녀가 자기 입으로 스스로 테러리스트라고 말한 것이다. 이 말을 곧이곧대로 믿어야 할까. 그러나 그는 이내 그녀가 너무 화가 난 나머지 자학적으로 말한 것이라는 것을 알 수가 있었다. 그래서 그는 슬쩍 이렇게 던져 보았다.

"진작 자백할 것이지 아버지가 떠난 뒤에 그런 말을 하면 어떡해요?"

"자백한 게 아니니까 멋대로 생각하지 말아요. 이젠 정말 협조할 수 없어요. 있다면 복수밖에 없어요."

"선전포고하는 건가?"

"마음대로 생각하세요."

에란트는 화를 내는 그녀를 가만히 응시하다가 담배를 꺼내 내밀었다.

"한 대 피우면서 다시 한 번 생각해 봐요."

"다 끝났는데 생각해 볼 것도 없잖아요."

그러면서도 그녀는 담배를 받아 들었다. 에란트는 지포라이터로 불을 붙여 준 다음

"언제나 기회는 있는 법이에요."

하고 말했다.

그녀는 그를 힐끗 쳐다보고 나서 담배를 깊이 빨았다.

"그게 무슨 말이죠?"

"아직 기회는 있다는 말이오."

"놀리지 말아요. 당신은 너무 야비해요."

"놀리는 게 아니오. 분명히 기회는 있어요. 당신이 하기에 달려 있지만……."

그녀는 에란트를 쏘아보다가 담배를 뻑뻑 빨았다. 손끝이 마

구 떨리고 있었다.

"우리 아빠를 구할 수 있단 말이에요?"

"그래요. 방법이 생각났어요."

에란트는 정색을 하고 말했다.

"믿을 수가 없어요. 장난칠 생각 하지 말아요."

그녀는 담뱃불을 비벼 끄고 나서 창밖을 바라보았다. AIR FRANCE라는 글자가 선명하게 찍힌 거대한 기체가 지금 막 활주로 위로 내려앉고 있었다.

"나는 장난치는 게 아니오."

"그 비행기, 혹시 안 떠난 거 아니에요? 아니면 다른 곳으로 갔던가……?"

"천만에. 분명히 한국을 향해 출발했어요. 그리고 내일, 한국 시간으로 오후 7시 30분에 서울에 틀림없이 도착할 거요."

"그런데 무슨 기회가 있다는 거예요?"

"마지막 기회요."

"놀리지 마세요."

"기회가 있으면 협조하겠소?"

두 사람의 시선이 날카롭게 부딪쳤다. 에란트는 그녀의 시선에서 섬뜩한 것을 느끼고는 시선을 돌렸다가 다시 그녀를 쳐다보았다.

"생각해 보구요."

"생각해 보고 말고 할 수가 없어요. 시간이 별로 없어요. 비행기가 한국에 도착하기 전에 붙잡아야 해요. 그만큼 생각했으면 됐지 더 이상 뭘 생각하겠다는 거요?"

"비행기를 어떻게 붙잡겠다는 거죠? 강제로 착륙시키겠다는 건가요?"

"그렇게 할 수도 있고, 다른 방법을 강구할 수도 있어요. 중요한 것은 당신의 결정에 달려 있어요. 당신이 수사에 협조하겠다고 약속하면 한국에 도착하기 전에 당신 아버지를 빼내 보도록 하겠어요."

"절대 포기하지 않는군요. 정말 끈질기군요."

"난 카를로스를 붙잡아야 해요. 내가 살아 있는 한 놈을 절대 포기하지 않을 거요."

"나보고 그를 배신하라는 거군요?"

"그런 살인자를 배신한들 뭐가 어때요? 그런 놈한테는 신의니 뭐니 하는 게 아무 의미 없어요. 악마한테 그런 게 무슨 의미가 있어요?"

수지는 거기에는 대꾸하지 않은 채 다시 담배 한 대를 피워 물고 나서 한동안 침묵을 지키고 있다가 마침내 결심한 듯 입을 열었다.

"아버지를 구해 주세요. 구해 주면…… 협조하겠어요."

"약속할 수 있어요?"

에란트는 눈을 부릅뜨고 물었다. 수지는 무겁게 고개를 끄덕였다.

"약속해요."

에란트는 그녀의 표정을 살펴보고 나서 마치 먼 거리를 달려온 마라토너처럼 안도의 한숨을 내쉬었다.

"진작 그럴 것이지. 후유……."

"아버지를 어떻게 구해 낼 것인지 그걸 알고 싶어요. 아버지를 파리에서 다시 보기 전에는 협조할 수 없어요."

"그야 당연하죠. 그 전에 나도 확인하고 싶은 게 있어요."

수지는 담배를 피우면서 잠자코 상대방의 말을 기다렸다.

"당신의 협조 말인데……, 그게 그냥 미지근하고 형식적이면 안 돼요. 그런 식의 협조는 있으나 마나해요."

"알고 있어요. 자칼은 제 애인이에요. 그리고 그 사람의 아기까지 가지고 있어요. 그런 사람을 배신하는 게 쉬운 줄 아세요? 하지만 전 배신하기로 했어요. 그냥 헤어지는 게 아니고 철저히 배신하기로 했어요. 우리 아버지를 구하기 위해서예요. 그렇게 되면 결국 제 목숨도 위험해지겠죠."

"그건 아무 걱정하지 말아요. 우리가 당신을 철저하게 지켜 줄 테니까."

"당신들의 보호는 받고 싶지 않아요."

그녀의 단호한 태도에 에란트는 머쓱했다.

"확실하게 해 둡시다. 자칼을 우리한테 넘길 수 있어요?"

"한번 해 보겠어요. 하지만 지금 당장은 어려워요. 시간이 필요해요."

"그건 나도 알고 있어요. 하지만 무작정 기다릴 수는 없어요. 얼마 정도 걸리겠어요?"

"그는 의심이 많아요. 그리고 한 곳에 있지 않고 수시로 돌아다니고 있어요. 그는 내가 석방된 것을 알면 나까지 의심할 거예요. 그러니까 그의 의심이 사라질 때까지 기다려야 해요. 의심이 사라지면 나를 만나려고 들 거예요. 그 때 가서 그를 체포하면 될 거예요."

에란트는 의심스러운 눈으로 그녀를 쳐다보았다. 그녀의 말은 맞는 말이었다. 하지만 그의 입장에서는 의혹을 지우기까지는 그녀를 더 두고 지켜볼 수밖에 없었다.

"알겠어요. 하지만 최대한 빨리 마무리를 짓도록 합시다. 나도 한없이 인내심을 발휘할 수는 없으니까. 그리고 자칼 외에 테러조직 전반에 대한 많은 정보가 필요해요. 일단 협조하기로 한 이상 당신은 이제부터 프랑스 대테러기관의 일원으로 수사에 적극적으로 협조해야 합니다."

"프랑스 첩보국의 일원이 되라는 건 날더러 스파이가 되라는 말인가요?"

"당연한 거 아닌가요? 자칼을 우리에게 넘기려면 우리 첩보국의 스파이가 되지 않고는 불가능하지 않습니까?"

수지는 그제야 상대방의 속셈을 알아차리고는 당혹스러워 하는 것 같았다. 하지만 그녀는 이내 모든 것을 포기한 듯 고개를 끄덕였다.

"알겠어요. 적극 협조하겠어요. 하지만 너무 재촉하지는 마세요. 서두르다가 의심을 사게 되면 모든 것이 수포로 돌아가니까요. 가장 중요한 것은 다시 신뢰를 쌓는 거예요. 지금 자칼과의 라인은 완전히 단절되어 있어요. 그것을 복구시키려면 상당한 시간이 필요해요. 그들은 안심하기 전에는 라인을 복구하려 들지 않을 거예요."

"알겠소."

"이제 어떻게 하면 우리 아버지를 도로 데려올 수 있는지 말해 주세요."

"음, 그건…… 이런 계획이오."

 에란트가 설명하는 동안 그녀는 그에게서 잠시도 눈을 떼지 않았다.

앵커리지 공항

앵커리지 1975년 8월 10일 오후 3시 50분.

채문기는 창문을 통해 흰 눈으로 덮여 있는 북극권의 산들을 물끄러미 바라보았다. 비행기는 고도를 낮추면서 앵커리지 공항으로 접근하고 있었다. 8월인데도 알라스카의 산들은 흰 눈으로 덮여 있었다. 그 대신 산 아래쪽 숲과 평야는 녹음으로 출렁이고 있었다.

그는 기관원들에게, 특히 선글라스의 젊은 사내에게 갖은 모욕을 당하면서 얻어터지다가 짐짝처럼 한쪽 구석자리에 처박혀 있었다. 그를 실컷 괴롭히고 난 그들은 그에게 좌석도 내주지 않고 바닥에 그대로 앉아 있게 했다. 그가 화장실에 갈 때는 두 명이 항상 그를 따라붙어 감시했다. 그들은 그가 일을 볼 때만 수갑을 풀어 주었고, 그는 문을 열어 놓은 채 배설을 해야만 했다.

그런 것이야 참을 수 있었다. 가장 괴로운 것은 무릎을 꿇고 장시간 바닥에 앉아 있는 것이었다. 그는 앉은 채 고통을 잊고 졸고 또 졸았다. 가끔씩 걷어채이기도 했지만 나중에는 그를 내버려두었다. 그에게 좌석이 제공된 것은 다섯 시간쯤 지나서였다. 그러나 수갑은 여전히 차고 있어야 했다. 수갑은 앞으로 돌려졌기 때문에 뒤로 차고 있을 때보다는 고통이 덜했다.

"조금 있으면 앵커리지 공항에 내릴 거야. 대합실에서 기다렸다가 다시 탈 거니까 그 때까지 얌전히 있어야 해. 대합실에서 또 소동을 부리면 가만 안 둘 거야. 알았어?"

채문기의 옆 좌석에 앉아 있던 기관원이 그에게 단단히 주의를 주었다.

"네, 알았습니다."

"소동 부린다고 해서 당신을 구해 줄 사람은 아무도 없다는 걸 명심해."

"알겠습니다."

그렇지 않아도 그들에게 하도 혼이 났기 때문에 그는 반항할 생각이 전혀 없었다. 죽은 듯이 숨만 쉬고 있을 수밖에 다른 도리가 없었다.

앵커리지 공항 통과여객 대합실 면세점 앞에는 거대한 북극곰 한 마리가 두 발로 서서 포효하고 있었다. 흰 털로 덮인 박제된 북극곰은 하도 커서 고개를 뒤로 발딱 젖혀야 머리끝까지 볼 수가 있었다.

대합실과 보세구역은 잠시 머물렀다 가는 통과여객들로 붐비고 있었다. 앵커리지를 경유하는 여객기들은 거의가 급유를 위해 한두 시간 이곳에 기착하기 때문에 공항 대합실 안은 세계 각국에서 온 승객들로 항상 북적거리고 있었다. 비행기에서 내린 승객들이 우르르 쏟아져 들어왔다가 잠시 후에 썰물처럼 빠져나가면 또 다른 비행기에서 내린 승객들이 우하니 밀려들어온다. 이와 같은 광경이 하루에도 수십 차례씩 반복되고 있기 때문에 앵커리지 대합실 안은 전 세계 인종 전시장을 방불케 하고 있었다.

채문기가 강제로 실려 타고 온 KAL기가 파리의 드골 공항을 출발한 것은 8월 10일 오후 2시 50분경이었다. 그리고 열한 시간의 비행 끝에 앵커리지 공항에 기착했지만 날짜 변경선을 통과는 바람에 현지 시간은 같은 날 오후 3시 50분을 조금 지나고 있었다. 그리고 KAL기가 앵커리지 공항에 머무는 시간은 약 두 시간 정도였다.

비행기에서 내리기 전에 기관원들은 문기를 화장실로 데리고 가 얼굴을 씻게 하고 옷매무새를 가다듬게 했지만 초췌하고 공포에 얼어붙은 모습은 감출 수가 없었다. 얼굴의 상처를 감추기 위해 그의 머리 위에는 챙이 넓은 모자까지 씌워져 있었다.

그는 구석진 곳에 놓여 있는 긴 나무 의자에 앉아 포효하고 있는 북극곰을 멀거니 바라보았다. 앞으로 모아진 두 손은 점퍼로 가려져 있었다. 수갑이 채워진 모습을 가리기 위해 그렇게 덮어놓은 것이었다.

조금 떨어진 곳에서는 선글라스의 사내가 공중전화로 Z에게 전화를 걸고 있었다.

"어디야?"

전화를 받자마자 Z가 퉁명스럽게 물었다.

"방금 앵커리지 공항에 도착했습니다. 피노키오는 잘 데리고 있습니다."

"끝까지 방심하지 말고 잘 데리고 와. 실수하면 귀국할 생각 하지 마."

"잘 알겠습니다. 그런 일은 없을 겁니다."

"야, 임마, 큰소리치다가 당하는 법이야. 그 새끼가 자살이라도 하면 어떡할 거야? 감시 잘 해!"

"알겠습니다. 명심하겠습니다!"

전화를 끊고 난 선글라스는 문기 쪽을 재빨리 살펴보았다. 문기 옆에는 기관원 한 명만이 하품을 하며 앉아 있었고, 다른 두 명은 면세점을 기웃거리고 있었다. 나머지 한 명은 어디로 갔는지 보이지도 않았다. 선글라스는 면세점을 기웃거리고 있는 부하 두 명을 한쪽으로 데리고 가 낮은 소리로 말했다.

"야, 이 새끼들아, 지금 뭐 하고 있는 거야? 저 새끼가 갑자기 아래층으로 뛰어내리면 어떡할 거야?"

느닷없이 욕을 잔뜩 얻어먹은 그들은 차렷 자세로 똑바로 서서 고개를 숙였다. 외국인들이 호기심어린 눈으로 쳐다보면서 지나쳐 갔다.

"실수하면 너희들 귀국할 생각하지 마. 한 명은 어디 갔어?"

"화, 화장실에 간 것 같습니다."

"모두 한눈 팔지 말고 저 새끼 지켜!"

"알겠습니다!"

그들은 재빨리 문기 쪽으로 걸어가 그 주위를 에워쌌다.
 바로 그 때, 정장 차림의 건장한 사나이들이 그들 쪽으로 다가왔다.
 모두 다섯 명으로 네 명은 백인이었고 나머지 한 명은 흑인이었다.
 그들 중 코밑수염을 기른 흑인이 문기를 가리키며 물었다.
 "FBI에서 나왔습니다. 패스포트 좀 보여주십시오."
 "무슨 일이야?"
 선글라스가 급히 다가서면서 물었다. 코밑수염은 그에게 FBI 마크가 새겨진 신분증을 슬쩍 보여줬다. 그런 다음 그에게 신분증 제시를 요구했다. 선글라스는 한국 외교관 신분증을 보여줬다. 코밑수염은 다시 문기에게 패스포트를 보여 달라고 했다.
 "무슨 일입니까?"
 선글라스가 잔뜩 경계심을 보이면서 따져 물었다.
 "좀 알아볼 게 있습니다."
 "보다시피 이 사람은 한국으로 연행 중입니다. 이 사람 여권은 우리가 따로 보관하고 있습니다."
 "좀 보여주십시오."
 선글라스는 할 수 없이 부하에게 채문기의 여권을 보여주라고 말했다. 그의 부하는 서류가방에서 문기의 여권을 꺼냈다. 선글라스가 그것을 받아서 FBI 요원에게 건네자 그는 거기에 붙어 있는 사진과 문기의 실제 모습을 찬찬히 비교해 보았다.
 "모자를 좀 벗어 주시겠습니까?"
 문기는 수갑이 채워진 두 손을 들어 올려 모자를 벗었다.

"채문기 씨 맞습니까?"

코밑수염이 여권에 적혀 있는 영문 이름자를 보면서 물었다.

"네, 맞습니다."

코밑수염은 고개를 끄덕이다가 갑자기 선글라스를 똑바로 쏘아보면서 말했다.

"이 사람을 잠시 조사할 일이 있습니다. 조사한 다음 데리고 올 테니까 당신들은 여기서 기다려 주십시오."

코밑수염은 패스포트를 돌려주지 않고 양복 안주머니에다 집어넣어 버렸다.

"뭐라구요?! 그건 안 됩니다!"

선글라스가 사나운 기세로 소리쳤다. 그러자 백인 두 명이 한국인들을 밀치고 문기를 일으켜 세웠다.

"뺏기면 안 돼! 막아!"

선글라스의 명령에 그의 부하들이 일제히 백인들에게 달려들었다.

문기를 사이에 두고 건장한 사내들이 옥신각신하는 바람에 가장 놀란 사람은 문기 자신이었다. 그는 얼이 빠진 모습으로, 금방이라도 주먹다짐이 오갈 것 같은 그들의 험악한 모습을 멀거니 바라보고만 있었다. 그러는 동안 배후에서 자신을 구하기 위한 모종의 움직임이 진행되고 있음을 어렴풋이 느낄 수가 있었다. 대합실 안에서 탑승시간을 기다리고 있던 승객들은 좋은 구경거리라도 생겼다는 듯 그 주위로 몰려들어 그들의 다투는 모습을 지켜보고 있었다.

한국측 요원들이 워낙 필사적으로 저지하고 나서는 바람에 미국측 요원들은 차츰 밀리기 시작했다. 그것을 보고 코밑수염이 선글라스에게 경고했다.

"당신들, 지금 당장 비키지 않으면 모두 체포할 거야!"

"웃기지 마! 무슨 권한으로 체포하겠다는 거야?! 여긴 치외법권이야!"

"여긴 우리 관할구역이야. 오해하지 마. 잠시 조사하고 보내주겠다는데 왜 그러는 거야?"

"뭘 조사하겠다는 거야? 물어볼 게 있으면 여기서 물어 봐."

"여기선 안 돼."

"그럼 나도 절대 안 돼. 저 사람한테 절대 손대서는 안 돼! 알았어요?!"

선글라스는 코밑수염에게 손가락을 흔들어 보이면서 눈을 부라렸다.

그러자 코밑수염은 안 되겠다 싶었던지 무전기를 꺼내 어디론가 연락을 취했다. 잠시 후 바닥에 부딪치는 구둣발 소리가 꽤나 요란스럽게 들려오더니 10여 명이나 되는 정복차림의 보안대원들이 나타났다. 한국의 기관원들과 그들은 금방 뒤엉켜 격렬하게 부딪쳤고, 그 사이에 FBI 요원들은 문기를 데리고 대합실을 빠져나갔다.

보안대원들은 한국 기관원들이 필사적으로 달려들자 그들을 몽둥이로 사정없이 후려갈겼다. 몽둥이로 여기저기 얻어맞은 한국인들은 수세에 몰렸고, 그런 그들에게 보안대원들은 수갑까지 채웠다. 팔이 뒤로 꺾인 채 수갑을 차고 보안실로 끌려간 한국 기관원들은 다시 한 번 얻어터졌다. 한국인들과 격렬한 몸

싸움을 벌이는 과정에서 상처를 입은 보안대원들은 화가 머리 끝까지 나 있었고, 그래서 분풀이로 한국인들을 무자비하게 걷어차면서 꿇어앉으라고 소리쳤다.

　제일 비참하게 얻어맞은 사람은 선글라스였다. 그는 항상 끼고 있던 선글라스까지 박살나는 바람에 처음으로 얼굴 모습이 제대로 드러났는데, 움푹 들어간 두 눈은 심한 사시였다. 바닥에 꿇어앉아 분을 이기지 못해 씩씩거리고 있는데 문기를 데리고 사라졌던 FBI의 코밑수염이 나타났다.

　"당신들은 공무집행을 방해했소. 공항 내에서 행패를 부리고 질서를 어지럽혔기 때문에 1주일 동안 구류처분을 받아야 해요. 그런 다음 한국으로 추방될 거요."

　"웃기지 마! 채문기를 내 놔!"

　사팔뜨기 사내는 으르렁거리듯 말했다.

　"그 사람은 내줄 수 없어요."

　"잠깐 조사하고 보내 준다고 했잖소?"

　"그럴려고 했는데 추가로 조사해야 할 일들이 발생해서 금방 조사를 끝낼 수가 없어요. 그 사람은 미국에서 여러 건의 범죄행위로 이미 기소되어 있는 자요. 그래서 미국에서 먼저 처벌을 받아야 해요."

　"말도 안 되는 소리하지 말아요! 그 사람은 프랑스에서 망명 생활을 하다가 한국으로 추방되었어요. 한국 정부와 프랑스 정부는 정식으로 협의를 거쳐 그 사람을 한국으로 인도하기로 합의했어요. 그런 사람을 도중에서 납치하다니, 당신들은 지금 큰 실수를 하고 있는 거야! 한국과 프랑스 정부는 공동으로 미국 정부에 강력하게 항의할 거고, 즉시 돌려주지 않으면 심각한 외교문제로 비화할 거요."

FBI 요원은 코웃음 쳤다.

"외교문제 같은 건 난 잘 몰라요. 그런 건 관심 없어요."

"빌어먹을!"

"조금 있으면 당신들을 태우고 갈 호송차가 올 거요. 그 차를 타고 가서 1주일 동안 유치장에 수감될 거니까 그렇게 알고 대기하고 있어요."

"이 날도둑놈! 지금 당장 채문기를 내 놔! 우린 지금 비행기를 타야 한 다구!"

벽에 걸려 있는 시계는 오후 5시 27분을 가리키고 있었다. 서울행 KAL기의 출발시간까지는 10여분밖에 남아 있지 않았다. 사팔뜨기는 안절부절 못하면서 항의했지만 코밑수염은 고개만 완강하게 가로저을 뿐이었다.

"1주일 동안 구류를 살기 싫으면 지금 얌전하게 한국으로 돌아가겠다고 약속해요. 소란피우지 않고 돌아가겠다면 당신들을 풀어 줄 수도 있어요."

Z는 채문기를 데려오지 않을 경우 한국으로 돌아올 생각은 아예 하지도 말라고 엄포를 놓았었다. 그 생각을 하자 사팔뜨기는 모골이 송연해졌다.

이러지도 저러지도 못하게 된 그는 얼른 결정을 내리지 못하고 부하들 쪽을 쳐다보았다. 왜 하필 앵커리지 공항에서 이런 일이 일어났단 말인가. 이건 정말이지 상상도 못했던 일이었다. 여기까지 와서 미국 FBI한테 그 새끼를 탈취 당하다니, 세상에 어떻게 이런 일이 일어날 수 있단 말인가. 무엇보다도 Z를 만날 일이 큰 걱정이었다. 도대체 그에게 뭐라고 보고할 것인가?! Z를 생각하자 그는 공포로 온몸이 굳어졌다.

"야, 어떻게 해야지?"

그는 도움을 청하듯 부하들에게 물었다.

"한국으로 돌아가야 하지 않습니까? 빨리 결정해야지 시간이 없습니다. 비행기 출발 시간이 얼마 안 남았습니다."

그것은 부하들의 일치된 생각인 것 같았다.

"야, 임마, 한국에 돌아가면 우리는 죽는단 말이야!"

"그래도 할 수 없지 않습니까? 여기 있다가는 1주일 동안 구류를 살아야 하는데, 그런 상태에서는 아무 손도 쓸 수가 없지 않습니까? 1주일 동안 아무 소식 없으면 본부에서는 난리가 날 텐데요."

그들은 한국말로 재빨리 의견을 주고받았다. 다급해지자 그의 부하들은 평소 때 그의 눈치만 보던 태도에서 벗어나 거침없이 자기 의견을 이야기했다.

"본부에 가서 욕을 먹더라도 지금 가지 않으면 안 된다고 생각합니다."

"야, 임마, 욕먹는 건 너희들이 아니라 나야! 내가 작살날 거란 말이야!"

사팔뜨기는 한숨을 푹푹 쉬다가 마침내 결심한 듯 벌떡 몸을 일으켰다.

"한국행 비행기를 타겠소! 내보내 주시오!"

"잘 생각했소."

코밑수염은 보안요원에게 수갑을 풀어 주라고 지시했다.

대합실로 나온 한국 기관원들은 탑승 게이트를 향해 뛰어갔다. 뒤따라 나온 흑인은 한국인들이 정신없이 달려가는 모습을 지켜보면서 코밑수염을 만지작거렸다. 입가에는 회심의 미소가 번지고 있었다.

상대가 강대국 사람들이었다면 이런 엉터리 같은 짓은 감히 생각지도 못했을 것이다. 이것은 백주에 많은 사람들이 보는 앞에서 저지른 납치행위임이 분명했다. 그런데도 이런 짓이 가능했던 것은 상대가 약소국이자 독재국가의 기관원들이었기 때문이었다.

선진국들은 겉으로는 지구상의 모든 국가들의 주권을 인정하고 존중해 주는 척하고 있지만 상대가 약소국일 경우 속으로는 그들을 경멸한다. 더욱이 독재국가일 경우에는 경멸의 도가 지나칠 정도로 심하다. 한마디로 마음대로 가지고 놀아도 상관없다는 식이다. 거기에 대해 항의해 본들 콧방귀나 뀔 뿐이고, 고작 예의를 갖춰 사과한다는 것이 유감스럽게 생각한다는 말 한마디 정도이다.

미국 대사

서울, 1975년 8월 11일 오후 8시 23분.

서쪽 하늘에 기울어져 있는 태양은 눈부신 빛을 잃고 붉은 색으로 사그라들고 있었다. 거대한 도시는 낮 동안 태양이 내뿜은 열기에 숨이 막혀 생기를 잃고 축 늘어져 있었다. 마치 거대한 괴물 한 마리가 더위에 지쳐 헐떡거리고 있는 것 같았다. 그 괴물의 등을 타듯 하늘을 낮게 가로질러 하강하고 있는 비행기도 오랜 비행시간에 지칠 대로 지쳐 있는 것 같아 보였다.

8월 10일 파리 현지 시간 오후 2시 50분에 출발한 KAL기가 북극 항로를 거쳐 앵커리지 공항에 기착, 기름을 실은 다음 다시 날아올라 김포 공항에 도착한 것은 서울 현지 시간 11일 오후 8시 23분이었다. 스무 시간이 넘는 비행 끝에 예정보다 53분이 지나 도착한 것이다.

비행기가 속력을 급격히 떨어뜨리면서 활주로 위를 굴러가고 있을 때 초라한 국제선 터미널 빌딩 앞에서는 몇 명의 사내들이 뻣뻣이 서서 비행기가 멈춰서기를 기다리고 있었다. 그들 뒤에는 세 대의 검은 색 세단이 엔진소리를 내면서 대기하고 있었다. 그 사내들은 무더운 날씨임에도 불구하고 검은 색 정장차림을 하고 있었고, 그 중 상급자로 보이는 대머리 사내는 선글라스를 끼고 있었다.

마침내 비행기가 멈춰 서자 그들은 일제히 대기하고 있던 세단에 올라탔다. 공항 패트롤카가 경광등을 번쩍이며 앞서 달리자 세 대의 세단은 그 뒤를 바싹 따라갔다. 이윽고 비행기 앞에 도착하자 사내들은 차에서 내려 일제히 출입구 쪽을 바라보았다. 비행기 트랩이 출입구에 막 장착되고 있었다. 조금 후 비행기의 육중한 출입문이 열리자 대머리 사내와 또 한 사내가 트랩을 뛰어올라 갔다.

일등석을 차지하고 있는 사팔뜨기 일행은 내릴 생각을 하지 않고 한숨만 푹푹 내쉬고 있었다. 서둘러 내려 봤자 기다리고 있는 것은 욕설과 체벌뿐이기 때문에 이러지도 저러지도 못한 채 앉아 있었던 것이다.

대머리 사내가 안으로 들어서자 그제야 그들은 정신을 차린 듯 벌떡 일어났다.

"어, 수고들 했어!"

대머리는 사팔뜨기와 악수를 나누면서도 정신은 딴 데 가 있었다. 그는 부지런히 주위를 둘러보다가 도무지 믿기지 않는다는 표정으로

미국 대사 · 339

"그자는 어디 있어?"
하고 물었다.
"화장실에 갔나?"
사팔뜨기는 힘없이 고개를 저었고, 나머지 사내들은 슬슬 시선을 피했다.
"어떻게 된 거야?"
"무, 문제가 발생했습니다. 시간이 없어서 연락도 못 드리고……."
"무슨 문제야? 도망갔나?"
"그, 그게 아니고……."
"야, 임마! 똑바로 서서 똑바로 말해 봐!"
대머리는 사팔뜨기의 직속상관이었다. 사팔뜨기는 차렷 자세를 취했고, 대머리는 부하의 얼굴에 난 상처를 노려보다가 표정이 일그러지고 말았다.
스튜어디스 두 명이 그들 곁을 재빨리 지나쳐 빠져나갔다. 남자 승무원이 들어오더니 조심스럽게 말을 걸었다.
"일반 승객들이 대기하고 있습니다. 빨리 내려 주십시오."
"임마, 누구한테 빨리 내리라마라 하는 거야? 먼저 내리라고 해!"
안하무인격으로 눈을 부라리자 승무원은 더 이상 아무 소리 못하고 물러갔다.

Z는 저녁식사 도중에 보고를 받았다.
"이런 개새끼들!"

그는 들고 있던 수저를 내던지고 벌떡 일어났다.
"아니, 왜 그러십니까? 무슨 일이 있습니까?"
보안관계 회의를 위해 모인 자리에는 장관들이 다섯 명이나 앉아 있었다. 그 밖에 육군참모총장, 보안사령관, 수도경비사령관, 검찰과 경찰 총수들이 자리를 잡고 있었다.
국방장관이 재차 물었지만 Z는 거들떠보지도 않은 채 안절부절못하다가 자리에서 벌떡 일어났다.
"나 급한 일이 생겨서 이만 가 봐야겠소. 회의 계속하시오."
횡하니 밖으로 사라지는 그를 보고 사람들은 하나같이 어이없다는 표정들이었다.
"저 친구 왜 저래? 도대체 우린 안중에도 없잖아?"
국방장관이 불쾌한 얼굴로 내뱉듯 말하자 모두가 같은 생각인 듯 고개를 끄덕인다.
"요즘 스트레스 많이 받을 겁니다."
보안사령관이 훌렁 벗겨진 이마에 번진 땀을 손바닥으로 닦으면서 말했다.
"스트레스 안 받는 사람 어디 있나요. 있으면 손들어 보세요."
취기로 얼굴이 벌겋게 달아오른 내무부장관이 말했다. 육군참모총장도 한마디 하고 싶은지 두 손을 비벼 댔다.
"우리 군은 스트레스 같은 거 없습니다."
그러자 수도방위사령관이 재빨리 거들고 나왔다.
"사실 군복 입은 저희들이 보기에 말들이 너무 많아요. 좀 조용히 해 줬으면 좋겠어요. 각하께서도 그걸 바라실 겁니다."
순간 실내는 찬 물을 끼얹은 듯 조용해졌다. 모두가 서로 눈치를 보느라고 한동안 어색한 침묵이 흘렀다.

Z는 지금이 각하한테 기쁜 소식을 전해 드려야 할 시간이라는 것을 알고 있었다. 그런데 그럴 수가 없으니 돌아 버릴 것만 같았다.

남산 밑에 위장되어 있는 안가에 도착하자 요원들이 현관 앞에 도열해 있다가 일제히 허리를 굽혔다. 그는 거들떠보지도 않고 안으로 급히 들어갔다. 그의 몸에서는 살기가 느껴질 정도로 냉기가 흐르고 있었다.

사팔뜨기와 그 일행은 차렷 자세로 서 있다가 Z가 찬바람을 일으키며 들어서자 구십도 각도로 허리를 꺾었다. Z는 저고리를 벗어던진 다음 두 손을 허리춤에 걸치고 거칠어진 숨을 몰아쉬면서 그들을 노려보았다.

"어떻게 된 건지 보고해!"

대머리 사내가 곁에서 말했다.

"죄송합니다."

사팔뜨기는 다시 한 번 머리를 숙였다.

"이 개새끼들, 내가 뭐라고 했어?!"

Z는 잡아먹을 듯이 으르렁거렸다. 다섯 명의 기관원들은 겁에 질려 바르르 떨었다.

"죽을죄를 졌습니다. 어떤 처벌도 달게 받겠습니다."

"어떻게 된 건지 설명해 봐."

"네, 말씀드리겠습니다."

사팔뜨기는 바짝 말라붙은 입 속을 적시려고 침을 삼켰다.

"저희가 앵커리지 공항 통과여객 대합실에서 채문기와 함께 앉아 있는데 갑자기 FBI 요원들이 나타났습니다. 모두 다섯 명이었습니다. 그들은 채문기를 조사할 일이 있다고 하면서…… 잠깐 데리고 가서 조사한 다음 돌려보내겠다고 했습니다. 하지만 저희는 그 요구를 들어주지 않았습니다."

"FBI가 확실해?"

"네, 확실합니다! 신분증을 봤는데 FBI 마크가 분명히 찍혀 있었습니다!"

"그 다음 어떻게 됐어?"

사팔뜨기는 어디까지나 자기들의 잘못이 아니라는 사실을 부각시키려고 애쓰면서 사건의 전말을 자세히 이야기했다.

이야기를 모두 듣고 난 Z는 웬 일인지 가만히 있었다. 무엇인가 깊이 생각해 보는 것 같은 표정이었다. 금방이라도 주먹이 날아올 줄 알았던 사팔뜨기는 오금이 저려 견딜 수가 없었다. 단단히 각오를 하고 있었기 때문에 때리면 얼마든지 맞을 각오가 되어 있었다. 그런데 Z는 아무 말 없이 가만히 있었다.

"FBI가 중간에서 놈을 가로채 간 것은 조직적으로 계획하고 있었던 거야. 그 새끼들……."

Z는 이를 부드득 갈았다. 너무도 화가 난 나머지 금방이라도 분노가 폭발할 것 같았지만 분풀이를 하기에는 앞에서 바들바들 떨고 있는 부하들이 너무 하찮아 보였다. 사실 부하들이 잘못한 것은 없었다. 앵커리지 공항은 미국 관할 하에 있기 때문에 거기서 미 연방 수사국을 상대로 싸울 수는 없는 일이다. 어디까지나 그들의 요구대로 따를 수밖에 없는 것이다.

그는 부하들을 혼내는 대신 부지런히 머리를 굴렸다. 머릿속이 너무 혼란스러워 터져 버릴 것만 같았다. 앞에 부동자세로 서 있는 부하들이 역겹기만 했다.

"꼴 보기 싫으니까 모두 꺼져!"

사팔뜨기 팀은 놀란 눈으로 그를 쳐다보고 나서 꾸벅하고 절을 한 다음 부리나케 빠져나갔다.

Z는 언제 이 사건을 각하에게 보고해야 할지 적당한 시간대를 생각해 보았다. 아무래도 사건의 내막을 알 수 있는 데까지 알아보고 나서 보고하는 게 좋을 것 같았다. 지금 각하를 찾아가 무턱대고 FBI한테 당한 이야기를 하면 그는 대노할 것이다.

"야, 프랑스 대사한테 전화해!"

그는 비서한테 소리를 질렀다.

"프랑스로 휴가를 떠났는데요."

"대사 없으면 부대사한테 연락해!"

정보 보안관계의 통신망은 전국 어디나 즉시 연결할 수 있도록 깔려 있었다. 특히 CIS의 통신망과 그것을 관리하는 통신관제실은 아주 우수한 것으로 정평이 나 있었다.

잠시 후 신호음이 울렸다. 비서가 먼저 수화기를 들었다.

"부대사 나왔습니다."

비서가 Z에게 눈짓을 보냈다. Z는 또 다른 수화기를 집어 들고 거친 목소리로 말했다.

"CIS부장입니다."

비서가 그의 말을 영어로 통역했.

"아, 네, 안녕하세요?"

부대사는 여자였고, 의외로 한국말로 말했다. 비서가 통역 없이 한국말로 이야기할 수 있겠느냐고 묻자 그녀는 괜찮다고 대답했다.

"저…… 한국말을 열심히 공부하고 있습니다. 그래서 어려운 내용이 아니면 한국말로 말해도 괜찮습니다."

Z는 상대방이 여자인데다 한국말까지 잘 한다는 사실에 배알이 꼴렸다.

"도대체 어떻게 된 건요?"

그는 거친 어조로 물었다.

"네? 무슨 말씀이신지?"

"시침 떼지 마시오! 당신들이 그 사람 빼돌린 거 다 알아요!"

"무슨 말씀이신지 잘 모르겠군요. 자세히 좀 말씀해 주시겠습니까?"

"이 여자 아무 것도 모르는 거 아니야?"

Z는 중얼거리고 나서 다시 큰 소리로 말했다.

"당신들이 어제 우리한테 넘겨준 한국인이 아직 한국에 도착하지 않았어요! 중간에, 앵커리지 공항에서 그자를 빼돌렸단 말이오! 이제 알겠소?"

"아, 미스터 채 말씀이군요."

"그래요. 이제 알아들었소?"

"네, 알겠습니다. 그런데 그 사람이 도착하지 않았다니 이상하군요. 누가 그 사람을 빼돌렸다는 겁니까?"

"미국 FBI가 나타나 그자를 강제로 끌고 갔어요. 당신들이 FBI와 작당해서 끌고 간 거 맞죠?"

"왜 그렇게 생각하시는 겁니까? 부장님의 말씀은 도저히 이해할 수가 없습니다."

부드럽던 목소리가 딱딱해지고 있었다. Z는 더 거칠게 몰아붙였다.

"그럼 어떻게 FBI가 그자가 앵커리지 공항에 도착하는 것을 알게 됐는지 그것부터 해명해 보시오! 그건 당신들이 알려주지 않고는 알 수 없는 극비 작전이었단 말이오!"

"거기에 대해서 전 아는 바가 전혀 없습니다. FBI가 어떻게 그걸 알게 됐는지 도무지 모르겠습니다."

"시침 떼지 마시오!"

"제가 시침을 떼다니요? 천만에요! 그건 우리하고는 전혀 관계가 없는 일입니다. 우리 프랑스는 당신들이 요청한대로 미스터 채를 분명히 당신들한테 인계했고, 그것으로 우리의 책임은 모두 끝난 겁니다. 따라서 더 이상 우리가 책임져야 할 이유가 없습니다."

"당신들이 알려주지 않고는 FBI가 그걸 알 리가 없어요."

"미국의 정보망은 세계 최고입니다. 미국 스파이는 세계 곳곳에 침투해 있기 때문에 그들의 정보망을 피해서 일한다는 것은 거의 불가능합니다. 우리 프랑스도 미국이 심어 놓은 스파이들 때문에 골치를 앓고 있습니다. 어떻든 우리가 인계한 그 한국인이 무사히 한국에 도착하지 못하고 중간에서 사라졌다는 것은 정말 유감입니다. 우리도 그것이 어떻게 된 일인지 한 번 알아보겠습니다."

조리 있게 차근차근 말하는 바람에 Z는 더 이상 추궁할 수가 없었다. 결국 그는 이렇게 말하는 것으로 통화를 끝낼 수밖에 없었다.

"X-프로젝트 계약은 쉽게 안 될 거요."

"그건 약속 위반이 아닙니까?"

일방적으로 전화를 끊고 난 그는 한숨을 돌린 다음 주한 미국 대사에게 연락해서 지금 당장 자신과 면담 약속을 받아내라고 지시했다.

미국 대사는 주한 외국 대사들 가운데 그가 가장 만나기 싫어하는 상대였다. 그는 만나기가 쉽지 않을 뿐 아니라 매우 오만하고 권위적이어서 상대하기가 버거운 인물이었다. 그리고 그는 대통령하고만 일대일로 독대하려하고, 다른 한국인 실력자들은 우습게 여기는 것 같았다. 그렇다고 한국의 안보를 책임지고 있는 미국 대사를 함부로 대할 수는 없었다. 양보하고 비굴하게 고개를 숙일 수밖에 없는 것이 한국의 입장이었다. 어떻든 아니꼽더라도 그는 지금 당장 미국 대사를 만나야만 했다. 그에게는 이런 것 저런 것 따지고 있을 시간이 없었다.

"미국 대사는 현재 파티에 참석 중이라 시간을 내기가 어렵답니다. 정 만나고 싶으면 파티 장소로 오시라고 합니다. 거기서 잠시 시간을 낼 수 있다고 합니다."

미국 대사에게 연락을 취하고 난 비서가 Z의 눈치를 보면서 조심스럽게 말했다. 그것은 심히 모욕적인 말이었다. Z는 얼굴이 시뻘게졌다.

"그런 개새끼 같으니!"

그는 분을 이기지 못해 씩씩거리며 한참 동안 실내를 왔다 갔다 했다. 어떻게 할 것인가? 고개를 숙이고 파티 장소로 놈을 만나러 갈 것인가, 아니면 만나는 것을 포기할 것인가? 그는 숨을 들이마시면서 멈춰 섰다.

"무슨 파티야?"

"S여대 개교 50주년 기념파티라고 합니다. M호텔에서 열리고 있답니다."

자신도 그 기념파티에 참석해 달라는 초청장을 받은 기억이 났다. 하지만 거절 의사를 전했었다.

"가겠다고 해. 파티 장소 말고 호텔 별실에서 만나자고 해."

"알겠습니다."

M호텔로 가는 동안 Z는 계속 가슴이 두근거렸다. 침착해지려고 애를 썼지만 그럴수록 가슴은 더욱 두근거리고 있었다. 미국 대사가 상대하기 벅찬 인물이기 때문에 지레 두려움을 느끼고 그러는 것 같았다.

20분쯤 지나 M호텔에 도착한 그는 비서가 파티 장소에 들어간 사이 화장실로 들어갔다. 긴장하다 보면 소변이 자주 나온다. 소변이 마렵지 않더라도 미리 봐 두는 것이 마음을 안정시키는데 좋다고 생각하고 있었다.

누군가가 그가 호텔에 나타난 것을 알려줬는지 S여대 총장을 비롯한 간부들이 우르르 몰려나와 그를 에워쌌다. 경호원들이 막으려고 했지만 소용이 없었다.

"어머나, 부장님, 안 오시는 줄 알았는데 오셨군요! 바쁘실 텐데 이렇게 와 주셔서 감사합니다. 안으로 들어가시지요."

이건 또 뭐야? 이런 제기랄! 그는 당황해서 여기저기서 내미는 손들을 얼굴도 쳐다보지 않고 잡아 흔들었다.

"아아, 난…… 저기…… 지나다가 잠시 축하 말씀이라도 전하려고……."

"감사합니다! 자, 들어가시지요."

그가 이러지도 저러지도 못한 채 우물쭈물하고 있을 때 안으로 들어갔던 비서가 돌아와 그의 귀에다 대고 속삭였다.

"기다리다가 조금 전에 떠났답니다."

"뭐야?! 그게 무슨 말이야?!"

"기다리다가 약속이 있어서 떠났답니다."

"아니, 바로 달려왔는데 그것도 못 기다려?! 이런 씨이……."

욕설이 터져 나오려는 것을 그는 간신히 참았다. 행세깨나 하는 여자들 앞에서 쌍욕을 했다가는 무슨 망신을 당할지 모른다. 그는 재빨리 얼굴에 미소를 지었다. 가슴 속은 분노로 이글이글 끓어오르는데 겉으로 웃으려다 보니 얼굴이 이상하게 일그러졌다. 그는 여자대학 총장의 손을 잡으며 재빨리 말했다.

"미안하게 됐습니다. 갑자기 긴급한 일이 발생해서 가 봐야 합니다. 정말 미안합니다. 자리가 자리인 만큼 잠시도 앉아 있을 시간이 없습니다."

"어머, 그러세요? 정 그렇게 급한 일이면 가 보셔야죠. 하지만 여기까지 오셨다가 들어오시지도 않고 그냥 돌아가시다니 섭섭한데요."

"정말 미안합니다."

"국사를 위해 애쓰시는데 가 보셔야죠. 어서 가 보세요."

자그마한 키에 드럼통처럼 생긴 총장은 통통한 두 손으로 그의 손을 잡고 흔들었다.

　호텔을 허둥지둥 빠져나온 Z는 차에 올라타자마자 저고리를 벗어던지고 넥타이를 풀어 내렸다. 그리고 숨을 몰아쉬면서 손수건으로 얼굴에 흐르는 땀을 닦았다.

　"그런 개새끼가 어디 있어?! 오라고 해 놓고 가 버리는 법이 어디 있어?! 누굴 엿 먹이는 거 아니야?! 미국 개새끼들, 이거 정말……."

　분을 이기지 못해 이를 부드득 가는 그를 보고 비서가 한마디 거든다.

　"미국 놈이라고…… 해도 너무 하는데요. 이건 완전히 부장님을 무시하는 겁니다."

　"그 개새끼를 어떻게 작살내지?"

　"한국이 마치 자기네 속국인 것처럼 까부는데요. 미 8군에 갔답니다."

　"뭐라구?!"

　"미 대사관 직원 말이 대사가 미 8군에 가면서 부장님한테 시간이 나면 그쪽으로 오시라고 했답니다."

　"뭐가 어째?! 허어, 기가 막혀서……."

　기가 막힌 나머지 그는 잠시 멍한 표정으로 허공을 응시했다.

　"거기서도 아마 파티가 있는 모양입니다. 유명한 미국 재즈가수가 공연을 한답니다."

　"이거 완전히 가지고 노는데……. 그 새끼를 어떡하지?"

　"혹시 부장님을 피하는 거 아닙니까?"

　Z는 주먹을 쥐었다 폈다 하면서 한참을 안절부절못하다가 비

서를 향해

"어떻게 하면 좋겠어?"

하고 물었다.

그것은 비서가 결정할 일이 아니었지만 워낙 궁지에 몰려 있었기 때문에 얼결에 비서의 의견까지 물었던 것이다.

"글쎄요. 이렇게 모욕을 받으면서까지 간다는 것이……."

그 때 무전기가 '삐익' 하고 신호음을 보내왔다. 비서가 재빨리 무전기를 귀에다 갖다 대더니 얼굴이 굳어지면서

"알겠습니다."

하고 말했다. 그런 다음 그는 Z를 쳐다보았다.

"뭐야?"

"비서실 전화입니다. 각하께서 통화를 하시고 싶답니다."

"각하가?!"

Z는 소스라치게 놀라면서 자세를 고쳐 앉았다. 그로부터 연락을 기다리다가 지금까지 아무 연락이 없자 화가 나서 그를 찾은 것 같았다. 그는 대통령과 직접 연결되는 핫라인 무선전화기를 집어 들었다.

"여보세요."

그는 떨리는 목소리로 상대방을 불렀다.

"부장님이십니까?"

청와대 비서실장의 목소리가 들려왔다.

"네, 접니다. 각하께서 찾으신다고 해서……."

"네, 잠깐 기다리십시오."

잠시 후 P의 목소리가 들려왔다.

"아, 나요. 그자는 어떻게 됐소? 온 거요, 안 온 거요?"

"각하, 그렇지 않아도 보고를 드리려고 했는데 늦어서 죄송합니다. 본의 아니게 한국으로 오는 도중에 아주 심각한 문제가 발생해서 그만……."

"온 거야, 안 온 거야?"

그의 말을 중간에 끊으면서 P는 역정을 냈다.

"모, 못 왔습니다."

잠시 침묵이 흘렀다.

"왜 못 온 거야? 틀림없다고 약속하지 않았나?"

"그, 그렇습니다만 도중에…… 그러니까 앵커리지 공항에서 FBI가 나타나서 놈을 탈취해 가는 바람에 귀국에 실패하고 말았습니다."

"뭐?! FBI가?! 그건 또 무슨 소리야?"

"저희도 하도 어이가 없어서 알아보고 있는 중입니다. 그자를 빼앗기지 않으려고 공항에서 우리 요원들이 FBI와 격투까지 벌였는데, 워낙 그쪽 숫자가 많은데다 공무집행 방해라고 하면서 수갑까지 채우고 끌고 가는 바람에 어쩔 수없이 빼앗기고 말았습니다. 각하께 약속을 못 지켜 드려 정말 죄송합니다. 각하를 뵈올 면목이……."

"바보 같은 것들! 결국 그 놈 하나 못 데려오고 말았군. 쯧쯧…… 믿을 놈 하나도 없어."

탄식조로 말하는 것을 듣자 Z는 쥐구멍에라도 들어가고 싶은 심정이었다.

"죄송합니다."

"그런데 FBI가 왜 중간에 나선 거야? 그거 이상하잖아?"

"네, 저도 그 점이 이상해서 지금 조사를 벌이고 있습니다. 그들 말로는 전에 채문기가 미국 국내법을 어긴 범법자로 FBI 수배 대상자라고 합니다. 그래서 데려갔다고 하는데…… 아무래도 석연치가 않습니다."

"프랑스 쪽에서 장난친 거 아니야?"

"저도 그런 생각이 들어서 프랑스 대사관 쪽에 알아봤습니다. 현재 대사는 프랑스로 휴가를 떠나고 없어서 부대사하고 통화했는데……."

"자세히 조사해서 보고해. 만일 프랑스가 아니고 FBI가 벌인 단독 짓이라면 이건 중요한 외교문제야. 외무장관과 잘 협의해서 알아봐."

"알겠습니다."

"미국하고 외교관계를 단절해도 좋으니까 채문기를 다시 데려와. 무슨 수를 써서라도 내 앞에 데리고 와."

"아, 알겠습니다."

"미국 놈들한테 그렇게 무시당하고도 잠이 오나?"

"네?!"

"병신머저리 같은 놈들……."

"죄, 죄송합니다."

"철저히 조사해서 보고해."

"알겠습니다. 그, 그런데 X-프로젝트는 어떻게 하면……."
전화는 이미 끊어져 있었다.

"후유, 살았다!"

뒤로 몸을 묻으면서 그는 안도의 한숨을 내쉬었다. P가 이 정도에서 그쳐 준 것이 천만다행이었다. 격노할 줄 알았는데 의외로 차분한 반응이었다. 하긴 속으로 분노를 삭이고 있을지도 모른다. 워낙 냉혈한이니까 그 속은 아무도 모른다.

"안 되겠어. 아니꼽지만 미 대사를 만나야겠어. 그자를 직접 만나야 따질 걸 따지지. 채문기를 내놓으라고 해야겠어."

미국과 외교관계를 단절해도 좋으니까 채문기를 도로 데려오라고 한 것을 보면 그자에 대한 P의 집착이 어느 정도인가를 충분히 알 수가 있다. 얼마나 화가 났으면 미국과 외교관계를 단절해도 좋다고 했을까? 이것은 생각할 수 없는 극단적인 말이다. 그만큼 화가 났고 채문기한테 집착하고 있기 때문에 불쑥 튀어나온 말일 것이다. 하지만 P의 성격을 생각하면 전혀 불가능한 일도 아니다. 그는 무슨 짓이라도 할 수 있는 인물이니까.

"꼭 가셔야 되겠습니까? 이건 너무 굴욕적이지 않습니까?"

"야, 임마! 잔소리 말고 가라면 가!"

"알겠습니다."

비서는 못마땅한 표정이었지만 더 이상 참견하지 않고 미 8군 쪽으로 차를 몰았다.

미 8군 영내 넓은 홀에서는 흑인 가수가 노래를 부르고 있었다. 머리가 하얗게 샌 늙은 가수였는데 뚱뚱한 몸을 흔들어 대면서 쥐어짜내는 것 같은 쉰 목소리로 재즈를 부르고 있었다. 짙은 선글라스를 끼고 있어서 얼굴 생김새는 알아볼 수가 없었다. 홀 안은 발 디딜 틈 하나 없이 사람들로 빽빽이 들어차 있었다. 미군들 못지않게 민간인 복장을 한 사람들도 꽤 많아 보였다.

Z는 따로 마련된 방에서 미국 대사가 그를 맞아 줄 것으로 기대했었다. 그런데 그게 아니었다. 안내를 맡은 미국 대사의 비서는 그에게 홀 안으로 굳이 들어가자고 거의 강요하다시피 했다. 대사가 안으로 모시고 오라고 지시했다는 것이었다.

Z의 비서가 불쾌한 표정으로 Z와 대사가 단 둘이서 이야기를 나눌 수 있게 다른 방을 하나 마련해 달라고 부탁했지만 미 대사 비서는 그렇게 할 수 없다고 딱 잘라 말했다. 대사가 Z를 홀 안으로 모시고 오라고 했기 때문에 자기는 그 지시를 따를 수밖에 없다는 것이었다.

사람들 사이를 비집고 안으로 몇 발자국 들여놓다 말고 Z는 멈춰섰다. 이대로 되돌아 나가고 싶은 충동이 일었다. 앞서 가던 그의 비서가 뒤돌아보았다. 이런 모욕을 감수하면서까지 미국 대사를 만나겠느냐고 그의 눈은 묻고 있었다. Z는 돌아서 나간다면 결국 조롱거리밖에 안 될 것이라고 생각했다. 이대로 물러설 수는 없다는 생각이 들었다. 미 대사와 한 번 부딪쳐 보는 것도 손해될 것은 없다. 놈의 콧대를 보기 좋게 꺾을 수만 있다면 그렇게라도 해 보고 싶었다. 또 FBI의 납치행위를 구체적으로 따지기 위해서도 그를 직접 상면해야만 한다.

미국 대사는 맨 앞쪽에 다른 사람들과 함께 앉아 있었다. 둥근 테이블 주위에 앉아 있는 사람들 가운데에는 어깨에 별을 네 개나 단 주한 미군사령관도 보였고, 안면이 있는 다른 나라 대사들도 앉아 있었다. Z가 나타나자 그들은 놀란 표정으로 모두가 일어나 그와 악수를 나누었다. 미국 대사는 앉은 채로 손을 내밀었다. Z는 마지못해 그 손을 잡았다가 놓았다. 그 때 흑인가수의 노래가 끝나면서 우레 같은 박수소리가 파도처럼 실내를 뒤덮었다. 너무 시끄럽고 혼란스러워서 정신을 차릴 수 없을 지경이었다. 아무도 자리를 비켜 주려고 하지 않았기 때문에 Z는 하는 수없이 비서가 급히 갖다 준 간이 의자에 옹색하게 엉덩이를 올려놓았다.

미국 대사가 작은 맥주병 하나를 Z 앞에 내려놓았다. 병째로 마시라는 것이었다. 모두가 병째로 맥주를 마시고 있었다. Z는 뚜껑을 따고 병 주둥이를 입에 대고 나발 불었다. 한 잔 마시고 나면 속에 있는 말을 할 수 있을 것 같았다.

"무슨 일입니까?"

Z가 맥주병을 비우기를 기다렸다가 대사가 물었다. 비서가 그들 곁에서 허리를 굽힌 채 그의 말을 통역해 주었다.

미국 대사는 마른 몸매에 키가 큰 50대의 사내였다. 검은 테의 안경을 낀 그는 세련된 직업 외교관이라기보다는 학자 같아 보였고, 매우 차가운 인상이었다.

"이런 장소에서 이야기하기에는 좀 곤란합니다. 다른 곳으로 자리를 좀 옮기는 게 어떻겠습니까?"

Z는 정색을 하고 말했다. 통역이 영어로 말해 주자 대사의 입가에 차가운 미소가 나타났다가 사라졌다.

"동행이 있어서 자리를 뜨기가 곤란합니다. 그리고 좀 시끄럽긴 하지만 여기서 얼마든지 이야기를 나눌 수 있습니다. 주위에는 신경 쓰지 않아도 됩니다. 무슨 일인데 그럽니까?"

Z는 속이 뒤틀렸지만 포기하고 입을 열었다.

"파리에서부터 한국인 한 명을 서울로 호송 중이었습니다. 그런데 앵커리지 공항에 기착했을 때 FBI 요원들이 나타나 그 사람을 탈취해 갔습니다. 사전에 아무런 언급도 없이 그럴 수가 있습니까?"

Z는 미국 대사의 귀에다 대고 언성을 높이려다가 고개를 돌려 비서를 향해 제법 따지듯 말했다. 대사는 금시초문이라는 듯 고개를 갸우뚱했다.

"그래요? 난 아무 보고도 받지 못했습니다. FBI가 하는 일은 우리하고는 상관이 없으니까요."

"하지만 미국의 수사기관이 한국 정부기관이 합법적으로 하는 일을 불법적으로 방해한 겁니다. 이건 심각한 외교문제가 아닐 수 없습니다."

"외교문제라구요? 무슨 말씀인지 잘 모르겠군요."

대사는 고개를 갸우뚱하다가 대수롭지 않다는 듯 어깨를 으쓱했다.

"각하께서는 매우 분노하고 계십니다. 각하께서 기다리고 있는 인물인데 도중에 FBI가 탈취해 갔으니 분노하시는 것도 당연합니다. 각하께서는 철저히 조사해서 보고하라고 하셨습니다. 이 문제는 그냥 넘어갈 일이 아닙니다. 한국 정부는 결코 그냥 넘기지 않을 겁니다. 미국 정부는 그 한국인을 한국으로 당장 돌려보내고…… 한국 정부에 사과해야 합니다. 그렇지 않으면 심각한 문제가 발생할 수 있습니다."

대사는 다시 한 번 어깨를 으쓱했다. 가소롭다는 반응이었다. 그리고 갑자기 다른 사람들과 함께 무대 쪽을 쳐다보면서 박수를 치기 시작했다. 마치 Z의 말에 별로 관심을 기울이지 않는 것 같은 태도였다. 무대 위에는 조금 전에 들어갔던 그 흑인 가수가 다시 나타나 노래를 부르기 시작했다. 대사가 고개를 돌려 Z를 쳐다보았다.

"그 문제에 대해 난 어떤 정보도 가지고 있지 않습니다. 그래서 뭐라고 말씀드릴 수가 없습니다. 일방적으로 그렇게 말씀하시니까 혼란스럽습니다."

대사는 차가운 어조로 말했다.

"그렇다면 FBI에 한 번 알아보십시오. 간단히 알 수 있는 일 아닙니까?"

Z가 힐난하듯 말하자 대사는 비서를 불러 귀에다 대고 뭐라고 속삭였다. 비서가 고개를 끄덕이고 물러나자 그가 Z쪽으로 고개를 기울였다.

"알아보라고 했으니까 좀 기다려 보십시오. 재즈를 좋아하십니까?"

"별로 안 좋아합니다."

대사는 실망하는 표정으로 고개를 갸우뚱했다.

"저 가수는 세계 최고의 재즈가수입니다."

Z는 고개를 흔들었다.

"난 그런데는 잘 모르겠고, 별로 취미가 없습니다."

"아하, 그렇습니까?"

주위에 둘러앉아 있던 사람들이 그 말을 들었는지 냉소어린 표정으로 그를 쳐다보았다. Z는 보란 듯이 새 맥주병에 들어 있는 맥주를 꿀컥꿀컥 마셨다.

"그런데 각하께서 기다리고 계신다는 그 문제의 인물은 누굽니까?"

대사가 이쪽으로 상체를 기울이며 물었다. Z는 머뭇거리다가 대답했다.

"채문기라는 자입니다."

"미스터 채 말입니까? 파리에서 반정부 활동을 하는 바로 그 사람입니까?"

대사의 얼굴에 놀라는 빛이 나타났다.

"그렇습니다. 그자를 호송 중이었습니다."

"어떻게 그게 가능했죠? 그 사람은 프랑스에 망명중이지 않았습니까?"

"네, 그랬었죠. 그자는 국가 반역자입니다. 프랑스 정부는 사기와 미성년자 추행혐의로 그자를 한국으로 추방했습니다. 그래서 우리가 그자를 인계받아 데리고 오던 중에 FBI한테 탈취당한 겁니다."

"아하, 그렇게 된 건군요."

대사는 비로소 알겠다는 듯 고개를 끄덕이다가 무대 쪽으로 시선을 돌리면서 박수를 쳤다. 재즈 한 곡이 막 끝나고 이어서 트럼펫 소리가 실내를 울리기 시작했다. 사람들의 박수소리가 파도처럼 출렁거렸다.

"인권문제를 생각해 보셨습니까?"

대사가 정색을 하고 물었다.

"인권하고는 상관이 없는 문제입니다. 정 문제를 삼는다면 FBI가 그자를 탈취해간 것이 문제라고 볼 수 있습니다. 그건 인권을 탈취한 겁니다."

"인권을 탈취했다고요? 하하하하……"

대사는 큰 소리로 웃었다. 좀처럼 소리 내어 웃을 것 같지 않은 그가 큰 소리로 웃는 바람에 모두가 그를 바라보았다.

"아주 재미있는 표현이군요. 내가 말한 인권이란 말은 그게 아닙니다. 미스터 채는 정치적 박해를 피해서 프랑스에 망명한 걸로 알고 있습니다. 만일 그 사람이 한국으로 돌아온다면 심한 박해를 받을 것이 뻔합니다. 그런 사람을 프랑스가 한국으로 추방했다는 것이 도저히 이해가 되지 않습니다. 그건 심각한 인권 유린입니다."

"그자가 한국으로 돌아오면 박해를 받을 거라는 말씀은 한국 정부에 대한 모독입니다. 어떻게 미국 대사가 그런 말을 할 수가 있습니까?"

"현재 한국에서 벌어지고 있는 인권 유린 사태는 아주 심각한 수준입니다. 모든 언론은 검열을 받은 후라야 발표될 수 있고, 대통령을 비판할 경우 즉시 구속됩니다. 헌법을 고치자는 말 한 마디 할 수가 없습니다. 그것 자체가 위법이기 때문입니다. 세상에 이런 법이 어디 있습니까?"

대사는 마치 차제에 잘 됐다는 듯 거침없이 한국 정부를 비판하고 나왔다. Z는 얼굴이 붉으락푸르락해지면서 상대방을 노려보았다.

"이건 도저히 묵과할 수 없는 모독입니다. 한국 정부를 이렇게 모독하다니, 그래도 되는 겁니까? 각하께서 아시면 가만 있지 않을 겁니다."

"난 그런 건 관심 없습니다. 나에게 가장 관심 있는 건 한국 국민입니다. 내가 사랑하는 한국 국민이 기본적인 인권마저 유린당한 채 암흑 속에서 살고 있다는 것이 안타깝습니다. 현재 한국의 인권문제는 전 세계적으로 문제가 되고 있습니다. 한국인들은 외국에 나가면 손가락질을 받습니다. 그래서 한국인들은 창피해서 외국에 못 나가겠다고 말할 정도입니다. 부장께서 앞장서서 인권을 개선하는데 노력해 주십시오. 한국에 자유민주주의가 없어지다 보니 미국의 입장에서는 한국과 동맹관계를 유지해야 할 명분이 사라져 버렸습니다. 미국은 현재 독재국가를 비호하고 있다고 전 세계로부터 비난을 받고 있습니다. 언제까지 독재국가를 비호할 거냐고 계속 추궁을 당하고 있습니다. 이런 상황에서 미국이 한국의 인권문제에 더 이상 입을 다물고 있을 수는 없지 않습니까? 미국은 만일 한국의 인권이 개선되지 않을 경우 행동으로 나갈지도 모릅니다."

Z는 숨이 막히는 것 같았다. 대사가 이렇게 모욕적인 말들을, 그것도 민감한 문제를 거침없이 거론할 줄은 생각지도 못했었다. 술김에 하는 말일까, 아니면 작심하고 꺼낸 말일까.

"남의 나라 국내문제를 그런 식으로 거론한다는 것은 외교관례에 어긋나는 짓입니다."

"알고 있습니다. 하지만 오늘 밤은 그런 것에 구애받고 싶지 않습니다. 외교관례를 지킨다는 거…… 사실 따지고 보면 따분하기 짝이 없는 일이고, 그것 때문에 진실을 은폐해야 하는 경우에는 나는 당장이라도 외교관이라는 직업을 그만두고 싶을 때가 한두 번이 아닙니다. 물론 은폐된 진실을 모두 밝히고 나서 말입니다."

Z는 미 대사가 술에 취한 것이 분명하다고 생각했다. 아니, 그렇게 생각하고 싶었다.

"그렇게 말씀하시다니 정말 유감입니다."

Z는 노골적으로 얼굴에 불쾌감을 드러내면서 말했다. 그러자 대사가 오른손을 들어 그를 제지했다.

"내친김에 한마디 더 하겠습니다. 아까 내가 인권문제를 이야기하니까 대뜸 국내 문제에 간섭한다고 하셨는데, 그건 그렇지가 않습니다."

"뭐가 그렇지 않다는 겁니까?"

"예를 들어야 이해하시기가 빠르실 것 같군요. 나치는 유대인 수백만을 학살하고 이웃 나라까지 침략해서 수천만 명의 무고한 인명을 희생시켰습니다. 그야말로 대규모의 인종 청소이자 참혹한 인권유린이었죠. 만일 그와 같은 만행을 독일의 국내 문제라고 보고 미국을 비롯한 연합국이 외면했다면 세계 역사는 어떻게 됐겠습니까? 이 세계는 악의 제국이 통치하는 세상이 됐을 겁니다."

"그건 전쟁이었습니다."

"전쟁이라고 해서 인권문제가 특별히 취급되어야 한다는 논리는 성립되지 않습니다. 인권문제는 때와 장소, 국경을 초월해서 존재합니다. 그것은 인간의 기본적인 권리이니까요. 따라서 우리 인간은 인권이 침해당하는 문제가 발생할 경우 그 곳이 어느 나라이든 간에 간섭을 하고 인권 침해를 저지시켜야 합니다. 그것은 윤리적인 문제이자 양심에 관한 문제입니다. 인간이 양심을 저버리는 짓을 할 수는 없는 거 아닙니까? 아무리 권력이 좋다해도 말입니다."

말을 마치고 나서 대사는 Z의 얼굴을 빤히 쳐다보았다. Z는 자신의 속마음이 들여다보이는 것 같아 얼른 시선을 피했다. 그것을 보고 대사는 그를 계속 궁지에 몰아넣으려는 듯 더 심한 말을 했다.

"자기 나라 국민들의 인권을 무자비하게 유린하는 독재자들일수록 다른 나라에서 자기네 나라의 인권문제를 거론하면 아주 민감하게 반응하죠. 신경질적으로 화를 내면서 내정간섭이라고 쐐기를 박죠."

"우리 각하를 두고 하는 말입니까?"

숨죽이듯 미동도 하지 않고 Z가 물었다. 만일 대사가 여기서 한마디만 더 심한 말을 한다면 그는 가만 듣고 있지 않을 생각이었다. 각하한테 사실대로 보고해서라도 대사를 한국에서 추방해 버릴 생각이었다.

"나는 독재자들의 일반적인 경향을 말씀드린 겁니다."

그 때 자리를 떴던 대사의 비서가 나타났다. 대사는 비서가 귀에다 속삭여 주는 말을 듣는 동안 표정이 굳어지고 있었다. 이윽고 비서의 보고가 끝나자 대사가 입을 열었다.

"FBI에 알아봤는데, 미스터 채를 앵커리지 공항에서 검거한 게 사실이라고 합니다. 그리고 사전에 한국측에 연락하지 못한 점 사과드린다고 했습니다. 곧 공식문서로 유감을 표명하리라고 봅니다."

"FBI가 그자를 검거했다구요? 그건 검거한 게 아니라 우리에게서 납치해간 거예요! 검거라니, 그따위 엉터리 같은 말이 어디 있어요?!"

Z가 흥분해서 어쩔 줄 몰라 하는데 반해 미 대사는 느긋하기만 했다. 그는 Z의 흥분해 하는 모습을 재미있다는 듯이 바라보고 있었다.

"글쎄, 검거인지 납치인지…… 그건 내 소관이 아니라서 잘 모르겠군요. 아무튼 FBI 입장에서는 그를 검거한 거라고 말하고 있습니다. 그렇게 말하는 데는 이유가 있습니다. 미스터 채는 FBI의 일급 수배대상이었습니다. 배임, 사기, 탈세 등으로 수배 중이었는데, 재판을 받게 되면 10년 이상은 족히 감옥살이를 해야 할 처지입니다. 그리고 수배대상이 된 것은 오래 전부터였다고 합니다."

"이유야 어떻든 우리가 확보하고 있던 한국인의 신병을 한국 정부의 허락도 없이 마음대로 빼앗아 간 것은 검거가 아니라 탈취예요. 그건 엄연히 국제법 위반입니다. 아무리 한국이 미국의 도움을 받고 있다고 해서 이렇게 무시해도 되는 겁니까?"

트럼펫 소리가 고음으로 올라가는 바람에 말소리가 잘 들리지 않았다. 그것을 핑계로 미 대사는 잘못 들은 듯 미간을 찌푸리면서 물었다.

"네? 뭐라고 하셨죠?"

Z는 트럼펫 주자를 흘겨보고 나서 다시 말했다.

"아무리 한국이 미국의 도움을 받고 있지만 이렇게 무시해도 되는 겁니까? 이런 식으로 한국을 대하면 한국과 미국은 진정한 동맹관계를 유지할 수가 없습니다."

"뭔가 오해를 하신 것 같은데, 우리 미국은 한국뿐만 아니라 그 어떤 국가도 무시하거나 그런 적이 없습니다. 아무리 상대국이 약소국이라 해도 미국은 동등한 국가로서, 그리고 적대국이 아닌 이상 함께 살아가야 할 동반자로서 존중해 왔고, 앞으로도 계속 그렇게 할 것입니다. 우리 미국은 패권국가가 아닙니다. 그렇게 생각하시다니 정말 유감입니다."

"한국을 무시하지 않고는 이번과 같은 탈취행위를 저지를 수가 없습니다. 우리가 연행중인 한국인을 한국 정부의 허락도 없이 빼앗아 간 것은 검거가 아닌 분명한 탈취행위예요."

"글쎄요. 난 자세한 것은 잘 모르지만, 각자 해석하기 나름이 겠지요."

"이건 분명한 주권 침해행위예요! 당장 그자를 한국으로 돌려보내시오!"

Z는 대사를 쏘아보면서 아주 강경한 어조로 말했다. 그러나 대사는 무표정한 얼굴로 고개를 천천히 흔들었다.

"그 문제는 내가 어떻게 할 수 있는 문제가 아닙니다. 내 권한 밖의 일입니다."

"당신은 미국을 대표해서 한국에 와 있는 거 아닙니까. 그런데 권한밖의 일이라니, 그게 말이 되는 소립니까?"

"미국 대통령이라고 해서 무슨 일이나 할 수 있는 게 아닙니다. 할 수 있는 일이 있고 할 수 없는 일이 있습니다. 특히 FBI가 하는 일에 대해서는 일절 간섭할 수 없습니다. 이처럼 FBI는 아무도 간섭할 수 없는 독자적인 권한을 부여받았기 때문에 대통령까지도 조사할 수가 있습니다. 독재국가에서는 그게 불가능하겠지만 미국에서는 얼마든지 가능합니다."

Z의 얼굴이 다시 일그러졌다. 사실 대사의 말은 틀린 말이 아니었다. 하지만 그는 그대로 당하고만 있을 수 없었다.

"그러니까 결론적으로 말해 그자를 돌려보낼 수 없다는 말입니까?"

"그 문제에 관해 나는 아무 권한이 없다는 말입니다. 그러니까 아무 것도 말씀드릴 수가 없습니다."

"만일 FBI가 그자를 끝내 돌려보내지 않는다면 한미간에 중대한 문제가 발생할 수 있습니다. 각하께서는 이 문제를 아주 심각하게 받아들이고 계십니다."

"한국의 대통령이 어떻게 생각하고 있던 난 그 문제에 대해 뭐라고 드릴 말씀이 없습니다. 그건 어디까지나 FBI가 알아서 할 일입니다."

"만일 한미 동맹관계가 깨져도 그렇게 말할 겁니까?"

미 대사 잠시 어이없다는 표정으로 Z를 쳐다보다가 태도를 바꾸어 근엄한 목소리로 말했다.

"한국이 그렇게 어리석은 결정을 하리라고는 보지 않습니다."

"우리 한국은 당신이 생각하는 것처럼 그렇게 어리석지 않습니다."

"그야 당연하죠. 문제는 어리석은 결정을 내리는 사람들이 있다는 점이죠. 그리고 그 어리석음 때문에 국민들이 엄청난 피해를 입을 수도 있다는 거죠."

"우리 각하께서는 항상 현명한 결정을 내리셨습니다."

Z는 얼굴이 벌개져서 말했다.

거기에 대해 대사는 고개를 갸우뚱했다. 겉으로 드러내 놓고 말할 수는 없지만 아무래도 믿을 수가 없다는 반응이었다. 하지만 아무 말하지 않고 가만 있을 수도 없었기 때문에 그는 이럴 때 흔히 써먹는 외교적인 수사를 동원했다.

"한국이야말로 현재 현명한 결정을 내려야 할 때라고 생각합니다. 세계가 한국을 주목하고 있으니까요. 만일 한국이 그와 같은 결정을 내려 주지 못한다면 한국은 소외될 것이고…… 현대사의 흐름에 동참하지 못하게 될 겁니다."

"듣고 보니 그건 내정간섭인데요."

"천만에! 이건 공식석상이 아닙니다. 술자리에서 한국을 지독히 사랑하는 한 미국인이 마지못해 하는 말입니다. 한국을 사랑하는 미국인이 말입니다."

"정말로 한국을 사랑한다면 그자를 한국으로 돌려보내 주시오. 말로만 그러지 말고 행동으로 보여주시오."

그 말에 미국 대사는 어처구니없다는 듯 조금 소리를 내어 웃었다.

"한국을 사랑하기 때문에 그런 짓을 할 수 없습니다. 그럴 권한도 없구요."

"이건 각하의 부탁입니다."

Z는 대사의 귀에다 대고 재빨리 속삭였다. 비서는 그 말을 놓치지 않으려고 Z의 입에다 귀를 갖다 댔다. 그리고 대사에게 통역했다.

"부탁입니다. 제가 언제 당신한테 부탁한 적이 있습니까? 제발 부탁합니다. 각하께서 특별히 부탁하신 거니까 들어주십시오. 그자를 한국으로 돌려보내 주면 각하께서도 거기에 대해 응분의 조처를 하실 거로 알고 있습니다. 미국측이 만족할 만한 조처를 하실 겁니다. 이런 사소한 일로 한미 동맹관계에 흠이 가면 되겠습니까?"

심각한 표정으로 듣고 있던 대사는 그의 말에 동의라도 하는 듯 고개를 크게 끄덕였다. 그러나 그의 입에서 흘러나온 말은 Z의 기대와는 거리가 먼, 전혀 상반되는 말이었다.

"그 사람이 한국 정부에 부담이 되고 있다는 것을 잘 알고 있습니다. 그렇기 때문에 더욱 인권차원에서 간단히 처리할 수가 없는 겁니다. 그리고 아까도 말씀드렸지만 FBI가 하는 일에 대해서는 수사가 끝날 때까지 그 누구도 간섭을 할 수가 없습니다. 그런 어려움이 있다는 것을 이해해 주시기 바랍니다."

"우리 각하께서 부탁하신 건데 그것도 안 된다는 겁니까?"

Z는 따지듯이 눈을 부릅떴다. 그러나 대사는 부드럽게 그를 물리쳤다.

"미안합니다. 미국 대통령이 부탁해도 FBI는 듣지 않을 겁니다. 그 사람들 고집과 자부심은 정말 대단합니다."

"우린 고집과 자부심이 없는 줄 압니까? 대사, 언젠가 나한테 부탁할 일이 있을 거요! 그 때 봅시다!"

Z는 벌떡 일어나서 출입구 쪽으로 급히 걸어갔다.

"굿바이!"

대사가 웃으며 장난스럽게 손을 흔들었다. 그것을 보고 테이블 주위에 둘러앉아 있던 사람들이 소리내어 웃었다.

"미국 놈들! 미국 놈들!"

밖으로 나온 Z는 두 주먹을 부르쥔 채 이를 부드득 부드득 갈았다.
"갈아먹어도 시원치 않을 놈들!"
그는 쓰레기통 뒤로 돌아가더니 바지 지퍼를 내리고 오줌을 누기 시작했다.

〈2권에 계속〉

● 김성종 추리소설

『**최후의 증인**』-상·하 | 김성종 장편추리소설
한국일보 창간 20주년 기념 공모 당선작! 살인 혐의로 20년간 억울하게 옥살이를 한 황바우의 출옥과 동시에 일어나는 살인 사건! 사건을 뒤쫓는 오병호 형사의 집념으로 20년 동안 뒤엉킨 사건의 전모가 백일하에 드러난다.

『**제 5 열**』-상·중·하 | 김성종 장편추리소설
일간스포츠에 연재한 최고의 인기소설! 대통령선거를 기화로 국제 킬러를 고용, 국가를 송두리째 삼키려는 범죄 집단의 음모를 적나라하게 파헤친 수사진! 종래의 추리물과는 그 궤를 달리한 한국 최초의 하드보일드 추리소설!

『**부랑의 강**』- | 김성종 추리소설
여대생과 외로운 중년신사가 벌인 불륜의 사랑이 몰고 온 엽기적인 살인 사건! 살인범으로 몰린 아버지의 무죄를 확신하고 이 사건에 뛰어든 딸이 집요한 추적을 벌이는 정통 추리극! 사건의 종점에서 부딪치게 되는 악마의 얼굴은 과연?

『**일곱개의 장미송이**』- | 김성종 추리소설
임신 3개월 된 아내가 일곱 명의 악당에 의해 유린당하자 평범하고 왜소하고 얌전하던 남편이 복수의 집념을 불태운다. 아내의 유언에 따라 범인을 하나씩 찾아 내어 잔인하게 죽이고 영전에 장미꽃을 한 송이씩 바치는 처절한 복수극!

『백색인간』-상·하 | 김성종 장편추리소설

허영의 노예가 되어 신데렐라의 꿈을 쫓는 미녀의 끈질긴 집념과 방탕! 그리고 그녀를 죽도록 사랑하는 나머지 그녀를 혼자 독차지하려는 이상 성격을 가진 청년의 단말마적인 광란! 그리고 명수사관이 벌이는 사각의 심리 추리극!

『제5의 사나이』-상·중·하 | 김성종 장편추리소설

국제 마약조직이 분실한 2천만 달러의 헤로인 6kg! 배신자들을 처치하고 헤로인을 찾기 위해 홍콩으로부터 날아온 국제킬러 '제5의 사나이'! 킬러가 자행하는 냉혹한 살인극과 경찰이 벌이는 숨가쁜 추적의 하드보일드 추리극!

『반역의 벽』-상·하 | 김성종 장편추리소설

한국이 개발한 신무기 '레이저-X', —핵무기를 순식간에 녹여버릴 수 있는 레이저-X의 가공할 위력! 이를 빼내려는 국제 스파이의 음모와 배신, 이들의 음모를 저지하는 수사관들의 눈부신 활약. 국내 최초의 산업스파이 소설!

『아름다운 밀회』-상·하 | 김성종 장편추리소설

신혼여행 도중 실종된 미모의 신부로 인해 갑자기 살인 용의자가 되어버린 신랑! 그가 벌이는 도피와 추적! 미녀의 뒤에 가려 있던 치정과 재산을 둘러싼 악마들의 모습을 밝혀낸 수사극의 결정판! 김성종 추리소설의 새로운 지평!

『라인 -X』- 상·중·하 | 김성종 장편추리소설

교황을 살해하려는 KGB의 지령에 따라 잠입한 스파이 '라인-X'! 킬러의 총부리가 교황을 위협하는 절대 절명의 순간, 신출귀몰하는 라인-X와 이를 제압하는 한국 경찰의 생사를 건 한판 승부를 치밀하게 묘사한 국제적 추리소설!

『어느 창녀의 죽음』- | 김성종 단편집

작가 김성종의 탄탄한 필력을 유감 없이 보여 주는 주옥같은 단편집! 신춘문예 당선작「경찰관」및「김교수 님의 죽음」,「소년의 꿈」,「사형집행」등을 수록. 순수 문학과 추리기법의 접목으로 독자를 매료하는 김성종 추리소설의 백미!

『죽음의 도시』- | 김성종 SF단편집

김성종 SF단편소설집! 김성종이 예견한 기상천외한 미래사회의 청사진!「마지막 전화」,「회전목마」,「돌아온 사자」,「이상한 죽음」,「소년의 고향」등 SF 걸작들! 새로운 문학장르를 개척하려는 김성종의 끊임없는 실험정신!

『여자는 죽어야 한다』- 상·하 | 김성종 장편추리소설

김성종이 시도한 실험적 추리소설! 첫 장에서 독자는 예고살인 속으로 여행을 시작한다. "오늘 밤 여자 한 명을 죽이겠다. 여자는 한쪽 귀가 없을 것이다. 잘 해 봐!" 살인 예고장을 보는 순간 독자들은 숨가쁜 긴장 속으로 빠져든다.

『한국 국민에게 고함』- 상·중·하 | 김성종 장편추리소설

추악한 한국 국민들에게 보내는 對 국민 경고장! "한국 국민에게 고함!—이 경고를 받아들이지 않으면 테러를 감행할 수밖에 없다"! 테러조직의 가공할 폭탄테러에 전율하는 시민들과 이를 추적하는 수사진의 필사적인 노력!

『국제열차 살인사건』- 1·2·3 | 김성종 장편추리소설

이탈리아 밀라노에서 눈 덮인 알프스산맥을 넘어 스위스 취리히에 이르는 낭만의 기나긴 여로—그 여로 위를 달리는 국제열차에서 벌어지는 살인 사건! 한 사나이의 父情과 분노가 국제열차 속에서 엮어내는 눈물겨운 복수의 드라마!

『슬픈 살인』- 1·2·3·4 | 김성종 장편추리소설

부산 해운대를 무대로 펼쳐지는 김성종의 새롭고 야심찬 대하 추리소설! 뜨거운 여름 바닷가를 중심으로 벌어지는 젊은이들의 애욕과 애증의 파노라마가 몰고 온 엽기적 연쇄 살인 사건! 범인을 찾아 수사진이 벌이는 추리극의 백미!

『불타는 여인』- 상·하 | 김성종 장편추리소설

불처럼 화려한 여인의 육체에 감염된 공포의 AIDS! 무서운 AIDS를 접목시켜 공포의 연쇄 살인을 연출해낸 김성종 최신 장편 추리소설—현대 여성의 비극적 자화상을 경탄할만한 솜씨로 묘파해낸 우리시대의 새로운 인간드라마!

『제3의 사나이』-상·하 | 김성종 장편추리소설

대통령 출마를 선언한 대재벌 회장 ! 일본에 의해 지배당할 운명에 처한 한국 경제를 구하기 위해 독재자에게 도전장을 낸 재벌 회장의 과거 약점을 쥐고 협박을 해 오는 검은 그림자 ! 그들을 무자비하게 칼로 살해하는 제3의 사나이는?

『죽음을 부르는 소녀』- | 김성종 추리소설

친구들과 지리산에 올랐다가 실종된 무당의 딸 현미, 민가를 침범하는 호랑이와 산 속에 사는 사냥꾼 부자의 숙명적인 대결 ! 수십 년간 벼랑의 굴 속에서 숨어 살아온 빨치산 출신의 야수 ! 그들이 숨바꼭질하듯 벌이는 죽음의 드라마 !

『홍콩에서 온 여인』-상·하 | 김성종 장편추리소설

군부의 지원을 받아 쿠테타를 성공시킨 염광림의 개혁 조치에 불안을 느낀 극우 보수 세력이 끌어들인 홍콩의 범죄 조직 ! 염광림을 제거하려는 킬러의 뒤를 끈질기게 추적하여 마침내 그들의 계획을 저지하는 오병호 경감 !

『버림받은 여자』-상·하 | 김성종 장편추리소설

밝은 보름달 아래 피냄새를 쫓아 여자 사냥에 나선 식인개 ! 전설로만 전해 오던 그 개는 실제로 존재하는가? 맹수에게 물어뜯겨 살해된 시체로 발견된 한 남자의 아내와 그의 애인 ! 그녀들은 왜 그렇게 잔인하게 살해되었을까?

『코리언 X-파일』-상·하 | 김성종 장편추리소설

21세기를 향해 첫발을 내딛는 김성종 추리문학의 진수! 한반도의 운명을 좌우할 X-파일을 찾아라! 한·중·일 3국의 비밀 기관원들이 X-파일을 둘러싸고 벌이는 상상을 초월하는 음모와 배신! 첫 장부터 연속되는 흥미와 감동!

『형사 오병호』- | 김성종 추리소설

고층 호텔에서 추락사한 외국인에 이어 연쇄적으로 발생하는 살인 사건! 사건의 배후에 도사린 일단의 국제 테러리스트! 그들의 음모를 분쇄하기 위해 목숨을 걸고 사지에 뛰어든 형사 오병오의 숨막히는 스릴과 불타는 투혼!

『서울의 황혼』- | 김성종 추리소설

도심의 20층 호텔에서 벌거숭이로 떨어져 죽은 여배우 오애라— 그 뒤에 도사리고 있는 비밀 요정의 정체는! 그곳에 도사린 마약·인신매매·밀항·국제 매음조직 등 깊고 우울한 함정을 날카로운 시각으로 파헤친 김성종 추리소설!

『세 얼굴을 가진 사나이』-상·하 | 김성종 장편추리소설

지리산에 올랐다가 실종된 무당의 딸 현미와 시체로 발견된 5명의 친구들! 대규모 수색작업이 수포로 돌아가자 혼자 현미를 찾아나선 조준기 형사는? 지리산의 험산 준령 속에 파묻혀 있던 몇십 년 묵은 비밀과 현미의 행방은?

『얼어붙은 시간』- | 김성종 추리소설

임신한 어린 소녀가 사창가로 흘러들어 갔다. 그녀의 어린 남동생은 골목에서 손님을 불러들인다. 그리고 어느 날 그 사창가 쓰레기 더미 속에서 발견된 중년 남자의 시체! 강한 휴머니즘을 바탕에 둔 추리소설, 비극미의 극치!

『나는 살고싶다』- | 김성종 추리소설

이혼을 요구하던 아내의 갑작스런 죽음 때문에 살인 누명을 쓴 성불능 남편 최태오. 이어진 그의 탈옥! 죽음의 의식 속에서 더욱 강렬해지는 삶의 욕구! 피와 살이 튀기는 성의 고통과 환희 속에서 그는 집요하게 범인을 추적한다.

『끝없는 복수』-상·(하권 집필중) | 김성종 장편추리소설

대학입시 준비에 여념이 없는 여학생을 감히 납치·폭행·살해한 악마들의 단말마적 폭력극! 하나밖에 없는 어린 딸을 살해한 자들을 찾아 나선 눈물겨운 아버지의 피어린 복수극! 전편을 끝없는 긴장 속으로 몰아넣는 추리소설!

『미로의 저쪽』-상·하 | 김성종 장편추리소설

인생의 모든 것을 상실한 여인 吳月! 자신을 짓밟은 네 명의 악한을 상대로 '복수'에 생의 최후를 건다! 연약한 여인이 벌이는 처절하리만큼 비정하고 완벽한 복수극! 독신 형사와 여대생이 등장하여 극적인 전환을 이루는 추리소설!

『**안개속에 지다**』-상·하 | 김성종 장편추리소설

의문의 살해를 당한 세균학의 세계적 권위자인 유한백 박사! 이 사건 뒤에 잇달아 두 처녀가 피살된다. 미술을 전공한 미모의 외동딸 보화는 아버지가 남긴 막대한 재산으로 남자들을 고용, 범인의 추적에 나서는데……

『**Z의 비밀**』- | 김성종 추리소설

일본의 '적군파', 서독의 '바더마인호프단', 이탈리아의 '붉은여단', 팔레스타인의 '검은 9월단' ……세계의 도시 게릴라들이 모두 한국에 잠입했다. 암호명 'Z'의 비밀을 밝혀라! 그들과 한국 수사진이 숨가쁘게 펼치는 한판 승부!

『**최후의 밀서**』-김성종 장편추리소설

다섯 살 된 아이의 유괴사건, 그 아이가 어느 재벌 2세의 사생아임이 밝혀지면서 시종 숨가쁜 호흡을 토해 내는 기업에 얽힌 악마 같은 드라마! 유괴범을 집요하게 추적하는 형사 앞에 마침내 얼굴을 드러낸 'X'! 그의 정체는 과연?

『**비련의 화인(火印)**』- | 김성종 추리소설

이루지 못한 사랑의 붉은 도장(火因)이 몸에 찍힌 채 탄생한 귀여운 외동딸 청미! 8년 후 귀여운 청미는 열차 속에서 시체로 발견되는데…… 청미의 유괴를 둘러싸고 벌어지는 갈등 속에서 범인으로 떠오른 전혀 뜻밖의 인물!

『피아노 살인』-김성종 추리소설

밤마다 들려오는 쇼팽의 야상곡과 아래층에 사는 모대학 교수! 6개월 시한부 인생의 피아니스트가 벌거벗은 몸으로 목졸린 채 피살되는 살인 사건의 전모! 욕망이라는 정신분열적 성격을 다룬 김성종의 또 다른 실험적 포스트모더니즘!

『고독과 굴욕』- | 김성종 단편집

뛰어난 상상력, 치밀한 구성, 다양한 패턴으로 독서가를 휩쓸고 있는 김성종 소설집!「심온달궁」,「창」,「바다의 죽음」,「눈물」,「이슬」,「회색의 절벽」,「코스모스」,「바다」,「빛과 어둠」등 주옥 같은 김성종의 단편소설!

『제3의 정사(情死)』- | 김성종 추리소설

여대생과의 제3의 정사, 그 속에 감추어진 끈적끈적한 욕망. 그러나 그녀의 뒤에 무서운 음모가 도사리고 있을 줄이야 ……그를 괴롭히는 무서운 사팔뜨기의 정체는? 작가 김성종 특유의 하드보일드식 터치의 냉혹과 비정!

『서울의 만가(輓歌)』-상·하 | 김성종 장편추리소설

피의 오르가즘이 전율하는 김성종 추리소설의 백미! 사랑과 증오, 결박과 도피로서 새끼처럼 꼬여가는 삶의 의미를, 그리고 감추어진 진실을 밝혀내기 위해 사람을 죽여야 하는 도시의 밤을 사자의 비명에 의지하여 경험케 한다.

『비밀의 연인』-상·하 | 김성종 장편추리소설
애욕의 거리를 휩싸는 살인의 전주곡, 목격자 없는 사건의 용의자는? 여자인 자신조차도 모르던 야누스적 심리구조와 20대 여성들의 이중적 사랑방식을 적나라하게 파헤친 걸작! 절망의 벼랑에서 부르는 슬픈 사랑의 광시곡!

『붉은 대지』-1·2·3·4·5 | 김성종 장편추리소설
독재자를 죽이려다 사형대의 이슬로 사라진 대학생 유병수, 아들의 복수를 위해 포스트박 암살을 계획하는 유인하 교수, 그를 돕는 하미주와 국가비밀조직 '센터'의 책임자 '대물', 이들이 펼치는 사랑과 배신, 복수의 대로망!

『가을의 유서』-1·2·3·4 | 김성종 장편추리소설
우리 현대사에 대한 뼈아픈 후회와 반성으로부터 시작된 이 소설은 현대사의 한가운데를 불꽃 같은 생명력으로 헤쳐나왔던 어느 민초의 가족사를 그리고 있다. 온몸으로 부딪히며 갈구하는 그들의 자유를 향한 몸부림!

『돌아온 사자(死者)』- | 김성종 단편집
뛰어난 상상력, 치밀한 구성, 다양한 패턴으로 독서가를 휩쓸고 있는 김성종 소설집!「소년의 꿈」,「어느 창녀의 죽음」,「고족과 굴욕」,「회색의 벼랑」,「마지막 전화」,「이상한 죽음」,「김교수 님의 죽음」등 주옥 같은 단편소설!

김성종

중국 제남시에서 출생. 전남 구례에서 성장기를 보냈다.
연세대학교 정외과 졸업
1969년 조선일보 신춘문예 소설 당선
1971년 현대문학 소설추천 완료
1974년 한국일보에 「최후의 증인」으로 장편소설 당선
장편 대하소설 「여명의 눈동자」(전10권)는 TV드라마로 방영

봄은 오지 않을 것이다 제1권
김성종 장편추리소설

초판발행	2006년 11월 21일
초판 2쇄	2006년 11월 21일
저자	金聖鍾
발행인	金仁鍾
발행처	도서출판 남도
등록일자	서기 1978년 6월 26일(제1-73호)
주소	(134-023) 서울 강동구 천호동 451
	산경빌딩 B동 5층 3-1호
전화	02-488-2923.
팩스	02-473-0481
E.mail	namdoco@hanafos.com

ⓒ 2006 Kim Sung Jong. Printed in Korea
저자와의 합의로 인지를 붙이지 않습니다.

정가: 11,000원

ISBN 89-7265-546-5 03810
파본이나 잘못된 책은 교환하여 드립니다.